CORTÉS

CHRISTIAN DUVERGER

CORTÉS

taurus

memorias y biografías

CORTÉS
D.R. © Christian Duverger, 2005

De esta edición:
D.R. © Santillana Ediciones Generales, S.A. de C.V., 2005
Av. Universidad 767, Col. del Valle
México, 03100, D.F. Teléfono 54 20 75 30
www.taurusaguilar.com.mx

- Distribuidora y Editora Aguilar, Altea, Taurus, Alfaguara, S.A.
  Calle 80 Núm. 10-23, Santafé de Bogotá, Colombia.
- Santillana S.A.
  Torrelaguna 60-28043, Madrid, España.
- Santillana S.A.
  Av. San Felipe 731, Lima, Perú.
- Editorial Santillana S.A.
  Av. Rómulo Gallegos, Edif. Zulia 1er. piso
  Boleita Nte., 1071, Caracas, Venezuela.
- Editorial Santillana Inc.
  P. O. Box 19-5462 Hato Rey, 00919, San Juan, Puerto Rico.
- Santillana Publishing Company Inc.
  2105 NW 86th Avenue, 33122, Miami, Fl., E.U.A.
- Ediciones Santillana S.A. (ROU)
  Constitución 1889, 11800, Montevideo, Uruguay.
- Aguilar, Altea, Taurus, Alfaguara, S.A.
  Beazley 3860, 1437, Buenos Aires, Argentina.
- Aguilar Chilena de Ediciones Ltda.
  Dr. Aníbal Ariztía 1444, Providencia, Santiago de Chile.
- Santillana de Costa Rica, S.A. La Uruca, 100 mts. Oeste de
  Migración y Extranjería, San José, Costa Rica.

Primera edición en México: junio de 2005

Este libro fue publicado con el apoyo de la Embajada de Francia en México, en el marco del Programa de Apoyo a la Publicación "Alfonso Reyes" del Ministerio Francés de Relaciones Exteriores.

Ambassade de France - CCC IFAL

ISBN: 968-19-1431-7

D.R. © Diseño de cubierta: Angélica Alva Robledo

Impreso en México

ÍNDICE

Tercera parte
Nacimiento de la Nueva España
(1522-1528)

Álbum de fotos
El Hospital de Jesús

A mi mujer,
de Santo Domingo a México,
de Baracoa a Chametla,
ese itinerario que recorrimos juntos.

El que no entra por la puerta
es ladrón y salteador

SAN JUAN, X, 1

Un nuevo Cortés mestizo

José Luis Martínez

Entre los nuevos mexicanistas franceses sobresale Christian Duverger, quien hacia 1978 comenzó sus estudios realizando monografías sobre temas prehispánicos: el espíritu de juego, los sacrificios humanos, los orígenes y la conversión religiosa de los indios. En 1999 saltó a un tema más amplio y ambicioso: el arte en Mesoamérica. Hoy nos ofrece *Cortés*, un libro original y apasionante.

Dentro de la gran tradición de la prosa francesa, Duverger es un narrador cuya fluidez no se ve impedida por las marañas documentales. *Cortés* tiene una bibliografía impresionante: sus propios escritos, los de sus compañeros y jefes, los testimonios indígenas, los de historiadores y cronistas de la conquista, desde Bernal Díaz hasta los contemporáneos de hoy, así como anécdotas y alusiones, favorables, neutrales o feroces contra él. Nuestro autor maneja lo esencial de este repertorio que rara vez cita en su texto principal, prefiere ponerlo en las notas, y así logra esa fluidez antes aludida. La historia de Hernán Cortés se lee como una novela de aventuras. Pero con una novedad importante. No hay buenos ni malos, pues, según Duverger, Cortés se enamora de sus enemigos y se vuelve un Cortés mestizo. Los malos, en todo caso, serían el gobierno español, Carlos V y sus agentes, que impiden al héroe Cortés llevar a cabo sus acciones de mestizaje. Tal es la idea principal de esa biografía.

En lugar de los taínos, mitificados por los humanistas, para Duverger existen los mexicas, que encarnan otro modelo cultural y otra forma de civilización. Librados de sus prácticas sacrificiales, éstos pueden testimoniar genio humano y son una alternativa.

La idea del capitán general es realizar un injerto español en las estructuras del imperio azteca, a fin de engendrar una sociedad mestiza. Para Cortés, no se trata, en ningún caso, de trasplantar al altiplano mexicano una microsociedad castellana, una copia colonial, marchita de la madre patria, lo cual se había hecho en La Española y en Cuba, con el éxito conocido. En México, los españoles deberán fundirse en el molde original. Pronto, por ejemplo, Cortés se empeña en aprender el náhuatl, la lengua de relación en Mesoamérica, como lengua oficial de Nueva España. Decide que en la escuela la enseñanza se dé en la lengua vernácula o en latín. En México no habrá hispanización. Aprovechando los consejos ilustrados y las lecciones particulares de Marina, Cortés parece dominar el náhuatl, aunque, en los actos oficiales, conserve a su intérprete indígena para respetar las tradiciones autóctonas.

En las páginas siguientes, Duverger, en su entusiasmo cortesiano, hace algunas afirmaciones que me parecen difíciles de aceptar; por ejemplo, la existencia de pruebas de que Cortés logró comprender el sistema de escritura pictográfico [de los nahuas] y que hizo de él un uso realmente mestizo.

Toda empresa de mezcla cultural —escribe Duverger— pasa por el mestizaje de la sangre: Cortés tiene al respecto una opinión perfectamente ajustada: concibe la emergencia de su sociedad mestiza como una maternidad, ya que la mujer, y sólo ella, representa la parte más civilizada del mundo, puede ser investida de esta misión de confianza: engendrar el nuevo mundo. Fascinado por la mujer amerindia a la que profesará culto, impondrá la mezcla de sangres al hacer que las mujeres mexicanas se conviertan en madres de la nueva civilización. De allí su feroz oposición a la presencia de mujeres españolas en su operación de conquista.

El retrato físico que Duverger hace de Hernán Cortés es por lo menos sorprendente. Como de 1.70 metros de estatura [los antropólogos que examinaron sus huesos creen que medía 1.58], bien formado, esbelto y musculoso, su rostro no es bello ni feo, nariz aguileña, cabellos castaños, ojos negros, de humor parejo, de conversación placentera, erudito, cultivado, diestro en el retruécano,

que gusta de la fiesta sin ser juerguista, que bebe vino sin embria-
garse, que sabe apreciar la buena mesa sin poner mala cara por
lo frugal; es elegante y siempre bien puesto aunque vista sin ostentación; vivaz y chispeante, sin caer nunca en la pretensión. No
es altivo ni despreciativo, pues tiene la aptitud de saber escuchar,
comprender y ser compasivo. En el fondo, es un hombre simpático y caluroso que posee gran dominio de su comportamiento.
A partir de este cuadro caracterológico muy bien documentado,
Duverger descarta todo exceso de orden sexual, pues Cortés no
es un libertino.

Respecto del tema erótico en la vida de Cortés, Duverger escribe más adelante que a partir de enero de 1524, en Coyoacán
desde luego y después en México, Hernán vive como un príncipe nahua, un noble que trata con respeto y deferencia a sus numerosas esposas. Hacia estos años tendrá tres hijos con mujeres
indígenas, y Duverger encuentra en esta triple descendencia, el
casamiento de Cortés con el Mundo Nuevo.

Además de la lengua y la sangre, la cristianización de los indios es la tercera empresa del proceso de mestizaje. Lejos de intentar hacer tabla rasa del pasado pagano, el conquistador tiene
muy pronto la intuición de que no habrá cristianización de México si no se captura la sacralidad de los lugares de culto indígena.
Al principio, no construye iglesias sino que transforma los antiguos santuarios paganos en templos cristianos y cuando en Cempoala ve la tristeza de los indios ante los despojos de los ídolos de
su santuario, comprende que el mensaje cristiano será rechazado
si no se arraiga en el antiguo paganismo. Para Cortés el catolicismo no es una religión de exclusión, pues su valor reside en la
universalidad de su mensaje y en su esencia altruista. En la antípoda del espíritu inquisitorial, Cortés no tiene ningún escrúpulo en
imponer su visión humanista del cristianismo, liberal y tolerante.
En el fondo, la única verdadera condición que se exige a los indios para su conversión es que abandonen los sacrificios humanos. El cristianismo es también una religión sacrificial y la misa no
es otra cosa que la reactualización del sacrificio de Cristo. Pero,
precisamente, el paso de lo real a lo simbólico se percibe como
una conquista cultural, una conquista de civilización. Cortés en-

contrará religiosos intelectualmente preparados para el desafío mexicano. En su empresa lo ayudarán los franciscanos. En el ánimo de los evangelizadores de México existe la idea dominante de que es preciso apartarse de los españoles y de su lengua. Así pues, los doce predicaron en la lengua vernácula, y se acercarán a los indios expresándose en su idioma sin obligarlos a perder su cultura y abandonar su propia lengua. Aunque el choque de los primeros tiempos haya sido rudo, la historia dio la razón a Hernán. Los indios adoptaron un cristianismo mestizo, suficientemente indígena para ser aceptado por los mexicanos, y suficientemente cristiano para no llegar a ser declarado cismático por el Vaticano.

Todas las demás acciones de Cortés, en México y en España, son expuestas por Duverger con este mismo espíritu apologético. Concluyo citando un juicio de las páginas finales de este libro entusiasta: "De psicología compleja, desprendido del espíritu del tiempo, visionario, Hernán no es un conquistador ordinario. Molesta porque pertenece a los dos campos a la vez. Ajeno a todo oportunismo, es un mestizo de fe y de convicción". Es ésta una de las biografías cortesianas mejor escritas. Su visión de Cortés, positiva a toda costa, sorprenderá o encantará a sus lectores.

Introducción

Antes que hombre, Cortés es un mito, un mito con facetas que siempre se han disputado escuelas de pensamiento concurrentes e ideologías rivales, aun cuando cada una de ellas pueda concebir a "su" Cortés: semidiós o demonio, héroe o traidor, esclavista o protector de los indios, moderno o feudal, codicioso o gran señor...

Existe aquí una aparente paradoja. Es fácil imaginar que un personaje histórico ofrezca tal cantidad de interpretaciones si los documentos que le conciernen son escasos o incompletos, sin embargo, no es el caso de Hernán Cortés. Conocemos al conquistador de México por toda una serie de fuentes que es posible confrontar: están primero sus escritos, relaciones oficiales destinadas a Carlos V, correspondencia pública y privada o actas de jurisdicción; el testimonio de sus contemporáneos, archivistas y cronistas como Mártir de Anglería o López de Gómara; compañeros de conquista, como Díaz del Castillo o Aguilar; eclesiásticos como Las Casas.

Tenemos también —y en original— la visión de los vencidos. Persuadidos por los primeros franciscanos, algunos indígenas registraron en su lengua, el náhuatl, transcrito en caracteres latinos, su propia versión de la conquista. A todo eso se agregan una pléyade de documentos administrativos inherentes al gobierno de los territorios mexicanos recién conquistados y una multitud de obras judiciales que registraron con todo detalle los juicios a que fue sometido Cortés y, en sentido inverso, las quejas manifestadas por el conquistador. Desde la segunda mitad del siglo XVI, el *corpus* cortesiano se enriqueció con biografías enfocadas en la conquista de México, escritas por historiadores de varias nacionalidades. Ahora bien, ese vasto edificio historiográfico ha engendrado al paso de los años las lecturas más diversas.

El debate no se centra entonces, principalmente en la manera de leer los documentos históricos, sino más bien en la personalidad de Cortés, cuyos contornos son, sin lugar a dudas, polémicos. El conquistador se inscribe en una fase particularmente sensible de la historia de América, en la que todas las sociedades indígenas son exterminadas con brutalidad por obra de la colonización española. En este encuentro del Viejo y el Nuevo Mundo, choque de una inconmensurable violencia, cada uno ve la barbarie en el otro campo. En defensa de unos y otros se utilizan muchas veces argumentos ideológicos, pasionales o impulsivos. La conquista de México toca en la fibra más sensible del humanismo y arroja una cruda luz sobre la compleja mezcla de la civilización humana que constituye uno de sus rasgos más perturbadores. La muerte está en el centro de todos los dinamismos, el egoísmo sella todos los impulsos de generosidad colectiva, la felicidad de unos es la desgracia de otros. ¿Cómo leer una cultura en la que se yuxtaponen las hogueras de la Inquisición y el espíritu libre del Renacimiento?, ¿cómo comprender el refinamiento de los aztecas y su pletórico recurso al sacrificio humano?

¿Se debe renunciar, por ello, a tratar serenamente la historia de Cortés? No, en absoluto. Pero hay que partir de un principio: no se puede en este caso estudiar al hombre sin analizar al mismo tiempo la leyenda impregnada a su piel, ya sea negra, ya dorada. Sin embargo, reducir también a Cortés a su leyenda sería perder la ocasión de descubrir al hombre y a su tiempo. Su itinerario personal no se limita a los dos años de la conquista de México, ese lacónico 1519-1521 de los diccionarios. Cortés tiene una trayectoria: una infancia, deseos, ambiciones, voluntad e inteligencia, pero también puede ser presa del abatimiento; conoce tanto el éxito como el fracaso; posee familia, amigos y se debate entre amores complicados; envejece, sus sienes encanecen; no esquiva las lindes de la amargura, tiene penas y alegrías; sus reflexiones profundas chocan con sus preocupaciones más terrenas y cuando ve venir la muerte juzga a su época, piensa en el porvenir de España y México.[1] En una palabra, Cortés lleva una vida de hombre, una vida plena de 62 años.

Sorprende que la historiografía tradicional no haya tratado de escrutar al personaje en su totalidad y en su continuidad. ¿Acaso se habla del Cortés que se valía de todos los medios en la administración de Santo Domingo?; ¿del Cortés agricultor en Cuba? Y quién sabe que Cortés está al lado de Carlos V en su expedición de 1541 contra los berberiscos. Arraigada en la imagen del conquistador que quema sus naves en la playa de Veracruz o que tortura a Cuauhtémoc, el último soberano indígena, para que revele el escondite del "tesoro de los aztecas", con dificultad la memoria colectiva concibe a Cortés como el explorador del Pacífico que descubre California, que comercia con el Perú o que intenta abrir la ruta del poniente hacia las Molucas y Filipinas, por ejemplo. Le es difícil también reconocer entre los invitados a la boda del príncipe heredero de España, el futuro Felipe II, al hombre que algunos años antes desafiaba a la Corona al tomar posesión de México. De este modo, a la vez que una simple cronología contribuye a restituir las diferentes fases de la vida de Cortés, se impone un trabajo que les dé coherencia.

Resulta ilusorio tratar de comprender al hombre sin entender su siglo, pero aquí hay que mirarlo desde dos ángulos. Cortés, hijo de Castilla, es al mismo tiempo un tránsfuga que elige muy pronto a la América de los indios. No es posible limitarse al estudio del contexto hispánico, hay que intentar también pasar del lado indígena, para apreciar ese extraño itinerario cortesiano trazado en la frontera del Viejo y el Nuevo Mundo, en la que confluyen dos partes del universo civilizado que hasta entonces no se habían encontrado.

No hubiera proliferado el mito en torno al personaje si Cortés no hubiera sido un hombre profundamente original. Se ha eludido con frecuencia esta evidencia en favor de explicaciones mecanicistas que hacen del conquistador un instrumento de una colonización inexorable, echada a andar desde tiempo atrás, desde el primer viaje de Colón en 1492. Ahora bien, con Cortés nada es simple ni ordinario. Al contrario del arquetipo del conquistador bandido, Cortés es sutil, letrado, seductor y refinado; prefiere el gobierno de las mentes a la fuerza brutal que, no obstante, sabe manejar; aprovecha impunemente la debilidad de sus compañeros por la fiebre de oro; sabe analizar y anticipar, proyecta el porvenir, construye a largo plazo mientras que muchos otros se embrollan con las dificultades de lo inmediato o en las empresas de corto alcance. Aunque es manipulador por naturaleza, dispone de una sólida red de amistades y simpatías incondicionales. Si se conduce en el terreno del poder de manera tan atípica, es porque su visión de la historia y de la política se aleja por completo de los esquemas dominantes. Mientras que la mayoría de los colonos españoles de la primera generación alardean de un desprecio total por los indios, Cortés alimenta un sueño de mestizaje. Al evitar, a sangre y fuego, que se repita el escenario antillano de exterminación de los nativos; al concebir y realizar un injerto español en el tejido cultural y humano del imperio azteca, Cortés funda en realidad el México moderno. Este alumbramiento épico agravió y continúa agraviando a los hijos del mestizaje y a los descendientes de la potencia conquistadora, porque en ese instante del encuentro se mezclan el respeto y el despojo, la fascinación y el odio, la crueldad y la nobleza, el amor y la indiferencia, la codicia y el altruismo; porque nada en esta historia se escribe lineal o serenamente, necesitamos sumergirnos en esta complejidad que gira alrededor de un hombre y de su concepción del Nuevo Mundo.

Otra cuestión, considerablemente más política, influye constantemente en el destino de Cortés: la actitud de la Corona respecto al naciente imperio colonial. Al llevarse a cabo, al margen de cualquier estrategia, el descubrimiento de América perturba profundamente a una Castilla cristiana entregada en ese momento a la reconquista de su territorio ibérico. ¿Esa Castilla es capaz de inventar al momento una nueva filosofía del poder que tome en cuenta la extraordinaria novedad de esas "Indias occidentales"? ¿Qué sistema de delegación de poder podría establecerse del otro lado del océano?, ¿cómo organizar la administración y el control de un territorio situado más allá de los mares, a 45 días de navegación? ¿Cómo conducirse con esos indios tan numerosos sobre los que se discute —con muy mala fe— su pertenencia al género humano?

A estas cuestiones iniciales pronto se agrega el problema de la acumulación sucesoria de los infantazgos de Carlos V. En efecto, el joven Carlos de Gante, nieto de Fernando de Aragón y de Maximiliano de Austria, hereda casi simultáneamente la Corona real de sus dos abuelos: Fernando de Aragón muere en 1516 y Maximiliano I en 1519. Carlos I, proclamado rey de España a los dieciséis años, se va a convertir tres años más tarde en Carlos V, rey de los romanos y emperador germánico. Ahora bien, a este conjunto de posesiones europeas gigantescas pero dispersas, ya difíciles de administrar, se suman los inmensos territorios de la "tierra firme", esa América continental cuya dimensión no tiene nada que ver con las extensiones de las islas del Caribe ya ocupadas. La conquista de México, emprendida en 1519 por Cortés, instaura de hecho una situación inédita que España quizá no estaba preparada para manejar y que tendrá dificultades para dirigir. Cortés se encuentra entonces en el centro de un sismo filosófico y político, producto del cambio de proporciones del mundo, y su acción contribuye innegablemente a provocar la cesura entre la época medieval y el Renacimiento.

Primera Parte

De Medellín a Cuba
(1485-1518)

Capítulo 1

Infancia
(1485-1499)

Los orígenes de Cortés están envueltos en cierto misterio. Nació en Medellín, Extremadura, en el corazón de la meseta ibérica, probablemente en 1485. Se desconoce su fecha exacta de nacimiento y el aludido la omitió siempre, sin que se sepa por qué. Incluso su biógrafo oficial, el padre Francisco López de Gómara, a quien Cortés tomó como capellán y confesor al final de su vida, se conforma con proporcionar en su *Historia de la conquista de México* el año 1485.[1] Ese laconismo de los primeros biógrafos no se rompe más que una sola vez en un texto anónimo de unas veinte hojas del que sólo se conoce una copia que data del siglo xviii.[2] El autor desconocido traza allí una biografía sucinta de Cortés que se detiene el 18 de febrero de 1519. Se menciona en ella que el conquistador nació en 1485, a finales del mes de julio.[3] Tal imprecisión en la precisión no deja de ser extraña, aunque existen variantes.

La tradición franciscana de finales del siglo xvi sitúa el nacimeinto de Cortés en 1483.[4] Se cree comprender por qué: es el año del nacimiento de Lutero. En México, los franciscanos vieron en esta conjunción una especie de signo divino: ¡Cortés, el evangelizador de la Nueva España, vino a la tierra para convertir a los indios y compensar así la pérdida de batallones de cristianos volcados a la Reforma! Desde su primer día de vida, el hombre queda atrapado por su leyenda, y su biografía se vuelve una apuesta simbólica. Si se agrega que existe en Medellín (Badajoz), en el lugar de su casa natal, una especie de estela que indica: "Aquí estuvo la habitación donde nació Hernán Cortés en 1484",[5] se observa que no hay dogma en la materia. Aunque uno se pueda conformar con la versión que sugirió el mismo Cortés a sus allegados, es decir, 1485, esta verdad a medias representa quizá el indicio de una voluntad de no ser más explícito.

REFERENCIAS GENEALÓGICAS

Cortés fue también muy discreto respecto a su origen familiar. Con su apoyo, se impuso a la historiografía una especie de vulgata: fue el vástago de una familia de pequeños hidalgos, honorables pero pobres. De allí le vendría el gusto por el dinero —del que había carecido— y su sed de honores y de poder sería la consecuencia de la fascinación clásica de los pequeños hidalgüelos por los grandes de España. Esta lectura, bastante difundida, tiende, se sabe bien, a presentar a Cortés como un conquistador entre los conquistadores; es decir, el producto banal, en suma, de su tiempo y de su clase social. ¿Es así?

De acuerdo con todos los documentos, Fernando Cortés de Monroy es hijo único de Martín Cortés de Monroy y de Catalina Pizarro Altamirano. Bautizado en la iglesia de San Martín en Medellín, lleva el nombre de su abuelo paterno. No es sorprendente que Fernando, Hernando y Hernán, al ser en español tres grafías de un solo y mismo nombre, se les utilice indistintamente en los textos. La historia ha conservado la forma abreviada, Hernán, pero sabemos por testimonio de Bernal Díaz del Castillo[6] que se hacía llamar por sus hombres y sus amigos Cortés, a secas, lo que arreglaba un problema protocolario que distaba de ser anodino. En efecto, los nobles españoles o las personas titulares de un cargo oficial tenían derecho al tratamiento de don junto a su nombre; ese don era el apócope del latín *dominus*, señor. Ahora bien, Cortés siempre se negó a hacerse llamar don Fernando o don Hernando, lo que varios miembros de su círculo le reprochaban.

Consideraba que la esencia de la autoridad no estaba contenida en una fórmula de tratamiento ni se heredaba al nacer. Se descubre detrás de tales detalles una personalidad bien templada, poniendo sobre las costumbres la mirada crítica de un analista sagaz.

Él es hidalgo[7] por sus dos ascendencias. "Su padre y su madre son de linaje noble —escribe Gómara—. Las familias Cortés, Monroy, Pizarro y Altamirano son ilustres, antiguas y honradas".[8] Otro documento precisa que se trata de "linajes antiguos de Extremadura, cuyo origen se encuentra en la ciudad de Trujillo".[9] Algunos turiferarios[10] se las ingeniaron para hacer remontar la genealogía de Cortés a un antiguo rey lombardo, Cortesio Narnes, ¡cuya familia habría emigrado a Aragón! En cambio, el dominicano Bartolomé de las Casas, quien profesa una enemistad declarada en contra del conquistador de México, proporciona una versión minimalista; lo presenta como "hijo de un escudero que yo cognoscí, harto pobre y humilde, aunque cristiano viejo y dicen que hidalgo".[11] Fue el mismo Cortés quien le facilitó a López de Gómara informaciones sobre la modicidad de la situación económica de su familia. El cronista lo expresa con una fórmula elegante: "Tenían poca hacienda, empero mucha honra".[12] Durante la década de los cuarenta del siglo XX, un historiador local se dedicó a estudiar la importancia de la hacienda de los Cortés en Medellín, y llegó a una estimación que confirmaba la mediocridad de los ingresos familiares.[13] Con la distancia, esta adición de fanegas de trigo y arrobas de miel, esa especulación sobre los arrendamientos cobrados (cinco mil maravedíes), esa reconstitución a partir de reconstituciones no parece ser convincente en absoluto. El método implica evaluar todo a ojo de buen cubero: el nivel de vida, el precio de las mercancías y los rendimientos. El ejercicio entonces es puramente teórico y de todas maneras no estamos seguros de contar con la totalidad de la información sobre las propiedades familiares de los Cortés. Así que, no es indispensable repetir lo que se ha dicho sobre la pobreza de Hernán Cortés; se puede incluso tener una opinión radicalmente opuesta.

Sabemos por textos judiciales y declaraciones bajo juramento[14] que el abuelo materno de Hernán, Diego Altamirano, casado con Leonor Sánchez Pizarro, era el mayordomo de Beatriz Pacheco, condesa de Medellín. Notable de la ciudad donde fue alcalde. En cuanto a Martín Cortés de Monroy, padre de Hernán, tuvo cargos oficiales durante toda su vida, principalmente los de regidor y luego procurador general del Consejo de la villa de Medellín. En el antiguo sistema medieval español —la costumbre y fuero de España— las ciudades no atribuían esos oficios sino a los hidalgos y como se trataba de cargos costosos, se escogía para ocuparlos a quienes disponían de una fortuna personal. Al mismo tiempo que permitía tener el rango, tenía fama de poner al abrigo de toda tentación de concusión a los dignatarios que estaban a cargo de la colectividad.

Por otra parte, Diego Alonso Altamirano aparece en un gran número de textos con su título de "escribano de Nuestro Señor el Rey y notario público en su Corte".[15] Era jurista y probablemente hizo sus estudios de derecho en la Universidad de Salamanca. La familia Altamirano, que lleva igualmente el apellido de Orellana,[16] es una de las dos familias que reinaban en Trujillo, la otra es la casa de los Pizarro, cuyos escudos podemos ver con frecuencia mezclados con los de los Altamirano en casi todas las moradas señoriales trujillanas de los siglos XIV, XV y XVI. Por su madre, nacida Pizarro Altamirano, Cortés pertenece entonces a las dos familias más poderosas de esa ciudad, de la que Medellín parece ser como una especie de extensión campestre.

De igual forma conocemos muy bien a la familia Monroy, la rama paterna del joven Hernán. Aunque dotado de un patronímico francés, se trata de una añeja familia de la costa Cantábrica. Sabemos que del norte de España, de las montañas de Asturias que siguieron siendo cristianas durante toda la ocupación árabe, partió el movimiento de reconquista que tomó un giro irreversible después de la batalla de Las Navas de Tolosa, en 1212. Los Monroy, "viejos cristianos", se implicaron en esta larga lucha contra la presencia musulmana y tomaron una parte activa en la reconquista de Extremadura, la cual recibió su nombre en el siglo XIII cuando vino a formar la "frontera extrema" del reino de Castilla y León. Es en este contexto de cruzada interior que se fundó la caballería española: órdenes de Santiago, de Calatrava, de Alcántara. En el entorno feudal, esas órdenes poderosas, indispensables aliadas de la Corona, captan una parte no despreciable del poder militar, religioso y económico de la época.[17] Ahora bien, son los Monroy quienes, con algunas familias, a veces aliadas o competidoras, controlan en el siglo xv la orden de Alcántara. Alonso de Monroy llegó a ser gran maestro en 1475, en condiciones sobre las que regresaremos.

El feudo de los Monroy se encuentra en Belvís, en el valle del Tajo, a unos cien kilómetros al noroeste de Trujillo, cuyo imponente castillo familiar sigue desafiando los siglos. Pero los Monroy ocupan igualmente una posición social dominante en la ciudad de Plasencia, donde su vasta casa, flanqueada por dos torres, se levanta orgullosamente desde el siglo xiii muy cerca de la catedral. Tienen casa propia en Salamanca y forman parte de la leyenda de la ciudad: hacia mediados del siglo xv, dos hermanos Monroy fueron asesinados por los hermanos Manzano, descontentos por haber perdido contra ellos un partido de pelota. En lugar de verter lágrimas, su madre, que se convertiría en la célebre María la Brava, se colocó una armadura y junto con los amigos de sus hijos persiguió a los jóvenes criminales que habían huido a Portugal. Los encontró en Viseo y llevó a cabo su venganza: los decapitó y trajo su cabeza en un poste, entró a caballo a Salamanca en una macabra procesión para ir a depositar las cabezas de los asesinos en la iglesia donde habían sido enterrados sus hijos. Alonso de Monroy, el turbulento dirigente de la orden de Alcántara, tío abuelo de Hernán, se cuenta también entre las figuras heroicas de las canciones de gesta y los romanceros del siglo. Dotado de una estatura colosal y de una fuerza hercúlea, era un jefe de guerra infatigable de quien no sorprende que se haya creado una imagen legendaria de caballero invencible.

En suma, esta peculiar genealogía cortesiana está muy bien equilibrada. Gente de armas y letrados se apoyan y complementan, el anclaje urbano se combina con la posesión de grandes dominios rurales: los enlaces matrimoniales cuidadosamente calculados acabaron tejiendo por todo Extremadura una vasta red de lazos familiares donde están emparentados los Monroy, los Portocarrero, los Pizarro, los Orellana, los Ovando, los Varillas, los Sotomayor o los Carvajal. Los recursos financieros no parecen faltar, puesto que estallan esporádicamente dispendiosas guerras civiles privadas en el seno de esta nobleza, lista para desgarrarse por historias de sucesión o querellas de torreón. En el fondo, el marco es absolutamente medieval.

Aunque Cortés haya tenido la delicadeza de no pasar nunca por un heredero o un hijo de papá, pese a que no cesara de pedir que se le juzgara por sus actos y su éxito personal —lo que es una postura loable—, no por ello deja de beneficiarse, al menos al principio, del apoyo de un medio familiar privilegiado. Su padre, fiel transmisor de la acción de su hijo, tendrá siempre acceso a la corte de Carlos V y él mismo contará discretamente y sin ostentación con la confianza íntima de las almas bien nacidas.

LA VIDA DE FAMILIA EN MEDELLÍN

Cortés parece no haber tenido sentimientos muy tiernos por su madre Catalina, a quien le profesaba un respeto filial, en el espíritu del tiempo, sin emoción. El retrato que le hace a López de Gómara es de una aridez implacable: "recia y escasa", dura y mezquina. El cronista utiliza una perífrasis que no suaviza lo suficiente el retrato: "Catalina no desmerecía ante ninguna mujer de su tiempo en cuanto a honestidad, modestia y amor conyugal".[18] Al convertirse en viuda en 1528, Cortés la llevará con él a México en 1530, donde morirá algunos meses después de su llegada. Su muerte no parece haberlo afectado con desmesura.

En cambio, Cortés profesa una verdadera admiración por su padre Martín y, a falta de la ternura o afecto que, no se acostumbraba prodigar en esa época, mantiene con él una sana relación de confianza y complicidad; tiene siempre el sentimiento de que su padre comprende su proceder y nunca duda en pedirle apoyo. Por ejemplo, en marzo de 1520, cuando Hernán está en México, en una posición todavía incierta, don Martín Cortés de Monroy interviene ante el Consejo real para denunciar la actitud del gobernador de Cuba respecto a su hijo: "El dicho Diego Velázquez, sin causa ni razón, ha mostrado tanto odio al dicho mi hijo que […] ha de procurar hacer todo el daño que pudiere al dicho mi hijo […] Suplico a V. M. lo mande todo proveer mandando que cese todo el escándalo".[19] Así es ese padre, que habla alto y fuerte a Carlos V y con eficacia: es un partidario incondicional de su hijo.

Si entre padre e hijo la estima y la confianza son recíprocas, también se dibuja la semejanza de carácteres. Hernán heredó de Martín una forma de piedad que no está hecha de ritualismo ciego sino de modestia frente al destino, el cual está en las manos de Dios. Como contrapunto de esta aceptación de la trascendencia divina, ambos dan prueba de una indiscutible reserva hacia los poderes temporales. En la antípoda del espíritu cortesano, Martín tiene la costumbre de hablar claro y asumir sus propias convicciones. Animado con la certeza que da la buena fe, Martín Cortés de Monroy tiene tendencia a reconocer sólo a Dios como amo. Las tentativas de los Reyes Católicos, Fernando de Aragón e Isabel de Castilla, para unificar España apropiándose de los bienes de la nobleza, no encuentran, suponemos, gracia ante sus ojos. Encontraremos entonces a Martín con las armas en la mano, participando como capitán de caballería ligera en la guerra civil de 1475-1479 en el campo de Alonso de Monroy, el Clavero, enemistado entonces con la reina Isabel.[20] El desafío a la autoridad real, aun por solidaridad familiar, caracteriza al espíritu del tiempo. La insolencia altanera de los grandes de España que no se descubrían ante el rey no es una leyenda. En aquel final del siglo xv, Martín Cortés participa en el mundo feudal ibérico, donde es bien visto mostrar valor al defender los privilegios y donde la insumisión a los poderes políticos nacientes pasa por ser una virtud. Esa hechura cultural de la personalidad de Martín llegará a ser en Hernán un verdadero rasgo de carácter y se traducirá en lo que se podría llamar un natural insumiso.

Hijo único, probablemente mimado por sus dos padres, el pequeño Hernán fue educado en la casa familiar de Medellín por una nodriza.[21] Un preceptor y un maestro de armas vinieron muy pronto a instruir al niño al domicilio, según la costumbre de las familias nobles. ¿Por qué una tradición incansablemente repetida hace de Cortés un niño enclenque, de salud delicada, varias veces aquejado de fiebres y enfermedades graves? Quizá se trate simplemente de poner el acento en el beneficio de las santas invocaciones que le prodigaba su nodriza, particularmente dirigidas a San Pedro. Se puede excluir sin miramientos esta hagiografía que tiende a hacer de Cortés niño una criatura elegida de Dios y, por lo tanto, protegida para que se cumpla su destino. La verdad es que adulto será una fuerza de la naturaleza que seguramente vivió una infancia normal en un siglo en el que había que vencer a la enfermedad para sobrevivir.

Cortés entonces pasa su infancia, hasta la edad de catorce años, en esta pequeña ciudad de Extremadura que cuenta con algunos miles de habitantes. Erigida al pie de un imponente castillo enclavado en la cumbre de una colina que domina el vasto valle del río Guadiana, Medellín fue en todos los tiempos un punto de control de los desplazamientos humanos en esta región. En la intersección del camino norte-sur que va de Sevilla a Salamanca y del camino este-oeste que por el valle de Guadiana comunica a Portugal y Castilla, Medellín probablemente fue siempre una plaza fuerte. Primero celta,[22] luego griega, la ciudad fue ocupada por los romanos en 74 a.C., en la época cuando el cónsul Quintus Cecilius Metellus disputaba Lusitania a Sertorius, que se había vuelto disidente. Es en esta época, en honor a su conquistador, que la ciudad es bautizada como Metellinum, de donde se derivará el Medellín castellano. Los romanos edifican allí un puente de piedra esencial para la circulación, una fortaleza para sostener ese puente estratégico y toda una ciudad con su foro, su teatro y sus templos. Tomada por los árabes en 715, Medellín resiste cinco siglos de ocupación musulmana sin que la ciudad sufra el menor declive de vitalidad; se mantiene el castillo —e incluso es remodelado— y las tierras agrícolas revaloradas. La reconquista es obra de los caballeros de la orden de Alcántara, que toman posesión de la fortaleza en 1234.[23] Situada desde entonces en la frontera de dos poderes rivales, Medellín va a encontrarse en el centro de un interminable conflicto territorial entre Portugal y Castilla. Esa guerra de posición no encontrará verdaderamente su epílogo hasta 1479 con el tratado de Alcaçovas.

El pequeño Hernán nace, entonces, en una atmósfera relativamente pacificada, aunque perdurarán las secuelas de esta separación entre dos campos adversos, la cual fue motivo de división de familias y habitantes de Medellín. Se está lejos, sin embargo, de la descripción bucólica que retoman con frecuencia los biógrafos de Cortés, quienes imaginan al pequeño Hernán llevando una vida casi campestre, cazando liebres con su lebrel, bañándose en el Guadiana o recorriendo a caballo inmensas tierras de pastura. A finales del siglo xv, Medellín, aunque cercada por los dominios agropastorales de la orden de Alcántara que colindaban con los de la orden de Santiago, sigue siendo una ciudad activa y próspera, con una burguesía bien establecida y una rica comunidad judía. A título de ejemplo, durante la recolección de fondos solicitada por la reina Isabel para la guerra contra Granada, el dinero aportado por Medellín la coloca en el décimo lugar de las ciudades contribuyentes.[24]

Cortés no es entonces un niño de campo, sino más bien un niño de grandes espacios, a quien le bastaba con subir al pie del castillo y sentarse en el hemiciclo del antiguo teatro romano para ver desfilar hasta perderse de vista, los inclinados paisajes de Extremadura, como un llamado al sueño y, quizá, a la aventura.

Capítulo 2

La España Medieval
de Isabel la Católica

No se sabe cuáles son los ecos del mundo que llegan hasta el joven Hernán. Pero lo cierto es que el mundo medieval agoniza ante sus ojos y no puede dejar de sentir el sismo cultural que sacude aquel final del siglo xv. Los historiadores, desde hace mucho tiempo, ubican el fin de la Edad Media en 1453. En efecto, en ese año, Constantinopla cae en manos del sultán Mahomet II y el imperio bizantino desaparece. Aunque tales fechas, cuya arbitrariedad se intuye, constituyen un parteaguas y pueden tener un interés clasificatorio, se permite, no obstante, discutir la legitimidad de esa cesura. Personalmente, tiendo a pensar que el Renacimiento, con todo lo que implica de cambio y modernidad, no se manifiesta antes del periodo 1515-1520. Regresaremos a esto más adelante, puesto que esta mutación del mundo, que es una consecuencia del descubrimiento de América, ocurre precisamente cuando Cortés emprende la conquista de México. Por el momento, demos un vistazo a la España de esta segunda mitad del siglo xv, el cual es todavía completamente medieval.

La Castilla entre Portugal y Aragón

En primer lugar, España está en busca de su propio territorio. Se sabe que los moros ocuparon la península desde el siglo viii. La reconquista, la guerra de liberación emprendida por los herederos

39

de los visigodos cristianos, comienza en el siglo XI. Es en esta lucha cuando aparece el Cid, el famoso Rodrigo (Roderic) Díaz de Vivar. En el siglo XIII, después del decisivo éxito obtenido por los cristianos en Las Navas de Tolosa en 1212, los musulmanes abandonan sus posiciones, con la notable excepción del reino de Granada, al sur de España. Desde esa época, existe entre los príncipes cristianos de España el sueño todavía lejano de una Hispania unida. Pero por el momento todavía reina la división. La península ibérica está fraccionada en tres bloques principales: Portugal, al oeste, con las fronteras que conservó después; Castilla, en el centro, y Aragón al este. La España unificada y poderosa del siglo XVI nacerá de la voluntad de una mujer: Isabel de Castilla.

Desde 1454, Castilla es patrimonio del rey Enrique IV el Impotente. No es posible comprender el sentido de las gestiones de Isabel la Católica si no nos detenemos un instante en este personaje desconcertante. Enrique IV, al ser el único hijo sobreviviente del primer matrimonio del rey Juan II de Castilla con María de Aragón, sube al trono a la muerte de su padre; tenía entonces treinta años. Como era fruto de una sucesión de matrimonios consanguíneos, sufre de varias degeneraciones: independientemente de su fealdad, que se ha convertido en legendaria, heredó la abulia de su padre, por lo que durante toda su vida será incapaz de tomar una decisión. En torno a él, dos favoritos no cesarán de luchar por tener el control de su persona. Beltrán de la Cueva, su valido y Juan Pacheco, marqués de Villena. Muy joven, Enrique había sido casado con Blanca de Navarra, pero no había podido consumar el matrimonio. Una vez convertido en rey, sus consejeros, animados por la preocupación de que tuviera descendencia, lo incitaron a repudiar a la inmaculada Blanca, quien había permanecido virgen, y a buscar otra alianza. Se casó entonces en segundas nupcias con Juana de Portugal, hermana del rey lusitano Alfonso V, en Córdoba, el 21 de mayo de 1455. Pero la hermosa Juana de ojos de brasa, tampoco tuvo éxito. Una vez más, el rey Enrique, al ser impotente y profesar un vivo disgusto por las mujeres, tampoco pudo consumar el matrimonio.

Rodeado por una especie de guardia pretoriana mora, llevaba con gusto un turbante para ocultar sus cabellos rojos y se negaba a cazar y a hacer la guerra. Enrique IV de Castilla se entregó a los placeres, en contra de la sensibilidad de la nobleza, que sólo esperaba un pretexto para rebelarse. El incidente ocurrió en 1462, cuando la reina dio a luz una niña a la que llamó Juana. De notoriedad pública, el genitor no era otro que el favorito del rey, Beltrán de la Cueva, aparentemente bisexual. La pequeña Juana fue llamada de inmediato la Beltraneja y ya no fue conocida más que por ese nombre. El hecho de que el rey Enrique IV reconociera a esa niña ilegítima como heredera al trono de Castilla hizo estallar el polvorín. El descontento de una parte de la nobleza se transformó en guerra larvada después de que en Ávila, el 5 de junio de 1465, la efigie del rey fuera públicamente quemada. En el trono vacante, los insurgentes instalaron simbólicamente a Alfonso, medio hermano del rey. Juan II de Castilla, quien había procreado a Enrique en su primer matrimonio, se había vuelto a casar, después de quedar viudo, con Isabel de Portugal, quien antes de morir loca en Arévalo le había dado dos hijos: Isabel, nacida en 1451 y Alfonso, nacido en 1453.

Bajo presión, Enrique acepta designar a Alfonso como heredero al reino. Alfonso era, ciertamente, más legítimo que la Beltraneja, sin embargo, no era presentable. Sufría graves taras y un defecto mayor en la motricidad maxilar que le impedía hablar. No era quizá el rey con el que algunos soñaban. El veneno hizo entonces su efecto: el joven Alfonso, a la edad de quince años, murió tan súbita como providencialmente el 5 de julio de 1468 en Cardeñosa. La vía estaba libre para la entrada de Isabel a escena. El marqués de Villena logró arrojar de la corte a su rival Beltrán de la Cueva y obligó al rey Enrique a reconocer a Isabel como heredera de la Corona de Castilla; luego de un encuentro entre los dos protagonistas, el rey y su media hermana firmaron, el 19 de septiembre de 1468, el pacto de Los Toros de Guisando.[1] El rey renunciaba a sostener los derechos de la Beltraneja, designaba a Isabel como heredera al trono y ofrecía el perdón a todos los nobles que habían tomado las armas contra él. La única condición impuesta a Isabel era que no se casara sin el consentimiento de su hermano. La paz volvió a Castilla.

En los meses que siguieron, el marqués de Villena fue obligado a mostrar sus cartas. Fascinado por la riqueza de Portugal, que se estaba convirtiendo en la mayor potencia marítima del mundo y, al mismo tiempo, hostil al reino de Aragón, que consideraba amenazante para Castilla, Pacheco decidió unir definitivamente a Castilla con Portugal. Concibió entonces casar a Isabel con el rey Alfonso V de Portugal, mientras que la Beltraneja —que aún no cumplía siete años— se uniría a su hijo, el príncipe heredero de la Corona portuguesa. En ese escenario demasiado perfecto, la competencia entre los partidarios de Isabel y los de la Beltraneja se resolvía a espaldas de Aragón.

Pero no contaban con la personalidad de Isabel y la determinación de sus consejeros, el poderoso Alfonso Carillo, arzobispo de Toledo y Alonso de Cárdenas, alto dignatario de la orden de Santiago. Con la fuerza de su título de princesa heredera y desde la altivez de sus dieciocho años, con la complicidad de su encanto, de sus ojos verdosos y sus cabellos rubios, Isabel decidió prescindir de la tutela de su hermano y rechazó el matrimonio con el portugués, así como había rechazado hasta entonces a todos sus pretendientes, llegando incluso a mandar a asesinar a uno de ellos —al propio hermano del marqués de Villena— para estar segura de no tener que casarse con él.[2] Sabiendo que ella rompía el pacto de Los Toros de Guisando, lo que no dejaría de reencender la guerra civil, Isabel decidió casarse con Fernando, el príncipe heredero de Aragón, menor que ella por un año. Las negociaciones, iniciadas con el mayor secreto, fueron descubiertas y Pacheco, furioso, hizo cerrar la frontera con Aragón. Después de innumerables peripecias en las que el futuro rey tuvo que disfrazarse de arriero y dormir en la paja de los establos para escapar de los servicios de información del rey Enrique IV, Fernando logró llegar a Valladolid donde lo esperaba Isabel.

La boda se celebró a continuación en la semiclandestinidad el 18 de octubre de 1469, en un palacio de la ciudad. Según el deseo de Isabel, Castilla y Aragón se habían unido, pero el destino de España se balanceaba todavía. Al caducar los acuerdos de Guisando, Pacheco aguijoneó al rey Enrique IV para intentar una alianza con Francia y contrarrestar la alianza de Isabel con

Aragón. Ella fue desheredada. La Beltraneja recuperó su estatus de princesa heredera y fue casada —por poder— con el duque de Guyenne, hermano de Luis XI. Pero el duque de Guyenne, por lo demás completamente degenerado, fue envenenado en Burdeos en 1472. El país caía en la desolación: los nobles, divididos entre el partido isabelino y el partido de la Beltraneja, se enfrentaban en una guerra indecisa; las ciudades desdeñaban a la corte y la anarquía reinaba.

La guerra civil: Isabel contra la Beltraneja

Tres muertes providenciales apresuran la salida del coma español. Primero la del papa Paulo II, en 1471: al negarse a firmar la bula que autorizaba el matrimonio consanguíneo de Isabel y Fernando, el papa había nulificado esa unión, ¡lo que empañaba la legitimidad de los jóvenes reales desposados ! Su sucesor, Sixto IV, embaucado por los emisarios de Isabel, aceptó de inmediato regularizar tal matrimonio. Isabel tenía ahora el apoyo del Vaticano. Después, Juan Pacheco, marqués de Villena y mayordomo de palacio de Enrique IV, gran maestro de la orden de Santiago, expiró el 14 de octubre de 1474. Su sucesión a la cabeza de la orden, cargo mejor remunerado del reino, provocó inmediatamente el desgarramiento de la nobleza. En el colmo de la anarquía, el rey murió en condiciones sospechosas, probablemente envenenado con arsénico, el 11 de diciembre de 1474, con lo que terminó un reinado desastroso.

Dos días después, sin permitir a la oposición organizarse, Isabel, que se encontraba en Segovia, se hizo proclamar "reina propietaria del reino de Castilla" y prestó juramento. Esta proclamación no tuvo lugar, como se dice a veces, en el alcázar, que es un palacio y una fortaleza, sino en el atrio de la iglesia de San Miguel. Con esto Isabel quería simbolizar desde el principio que su poder estaba bajo la protección de la Iglesia. Poderosamente apoyada por la casa de Aragón, tomó ventaja sobre Juana la Beltraneja, quien gozaba, a su vez, del apoyo del rey de Portugal, su tío. A los 23 años, Isabel sube al trono de Castilla pagando el precio de una guerra civil entre los partidarios de la alianza con Aragón y los que prefieren la alianza con Portugal. España se edificará finalmente con la unión de Castilla y Aragón, aunque después de cuatro años de luchas épicas. La actitud ultra autoritaria de Isabel impulsó a algunos de sus antiguos aliados a la oposición: el arzobispo de Toledo, el orgulloso Carillo, el gran maestro de la orden de Alcántara, Monroy, se unieron a la hija de Juan Pacheco en el clan portugués, mientras que Beltrán de la Cueva abandonaba el partido de su hija para apoyar a Isabel. En ese entrecruzamiento de alianzas y cambios de alianzas, las tropas de Alfonso V invaden Castilla el 25 de mayo de 1475. El rey portugués se instala en Plasencia, donde se casa con la Beltraneja, su sobrina, todavía impúber. Alfonso y la pequeña Juana se hacen proclamar reyes de Castilla y León. Las tropas portuguesas toman Toro, Zamora y luego Burgos. Segovia, que había llevado a la reina Isabel al trono dos años antes, se rebela a su vez. El poder de Isabel se tambalea, a pesar de su generosa política de distribución de títulos nobiliarios. Portugal está a punto de anexarse a Castilla.

Al final, Fernando, valiente y perseverante jefe de guerra, es quien, a la cabeza de las tropas aragonesas, hará la diferencia. Poco a poco toma ventaja sobre los ejércitos portugueses y logra expulsar a Alfonso V y a la Beltraneja. El conflicto militar termina en Extremadura con la batalla de La Albuera, cerca de Mérida, el 24 de febrero de 1479: las fuerzas fieles a Isabel triunfan entonces definitivamente.

¿Dónde se encuentra el último reducto de la oposición a Isabel? ¡En Medellín! La batalla de Mérida, conocida con el nombre de batalla de La Albuera, ve en efecto enfrentarse a Cárdenas, gran maestro de la orden de Santiago, a la cabeza del ejército isabelino y a Monroy, gran maestro de la orden de Alcántara, apoyado por las tropas portuguesas conducidas por el obispo de Evora. Es de hecho la condesa de Medellín, Beatriz Pacheco, hija del hombre ligado al rey Enrique IV, quien anima el conflicto. Después de su derrota, el obispo de Evora irá a refugiarse a Medellín, al castillo de la condesa. Mientras empezaban las negociaciones de paz en Alcántara desde el mes de marzo de 1479, Medellín seguía resistiendo. La ciudad se rindió hasta después de cinco meses de sitio y cuando obtuvo garantías de que no habría represalias, cuidadosamente escritas sobre el papel en el tratado de Alcaçovas.[3] En la práctica, a pesar de sus compromisos, Isabel confiscó los bienes de los nobles que la habían combatido. Como Martín Cortés se encuentra en el último extremo de los opositores, no se excluye que haya tenido que pagar un tributo bastante alto por haber pertenecido al partido de los perdedores. Esos elementos pueden explicar, por una parte, las alusiones de López de Gómara respecto a la modicidad del tren de vida de los Cortés a finales de siglo y, por otra parte, la distancia de Hernán respecto a un poder real que percibirá siempre como resultado de componendas perfectamente aleatorias. De hecho, en esas horas turbulentas de 1474 a 1479, la suerte de España estuvo a dos pasos de volcarse del lado de Portugal.

El viraje de 1479

El gran viraje ocurre entonces en aquel año de 1479. El tratado de Alcaçovas, firmado en septiembre entre las dos potencias belicosas, acuerda la división de la península ibérica en dos entidades en lo sucesivo prometidas a destinos diferentes. A cambio de toda pretensión territorial sobre Castilla, Alfonso V obtuvo para Portugal un fructuoso reparto de mares: aunque las Canarias regresan a Castilla, la soberanía portuguesa sobre Madera y las Azores es reconocida; el rey lusitano obtiene de Castilla, por otra parte, que respete el monopolio del comercio africano que fue concedido a Portugal por una bula del papa Nicolás V, en 1455. La Beltraneja, rehén político, que se debate en un juego de poder desgastante preferirá tomar los hábitos y se retirará al convento de Santa Clara en Coimbra.

Casi simultáneamente, a la muerte del rey Juan II,[4] su hijo Fernando, "legítimo esposo" de Isabel, accede al trono de Aragón y las dos coronas se reúnen. La Corona de Aragón comprende, alrededor del reino de Aragón propiamente dicho, centrado en Zaragoza, a Cataluña, el antiguo reino de Valencia, las Baleares y

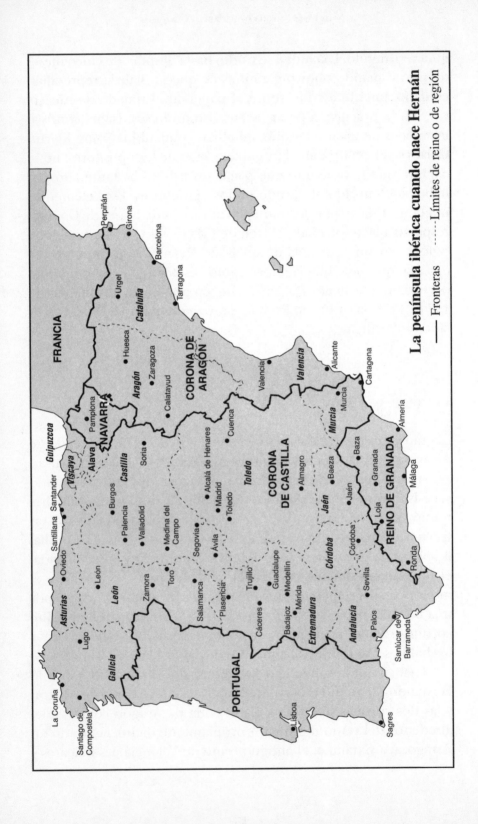

La península ibérica cuando nace **Hernán**

—— Fronteras ------ Límites de reino o de región

Sicilia. Este conjunto de un millón de habitantes viene a unirse a la inmensa Castilla, que en 1479, sin Granada ni Navarra, cuenta aproximadamente con cuatro millones de habitantes.[5] La nueva entidad europea que es la España de Fernando e Isabel resulta todavía poca cosa en relación con Francia, que gracias a sus trece o catorce millones de habitantes, figura como gran potencia. Pero España puede ya rivalizar con Italia del Norte (5.5 a seis millones de habitantes), Inglaterra (tres millones) o Los Países Bajos (2.5 a tres millones). Alemania en ese tiempo no es demográficamente mucho más importante que Portugal (aproximadamente un millón de habitantes).

Si bien la España moderna, surgida de un matrimonio, de una herencia y de una guerra civil, está inscrita en el papel desde 1479, ¡en ese momento, no obstante, sigue siendo una realidad cercana a la abstracción! Aragón y Castilla conservan sus instituciones respectivas y en el interior de esas "fronteras", cada región construye su especificidad. En Castilla coexisten Galicia, Asturias, las provincias vascas, León, Extremadura, Andalucía, Córdoba, Jaén, Murcia y Toledo que forman alrededor de Burgos, capital histórica de la vieja Castilla, una constelación muy heterogénea. Aragón no está mejor distribuido: el particularismo catalán es celosamente cultivado mientras que Valencia, caracterizada por una fuerte concentración de moros, nutre impulsos insurreccionales. A eso se agregan la independencia de espíritu y la potencia militar de los nobles que reinaban en sus feudos, el poder económico de las órdenes militares, los fueros concedidos a las ciudades, los privilegios eclesiásticos, las franquicias universitarias y la impunidad de los salteadores de caminos que pululan... ¿Qué queda entonces a fin de cuentas del poder real?

Fernando e Isabel se encuentran entonces ante un desafío: necesitan unir un país fraccionado al máximo por una historia deshilvanada y una organización política medieval. La idea de Isabel es simple: la religión debe servir de base para la unidad de España.

¿Cuáles son los motivos que impulsan a Isabel por este camino? ¿Por qué en el fondo, tomando en cuenta sus orígenes, la biznieta del rey de Portugal, Juan I, no se incorpora a la opción de la alianza con el vecino lusitano? En esa época, en Portugal se habla un dialecto que no se ha separado formalmente del castellano por lo que ya no hay más distancia entre Castilla y Portugal que la que existe con las posesiones aragonesas mucho más heterogéneas. No se puede descuidar la fracción de consejeros políticos que estimaban la fachada mediterránea catalana y valenciana, indispensable para contrarrestar el poderío creciente de la marina musulmana que empezaba a preocupar a Europa. Pero el verdadero resorte de la política de Isabel no parece surgir del estricto ámbito de la racionalidad. La conducta de la reina de Castilla es dictada por su yo interno, y se puede adivinar cómo se forjaron las convicciones y los reflejos psicológicos de Isabel: se trata de su medio hermano, el funesto rey Enrique IV, a quien toma como contramodelo absoluto. Enrique era afeminado, ella será viril. Él era liberal y pródigo; ella se interesará en el dinero. Él era sucio, ella se lavará. Él de una fealdad repugnante, ella cuidará su físico y cultivará su encanto. Él apreciaba a los judíos y a los moros; ella los perseguirá. Él era tolerante, ella será sectaria. Si él era abúlico, ella decidirá. Desenfrenado él, ella será virtuosa. Enrique no era en absoluto devoto, ella será católica. Él no soportaba ver la sangre; ella hará la guerra. Él dejó que se desarrollara la anarquía; ella hará reinar el orden. Él apoyaba a Portugal; ella escogerá unirse con Aragón.

La religión católica se convertirá entonces en el motor y el instrumento de la política unificadora de Fernando e Isabel. Los primeros signos de esta estrategia resultan concomitantes con su toma de poder: la Inquisición se instala en 1480 y, al año siguiente, la Corona revitalizará el espíritu de la cruzada y terminará la reconquista lanzando la primera ofensiva contra los moros de Granada.

La Inquisición

La Inquisición española, sobre la que mucho se ha escrito, encuentra su origen en la voluntad política de la reina Isabel de extirpar el judaísmo de Castilla. Esta voluntad fue puesta en marcha por el desvío puro y simple de una institución pontificia imaginada en

1233 por el papa Gregorio IX, para luchar contra la herejía cátara después de la derrota militar de los albigenses (1229). La Santa Inquisición, confiada a los dominicos, fue concebida al principio como una especie de vigilancia ideológica destinada a impedir el resurgimiento de los cátaros en el sur de Francia, después de la cruzada de los albigenses que había terminado con la victoria del rey de Francia. Aprovechando sus buenas relaciones con Sixto IV, que había validado su matrimonio por afinidad política, Isabel obtuvo que el papa permitiera que un tribunal del Santo Oficio de la Inquisición fuera instaurado en Castilla y que fuera ella, como reina de Castilla, quien designara a sus miembros.

La bula papal que autorizaba la nueva institución lleva por fecha el 1 de noviembre de 1478. Pero Castilla está todavía en plena guerra civil y el poder de Isabel no está garantizado. La bula no tiene efecto de inmediato, sino hasta el 27 de septiembre de 1480, cuando la reina puede actuar; ella nombra entonces a los tres inquisidores del primer tribunal que se instala en Sevilla. Se está lejos de la vocación institucional que le dio origen. Aquí en Castilla, con el pretexto de acosar a los judíos falsamente convertidos, la Inquisición se vuelve una herramienta oficial de persecución del judaísmo y una implacable maquinaria para apropiarse de sus bienes. Isabel persigue entonces dos objetivos: imponer el catolicismo como religión de Estado y sacar a flote los cofres vacíos del tesoro real.

A la iniquidad de la persecución, a la abyección del procedimiento —donde a los avisados, se les convoca arbitrariamente y se les obliga a confesar bajo las más abominables torturas— se agrega la inmoralidad de la sanción que es, en todos los casos, la confiscación de los bienes de los condenados. Los inquisidores eran los primeros en servirse —cobraban oficialmente los gastos de funcionamiento del tribunal—, luego el resto de los bienes confiscados era destinado a la Corona. Tomando en cuenta la alta posición social de los judíos ibéricos del siglo XV, había allí para la reina una mina al alcance de la mano. Cuando el filón se agotaba, ¡no se dudaba en procesar a los muertos a fin de confiscar los bienes de sus hijos!

El primer auto de fe tiene lugar en Sevilla el 6 de febrero de 1481. Dos años más tarde, Isabel estructura la institución inquisitorial creando el famoso "Consejo de la Suprema", más completamente denominado "Consejo de la Suprema y General Inquisición", compuesto por cuatro miembros y presidido por el inquisidor general. El primero en ocupar este cargo fue el dominicano Tomás de Torquemada, judío que se había convertido en un católico fanático. Es interesante ver hasta qué punto la Inquisición, desde el principio, se integra al dispositivo del gobierno de la Corona. Los consejos son, en efecto, los órganos consultivos del rey; en esa época existían dos clases: unos eran territoriales (hay un Consejo de Castilla, un Consejo de Aragón, un Consejo de Flandes, etcétera); los otros eran temáticos (Consejo de Estado, Consejo de guerra, Consejo de finanzas, Consejo de órdenes militares). Que la Inquisición como tal se estructure como un Consejo indica claramente que los asuntos religiosos pertenecen, de ahora en adelante, a la esfera del Estado y se derivan del poder del rey que nombra y revoca a los consejeros a su gusto. En ese mismo año, 1483, después de muchos titubeos, el papa Sixto IV accede al deseo de Fernando de instalar un tribunal inquisitorial en Aragón. Torquemada es inmediatamente nombrado inquisidor general de Aragón. Es un claro ejemplo, de que, por medio de la Inquisición, la religión católica funciona efectivamente como un incentivo de la unificación territorial de España.

Los tribunales inquisitoriales regionales pronto se multiplican y el fuego de las hogueras se vuelve devorador. Impulsada por el éxito de la reconquista, Isabel firma el decreto de la expulsión de los judíos de España el 31 de marzo de 1492. Éstos son obligados a huir o a convertirse en un plazo de cuatro meses. Muy pocos se convierten y la medida inicial, que preveía que los judíos que eligieran el exilio podrían vender sus bienes y llevarse su dinero, es sustituida. Se prohíbe toda exportación de metal precioso y se organiza el proceso confiscatorio. En ese contexto, aquellos que eligen convertirse son objeto de todas las sospechas. Un año más tarde, más de veinte tribunales, repartidos por toda la península, se ponen en marcha para acosar a los neoconvertidos: so pretexto de desenmascarar las prácticas judaizantes, la Inquisición se dedicará rápidamente a estudiar la cuestión de la limpieza de sangre de los españoles. El hecho de tener ancestros judíos llegará a ser, si no un delito en sí, al menos un estigma que justificará la persecución.

En ese clima de intolerancia, nace Cortés: ese nuevo ámbito, impuesto por la reina Isabel a España, será, sin duda alguna, uno de los factores determinantes en la vocación ultramarina del joven Hernán y de muchos de sus compañeros.

La caída de Granada

La lógica de la religión de Estado obligó igualmente a Isabel la Católica a reducir el último enclave moro de la península. Luego de la reconquista del siglo XIII, el pequeño reino de Granada era el único emirato musulmán todavía inserto en el territorio castellano. Fundado en 1238 por Mohamad ibn al Ahmar, en el momento de la derrota de los musulmanes de España, el emirato de Granada, con sus vergeles y sus jardines admirablemente situados al pie de la Sierra Nevada, había sabido preservar su carácter árabe al precio de un arreglo: su fundador había aceptado ser vasallo del rey de Castilla, pagar tributo y mantener buenas relaciones con los cristianos instalados en la frontera de ese Estado de 30 000 kilómetros cuadrados.

Durante más de dos siglos, la Corona de Castilla no tuvo en verdad ninguna preocupación con ese territorio, minado desde el interior por incesantes rivalidades entre clanes. Sin embargo, en 1476, al ver a los cristianos empeñados en una guerra civil que parecía ponerlos fuera del alcance de los ejércitos de Castilla, el émir de la época, un cierto Abul Hassan Alí, se negó a pagar el tributo. Desde ese instante, Isabel tenía un pretexto para llevar a cabo su última cruzada. Envalentonado por la falta de réplica de los castellanos, Abul Hassan Alí organizó una razia en 1481 en la pequeña ciudad cristiana de Zahara, capturando a todos los habitantes para venderlos como esclavos en Granada. Esa ruptura del pacto de buena conducta provocó esta vez una réplica en buena y debida forma. Fernando, en ese momento, se alistaba para disputar militarmente Cerdeña y Roussillon a Francia, pero Isabel lo obligó a cambiar su fusil de hombro y a dedicarse al frente musulmán.

A pesar de algunos reveses iniciales, la campaña militar del rey fue muy eficaz. Sitio tras sitio cayeron las plazas fuertes de los musulmanes. Hay que decir que las discordias al interior del campo árabe ayudaron mucho a los españoles. La historia del fin de la dinastía nasride se ha convertido en un clásico tema novelesco. El famoso Abul Hassan Alí estaba casado con la sultana Aïcha con quien tenía dos hijos varones, de los cuales Boabdil era el mayor. En el ocaso de su vida se había casado con una joven cautiva noble y cristiana, la rubia Isabel de Solís, quien se había convertido al islam y había adoptado el nombre de Soraya, "luz del alba". Ella también le había dado un hijo. Como el viejo sultán pensaba confiar su sucesión al hijo de su última mujer, Aïcha urdió una conspiración contra su marido. Con sus hijos escapó del encierro en la Alhambra y luego derrocó al viejo sultán que huyó a Málaga en 1483. Dos facciones se opusieron entonces: la de Boabdil, instalado en el trono por Aïcha y la de Al Zagal, hermano del rey depuesto, sostenida por Soraya. Es esta desunión la que precipitará la derrota musulmana. Después de haber dado a luz a dos hijos, la reina Isabel se unió personalmente a la campaña: llevó a cabo así el sitio de Málaga, que se rindió en agosto de 1487. Ella ya no abandonaría el terreno de maniobra.

La toma de Málaga ilustra bien la nueva disposición de espíritu de la reina Isabel, quien entra con armadura en la ciudad conquistada, al lado de Fernando, en un formidable despliegue de tropas y de estandartes. No hubo negociación alguna . La rendición es incondicional. Toda la población es sometida a la esclavitud. Un tercio es intercambiado por cristianos cautivos retenidos en África, otro tercio es entregado a los combatientes en agradecimiento por sus servicios prestados; el último tercio es reservado a la venta, a fin de recuperar la liquidez para proseguir la ofensiva. Isabel lleva a cabo una guerra total.

El frente se desplaza al este: los ejércitos de Castilla sitian Baza, que cae en 1489; Al Zagal, que no puede defender Almería, último puerto en manos de los musulmanes, y es entregado a Fernando a cambio de su propia libertad. Poco tiempo después se le permite huir a Magreb con su oro y sus tesoros. En lo sucesivo, Boabdil está solo, encerrado en Granada que ha perdido todos sus territorios. Fernando e Isabel inician el sitio tras las murallas de la ciudad en abril de 1491. En julio, un incendio en la tienda de campaña de la reina destruye poco a poco casi todo el campamento de los ejércitos españoles. Isabel decide entonces edificar una verdadera ciudad que, en 24 días, se erige tras los muros de Granada ante los sorprendidos ojos de sus habitantes: Isabel la llama Santa Fe. La esperanza abandona a los cincuenta mil moros aglutinados en la ciudad sitiada y se inician las pláticas para establecer las condiciones de la rendición.

El acuerdo obtenido por Gonzalo Hernández de Córdoba concluyó el 28 de noviembre. Es un acuerdo aparentemente magnánimo, pero se trata de un engaño: oficialmente, Boabdil recibe un micro Estado independiente en Las Alpujarras, al este de la Sierra Nevada y los habitantes de Granada quedan libres para emigrar hacia el Maghreb con sus riquezas transportables o permanecer en la ciudad; se concede a los musulmanes el respeto a sus bienes, a su lengua y a su religión. En la práctica, Boabdil no tardará en revender a la Corona sus minúsculas posesiones en Las Alpujarras y exilarse en Marruecos, imitado por todas las elites musulmanas granadinas. Una vez consumado ese flujo migratorio, las medidas de tolerancia serán rescindidas en 1499. Cisneros hará quemar el Corán y el islam será prohibido.

Así, al entrar a caballo y con gran pompa a Granada el 2 de enero de 1492, para recibir las llaves de la última ciudad musulmana de España, Isabel sabe que el catolicismo es en lo sucesivo el cimiento perdurable de su autoridad política. No obstante, ella reina en ese momento sobre una entidad virtual o, más bien, sobre la nada: la Corona está arruinada; al finalizar el año, Castilla habrá perdido a sus banqueros, sus comerciantes, sus elites cultas, sus médicos, sus juristas; la sangría migratoria de los moros y de los moriscos contribuirá a vaciar los campos de una buena parte de su mano de obra. Pero el destino tiene sus caprichos: en esa ciudad de guarnición, Santa Fe, asistiendo discretamente al triunfo de la reina, se encuentra un cierto Cristóbal Colón. Ese intrigante, seductor y cínico, quien al obtener, el 17 de abril de

CAPÍTULO 3

EL DESCUBRIMIENTO
DE AMÉRICA

Cortés tiene siete años cuando Cristóbal Colón descubre América. No es reiterativo regresar sobre este episodio archiconocido, porque el análisis de las condiciones del descubrimiento del Nuevo Mundo es esencial para la comprensión de un problema que estará pronto en el centro de la vida de Cortés, es decir, la manera en que la Corona administra sus posesiones coloniales.

EL ATLÁNTICO, MAR PORTUGUÉS

En verdad, Castilla no está en absoluto preparada para la aventura americana, así que deberá improvisar durante todo el siglo XVI. En efecto, es una increíble conjunción de acontecimientos la que va a lograr que España erija ese famoso imperio sobre el cual, decía Carlos V, el sol nunca se oculta.

Miremos la situación de los mares en el siglo XV. El Mediterráneo, por el que llegaban tradicionalmente las especias, deja de ser la zona comercial dominante en la segunda mitad del siglo. La caída de Constantinopla traduce el creciente poderío de los turcos, que se asocian con Venecia para monopolizar el tráfico de las especias indias, ahora más escasas y costosas. Las miradas se vuelven entonces hacia el Atlántico. Portugal es indiscutiblemente el Estado más implicado en el desarrollo de la navegación atlántica.

Se observa cómo los portugueses se establecen en Madera desde 1425 y luego en las Azores a partir de 1432. Hacia el sur, exploran las costas africanas. En 1456, Diego Gomes regresa de Gambia con 180 libras de polvo de oro, que cambia por abalorios. Las islas de Cabo Verde, a la altura de Senegal, son ocupadas en 1460.

España, que se había instalado en Las Canarias en 1402,[1] tiene dificultades para continuar en la competencia. Es precisamente para aprovecharse de la potencia marítima de Portugal, fuente potencial de grandes beneficios, que la facción antiisabelina defendía con tanta codicia la alianza de Castilla con su vecino lusitano. Pero el tratado de Alcaçovas de 1479, al poner fin a la guerra lusitano-castellana, como hemos visto, rompió el debate: a cambio de abandonar toda reivindicación territorial en contra de Castilla, Portugal obtuvo de su vecino un desistimiento completo sobre el Atlántico. Con excepción de Las Canarias, que siguen siendo hispánicas, el océano se convierte en un mar portugués: por una parte, el monopolio del comercio africano es formalmente reconocido a la flota de Lisboa; por la otra, los reyes de Castilla y Aragón se comprometen a no reivindicar ninguna tierra, ninguna isla descubierta o por descubrir "de las islas de Canaria para bajo contra Guinea".[2] En esta fecha, Guinea marca el límite de las exploraciones realizadas por los navíos portugueses.

Para que las cosas estén claras, Portugal se apresura a conseguir que el papa Sixto IV confirme ese tratado. Aunque estuviera en favor de Isabel la Católica, el Santo Padre no tuvo otra elección que expedir la bula *Aeterna regis*, con fecha 21 de junio de 1481. La bula sanciona los acuerdos de Alcaçovas atribuyendo a Portugal todos los territorios "al sur de Las Canarias".

La táctica portuguesa, que consiste en volverse hacia el papa para registrar un tratado libremente consentido y debidamente ratificado por las dos partes,[3] puede parecer que se deriva de una simple preocupación jurídica; la autoridad de Dios vendría a reforzar la legitimidad y la perennidad de los actos firmados. Sin embargo, entre la versión de Alcaçovas y los términos de la bula papal existe una diferencia semántica: el tratado dice: "por abajo de Las Canarias", la bula: "al sur de Las Canarias". Mientras que el tratado evoca claramente una vía a lo largo de las costas de África, la bula traza una línea sobre el Atlántico más o menos a la altura del paralelo 28° norte, ¡al sur de esta línea todo pertenece a Portugal! Ahora bien, si observamos la línea de demarcación en el mapa del Atlántico, nos daremos cuenta de que Portugal se apropia de esa manera de la mitad de Florida, de todas las Antillas, de México casi en su totalidad, y por supuesto de América Central y América del Sur por completo... He aquí el famoso "secreto de los portugueses". En 1841, es probable que los navegantes portugueses ya hubieran descubierto América y el papa se la otorga, subrepticia pero solemnemente, al rey de Portugal, gracias al tratado con Castilla.

La mayoría de los historiadores consideran ahora que Cristóbal Colón no es el verdadero descubridor de América, pero es el primero en obtener un documento jurídico que le concede esos territorios. En el momento de la firma de la bula *Aeterna regis*, Cristóbal Colón se encuentra en Lisboa, donde trata de negociar, en vano, con el rey su contrato de "descubridor".

Aunque el timón del poste y los progresos de los aparejos hacían a los navíos de esa época relativamente maniobrables, se navegaba a pesar de todo siguiendo el viento y las corrientes. Es más o menos cierto que alrededor de 1480 algunos navegantes portugueses se habían dejado llevar —quizá impulsados por las tempestades— hasta las costas brasileñas y habían podido comprobar la existencia de una contracorriente que permitía volver hacia África. Lo que parece haber ocurrido con la punta de Brasil pudo pasar también con las Antillas. Es sorprendente advertir que Cristóbal Colón sabe desde el inicio hacia dónde va: busca la isla de Haití y la encuentra. Sabe también cómo regresar, lo que no es nada evidente, tomando en cuenta el hecho de que el corredor marítimo que va de las Canarias a las Antillas combina a los alisios, los cuales soplan de este a oeste, y a las corrientes que van en la misma dirección. Es imposible regresar a España si no se conoce el "truco". Es necesario, en efecto, dirigirse desde las Antillas en línea recta hacia el norte hasta alcanzar la corriente del golfo que conduce a los navíos hacia las Azores casi de manera natural. Cristóbal Colón ejecuta esta maniobra sin el menor titubeo, como si ya conociera el rumbo adecuado.

EL TAN OSCURO CRISTÓBAL COLÓN

Cristóbal Colón es un personaje turbio, pero las circunstancias opacarán aún más su personalidad. Es probablemente judío, pero he aquí que la reina Isabel le ofrece un contrato maravilloso ¡tan sólo dos semanas después de haber ordenado la expulsión de los judíos de España! Con ese hecho, toda la vida precedente de Cristóbal Colón se vuelve inconfesable, y la biografía del descubridor, escrita más tarde por su hijo Fernando, será en consecuencia una obra maestra de simulación. Por otra parte, Colón posee un secreto de navegante[4] que no puede revelar sin perder el beneficio. Se afana entonces en "revestir" su proyecto de travesía del Atlántico, mas lo hará con una indiscutible torpeza. Excelente navegante pero autodidacta, cita autores sabios que no ha leído, defiende el indefendible argumento de un "atajo" hacia las Indias. Para tratar de convencer, engaña sobre las distancias que se deben recorrer. Todos los comités de expertos reunidos, ya sea por el rey de Portugal o por la reina de Castilla, rechazan —con justa razón— sus argumentos. La verdad es que detrás de la cortina de humo del viaje hacia las Indias —que parece muy atractivo en esa época—, Cristóbal Colón intenta le otorguen en plena propiedad las tierras cuya existencia y localización exacta conoce.

Después de haber tratado en vano de incorporar a su proyecto a Alfonso V y, después de 1482, a su hijo Juan II, Cristóbal Colón abandona precipitadamente Portugal en 1485. Pasa a España donde se acerca a la reina Isabel, mientras que su hermano Bartolomé está encargado de intrigar en la corte del rey de Inglaterra y en la del rey de Francia. Cristóbal obtiene una primera entrevista con los reyes de Castilla y Aragón en Alcalá de Henares, el 20 de enero de 1486. Y aquí, la historia de América entra en la esfera de lo irracional. Ese oscuro Colón, con su perfil de aventurero atractivo, con su certeza interior, con su inverosímil castellano esculpido con acento portugués mezclado con dialecto genovés, con su falsa cultura docta, ese enigmático Colón surgido de la sombra, seduce a la reina. Ella está fascinada, Colón lo siente; es el principio de una corazonada. Historia de amor quizá o simplemente historia

de dinero, complicidad entre una reina arruinada y un aventurero prometedor; lo cierto es que la reina Isabel lo pensiona al año
siguiente y lo llama para que a partir de 1489 esté a su lado en la
corte. Colón ocupará así una posición que no le corresponde: el
de testigo cotidiano de la cruzada contra Granada.

Se podría creer entonces que el asunto de América no empieza bien. Paradójicamente, Portugal, que tiene prerrogativa sobre
el Atlántico, no se interesa más que en los beneficios que le reporta África. Bartolomé Díaz dobla el cabo de Buena Esperanza en
1488, lo que abre el acceso a las Indias por medio de la circunnavegación de África que Vasco de Gama realizará diez años más
tarde. La ruta hacia las Indias por el oeste ya no parece ser tan
estratégica. En cuanto a Castilla, está doblemente atada por su
tratado con Portugal y por la guerra de reconquista de Granada.
Inglaterra no tiene los medios para lanzarse a la aventura trasa-
tlántica y a Francia no le interesa. ¿Quién podría en ese momento
dar crédito al triunfo de Colón?

Sin embargo, el 17 de abril de 1492, Isabel la Católica firma
en Granada un documento más que sorprendente: las famosas
"capitulaciones" de Santa Fe, cuyo nombre designa simplemente
un contrato constituido por varios capítulos, rubricado párrafo por
párrafo. Ese contrato con Cristóbal Colón es aberrante desde todos los puntos de vista.[5]

Está primero el enigmático preámbulo que utiliza el pasado
en lugar del futuro y se refiere a lo que Colón "ha descubierto en
las Mares Océanas".[6] ¿Para ganar, el descubridor entregó su secreto? Si ése fuera el caso, ¿cuál es el interés de los reyes de España
en establecer un contrato retroactivo?

Está enseguida ese extraño trato nobiliario: ese aventurero llegado de ninguna parte es de entrada llamado por la reina "don
Cristóbal Colón". ¿A título de qué?

Luego, está también esa avalancha de funciones que le son
conferidas. Primero es nombrado almirante de las mares océanas,
después "visorrey y gobernador general en todas las dichas tierras
firmes e islas que como dicho es él descubriere o ganare en las dichas mares".[7] El título de gobernador general, pasa, ¿pero virrey?
¿Cómo pudo Colón hacer que le crearan una función absoluta-

mente inédita, sin ningún precedente histórico y a tal nivel de intimidad y de consustancialidad con la función real?

Está, igualmente, esa reivindicación de herencia. Colón demanda que todos sus títulos y todos sus cargos se conviertan en hereditarios. Obtendrá satisfacción sobre ese punto por una carta de privilegios de fecha 30 de abril adjunta a las capitulaciones. Colón, poseedor de una función de "visorrey" hereditaria, ¡es un poco una dinastía paralela que crea de ese modo la reina de Castilla! ¿Por qué?

Hay además esa insolencia de querer situarse por encima de las leyes: en caso de conflictos comerciales, Colón —que se anticipa de manera pragmática— ¡no quiere tener otro juez que no sea el rey!

Están, finalmente, los acuerdos financieros, no menos asombrosos: Colón hace que los reyes le otorguen la plena propiedad de todos los bienes y de todas las riquezas susceptibles de provenir de los territorios por descubrir. Y he aquí al genovés enumerando con delectación, para que no haya equívocos: "perlas, piedras preciosas, oro, plata, especiería y otras cualesquiera cosas y mercaderías de cualquier especie, nombre y manera que sean, que se compraren, trocaren, hallaren, ganaren y hubieren dentro de los límites de dicho Almirantazgo".[8] Cierto, el nuevo virrey, Colón, consiente en entregar 90 por ciento de sus beneficios a los Reyes Católicos, lo que no es en sí un mal negocio para la Corona. Pero lo importante no es el monto de la transacción financiera, sino el acto de entrega de América por parte de los soberanos a Cristóbal Colón como persona privada.

Y aquí también tocamos lo incomprensible. En efecto, ese 17 de abril de 1492 Isabel y Fernando le otorgan a Colón unas tierras de las que no son propietarios: ellos saben que pertenecen a Portugal, a la vez por tratado y por donación papal. Quizá, sencillamente, es más fácil dar lo que no nos pertenece que lo que es nuestro. Quizá Isabel se hubiera negado a conceder esos territorios nuevos si la bula de 1481 hubiera sido favorable a Castilla.

Se pueden considerar finalmente dos lecturas de este episodio de Santa Fe, donde Isabel es de hecho la única interlocutora de Colón, ya que Fernando aportó su firma *in fine*, presionado y forzado. O bien la euforia de la victoria sobre los moros hizo "decidir" a la reina que comete una locura y asume con alegría la perspectiva de una nueva guerra con Portugal por tierras que nunca pertenecerán a la Corona, o bien, Isabel firma con conocimiento de causa y después de reflexionar —tuvo seis años para pensarlo—, porque quiere, por razones afectivas o cínicas que le son propias, hacer del hermoso Colón su virrey, dotándolo entonces de un feudo hereditario para instalarlo en un casi trono de dos plazas, en donde ella piensa que correinará, un poco como lo hace con su marido en el caso de Aragón.[9]

Por sorprendente que sea, esta historia bastante irracional, en todo caso bastante irrealista, es la que decidirá la futura gestión de los territorios americanos. El hecho de que las Antillas se conviertan desde el principio en propiedad privada del descubridor creará un precedente. La Corona jamás recuperará la propiedad territorial de las tierras americanas, que serán anárquicamente privatizadas a medida que se van descubriendo, al azar de los desembarques de los conquistadores y de las luchas de influencia locales. La libertad que sentirá Cortés al tomar el control del territorio mexicano viene de ahí. El único derecho de los soberanos españoles es dar los nombramientos para realizar las funciones administrativas. Con Colón, renuncian de entrada a toda iniciativa en materia económica en el Nuevo Mundo, a cambio de un porcentaje sobre el volumen de las exportaciones americanas.

EL REPARTO DEL MUNDO

Con ayuda de los reyes y del banquero personal de Isabel, Luis de Santángel, Colón organiza su expedición. El 3 de agosto, las dos carabelas, La Niña y La Pinta y la pesada nao gallega, La Santa María, abandonan el puerto de Palos por las Canarias. Allí Colón descansa y luego, a partir del 6 de septiembre, navega hacia el oeste sin descender al sur de la famosa línea del paralelo 28° para no infringir el tratado de Alcaçovas. No doblará para el suroeste sino hasta el final de su periplo para descubrir Guanahaní en las

Lucayas (Bahamas) el 12 de octubre, después de 36 días de navegación. De allí toca el noreste de Cuba y después llega a su objetivo, la costa norte de la isla de Haití a la que llama La Española. Naturalmente, cree que está en la fachada oriental de las Indias y no les entiende nada a esos hombres desnudos que lo reciben con sorpresa y desconfianza. Después de haber hecho registrar ante notario su toma de posesión de cada isla y haber hecho algunos cautivos para que le sirvan de pruebas vivas de su conquista, Colón se vuelve a embarcar, con dos navíos solamente, el 16 de enero de 1493.[10] Por la ruta del norte llega a las Azores el 18 de febrero a bordo de *La Niña*; luego llega al puerto de Lisboa, el 4 de marzo, antes de regresar a Palos el 15 de marzo de 1493. La segunda carabela, *La Pinta*, había llegado a España mucho antes que Colón, a Bayona, cerca de Vigo. Pero los monarcas se negaron a recibir a Pinzón, el capitán de *La Pinta*, y el navío tuvo que esperar el regreso del almirante para llegar a Palos, ¡Isabel sólo quería hablar con Colón! El genovés se pone en camino hacia Barcelona, con sus pericos y sus indios desnudos; allí se encuentran los soberanos que reciben solemnemente al descubridor el 29 de abril de 1493. Al son de un conmovedor *Te Deum*, Isabel sienta a Colón a su lado...

Se plantea entonces el delicado problema jurídico de la propiedad de esas tierras occidentales, evidentemente reivindicadas por Juan II de Portugal que acaba de recibir a Colón en Lisboa (¡furioso!). Fernando e Isabel se vuelven una vez más hacia el papa para llevar a cabo una negociación de doble índole. "Y proveyó Dios para aquel tiempo que aun el Pontífice romano fuese español", dice con convicción el cronista franciscano Mendieta.[11] En efecto, es un cierto Rodrigo Borja, aragonés nativo de Játiva, cerca de Valencia, quien ha subido al trono de San Pedro en agosto de 1492, en el momento preciso en que Cristóbal Colón partía para América. ¿Coincidencia o maniobra subterránea? Esos Borja, que italianizaron su nombre en Borgia, son fieles apoyos de la casa real aragonesa desde finales del siglo XIV. Ellos ya le habían proporcionado un papa a Roma, Alonso de Borja, obispo de Valencia, convertido en soberano pontífice bajo el nombre de Calixto III (1455-1458). De Rodrigo, a quien la historia llamó Alejandro Borgia, se recuerda sobre todo el nepotismo, la vida de desenfreno y los excesos de sus numerosos hijos, entre los cuales están los famosos César y Lucrecia. Sin embargo, Alejandro VI es un personaje clave en la historia de América. Por solidaridad con los soberanos españoles, accederá a dos de sus deseos, que ligará en cierto modo: les concede América —que todavía no lleva ese nombre— y consiente en delegar poder para que los monarcas de Castilla y Aragón administren directamente la Iglesia, tanto en la península como al otro lado del Atlántico. Concretamente, Alejandro VI firmará la célebre bula *Inter caetera* e instalará lo que se llamó el patronato.

Parece que fue con la mayor premura que los soberanos españoles activaron a su embajador en Roma, Bernardino de Carvajal, un extremeño, pariente lejano de Cortés y obispo de Badajoz. Probablemente a principios de marzo, desde que se conoce la noticia del regreso de Colón, el prelado se dedica a pedirle al papa una bula de donación. Lo logrará, por lo demás, puesto que Alejandro VI firma la bula *Inter caetera* el 3 de mayo de 1493, es decir, menos de dos meses después del regreso del almirante. Para el papa, el ejercicio es delicado: no puede contradecir a uno de sus predecesores que firmó la donación portuguesa, pero tampoco puede molestar a Isabel y Fernando que acaban de terminar la reconquista y se yerguen en triunfantes cruzados del catolicismo. Redacta entonces un texto bastante vago que otorga a aquellos que él designa como los Reyes Católicos las tierras descubiertas por Colón a cambio del compromiso de cristianizarlas. El texto habla "de ciertas islas remotísimas y también tierras firmes que hasta ahora no habían sido descubiertas [...] por las partes occidentales, hacia los indios, [...] por el mar Océano donde hasta ahora no se hubiese navegado".[12]

Aunque el texto tiene cuidado en explicar que los privilegios concedidos aquí a Castilla son de la misma naturaleza que los que goza Portugal "para África, y Guinea y la Mina de Oro", el documento de la Santa Sede provoca la ira de Juan II de Portugal, poco dispuesto a abandonar los territorios que la bula de 1481 le había otorgado de facto. El papa es llevado entonces a revisar su copia. En junio, vuelve a redactar su bula para la que, bajo el mismo nombre y prácticamente la misma fecha (4 de mayo), propondrá un texto sustancialmente diferente. Alejandro VI opta esta vez por una verdadera línea de demarcación norte-sur, "la cual línea diste de cualquiera de las islas que se llaman vulgarmente de las Azores y Cabo Verde cien leguas hacia occidente". Esta segunda bula *Inter caetera* instaura un verdadero reparto del mundo entre Portugal y España: al oeste de ese meridiano, que corresponde aproximadamente al meridiano 38° de longitud oeste, todo es otorgado a España. El recorte —que no es inocente— atribuye concretamente toda América a los Reyes Católicos.

Portugal, que ve que se le escapan sus descubrimientos brasileños, todavía secretos, le propone a Castilla una negociación directa. Las transacciones se inician en Tordesillas, cerca de Valladolid. Mientras que Colón se embarca el 25 de septiembre de 1493 para una nueva expedición, esta vez a la cabeza de 17 navíos y 1 500 hombres, Alejandro VI concibe entretanto una tercera molturación de su bula, con el nombre de bula *Eximiae devotionis*, antefechada el 3 de mayo pero redactada en julio, que trataba de ofrecer una redacción más equilibrada entre las donaciones hechas a Portugal y las que volvían a España. Pero esta modificación de forma no cambiaba en nada el fondo de las cosas.

Portugal tiene una ventaja en la negociación con Castilla: sabe que quiere negociar Brasil, mientras que la otra parte lo ignora. En diciembre, en tanto que los plenipotenciarios están próximos al acuerdo, una cuarta bula de Alejandro VI, *Dudum siquidem*, antefechada el 25 de septiembre, hace estallar el polvorín. El papa precisa en ella que las posesiones españolas se extienden al oeste de la famosa línea meridiana "hasta las regiones orientales de la India". Evidentemente los portugueses, que tienen puesta la mirada en las Indias, donde se aprestan a poner pie por medio de la circunnavegación de África, no están de acuerdo, pero las negociaciones entre Castilla y Portugal, suspendidas por un tiempo, culminan el 7 de junio de 1494 cuando se firma el tratado de Tordesillas, que reparte claramente las zonas de influencia en África del Norte y en el Atlántico. La línea de demarcación norte-sur establecida por el papa es recorrida hacia el oeste, a 370 leguas de las islas de Cabo Verde. Ese desplazamiento, que sitúa aproximadamente ese nuevo meridiano a 46° 30' de longitud oeste, es suficiente para incluir la punta oriental de Brasil en las posesiones portuguesas. La geografía política de América queda sellada.

En ese mismo año, el papa confiere oficialmente el título de "Reyes Católicos" a Fernando e Isabel; les concede una especie de concordato que les permite nombrar a los cargos eclesiásticos a cambio de cristianizar las "Indias occidentales", es decir, América. La obligación de convertir a los amerindios es la contraparte jurídica de la donación, y queda claro en el contrato con la Santa Sede que la verificación de esta cristianización es una misión atribuida a los Reyes Católicos y a sus herederos. Ése será exactamente el marco institucional que encontrará Cortés a su llegada a Santo Domingo.

Capítulo 4

La adolescencia (1499-1504)

Salamanca

A la edad de catorce años, en 1499, Cortés es enviado a la Universidad de Salamanca para realizar sus estudios de humanidades. Su padre era originario de esa ciudad y tenía todos los contactos necesarios para que recibieran al joven Hernán en ese prestigioso establecimiento. Fundada a principios del siglo XIII, la Universidad de Salamanca se había convertido rápidamente en una institución intelectual de primer plano, junto con París, Oxford y Bolonia. A finales del siglo XV es un nido de ebullición literaria y tiene una gran influencia; es en Salamanca donde Antonio de Nebrija, uno de sus más ilustres profesores, preparará su Gramática sobre la lengua castellana, la cual publicará en 1492. En una dedicatoria a la reina Isabel, le recordaba que "siempre la lengua fue compañera del imperio".[1] Nebrija producirá igualmente en ese mismo año un diccionario latín-castellano, redactado para dar a la lengua española un estatus de lengua de prestigio. Entre los profesores de la universidad, enseña un tal Francisco Núñez Valera, jurista y también notario (escribano), casado con Inés de la Paz, hija natural del abuelo Monroy y, por lo tanto, media hermana de Martín Cortés. Es en la casa de los Núñez donde se hospedará Hernán durante su estancia en Salamanca, misma que no durará más de dos años, pues en efecto, a principios del invierno de 1501, Cortés regresa a Medellín, para gran decepción de sus padres que soñaban con que hiciera carrera en la corte. "Llevaron muy a mal sus padres aquel paso, pues por ser hijo único cifraban en él todas sus esperanzas, y deseaban que se dedicase al estudio de la jurisprudencia; profesión que siempre y en todas partes es tenida en tan alto honor y en grande estima".[2]

Sobre la brevedad de los estudios universitarios de Cortés mucho se ha comentado equivocadamente. Se ha puesto en tela de juicio, por ejemplo, la aptitud del conquistador para hablar latín. Esta reserva carece en absoluto de fundamento. Todos aquellos que le conocieron afirman que dominaba perfectamente, como todos los eruditos de la época, esta lengua. "Era latino [...] y cuando hablaba con letrados u hombres latinos, respondía a lo que le decían en latín. Era algo poeta, hacía coplas en metros y en prosas, y en lo que platicaba lo decía muy apacible y con muy buena retórica".[3] Las Casas o Marineo Sículo, quien fue su profesor en Salamanca y su primer biógrafo, confirman que Cortés fue latinista. No dudaba en usar citas latinas en sus exposiciones, y sus escritos en castellano revelan esta práctica, que era una especie de manía de las elites cultas. Este dominio del latín, signo de la pertenencia al mundo del clero, de los juristas y de los sabios, no es sorprendente en un estudiante de la Universidad de Salamanca, puesto que todas las enseñanzas se impartían en latín. De ahí que sea relativamente cierto que Cortés hablaba latín antes de entrar a la universidad, en tanto que sin el fruto de su trabajo con su preceptor, probablemente no hubiera sido admitido en los cursos de la prestigiosa institución.

A fin de cuentas, hay que proyectarse en la época y recordar que la esperanza de vida era más o menos la mitad de la que disfrutamos en la actualidad; los estudios superiores no se hacían a una edad tan tardía como ahora. Ser bachiller a los dieciséis años, como lo fue Cortés, respondía ciertamente a la norma. Algunos autores, principalmente anglosajones, después de Prescott, han puesto en duda que Cortés tuviera el menor título universitario.[4] Sin embargo, Las Casas y Díaz del Castillo afirman que era "bachiller en leyes".[5] Lo fue probablemente, porque el ciclo del bachillerato en esa época comprendía tan sólo dos años de estudios. Se necesitaban tres más para llegar a ser licenciado, pero Cortés renunció a continuar sus estudios. Esta decisión fue estrictamente personal y no consecuencia de un fracaso en la obtención de su diploma. Por otra parte, a lo largo de toda su vida, Cortés muestra que sacó bastante provecho de sus estudios de derecho: es con un indiscutible *savoir-faire* que navegará en los ardides de la administración y manejará muy bien los procedimientos judiciales ya como defensor o como quejoso. ¿Por qué Cortés, cuya viva inteligencia es manifiesta, renuncia a proseguir sus estudios en Salamanca? Todos sus biógrafos se han planteado esa pregunta y sus respuestas son titubeantes.

En primer lugar, hay que eliminar la hipótesis de un conflicto con la familia de su tía. No solamente permanecerá siempre en contacto con los Núñez, sino que además simpatizará mucho con su hijo Francisco, un primo más o menos de la misma edad, quien le hará descubrir los placeres de la juventud salmantina. Desde 1519, cuando Cortés tuvo necesidad de un abogado ante Carlos V y el Consejo de las Indias, designó a Francisco Núñez, su primo de Salamanca, como su representante personal. Y es él quien incansable y fielmente, sin esperar recibir siempre algún pago, defenderá en España los intereses del conquistador de México.

Hay que descartar también dos malas razones a veces invocadas: la enfermedad (las fiebres cuartanas de Cervantes de Salazar), y la falta de dinero (sugerida por Gómara). No se renuncia a una carrera por un resfriado y no se ve cuáles gastos de estudio hubieran podido estar fuera del alcance de los Cortés o de los Núñez que ofrecían su hogar a Hernán.

Con más seriedad, se pueden considerar tres explicaciones susceptibles de haber podido combinarse. La primera es que sencillamente Cortés no se siente hecho para los estudios. Escalar los escaños universitarios, incluso en esa época, impone una ascesis, un rigor, una devoción al ejercicio intelectual que no tienen aspecto de agradar a nuestro turbulento adolescente. Hernán tiene dieciséis años y prefiere el aire libre a la atmósfera de las bibliotecas, y el manejo de las armas a la soledad de la reflexión. Le gusta el ejercicio físico, es inquieto, despierto, travieso y no puede permanecer tranquilo en un lugar. Quizá también tiene problemas para plegarse a los principios de obediencia y humildad que deben observar los estudiantes respecto a sus maestros. Con el contrato terminado, es decir, con el bachillerato en el bolsillo, deja Salamanca al carecer de inclinación por el ambiente universitario.

Además, no es un hombre que siga un camino que no eligió por sí mismo. Quizá haya sido sujeto de un mal frecuente en la adolescencia: la afirmación de sí mismo por oposición a sus padres. El hecho de que los suyos parezcan haber decidido por él que sería licenciado en derecho en la Universidad de Salamanca bastó, quizá, para apagar el germen de la vocación jurídica de Hernán que, no obstante, era un excelente alumno.

En fin, hay quizá una tercera razón, más coyuntural: el 3 de septiembre de 1501, Ovando es nombrado gobernador general de las Indias. Lo que puede parecer sin relación con la vida de Cortés está lejos de ser un hecho anodino. Porque los caprichos de la vida administrativa sumergen a Cortés en el corazón de una historia de familia y el llamado a las Indias pudo haberse manifestado desde ese instante. Debemos dar aquí algunas explicaciones.

Nicolás de Ovando, gobernador general de las Indias

Dejamos a Cristóbal Colón en el momento cuando inicia, menos de seis meses después de su regreso de las Antillas, un segundo viaje con una flotilla de diecisiete navíos. En el transcurso de ese nuevo periplo, explora nuevas islas: Santo Domingo, la Guadalupe, Montserrat, San Martín, las Islas Vírgenes. Pasa al sur de Puerto Rico para regresar a la costa norte de La Española. Allí encuentra el fuerte de Navidad incendiado y abandonado. Los 39 hombres que dejó allí han sido ejecutados por los indios. Funda entonces, el 6 de enero de 1494, la ciudad de La Isabela, que bautiza así en honor de la reina. Colón confía el gobierno de la isla a su hermano menor Diego. Inmediatamente lanza operaciones de exploración hacia el Cibao en el centro de la isla, donde le informan que hay oro. Las exacciones comienzan; la recolección del oro de los indios se maneja con la más absoluta barbarie. En septiembre de ese mismo año, Colón hace venir a su hermano Bartolomé, a quien se apresura a nombrar adelantado. Sólo cuenta el beneficio de la familia Colón. El almirante prosigue sus exploraciones marítimas; circunda Cuba por el sur, se pierde en los sublimes mares coralígenos a los que llama "los jardines de la reina", reconoce Jamaica. Después, en 1496, decide regresar a España.

Allí, Colón debe enfrentar las primeras quejas relativas a su actuación. El hermano Fernando Boyl, nombrado por el rey jefe de la misión religiosa que acompaña al almirante en ese segundo viaje, escapó de La Isabela robando un barco para denunciar esas conductas. Colón, en efecto, se desentiende totalmente de la obligación de cristianizar a los indios. Rompiendo el pacto que firmó con Isabel y Fernando, el genovés se aferra precisamente a no cristianizar a los indios para poder hacerlos cautivos y venderlos como esclavos: en las calas de su barcos, desde 1495, envía centenares de ellos. La reina Isabel se conmueve y ordena la liberación de los indios cautivos y los regresa de inmediato a la isla de La Española. Pero ablandada por el oro que le lleva Colón, acepta que el almirante regrese al mar para un tercer viaje, que inicia en 1498.

Esta vez se lanza sobre la isla de la Trinidad, la cual quizá exploró durante su segundo viaje y donde identificó bancos perlíferos muy importantes. Después de haber explotado los fondos submarinos de Cumagua y de Margarita, regresa hacia La Española y atraca al sur de la isla, en Santo Domingo, nueva ciudad que acaba de fundar su hermano Bartolomé. Pero allí lo esperan muchas dificultades. Debe enfrentar la rebelión de los colonos españoles llevados por Francisco de Roldán. Ante la avalancha de testimonios agobiantes que dan cuenta del maltrato continuo que se inflige a los indios, indignamente sometidos a la esclavitud, obligados a trabajar de manera inhumana en los yacimientos auríferos de Cibao, y ante los incesantes conflictos armados que sacuden a La Española, los Reyes Católicos deciden retirarle a Colón sus títulos y sus funciones de gobernador y de virrey. En julio de 1500, encargan a Francisco de Bobadilla el restablecimiento del orden en Santo Domingo. Fiel entre los fieles, hermano de Beatriz de Bobadilla, la amiga de la infancia, la confidente y consejera de la reina Isabel, el enviado de los soberanos españoles procederá al arresto de Colón y de sus hermanos, quienes son enviados a España con grilletes en los pies. Los ojos de la reina al fin se han abierto. Colón aparece bajo su verdadero rostro, como un aventurero sin escrúpulos, obsesionado por el poder, devorado por el espíritu de lucro.

Sólo falta que los Reyes Católicos solucionen un problema, el de la administración de las Indias occidentales. Después de múltiples titubeos, tomarán una decisión muy original: confiar el gobierno de las tierras ultramarinas a Nicolás de Ovando, quien es entonces "comendador de Lares en la orden de Alcántara".[6] Detrás de ese título un poco enigmático se esconde una realidad familiar para Cortés. La orden de Alcántara, como hemos visto, forma parte de las cuatro órdenes militares españolas, que desde la segunda mitad del siglo XII ayudan a la reconquista. Inspiradas en el espíritu de la cruzada medieval, están integradas por dos categorías de miembros: los caballeros y los sacerdotes. La particularidad de esas instituciones es que los caballeros, que son militares, hacen votos, como los religiosos. En la orden de Alcántara, se sigue la regla cisterciense. Todos los miembros llevan el título de "hermano" (fray).

Fundada en Portugal con el nombre de São Julião de Pereiro, la orden fue transferida a Extremadura y su sede instalada en Alcántara, a orillas del Tajo, en esa ciudad fronteriza rescatada de los moros en 1214. Cuando los guerreros salían victoriosos de las batallas, las tierras conquistadas pasaban bajo el control de la orden. Divididas en entidades administrativas, formaban lo que se llamaba las encomiendas; el hermano que manejaba la encomienda tenía derecho al título de "comendador". La orden de Alcántara recuperó así, de los moros, inmensos territorios que le fueron concedidos por los diferentes soberanos de León y de Castilla en recompensa por sus servicios prestados. Los musulmanes nativos de esos territorios podían permanecer allí a condición de recibir el bautismo: formalmente convertidos, aquellos, que eran designados como moriscos, continuaban viviendo de hecho según sus antiguas costumbres.

Es inútil negar que la orden de Alcántara representaba en el siglo xv una potencia territorial y financiera considerable, puesto que percibía, además de cuantiosos ingresos por las tierras agrícolas y los pastizales, rentas jurisdiccionales ligadas a la administración de la justicia, rentas comerciales provenientes de los impuestos sobre las ferias y el tránsito de las mercancías, así como una serie de beneficios generados por las actividades exclusivamente financieras. A eso se agregaba el enriquecimiento extraído directamente de las operaciones armadas: en el reparto de los botines de guerra, la orden, siguiendo en eso una costumbre islámica fundada en una prescripción del *djihad*, confería al rey una quinta parte del botín, el famoso "quinto del rey", y se adjudicaba el resto. No es sorprendente en absoluto que el deseo de controlar la orden de Alcántara haya podido afilar ciertos apetitos.

En la cúspide de la orden, gobernaba un gran maestro (maestre); tenía autoridad sobre un prior y un gran comendador, que recibía el título de capitán general en tiempo de guerra. Ese gran comendador tenía un adjunto en la persona del clavero, especie de guardián del tesoro. En 1472, la vacante en el puesto de gran maestro provoca el enfrentamiento de dos candidatos: por un lado, un tal Gómez de Solís, notable de Cáceres; por el otro lado, el famoso Alonso de Monroy quien, en esa época, ocupa las funciones de clavero. Dos facciones rivales se oponen, desgarrando a las familias y añadiendo esto a la confusión nacida de la guerra civil en Castilla. Secuestros, traiciones, golpes bajos se suceden sin cesar durante tres años de áspera competencia. En 1475, Gómez de Solís muere e Isabel de Castilla acuerda con Alonso de Monroy que se convierta en gran maestro. Él, como un gran señor, negocia la reconciliación con la rama disidente. El portavoz de los antiguos partidarios de Gómez de Solís, llamado Diego de Cáceres, está casado con Teresa de Ovando, prima del clavero, ¡la orden de Alcántara es un asunto de familia! A cambio de la restitución de varios prisioneros y del regreso a la concordia, Diego de Cáceres pide que su hijo, Nicolás de Ovando, sea nombrado por Alonso de Monroy la cabeza de la encomienda de Lares. Monroy compra la paz y el joven Nicolás se convierte en comendador.[7] Los acontecimientos de 1479 serían fatales para Monroy quien, habiendo

La incertidumbre

La flota de Ovando deja Sanlúcar el 13 de febrero de 1502 sin Cortés. Parece ser que Hernán tuvo el deseo de enrolarse, se preparó y lo contaron entre el número de los viajeros, pero, en el último momento cambió de opinión. ¿Por qué ese cambio súbito? Sus biógrafos se empeñan en dar explicaciones más o menos convincentes. La más romántica es la que aportará Gómara, y a la que no le falta sabor puesto que es, en cierto modo, la versión oficial del conquistador. ¡Él nos habla de una aventura amorosa que lo metió en líos! Durante una incursión nocturna a la casa de una muchacha que había seducido, fue sorprendido por el marido, huyó a escondidas a través de los techos y cayó de un muro que cedió bajo su peso. En la precipitación y el pánico, se rompió la pierna, no sin haber escapado por poco de la espada que el joven marido engañado quería encajarle. Fue la suegra de su agresor quien le salvaría la vida.

En esta historia un poco fantástica, que no informa dónde ocurre, aparece por primera vez el tema de Cortés mujeriego y seductor impenitente. Hay que admitir que se manifiesta allí un verdadero rasgo de su carácter. Sin embargo, el hecho de que ese carácter se haya manifestado con tal precocidad es más sorprendente. Probablemente Cortés, quien en el ocaso de su vida se confía a Gómara, quiso simbolizar con esto que desde el principio fueron las mujeres las que determinaron su vida. Detrás de cada momento clave de la vida de Cortés, se encuentra en efecto una mujer. Fue entonces una de ellas la que marcó el principio de su vida de hombre al decirle, esta vez, "no partas". Cortés renuncia a seguir a Ovando. La historia de la pierna rota intenta parecer seria, pero quizá no es más que una metáfora. No sabremos jamás lo que verdaderamente rompió su impulso de partir.

Cortés, entonces, al principio de aquel año de 1502 renuncia al Nuevo Mundo. ¿Será porque está todavía muy tierno para afrontar la vida? Que él dude, parece razonable. Es más bien un signo de madurez: es muy joven y no quiere precipitar la clausura de este delicioso paréntesis entre su vida de niño y su vida de hombre. Le confió en algún momento a Gómara que hubo un instante en el que se sintió tentado por las armas y que fue a Valencia con la intención de embarcarse para Italia donde Gonzalo Hernández de Córdoba, el Gran Capitán, el vencedor de Granada, se iniciaba entonces en las guerras napolitanas. Es fácil para Cortés afirmar a posteriori que tenía vocación militar; es poco probable en verdad que haya tratado de ir a Nápoles para hacer la guerra en contra de los ejércitos franceses. Es quizá eso lo que les dijo a sus padres para hacer más honorable su vagabundeo mediterráneo; pero es una mentira piadosa. Cortés, en la práctica, vaga plácidamente siguiendo su estrella y desaparece durante dos años. Otro biógrafo, Juan Suárez de Peralta, quien escribe en México en 1589, proporciona una información un poco diferente. Según él, Cortés se estableció un año en Valladolid, donde habría sido perito en una oficina notarial de manera muy dedicada y se había ganado la vida aprendiendo todas las sutilezas del oficio.[10] Pero, ¿acaso Peralta no trata de borrar para la posteridad el lado diletante del joven Cortés? Como si la historia le pudiera reprochar haber hecho calaveradas al salir de su adolescencia.

Después de su propio descubrimiento del mundo, titubeando entre el trabajo y los amores, Hernán regresa a su proyecto inicial: las Indias. Al final de 1503, acuerda con sus padres el pago del pasaje. Se instala en Sevilla unos meses antes de embarcarse para Santo Domingo a bordo de un navío mercante. A principios de 1504, Cortés abandona el puerto de Palos. Su destino mexicano está sellado. Cerca de un cuarto de siglo transcurrirá antes de que pise de nuevo el suelo español.

Capítulo 5

La Española
(1504-1511)

Cortés desembarca en Santo Domingo el 6 de abril de 1504, la víspera de Pascuas. Su viaje —épico— ilustra bien el clima de la época: un sombrío conflicto entre el capitán Alonso Quintero de Palos y el piloto Francisco Niño de Huelva, combinado con una fuerte competencia entre cinco navíos mercantes por tocar La Española antes que los otros, suscitan el sabotaje del gran mástil que obliga a la embarcación a regresar a la Gomera. Luego la carabela sufre un desvío intencional y navega por un rumbo excesivamente meridional. El barco de Cortés se pierde en el océano y muy pronto es presa de vientos contrarios. La carabela maltratada por una tempestad queda a la deriva, lejos de Santo Domingo. El pánico se apodera tanto de la tripulación como de los pasajeros y los víveres empiezan a faltar. Los hombres están divididos entre el temor de caer en manos de los antropófagos que pueblan las Pequeñas Antillas y el miedo a morir de hambre. La carabela logra por fin llegar a Santo Domingo, mucho después que los otros cuatro barcos de la flota que iniciaran el viaje.[1]

El oro y las primeras políticas de colonización

Sumergido por su viaje en la atmósfera de las islas, Cortés conoce de entrada los ingredientes de la vida en las Indias: ausencia de reglas, exasperación de los apetitos, descomposición de la vida social por la envidia, la maledicencia, la corrupción, la traición, el cambio de alianzas, la búsqueda del poder y, por supuesto, la fiebre de oro.

La tierra en la que desembarca Cortés está muy lejos de ser el paraíso terrenal que creía haber descubierto Colón: aunque el decorado exuberante evoque la virginidad de los principios del mundo, aunque las hojas barnizadas de los grandes árboles reflejen una luz mágica, desconocida fuera del trópico, aunque el mar tome bajo esas latitudes tintes de turquesa y de lapislázuli, la isla vive a sangre y fuego. Los indígenas que va a encontrar Cortés han entrado en la fase crítica de su inmolación.

Cuando Colón se asienta en Haití, las Grandes Antillas (Cuba, La Española, Puerto Rico y Jamaica) están ocupadas en su mayoría por los indios taínos. El mundo taíno, proveniente de las migraciones sudamericanas de cepa aruaca, es étnicamente diverso; sin embargo, está unido por compartir una misma forma de vida, semihortícola y semicazadora-recolectora, así como por creencias comunes que tienen mucho que ver con la sedimentación histórica nacida de la insularidad.[2] Al contrario de la leyenda que idealizó al taíno para bosquejar el arquetipo del "buen salvaje", viviendo desnudo y pacífico en su estado natural, los insulares se convierten de vez en cuando en temibles guerreros. Colón, que esperaba encontrar las riberas de China (Catay) o de Japón (Cipango), se siente decepcionado en extremo por la modestia de la civilización taína que arruinaba sus fantasías. En lugar de brocados, los habitantes vestían paños de algodón; en lugar de palacios cubiertos con telas de oro, había chozas con techos de palma. La mirada del descubridor nunca se posó en los indígenas, salvo para considerar que podrían ser buenos esclavos. Obsesionado por el más allá de las islas, es decir, por la ruta de las Indias, Colón no se interesó nunca en la realidad insular, cosificada desde el principio y considerada insignificante. A la ausencia de especias, o en todo caso de aquellas que eran apreciadas en el Viejo Mundo, se añade la prohibición, desde 1496, del tráfico de esclavos hacia España por lo que todos los objetivos de explotación de la isla se concentraron en una misma y única mercancía: el oro.

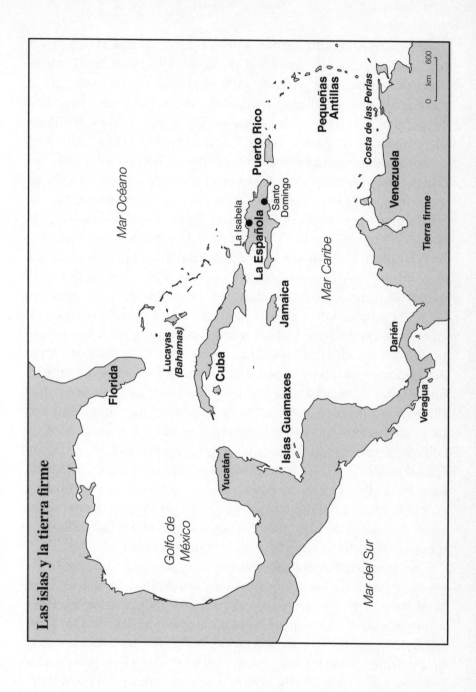

Las islas y la tierra firme

Primero obtenido por trueque, a cambio de cascabeles de cobre, abalorios, clavos y bonetes de lana, el oro fue rápidamente objeto de tributo, por parte del genovés: todos los indios de más de catorce años de edad eran obligados, so pena de crueles castigos corporales, a entregar a los hombres de Colón un cascabel lleno de polvo de oro cada tres meses. En cuanto a los caciques y los jefes de tribu, debían proporcionar una calabaza llena de oro cada dos meses.[3] Esas medidas eran a la vez inhumanas y aberrantes, porque, aunque el oro era conocido entre los taínos, no se encontraba en abundancia y no era objeto de una fijación simbólica tan aguda como en los espíritus del Viejo Mundo. Los taínos valoraban también las plumas preciosas, las telas de algodón, el jade de América Central, la obsidiana de México, el ámbar, las piedras duras, el nácar, así como algunas conchas muy refinadas. El metal amarillo no tenía en absoluto ante sus ojos ese monopolio de representación de la riqueza que le atribuían los conquistadores. El oro que se encontraba en la isla de Santo Domingo a la llegada de Colón era en parte exógeno: circulaba en forma de joyas manufacturadas importadas de las costas de Panamá o de Colombia y de hojas dúctiles empleadas para el martilleo en frío. No es seguro que hubiera un conocimiento local en el ámbito de la extracción o incluso de la colecta de oro. De cualquier manera, la explotación de arenas auríferas no era objeto de una actividad permanente o especializada. Casi todo el oro taíno provenía de los intercambios organizados con el continente sudamericano o del botín de las guerras sostenidas con las otras islas. Para los autóctonos, el oro era definitivamente un producto cultural y no una materia prima.[4]

Se comprende entonces hasta qué punto la búsqueda de oro por parte de los conquistadores desestabilizó y desorganizó la estructura de la sociedad indígena. Al obligar a los hombres a buscar el oro —actividad contra natura—, se les alejaba de su hábitat, se les desviaba de sus tareas vitales tradicionales como el mantenimiento de los huertos, la caza o la pesca y se separaba a las familias. Como además los hombres se consumían con ese trabajo agobiante y tenían que soportar las presiones, las humillaciones y los malos tratos, la rebelión no tardó en estallar. No obstante, el mal estaba hecho: amenazaba la escasez de víveres, se debilitaban los organismos que, por ese hecho, se volvían más receptivos a los microbios importados del Viejo Mundo. Sobre todo, el modo de vida tradicional era irremediablemente destruido.

La política de Bobadilla, concebida en principio para sustituir la de Colón, no arregló nada. A partir de 1500, para romper el monopolio del clan Colón, trató de "privatizar" la explotación de los recursos de la isla otorgando a los colonos españoles los repartimientos. En realidad, colocaba a los indios bajo el control de los españoles que tenían derecho a percibir las ganancias del trabajo forzado de esos esclavos, que no eran llamados así, pero cuyo estatus disimulaba muy poco su verdadera naturaleza; evidentemente, el trabajo al que eran obligados no era otro que la extracción del oro del Cibao. Que los españoles entonces presentes en la isla no hayan sobrepasado doscientos no disminuye la peligrosidad de tal política a la vez inmoral y anárquica, que tenía como consecuencia entregar cuerpo y alma de los indios a la voluntad de individuos sin escrúpulos. Ante ese panorama, los taínos comenzaron a desesperarse.

A ese expediente negro se agregaba el de las mujeres. La colonización inicial fue emprendida por hombres solos que pronto le tomaron gusto a las indígenas que vivían muy poco vestidas y les hacían perder la cabeza. El rapto de mujeres que los españoles tomaban por compañeras por supuesto no era del agrado de sus maridos, sometidos a trabajos forzados lejos de su casa. El acaparamiento por la fuerza de las indias más bonitas provocó luchas sin tregua. Otro factor agravante del encuentro sexual entre el Viejo y Nuevo Mundo implicó un intercambio microbiano particularmente virulento; los marinos de Colón trajeron sus enfermedades venéreas y las mujeres autóctonas les trasmitieron la forma americana de bubones, llamada guarinaras o ipataïbas entre los taínos. En un primer momento los organismos poco preparados para ese choque se tambalearon; los indios fueron afectados por ese mal misterioso al que ya no curaba el remedio tradicional, la corteza de guayacán. Al mismo tiempo, los españoles empezaron a desconfiar de las mujeres indígenas y, desde 1496, se puso en marcha un odioso tráfico de jovencitas taínas, vírgenes o impúberes, vendidas a los aventureros sedientos de oro.[5] Se observa hasta qué punto la violencia y el desprecio marcan el espíritu de los conquistadores, que exasperó a los nativos.

Durante el verano de 1501, algunas semanas antes de la nominación de Ovando, los repartimientos de Bobadilla fueron anulados por los Reyes Católicos, no por razones éticas, sino por motivos mucho más prosaicos de orden jurídico-político. La reina Isabel, que persistía en sostener a Colón, no quería saber nada de una privatización atomizada de las Indias occidentales e impuso el restablecimiento del monopolio concedido al almirante. Quizá tenía la idea de recuperar algún día para la Corona la propiedad otorgada a Colón: si validaba el reparto, no podría nunca entrar en posesión del todo. La nominación de Ovando, sin embargo, obedece a una estrategia intermediaria, nacida sin duda de un compromiso, abiertamente anticolombino pero subterráneamente monopolístico.

Sin entrar en el problema de la llana propiedad de bienes raíces, puesto voluntariamente entre paréntesis, Nicolás de Ovando aplicará en La Española las prácticas peninsulares de la orden de Alcántara. A semejanza de las poblaciones musulmanas, antaño vencidas en el transcurso de la reconquista, los indios serán colocados en encomiendas, es decir, confiados a los administradores españoles, encargados en teoría de su cristianización y de su protección. El encomendero tiene igualmente por misión organizar la propiedad que recibe como una entidad económicamente viable y rentable. El gobernador general tiene por mandato, en efecto, recolectar el quinto: la quinta parte de los ingresos, para enviarlo al rey. En el papel, al menos, la política para la cual está comisionado Ovando llena las condiciones del patronato, es decir, cumple la obligación de cristianizar a los indios. Esa política se asienta en una tradición histórica peninsular, y organiza de manera oficial una colecta de impuestos destinados a la Corona que satisface a los soberanos, eternamente en bancarrota.

Se ignoran las verdaderas razones que incitaron a los Reyes Católicos a nombrar a Ovando en Santo Domingo. Lejos de ser natural, como lo piensan algunos autores que establecen una continuidad entre la reconquista y la colonización de América, esta decisión presenta un carácter paradójico. En efecto, la política de

Isabel de Castilla se inscribe siempre en la lucha contra las órdenes militares, cuña amenazante introducida en el poder de la Corona. ¡Y ella acababa de someterlas! Después de su golpe fallido a la orden de Santiago en 1476, tuvo que esperar la muerte del gran maestro Alonso de Cárdenas, en 1499, para acercar la orden a la Corona. Pero había logrado la operación en 1489 con la orden de Calatrava. En cuanto a la orden de Alcántara, Isabel tuvo que proceder en dos tiempos: después del exilio de Monroy en 1480, nombró gran maestro a uno de sus partidarios, Juan de Zúñiga, cuya sobrina desposará Cortés en segundas nupcias. Luego, en 1494, Zúñiga aceptó dimitir para dejar el mando de la orden al rey Fernando. El papa ratificó esta secularización de las órdenes militares en nombre del patronato.

¿Por qué la reina Isabel corrió entonces el riesgo de revitalizar la orden de Alcántara confiando a uno de sus más eminentes dignatarios la administración de las Indias occidentales? ¿Por qué apoyó a un actor del mundo medieval que ella trataba de eliminar? ¿Por qué intentó prolongar el espíritu de la reconquista que era para ella un episodio pasado que justificaba la modernidad de su acción después de 1492? ¿Hubo un retorno del péndulo político hacia el arcaísmo bajo la presión de tal o cual consejero? Lo que es seguro ante la mirada de la historia, es la responsabilidad de los Reyes Católicos en la medievalización de las Indias occidentales a principios del siglo XVI. Porque Ovando es un producto puro del espíritu de la Edad Media y su acción fosilizará por largo tiempo la administración de las Indias, que no podrá, a pesar de Cortés, escapar del arcaísmo.

La pacificación de los indios

A la llegada de Cortés, Ovando ya estaba en funciones desde hacía dos años y su obra estaba bien adelantada. El comendador desembarcó con todo lo que se requería para una operación de asentamiento: semillas de cereales europeos, caballos, jumentos, mulas, vacas, ovejas y cerdos; expertos en agricultura, albañiles y carpinteros provistos de la herramienta de hierro que tanta falta hacía. También llevaba con él soldados, armamento y hasta especialistas en minas y metales preciosos.

Desde que toma posesión de su cargo, adopta decisiones de importancia. Vuelve a fundar la villa de Santo Domingo instalándola a orillas del río Ozama; traza el plano en tablero, a partir de una calle paralela al río, la actual calle de Las Damas, y de una perpendicular, hoy calle del Conde. Construye un fuerte para proteger la ciudad y dibuja la plaza donde será edificada la futura catedral. Muy pronto se establecen las primeras casas de piedra edificadas en la isla: poderosas construcciones concebidas como fortalezas, elaboradas en piedra coralina, de una deslumbrante blancura, con muros lisos y austeros. Las canteras están muy cercanas; la inmensa plataforma madrepórica sobre la cual se erigió Santo Domingo es un yacimiento sin explotar. Ovando se dedica a impulsar la cristianización de los indios con ayuda de una decena de franciscanos que fundan inmediatamente dos conventos, uno en Santo Domingo y otro en La Vega, en el corazón del Cibao devastado por la búsqueda de oro. Muy pronto se abrieron escuelas donde los hermanos se dedican a enseñar a leer y a escribir —en castellano— a los hijos de los caciques.

Pero los inicios de la colonia son rudos y azarosos. El injerto de la agricultura de Europa bajo el clima tropical es un fiasco. Los taínos tienen una técnica de cultivo sobre camellones, adaptada a su herramienta de madera, rudimentaria pero eficaz. El pequeño huerto tradicional llamado conuco, casi individual, no tiene nada que ver con el campo a la europea destinado a recibir un monocultivo extensivo. El paso de uno hacia el otro es imposible. El ciclo del trigo no se adapta a las condiciones climáticas insulares: crece demasiado rápido, da altos tallos y espigas minúsculas, y los granos se pudren en la planta debido a la permanente humedad. Con el ganado, la catástrofe es todavía peor. Como no hay cercos, los animales importados devastan los huertos taínos, reduciendo a nada las exiguas plantaciones de yuca y de maíz. Un gran número de cabezas de ganado desaparece en la naturaleza y regresa a su estado silvestre. Se ven obligados a matar a la mayoría de los animales antes de que tengan tiempo de reproducirse. Sin los recursos tradicionales de los indios, destruidos por la irrupción española, y sin los recursos españoles, que todavía no se han aclimatado, La Española muere de hambre. De las 2 500 personas que acompañaron a Ovando, ¡ya 1 500 han muerto cuando llega Cortés!, arrasadas por el paludismo, las disenterías, las fiebres y la desnutrición.

Al ser recibido a su descenso del barco por uno de sus amigos, Medina, secretario de Ovando, Cortés se queda atónito ante la situación que se le describe. Él que desembarcaba con su comitiva y sus sirvientes, y que contaba con llevar un gran tren de vida gracias al oro que corría por oleadas en las riberas; él que manifiestamente perseguía un espejismo, debe desengañarse. Considera que no debe permanecer en La Española y decide unirse a una expedición que parte para la Costa de las Perlas, en Venezuela. Acaricia por un momento la idea de extraer oro con sus propios criados españoles, sin recurrir a la mano de obra esclavizada de los indios. Entre tanto, Ovando regresa algunas semanas más tarde de una expedición al interior y lo convoca. De la conversación entre los dos hombres no sabemos nada, sino que Cortés, apaciguado por las cálidas palabras del gobernador, decide quedarse. Se instala como vecino, es decir, como residente de Santo Domingo. Ovando había concebido, para establecer y retener a la población española en la isla, ofrecer un terreno para construir en la ciudad de Santo Domingo a todos los que se comprometieran a permanecer allí por lo menos cinco años. El estatus de vecino confería el derecho a voto y ofrecía la posibilidad de recibir una encomienda a cambio de servicios militares. Cortés se insertará en ese sistema.

En 1504, La Española todavía no está "pacificada". Desde su llegada, Ovando había tenido que luchar contra los indios, en plena rebelión contra el invasor. El gobernador había optado por la línea dura hasta recurrir en algunos casos a la traición más cínica; así, la matanza de Xaragua permanece en los anales del infame. En 1503, Ovando aceptó la invitación a cenar por parte de la reina de Xaragua, la hermosa y enérgica Anacaona, oficialmente para establecer negociaciones de paz. El jefe español organizó en realidad una emboscada; hizo dar la orden de asalto en el momento de la cena y tomó por sorpresa a Anacaona y a sus dignatarios. La reina fue colgada y los jefes que la acompañaban, atados al poste central de la casa, fueron quemados vivos. Los españoles tuvieron cuidado de atizar el fuego para que se propagara por todo el pueblo.

El sacrificio de Anacaona, lejos de calmar los espíritus, avivó los rencores de los indios y estimuló su espíritu de rebelión. Durante la instalación de Cortés, Ovando debe hacer frente a varios focos de rebelión, principalmente en la sierra de Baoruco, al oeste de Santo Domingo, y en Higuey, en la punta oriental de la isla. Hernán prestará su ayuda al gobernador, quien le encarga conducir unas operaciones de "pacificación".

> Reunió soldados —escribe Gómara— formó un ejército, marchó contra los enemigos, peleó con ellos y los sujetó. Cortés, sin conocimiento ni práctica de la guerra hasta entonces, ejecutó en esta campaña muchos y muy notables hechos de armas, dando ya anuncios de su futuro esfuerzo: lo cual bastó para que desde entonces lo apreciase el gefe...[6]

Cortés, a los veinte años, se convierte en el hombre clave de la pacificación de La Española. No necesita más de un año para cumplir esa tarea. Después de las matanzas de Ovando, las guerras dirigidas por Cortés parecen de otro género. Si bien revela ser un excelente conductor de hombres, en ocasión de esas operaciones militares aplica un método que le es muy propio. Utiliza la negociación, la presión y la persuasión para evitar recurrir a la violencia. En los hechos existe un indicio de la extremada originalidad de Cortés. Hasta su llegada a Santo Domingo, la pacificación es a la vez brutal, sangrienta e inoperante. Mientras las tropas de Ovando son comandadas por Esquivel, los españoles están en dificultades y los indios son masacrados. En cuanto Cortés sucede a este último, las operaciones de campo se realizan sin gran pérdida de hombres por el lado español, y la historia no registra más masacres de indígenas. Cortés ya tiene un estilo; su personalidad se impone y Ovando lo protege.

Volvemos a encontrar a Cortés, después de su año de campaña militar, en Azua, ciudad indígena, ubicada en una ensenada de la costa sur, bien protegida, al oeste de Santo Domingo. Los textos nos dicen que allí es escribano, es decir, notario. Y todos los biógrafos se han preguntado qué podía hacer un notario en Azua en 1506, y a qué actividad se dedicaba secretamente el futuro conquistador de México. La respuesta es muy sencilla: al obtener la pacificación, Ovando organizó administrativamente el territorio de La Española dividiéndolo en diecisiete municipios (ayuntamientos); a la cabeza de esas ciudades indígenas colocó a un representante personal, especie de delegado que los textos designan como escribano o incluso simplemente como letrado, es decir, que sabía leer y escribir. Cortés es uno de ellos y es enviado a Azua. Ocupa entonces una función pública, que lo coloca en el primer círculo de los colaboradores del gobernador.

Como además puede hacer valer sus actos de armas, en la buena lógica de las órdenes militares hispánicas, está en posibilidad de pretender una encomienda. Cortés va a recibir una propiedad en la provincia de Dayguao, con un repartimiento de indios.[7] Hubiera estado entre los primeros en tratar de aclimatar la caña de azúcar originaria de Las Canarias; pero en la práctica, Cortés no tiene espíritu de agricultor y muy pronto, fascinado por los juegos del poder, regresa a vivir a Santo Domingo, cerca de los círculos allegados a Ovando. Por su lugar de residencia podemos deducir su grado de inserción política. Habita desde 1507 en una casa ubicada en la esquina de las dos calles que sirvieron para el trazo de la ciudad, en el lugar exacto donde fue colocada la escuadra original, justo enfrente del palacio de Ovando que, por su parte, domina el puerto. La casa de Cortés es una construcción de estilo medieval, de dos pisos, que se cuenta entre las primeras que se construyeron en el Nuevo Mundo.[8] Tiene muros de más de un metro de ancho. En la planta alta, sus ventanas son troneras; en el ángulo abierto interior está integrado un pequeño banco de piedra donde es posible sentarse para ver sin ser visto, como en las fortalezas de la Edad Media. Su fachada no lleva ninguna decoración: ningún blasón ni signo exterior de poderío, ni siquiera un dintel esculpido arriba de la puerta de entrada; nada que no sea la austera belleza de la piedra lisa en el sitio más estratégico de Santo Domingo. Como para significar que el simbolismo del lugar bastaba para manifestar el poder de su ocupante.

LA VIDA EN SANTO DOMINGO:
DE OVANDO A DIEGO COLÓN

No se descarta que Cortés se aburriera en su vida insular. Todos los testimonios lo presentan como un gran jugador de cartas. Eso prueba que tiene tiempo para jugar. Colecciona también aventuras amorosas que lo ocupan permanentemente. "Oí decir que cuando mancebo en la isla La Española fue algo travieso sobre mujeres, y que se acuchilló algunas veces con hombres esforzados y diestros, y siempre salió con victoria; y tenía una señal de cuchillada cerca de un bezo de abajo que si miraban bien en ello se le parecía, más cubríaselo con las barbas".[9] Las mujeres de las que se habla son naturalmente indígenas, porque en esa época no había más que algunas decenas de mujeres españolas en Santo Domingo. Cortés vivirá desde el principio con concubinas indígenas; gran aficionado a la belleza femenina y bastante exigente con el rango social de sus compañeras, se puede pensar que se interesaba principalmente en las hijas de los caciques locales, y entre ellas en las más hermosas, que debían ser también, por la fuerza de las cosas, las más codiciadas.

El proceso de exterminación de los indios proseguía inexorablemente. Las mujeres se negaban a dar a luz y abortaban en masa, los suicidios colectivos constituían legiones, el oro mataba; los indios, desposeídos de sus tierras, pero también ahora de sus dioses, ya no querían vivir bajo el yugo español. Un problema crucial se planteaba entonces a los colonos, el de la mano de obra. Desde 1503, Ovando había obtenido la autorización de la reina Isabel para someter a la esclavitud a los caribes antropófagos de las Pequeñas Antillas. Bajo el nombre de Caniba (de donde se deriva caníbales), Cariba, Calina, Caribi, Galibi o Caribes, ese grupo étnico originario de las Guayanas se había establecido en las Pequeñas Antillas, desde donde organizaba correrías por los territorios taínos. Los caribes regresaban con los cautivos que engordaban durante un año antes de sacrificarlos y comérselos. Esos indios considerados no aptos para recibir el mensaje de Cristo, podían legalmente ser capturados. Ovando proyectó entonces algunas incursiones por Martinica (Matinino) antes de lanzarse sobre las Lucayas, mucho más próximas. El velo púdico del canibalismo no podía ser arrojado en ese caso, sobre esas operaciones de trata violenta, porque las Lucayas estaban habitadas también por los taínos. Pero Ovando no se preocupaba por esos detalles y cerraba los ojos.

La atmósfera no está como para sentirse eufórico todos los días, pero Cortés se adapta. Se encuentra en las primeras filas para observar el pequeño teatro de la vida colonial de la que también es actor. Encontró su lugar, está casi en familia: en esa época más o menos la mitad de los mil o mil quinientos españoles presentes en la Española son originarios de Extremadura, y entre ellos, un buen número son sus parientes o sus amigos. A todos, en todo caso, los conoce. Cortés puede incluso platicar con varios nativos de Medellín, como Juan Gutiérrez Altamirano, jurista, Juan Mosquera, regidor de Santo Domingo, Gonzalo Sosa o Juan de Rojas.[10] Comprende que la palanca de la riqueza es el poder. Sus biógrafos permanecen callados respecto a las fuentes de su enriquecimiento en Santo Domingo, pero se sabe que no es la actividad minera. Al no haber tenido la suerte de Francisco de Garay, el futuro gobernador de Jamaica, que en 1502 había encontrado una pepita de once kilos en las riberas del río Ozama pocos días después de su llegada, Cortés no explota ningún placer. Como tampoco vive de la agricultura, se puede pensar que su intervención en el circuito administrativo es muy bien remunerada. Recordemos que entre 1503, fecha de apertura de los libros de cuentas de la Casa de contratación de Sevilla, y 1510, cinco toneladas de oro enviadas por Ovando serán desembarcadas en los muelles del Guadalquivir, en la capital andaluza. ¡Qué soberano podía tener remilgos ante tal fuente de riqueza! ¿Pero qué porción del "tesoro de guerra" tomaron con anticipación Ovando y sus hombres de confianza? Cortés se entera allí de que el oro no brota solamente del fondo de los ríos; se le encuentra también fundido en lingotes, en los cofres de la administración real. Para siempre se quedará en la estela de los gobernantes.

Desde que Cortés se había alejado de la península, Castilla había sufrido fluctuaciones importantes. Después de un año de sufrimiento y de postración, Isabel la Católica había muerto en Medina del Campo, el 26 de noviembre de 1504, fulminada por una enfermedad venérea. Su sucesión había sido caótica; de los cinco hijos que había tenido, los dos mayores habían muerto sin descendencia. En el orden de sucesión, la Corona le correspondía a su hija Juana, casada con Felipe de Habsburgo, hijo del emperador Maximiliano de Austria. Juana, afectada por la demencia, fue designada como "reina propietaria", pero el rey Fernando se hizo proclamar regente por las Cortes. Felipe el Hermoso, decidido a reinar, no estuvo de acuerdo y la pareja real abandonó Flandes para acudir a España a principios de 1506. Cuando Juana la Loca y Felipe el Hermoso llegaron, Fernando ya se había vuelto a casar con Germaine de Foix, la obesa sobrina del rey de Francia Luis XI. El maquiavélico Fernando fingió anularse ante su hija, cedió la regencia a Felipe y partió rumbo a Italia. Pero el 25 de septiembre de 1506, Felipe el Hermoso moría bruscamente en Burgos envenenado. Juana, desgarrada por la tristeza, se hundió en la locura y su padre la hizo encerrar en un palacio, en Tordesillas. En julio de 1507, al regreso de Italia, Fernando fue reconocido como regente. Era de nuevo el amo del reino de Castilla.

Cristóbal Colón había muerto en Valladolid el 20 de mayo de 1506. Había logrado hacer un cuarto viaje en abril de 1502, pero no pudo volver la coyuntura a su favor. Ovando le prohibió desembarcar en Santo Domingo y cuando naufragó en Jamaica no recibió la menor ayuda. Exploró la tierra firme, la Boca del Dragón y el Golfo de los Mosquitos, es decir, la costa de América Central, desde Honduras hasta Panamá (Darién). Pero los Reyes Católicos habían cortado su monopolio, firmando casi al mismo tiempo unas capitulaciones con Rodrigo de Bastidas y Juan de la Cosa para la exploración de la Costa de las Perlas, de Venezuela al Darién. Colón fracasó en su proyecto de encontrar por fin el paso hacia las Indias. Su regreso en noviembre de 1504 fue amargo. Al haber muerto la reina, el descubridor perdió a su protectora y sufrió el sarcasmo de sus detractores que lo llamaban El Almirante de los Mosquitos. Una especie de desgracia lo persigue hasta su muerte. ¿Quién en ese momento hubiera apostado un doblón por la perennidad de la donación hereditaria y perpetua concedida al genovés en 1492?

No obstante, Diego Colón, el hijo portugués de Cristóbal,[11] único heredero legítimo, emplea una miríada de abogados, multiplica las quejas y moviliza todas sus redes. Se había casado en 1508 con una lejana prima del rey Fernando, María de Toledo y Rojas, sobrina del duque de Albe. Ahora reclama su herencia vicerreal. Mientras que Ovando, en Santo Domingo, ha logrado suprimir la influencia colombina y ha eliminado totalmente a los antiguos partidarios del descubridor, el inconstante rey Fernando, quien hasta entonces se había mostrado un feroz oponente de Colón,[12] cambia de opinión. En 1509, llama a Ovando a España y lo designa gran comendador de la orden de Alcántara,[13] y ante la sorpresa general, nombra a Diego Colón gobernador de las Indias occidentales. Es un gran salto hacia atrás, el regreso a la situación de 1492, el restablecimiento de la "dinastía Colón" y el abandono de la tutela administrativa en beneficio de los intereses privados del heredero del descubridor. La noticia provoca una tremenda onda de choque en Santo Domingo: el porvenir de la isla oscilaba en la incertidumbre más nebulosa.

El 10 de julio de 1509, la flota de Diego Colón ancla en la desembocadura del río Ozama. El joven gobernador acaba de cumplir treinta años. Llega como jefe de clan, flanqueado por sus dos tíos, Bartolomé y Diego, y por su hermano Fernando, fruto de los amores ilegítimos de su padre con Beatriz de Harana. Llega también con su mujer, María de Toledo, ella acompañada por un impresionante séquito de damas de buena familia, solteras en su gran mayoría, destinadas a ser buenas esposas españolas de los rudos conquistadores. Muy pronto, María de Toledo, que se hace llamar virreina, instaura una corte a su alrededor, tratando de recrear bajo los trópicos un ambiente, si no real, al menos mundano. Se imagina sin pena la artificialidad de aquel injerto en el calor agobiante de la isla, el olor del calafateo del puerto y el polvo pegajoso. Dos tercios de indios ya han sido exterminados. Diego Colón emprende de inmediato la construcción de un palacio muy a su estilo, al margen de la traza, al final de la calle de las Damas, donde habitan todos los notables de Santo Domingo. Como muchos otros, Cortés observa atónito desde la primera fila, la puesta en marcha de esta nueva manera de gobernar. La Corona ha abandonado todo control político.

En 1509, La Española es todavía la única tierra habitada por los españoles en las Indias. Toda la estrategia de Ovando había consistido en establecer a los conquistadores en esa tierra de Haití prohibiéndoles emigrar, gracias al contrato de residencia de cinco años al que se había tenido que someter Cortés. Diego Colón, naturalmente, va a hacer todo lo contrario, no en nombre de una visión cualquiera, sino por oposición a su predecesor. Ovando tenía una estrategia terrena de implantación colonial, el hijo del almirante tendrá entonces un rumbo marítimo, expansionista y mercantil. Las expediciones serán en lo sucesivo la prioridad de su acción. A Juan Ponce de León, compañero de su padre durante su segundo viaje, le tocará la conquista de la isla Borinquen, es decir, Puerto Rico, que había explorado el año anterior. Juan de Esquivel estará destinado a tomar el control de Jamaica, mientras que una expedición hacia Veragua y Darién, en tierra firme, se organizará bajo la dirección de Diego de Nicuesa, Alonso de Ojeda y Juan de la Cosa, primer cosmógrafo de América.

Cortés, afiliado a la administración precedente, es ajeno al séquito de Diego Colón y no tiene nada que esperar del nuevo amo de la isla. Ha cumplido su estancia de cinco años y se encuentra libre de partir sin perder su encomienda. Como su primo, Francisco Pizarro, opta por partir y elige unirse a la expedición de Ojeda.

El 12 de noviembre de 1509, Ojeda abandona Santo Domingo con dos naos, dos bergantines, trescientos hombres y doce jumentos. ¡Pero sin Cortés! Hernán, *in extremis*, no se presentó a la hora de embarcar. Otra vez el conquistador arguye una buena razón médica: ¡su pierna: una vez más le causaba problemas! Si le creemos a Gómara, sufre en ese momento de un tumor en el muslo derecho que se ha extendido hasta el tuétano y le paraliza toda la pierna.[14] Cervantes de Salazar precisa: "Decían sus amigos que eran las bubas [sífilis], porque siempre fue amigo de mujeres, y las indias mucho más que las españolas inficionan a los que las tratan".[15] Nadie duda de que Cortés haya considerado providencial esa buena razón médica, porque la misión desde el principio se adivina muy conflictiva: Ojeda y Nicuesa han negociado directamente y por separado con Juan de Fonseca —encargado de la administración de las Indias en la corte de Castilla—, una nominación de "gobernador" en esos territorios de la "tierra firme" correspondiente a la costa atlántica de Panamá y de la actual Colombia. Lo hicieron, por supuesto, a espaldas de Diego Colón, quien les niega todo derecho a amputar su monopolio hereditario y les pone trabas. Por otra parte, Ojeda y Nicuesa entran en conflicto entre ellos por el reparto de sus territorios y el estatus del Darién (región oriental de Panamá), que ambos reivindican. Entonces, Ojeda decide bruscamente marcharse solo y leva anclas sin Nicuesa. Él lo alcanzará diez días más tarde con sus navíos y sus setecientos hombres.

Es posible que Cortés se haya dado cuenta del lío y se haya librado intencionalmente. De hecho actuó muy bien; la expedición será un fracaso absoluto: Juan de la Cosa pereció bajo las flechas de los indios; el hambre y la enfermedad diezmaron a las tropas españolas, por lo que se escindieron en facciones y luego en grupúsculos; Ojeda regresó a morir a Santo Domingo después de haber encallado en la isla de Cuba, que todavía no era ocupada por los españoles, mientras que Nicuesa fue detenido por sus hombres sublevados, y arrojado a un barco estropeado que se hundió en el mar. Sólo una pequeña y miserable colonia española, se empeñó en asentarse bajo las órdenes de Francisco Pizarro y Vasco Núñez de Balboa, nuevos actores de la conquista del continente.

En Santo Domingo, Diego Colón no tenía ojos más que para Cuba, a la que su padre se había obstinado en confundir con la costa de las Indias. Cortés, en esta ocasión, no dejará de embarcarse.

Capítulo 6

Cuba
(1511-1518)

La conquista de Cuba

Para organizar la conquista de Cuba, Diego Colón convocó a un hombre de su clan, un veterano del descubrimiento de las Indias, Diego Velázquez. Este último había acompañado a Bartolomé, el hermano del descubridor, en el transcurso del segundo viaje, en 1493. Desde esa fecha, no había dejado La Española. Con sus diecisiete años de experiencia insular, fortalecido por haber escapado a todas las fiebres, a todas las flechas y a todos las conspiraciones, Velázquez es el hombre fuerte de la isla. Originario de una familia noble de Cuéllar, es un gigante jovial pero cruel, que dirigió todas las guerras de "pacificación" y se edificó un inmenso feudo al oeste de la isla. Las Casas hizo de él un retrato sobrecogedor:

> Una era ser más rico que ningún otro; otra era que tenía mucha experiencia en derramar o ayudar a derramar sangre destas gentes malaventuradas; otra era, que de todos los españoles que debajo de su regimiento vivían, era muy amado, porque tenía condición alegre y humana y toda su conversación era de placeres y gasajos, como entre mancebos no muy disciplinados (puesto que a sus tiempos sabía guardar su auctoridad y quería que se la guardasen); otra era que tenía todas sus haciendas en Xaraguá, y en aquellas comarcas, junto a los puertos de la mar

los más propincuos a la isla de Cuba, que había de ser poblada. Era muy gentil hombre de cuerpo y de rostro, y así amable por ello; algo iba engordando, pero todavía perdía poco de su gentileza; era prudente, aunque tenido por grueso de entendimiento; pero engañólos con él.[1]

Gentilhombre, totalmente aclimatado, Velázquez es un hombre de arraigo. Sabe alimentarse a la manera indígena y ha aprendido a soportar las rudas condiciones de la vida en la selva. Pero, en 1511, se acerca a la cincuentena y resiente los primeros embates del deterioro. Necesita un segundo de a bordo, astuto y gallardo, para que lo acompañe a Cuba y elige a Cortés, que acepta con entusiasmo. Pero Hernán rechaza el papel de jefe militar que le propone Velázquez. Aleccionado por su experiencia, opta por un cargo civil, con importantes implicaciones políticas y financieras: ¡Cortés se hace nombrar tesorero de la expedición!

No se puede sino admirar la habilidad del montaje que realiza. En primer lugar, le jura fidelidad a Velázquez, poniendo todo en marcha para satisfacerlo y obtener su confianza; entra en lo que se llamaría ahora su gabinete, con el título de secretario. Pero sirve también al poder central, es decir al rey. ¿Cómo lo pudo lograr cuando la Corona se ha retirado en beneficio de Diego Colón a quien Cortés no quiere servir? Simplemente por la vía del tributo. Prudente, antes de llamar a Ovando, Fernando había enviado a la isla, en la persona de Miguel de Pasamonte, a un oficial real encargado de controlar el envío del quinto real. Ese "gran platero" de las Indias es, en el fondo, el único cordón umbilical que une realmente a Santo Domingo con Castilla. Cortés simpatiza con Pasamonte y este último lo nombra su apoderado en Cuba. Hernán se encuentra entonces con una doble protección: la de Velázquez, nombrado por Colón, y la de Pasamonte, nombrado por el rey. Además, todo el oro de la expedición pasa por sus manos. A los 26 años, Cortés está en el poder.

En noviembre de 1511, Velázquez abandona el pequeño puerto de Salvatierra de la Sabana, al oeste de La Española, con un poco más de trescientos hombres. La expedición ha sido minuciosamente preparada: el capitán Sebastián de Ocampo, financiado por

Ovando, había realizado la circunnavegación de Cuba dos años antes. Todos los sitios favorables para fondear habían sido localizados, la fisonomía de la isla era conocida, sus habitantes también. Con excepción de su extremo occidental, Cuba estaba poblada por taínos. En esta isla, virgen de presencia española, los recién llegados están, en el fondo, en una tierra familiar. El escenario haitiano se reproduce, pero de manera acelerada: persecución de indios, sometimiento, crueldad; búsqueda de oro sin cesar; violencia sin descanso; fuego, sangre, violación. Este episodio tiene un testigo privilegiado, Bartolomé de las Casas, quien participa con convicción en esta cristianización forzada.

Después de haber efectuado la corta travesía de Haití a Cuba, Velázquez se establece en la bahía de Baracoa, magnífica ensenada de aguas translúcidas orlada de tupida vegetación. Es allí, en ese lugar que podría parecer paradisiaco, donde en noviembre de 1492 Cristóbal Colón plantó una cruz,[2] llevada de Castilla, antes de poner su mirada en la isla de Haití. Los taínos de Cuba tuvieron más de veinte años de tregua, pero esta vez sus días estaban contados.

Un comité de recibimiento espera a los españoles. Lo conduce Hatuey, jefe taíno de La Española, quien huyó a Cuba con varios de los suyos para escapar de la exterminación. La historia lo alcanza y Hatuey se levanta en armas, a la cabeza de los guerreros indígenas; trata de arrojar al mar a los hombres de Velázquez, pero el combate es desigual y Hatuey es capturado en Yara, cerca de Baracoa. Un sacerdote se acerca al jefe vencido y condenado a muerte, le pregunta si desea recibir el bautismo para ir al cielo. —¿Y mis verdugos, los castellanos, están bautizados? —pregunta Hatuey—. —Sí —responde el sacerdote. —Entonces, ¿ellos irán al cielo, también? —se informa el jefe taíno—. —En esas condiciones no quiero ser bautizado, para no encontrarme después de la muerte con aquellos que han asesinado a mi pueblo y se preparan para matarme. Hatuey fue quemado vivo.

Prudente, Velázquez hace venir como refuerzo al adjunto del gobernador de Jamaica, Pánfilo de Narváez, futuro actor de la conquista de México. Narváez, jefe de guerra emérito, cumple con su trabajo y consigue poco a poco la sumisión de los caciques, quienes desmoralizados por los acontecimientos de La Española, no tienen deseos de luchar: ya conocen el epílogo.

La primera ciudad española fundada en Cuba es Asunción de Baracoa, establecida el 4 de diciembre de 1512. Velázquez, un poco adulador, decide dar a Cuba el nombre de isla Fernandina, en homenaje al rey Fernando. De manera bastante surrealista, el gobernador trata de copiar, en modelo reducido, el simulacro de corte que estableció Diego Colón en Santo Domingo. Con ese propósito, algunos españoles de buena familia han tomado parte en la expedición, pensada como una operación de poblamiento duradera. Para dar el ejemplo, Velázquez se casa en 1512 en Baracoa con María de Cuéllar, la dama de honor de la virreina María de Toledo. Imaginemos la boda: los invitados festejando en medio del torbellino de mosquitos, los soldados en alerta escurriendo de sudor bajo sus armaduras, la luna iluminando la bahía al pie del fortín de Seboruco, y Cortés, afable y risueño, pasando de grupo en grupo, atento como un anfitrión, listo para captar al paso una confidencia, un estado de ánimo, un brillo de decepción en una mirada. María de Cuéllar no estaba hecha para la vida de las islas o para la vida conyugal: murió una semana más tarde. Cortés fue para el gobernador un gran apoyo moral.

EL CONFLICTO CON VELÁZQUEZ Y EL ASUNTO DEL MATRIMONIO

En 1513, la joven colonia todavía incipiente se agita por disensiones, ciertamente a causa de las rudas condiciones de vida y a que la sed de enriquecimiento que había motivado a más de un compañero de Velázquez, no se había apagado como se esperaba. De todas maneras, el ambiente de esta microsociedad de conquistadores debía ser semejante a un canasto de cangrejos, donde cada uno espía y envidia al otro y donde todos los visires aspiran a ser califa en lugar del califa. La personalidad de Velázquez, influenciable y de humor cambiante, no debía ser ajena a los movimientos de descontento de sus compañeros. Por si fuera poco, la situación política de las islas se había complicado y, mediante la presión de Juan Rodríguez de Fonseca, miembro del Consejo de Castilla, especializado en la administración de las Indias, la Corona intentaba recuperar el poder cedido a la familia Colón: la llegada a Santo Domingo de jueces encuestadores, denominados oidores, menguaba el poder del virrey, proporcionando un contrapeso a lo arbitrario.

A propósito de un oscuro conflicto con uno de sus lugartenientes,[3] Velázquez tuvo que hacer frente a un conjuro subterráneo. Los rebeldes decidieron contar secretamente a los oidores la conducta incalificable de su jefe ¡y designaron a Cortés como su portavoz! El propio secretario del gobernador se pasaba al lado del oponente y se involucraba en una impugnación altamente azarosa. Cortés, ese día, ¿aprovechó la oportunidad para apostar al poder central contra un hombre, Velázquez, que había sido electo sólo por voluntad de Colón? ¿Qué habría hecho el gobernador de Cuba para ser abandonado así por los suyos? Sea lo que sea, encontramos una noche a Cortés en una pequeña caleta solitaria, cerca de Baracoa, listo para embarcarse en una canoa indígena y trasladarse en secreto a La Española, con un cuaderno de quejas bajo el brazo. Naturalmente, siempre hay un traidor en cada conspiración y Velázquez, advertido, se dio el maligno placer de detener a Cortés en flagrante delito. Helo aquí, encadenado en un fortín y condenado a la horca. Velázquez tenía de nuevo todas las cartas en la mano. Una vez más, una mujer salva a Cortés, pero el episodio descrito en diferentes sentidos por los cronistas, nos llegó en una forma incomprensible. Gómara hizo de este mal paso de Cortés una verdadera novela de capa y espada con evasiones espectaculares, múltiples complicidades favorables a Hernán, hazañas heroicas y el triunfo final del valiente caballero.

Lo cierto es que la inclinación hacia Cortés es mayoritaria en Baracoa y Velázquez se ve obligado a negociar para conservar su poder. Cortés logra encontrar al gobernador cara a cara y consigue un acuerdo honorable. Se dan algunas transacciones secretas en donde el oro habrá tenido mucho que ver y de las cuales no conocemos más que dos cosas: primera, Cortés acepta cambiar de función; el puesto de tesorero (contador del rey) se continúa a Amador de Lares quien, según palabras de Las Casas "no sabía leer ni escribir pero suplía estas cualidades con prudencia y habilidad".[4] A cambio, Velázquez se compromete a ofrecerle una alta función administrativa: la de primer magistrado de la capital. Como Amador de Lares era su seguidor, Cortés no pierde con el cambio, sino que aprovecha para aumentar su esfera de influencia. Segunda, a petición de Velázquez, ¡Hernán acepta casarse!

El matrimonio de Cortés, que data probablemente de principios de 1514, parece ser la clave de su reconciliación con el gobernador. Todos los testigos de la época confirman que ese matrimonio con Catalina de Xuárez le fue impuesto y que gracias a esta unión obtuvo la salvación y el perdón. Hay sin duda una historia de mujeres entre los dos hombres, pero permanecerá por siempre oculta.

Esta Catalina con la que se casa, y cuyo apellido aparece en los libros como Xuárez, Juárez o Suárez, es una mujer de ascendencia honesta que arribó a Santo Domingo en 1509 con el séquito de Diego Colón. Al partir de Granada, hizo la travesía del Atlántico con su familia: con su madre, María de Marcaida, su hermano Juan y sus hermanas. Ella es nieta de Leonor Pacheco, pariente del marqués de Villena y de la condesa de Medellín. Su padre, Diego Xuárez Pacheco, reivindica la ascendencia de la casa de Niebla y de los duques de Medina Sidonia.[5] Los cronistas pretenden que esta familia era pobre y que las hijas alimentaban la esperanza de casarse con hombres ricos. No se sabe cómo ni por qué todos los Xuárez llegan a Cuba: deben haber formado parte de la pequeña corte establecida por Velázquez. Juan, el hermano, se hace amigo de Cortés y parece ser que una de las hermanas le agrada mucho al gobernador. Todo eso no explica por qué Velázquez deseaba tanto que Cortés se casara con la joven Catalina, y por qué esta unión fue el precio a pagar para salir del calabozo.

En cambio, sabemos por qué Cortés no deseaba casarse: durante esa época él vivía en un feliz concubinato con una joven taína con la que tenía una pequeña hija.[6] Aparentemente había hecho bautizar a su compañera indígena con el nombre de Leonor y a su primera hija le había dado el nombre y el apellido de su madre, Catalina Pizarro. Lejos de considerar esta unión como un mal casamiento, Cortés había logrado que Velázquez fuera el padrino de la pequeña mestiza.[7] Más tarde el gobernador se complació en tratar a Cortés de compadre.

Este episodio es significativo porque, por vez primera, se ve a Cortés salir de la adhesión total al bando español para volverse hacia el mundo indígena. Que él decida, a los 29 años, fundar una familia con una mujer indígena es ya muy revelador. Pero que le dé a esa niña el nombre de su madre prueba que la inserta plenamente en su propia genealogía. Conseguir que el papa reconozca a la pequeña Catalina en 1529,[8] que le haya prodigado siempre la mayor ternura y que la haya incluido en su testamento como a todos sus otros hijos demuestra que consideraba su unión con Leonor, a la que llamará igualmente Pizarro, como una verdadera relación matrimonial. Después de la conquista de México hará venir a Leonor y a Catalina a México. Cuidará que la madre de su hija mayor se case con un hidalgo en la persona de Juan de Salcedo, compañero de ruta desde Cuba, quien fue regidor de México en 1526.

Al ver todo más de cerca, quizá tenemos un indicio de lectura para comprender la verdadera naturaleza del conflicto que opone a Cortés con el gobernador Diego Velázquez. 1514 es un año eje, en el cual se pone en marcha un cambio de opinión y una nueva mirada sobre la conquista. En primer lugar, el dominicano Antonio de Montesinos provocó un escándalo al increpar, el primer domingo de adviento de 1511, a Diego Colón y a los encomenderos en un sermón que sigue siendo célebre. Habló con violencia en contra de los conquistadores, a quienes acusó lúcidamente de exterminar a los indios tan sólo por el placer del lucro y los declaró en pecado mortal. A pesar de ser expulsado de Santo Domingo por el almirante, a su regreso a Castilla fue recibido por el rey y de su clamor surgieron las Leyes de Burgos del 27 de diciembre de 1512, que intentaban dar un primer marco jurídico al buen trato a los indios. Algo se había logrado.

El otro factor del cambio de actitud es la conquista de Cuba. En 1514, la "pacificación" se ha terminado. Los españoles han creado siete ciudades[9] y controlan la isla Fernandina. Pero el espectáculo de la exterminación perturba los corazones más apegados.

La operación conducida por Velázquez y Narváez es un desastre humano sin precedente; la tierra, cubierta de cadáveres, perdió en pocos meses su alma, su espíritu y su memoria: el avance de los españoles barre dos mil años de historia. Es conmovedor que el famoso polemista Las Casas encontrara su camino de Damas precisamente en ese año de 1514. El fogoso Bartolomé tiene veintiocho años cuando acompaña a Ovando a Santo Domingo. Con esa aptitud para el desdoblamiento que caracteriza a muchos espíritus de ese tiempo, Las Casas lleva conjuntamente una vida de sacerdote y de encomendero esclavista. Durante doce años explota sin remordimiento a los indios de sus propiedades; permanece al lado de Cortés en la expedición cubana de 1511; participa en la conquista del centro de la isla y, en recompensa, recibe tierras y un repartimiento de indios junto al río Arimao, cerca de Xagua (hoy Cienfuegos). Saca provecho de su propiedad hasta ese domingo de Pentecostés de 1514, cuando rompe solemnemente con su pasado, restituye su encomienda y decide consagrar su vida en lo sucesivo a la defensa de los indios.

Cortés, que comparte la experiencia de Las Casas después de muchos años, hizo probablemente el mismo análisis. No se excluye que haya sido influido por ese nuevo frente ultracrítico, representado por el futuro obispo de Chiapas. Nos podemos preguntar si la vida marital de Cortés con una india no es, desde esa fecha, la traducción oficial de una posición pro indígena del conquistador. Se puede comprender la ira de Velázquez si Cortés se las ingeniaba para criticar abiertamente sus métodos y su acción. En ese contexto, forzar a Cortés a casarse con una española era una manera de hacerlo entrar en razón, obligándolo a estar de su parte.

Es ahí donde Cortés revela su originalidad. Castellano, lo es, cristiano, lo es. ¿Pero por qué no podría también estimar y respetar la cultura indígena? Sin renunciar a ninguna de sus convicciones, con un cierto sentido de compromiso diplomático, acepta casarse con Catalina Xuárez a cambio de que Velázquez reconozca a su hija mestiza. El gobernador, sin otra opción, será a la vez testigo de su boda y padrino de la pequeña Catalina Pizarro, hija de una india de Cuba.

El fin de un mundo

En 1514, cuando los españoles pudieron volver a pensar en la organización del territorio cubano, se tomó la decisión de transferir la capital a un nuevo sitio. Velázquez puso su mirada en la costa sur, más clemente y menos expuesta a los ciclones. Ahí, en el fondo de una ensenada de aguas profundas, bien protegida y fácil de defender, existía un establecimiento taíno que presentaba todas las ventajas; posado sobre una colina acondicionada que dominaba los alrededores, en el corazón de un valle abierto y bien ventilado, este lugar fue elegido para recibir la nueva capital, Santiago.[10] Mientras que Colón había buscado sitios vírgenes de toda ocupación para fundar La Isabela o Santo Domingo, ahí cerca de veinte años más tarde, en Cuba, los españoles renuncian al ex nihilo y se implantan sobre las terrazas prehispánicas. Como usurpadores, es cierto, pero con un procedimiento de continuidad bastante nuevo. Las siete villas "fundadas" en 1514 son instaladas en sitios taínos, en donde los recién llegados se conformaron con implantar una plaza central que abriga una iglesia y el edificio del cabildo.

En la plaza de armas de Santiago, Velázquez se hace construir una casa de piedra. Es un poco la réplica de la casa de Cortés en Santo Domingo: una casa en ángulo, de dos pisos, con muros lisos, reforzados, desmesuradamente anchos y con troneras a manera de ventanas. Esta residencia oficial tiene dos particularidades que son otros tantos símbolos: en el interior se encuentra un horno; no para cocer pan, sino para fundir el oro. La riqueza y el poder cohabitan. Sin embargo, resulta que es más o menos la última casa medieval del occidente cristiano. Por todas partes de Europa el estilo ha cambiado, se ha salido de la austeridad funcional para entrar en una arquitectura más elegante, más abierta hacia el exterior. Incluso en Santo Domingo la mutación es perceptible; Diego Colón se hace construir un palacio agradable, que llaman alcázar, cuya fachada se abre hacia la ciudad por medio de una armoniosa galería de cinco bóvedas que se repiten en la planta alta, en una escala de proporciones muy bien lograda; las balaustradas del balcón y las cornisas de estilo genovés dan vida al conjunto: la luz juega sobre la piedra. En comparación, la casa del gobernador de Cuba es la imagen de un pasado caduco.

Cortés, que es el alcalde de Santiago, no puede dejar de ver cómo esos mundos se hunden simultáneamente: el mundo taíno desaparece, sofocado por la España medieval en agonía. Pero es el sacrificio de Cuba el que provoca ese cambio de época y el sobresalto que lo acompaña.

Diego Colón, el mercantilista, es revocado en 1515. Mientras que Francisco I se convierte en rey de Francia, el rey Fernando, enfermo de hidropesía, muere en Madrigalejo el 23 de enero de 1516. Su desaparición plantea una compleja crisis de sucesión sobre la cual regresaremos más adelante. Es el viejo cardenal Cisneros quien ocupa la regencia de Castilla. Consciente del drama antillano, trata de restablecer el orden moral en Santo Domingo otorgando un poder colegiado a tres monjes jerónimos.[11] El octogenario regente, deseando dar una dimensión humana a la gestión de los asuntos indígenas, quiso al mismo tiempo evitar una guerra de poderes entre los franciscanos y los dominicos presentes en la posesión. El triunvirato entra en funciones en diciembre de 1516, muy pronto se ve apoyado por un cuarto hermano. Casi al mismo tiempo, en abril de 1517, llega a La Española un juez de residencia, Alonso de Zuazo, encargado de investigar todos los expedientes contenciosos.

¿Cómo no comparar esta toma de conciencia del problema indio, cuyo promotor es Las Casas desde 1514, con la emergencia del espíritu del Renacimiento? Si bien no se esboza hasta entonces la menor interrogante sobre ese Nuevo Mundo, que va, por otra parte, a permanecer mucho tiempo sin nombre,[12] sería injusto ignorar el giro de 1515. La violencia de la conquista de Cuba, y la brutal y rápida exterminación de los taínos provocan el cuestionamiento sobre la legitimidad de la ocupación española y sobre la inmoralidad del genocidio, al mismo tiempo que sobre la viabilidad de tal colonización.

Cortés es de los que se interrogan y de los que elaboran un contramodelo, en forma de exorcismo. Y ese contramodelo no es más que una teoría del mestizaje. Se puede considerar que la política que Cortés aplica en México está en su mente desde 1515, es el resultado directo de sus doce años de experiencia dominicana y cubana. Los cínicos objetarán que es esclavitud, explotación de la mano de obra y no podrán ver en el capitán general de México sino a un conquistador más hábil o más inteligente que otro, que persigue los mismos propósitos de enriquecimiento y de avasallamiento que los demás. Pero eso sería dejar de lado la comprensión profunda de una buena parte del proceso de colonización de América e ignorar una verdad humana: Cortés ama a los indios.

Aunque es delicado tratar de reconstituir los estados de ánimo de Hernán al desembarcar en Santo Domingo a los 19 años, e imposible saber exactamente cuándo, cómo y en qué condiciones Cortés descubrió su inclinación por la cultura autóctona, es probable que fuera una iluminación repentina. Hay un hecho que aboga en favor de ese rasgo de carácter. Nosotros lo hemos visto, Cortés estuvo, como sus compañeros, comprometido en las guerras de pacificación y recibió indios en encomienda como recompensa. Ahora bien, al volverse poderoso en México, fue perseguido por la envidia de sus rivales, quienes lo intentaron proceso tras proceso y utilizaron todos los expedientes en litigio. Es conmovedor que nada, absolutamente nada haya sido encontrado sobre su pasado en Santo Domingo y Cuba: si él hubiera hecho correr la menor cantidad de sangre taína, si él hubiera maltratado a sus indios, está claro que le hubieran mostrado el expediente. Sobre todo en esa microsociedad insular donde todo el mundo sabía todo sobre todo el mundo. Sin embargo, no hay nada. Hay que encontrar una explicación para el hecho de que, durante toda su vida, los indígenas de Nueva España amarán a Cortés y lo defenderán; la razón proviene tal vez de que él los ama. Y los amores sinceros y añejos son los más creíbles. Probablemente Cortés se ubicó muy pronto del lado indígena.

Cortés no es un filósofo sino un hombre de acción. No se afirma en el verbo, a la manera de un Las Casas, sino en el ejercicio del poder. Cortés es lúcido. En Cuba, la situación es desesperada y no puede intentar nada. Desde 1515, entonces, se dedica a buscar un terreno donde su visión mestiza del mundo pueda cristalizar. Es a través del poder que quiere probar que se puede actuar de otro modo. Da una ojeada al panorama americano. ¿Cuáles

son las posibilidades?, ¿la Castilla de Oro? Esas tierras paname-
ñas son acremente disputadas; Balboa, que había escapado de la
expedición de Ojeda, atravesó el istmo y el 29 de septiembre de
1513, con el agua hasta las rodillas, tomó posesión del Pacífico al
que llamó "El Mar del Sur". Casi al mismo tiempo, pero en Castilla, Pedro Arias de Ávila, igualmente conocido con el nombre
de Pedrarias Dávila, se hizo nombrar gobernador del Darién. Es
un conflicto emblemático entre los conquistadores de ultramar y
los intrigantes de la corte, los inventores y los recuperadores, la
potencia de las armas y el poder del derecho. ¿La Florida?, Juan
Ponce de León desembarca allí con su ejército el Domingo de
Ramos de 1513 y bautiza aquella tierra con el nombre de esa fiesta
cristiana (Pascua Florida). Ponce de León es un veterano de la colonización que ha llegado con Cristóbal Colón durante el segundo viaje; encomendero en Yuma, al este de La Española, participó
después en la conquista de Puerto Rico de donde lo expulsaron
las rebeliones indígenas. Es un hombre de la Edad Media que
buscará durante meses la Fuente de la Juventud en las tierras de
Florida, perdiendo a casi todos sus hombres en esta búsqueda de
otra época. ¿Brasil? Desde el tratado de Tordesillas es territorio
portugués. Está oficialmente ocupado desde la toma de posesión
de Cabral en 1500 y España no tiene en absoluto la intención de
impugnar esa realidad. ¿Y el Río de la Plata, recién descubierto
por Juan Díaz de Solís? Está demasiado lejos y allá todo es diferente al mundo caribeño.

Será entonces México. Todo incita a creer que desde 1514-
1515, Cortés piensa en México, que no es esa tierra incógnita que
a veces se complacen en presentar. Basta con observar un mapa
para comprender que ese continente, situado a unos doscientos
kilómetros de la punta occidental de Cuba, no ha podido permanecer al margen de los descubrimientos realizados por los españoles, cuyos barcos surcaban el Caribe desde hacía veinte años.
En 1502, durante su cuarto viaje, Cristóbal Colón encontró una
embarcación mexicana cerca de las islas Guanaxes en Honduras.
Pero la canoa se dirigía hacia el oeste y Colón decidió proseguir
su viaje en sentido inverso, hacia el este, y le dio la espalda a Yucatán cuando no estaba más que a una semana de distancia en barco

de vela. Muchos exploradores debieron topar con Yucatán entre 1500 y 1510, pero en esa época seguían pensando en el rumbo colombino y buscaban... las Indias; es decir, un estrecho que condujera a China. Todos los navegantes, como Vicente Yáñez Pinzón y Juan Díaz de Solís en 1506, regresan decepcionados por no haberlo encontrado.[13]

En 1511, un barco español que regresaba del Darién y trataba de llegar a Santo Domingo encalló frente a Jamaica; unos veinte hombres se arrojaron a una chalupa que, impulsada por corrientes y vientos del este, arribaría a las tierras de Yucatán. De la decena de náufragos que cayeron en manos de los mayas, solamente dos salvaron la vida, Jerónimo de Aguilar y Gonzalo Guerrero. Los otros fueron sacrificados. Uno de los dos náufragos sobrevivientes, Aguilar, jugará un papel muy importante en la conquista de Cortés. En 1513, cuando regresaba de Florida, Ponce de León tocó la punta septentrional de Yucatán. Es posible que haya habido otros contactos esporádicos sin que los descubridores pudieran explotar esa primicia. Porque descubrir sin estar debidamente instruido para hacerlo, ¡constituye un delito de insubordinación! No se puede descubrir si no se cuenta con capitulaciones apropiadas, es decir, con una autorización previa. Eso explica la "tardanza" del descubrimiento de México: el proceso administrativo está bloqueado y Velázquez, como gobernador de Cuba, no tiene licencia para "poblar" fuera de la gran isla.

La ruta de Yucatán

Sin embargo, la historia se acelera a principios de 1517. Velázquez toma desprevenidos a los monjes jerónimos recién llegados a Santo Domingo y consigue la autorización para armar barcos y rescatar en las islas vecinas, es decir, en principio, comerciar con los indios nativos. Se sabe lo que eso enmascara: la sustracción de oro y la redada de esclavos. Bajo el amparo de esta licencia bastante vaga, Velázquez en realidad emprenderá lo que sabe que es un asunto de suma importancia: la conquista de México. Pero debe actuar con disimulo y con prudencia. Envía como explorador a un soldado un poco simple, un hidalgo rico y bien establecido en Sancti Spiritus, Francisco Hernández de Córdoba. Le confía el mando de una expedición compuesta por tres navíos y 110 soldados, casi todos desertores del cuerpo expedicionario de Pedrarias Dávila en Panamá. Entre ellos se encuentra Bernal Díaz del Castillo, testigo del primer día, que se convertirá más tarde en el cronista de la aventura de Cortés.

El 8 de febrero de 1517, la pequeña armada abandona el puerto de Axaruco (el actual Jaruco) que había servido de base logística para la preparación de la expedición.[14] Primer enigma: ¿por qué eligieron como punto de reunión ese minúsculo sitio indígena, que es una caleta estrecha y rocosa, mientras que al este se encontraba la inmensa bahía de Matanzas y, al oeste, la excelente ensenada de Puerto Carenas que ofrecían condiciones de fondeo más eficaces y más tradicionales? No se puede dejar de pensar que hubo un propósito de disimulo o, en todo caso, voluntad de buscar discreción. Sobre todo porque hay un segundo enigma: según Bernal Díaz del Castillo no es sino hasta el vigésimo primer día de mar que los navegantes perciben una tierra que resultaría ser el pueblo maya de Ecab, en la punta norte de Yucatán. En los viajes ulteriores, tres días de navegación bastan a las carabelas para atravesar el estrecho de Yucatán. ¿Qué hicieron entonces los barcos de Hernández de Córdoba durante esos 21 días? ¿A dónde fueron? Tercero y último enigma: el propósito oficial de la expedición era llegar a las islas Guanaxes, situadas muy al sur de Cuba, cerca de Honduras, ¿por qué el capitán zarpó rumbo al oeste?

Díaz del Castillo se muestra impreciso. "Navegamos a nuestra ventura" —dice muy elíptico—.[15] Las Casas concede que la duración de la travesía del estrecho de Yucatán no tomó más que cuatro días, pero explica la tardanza sugiriendo que la expedición no salió sino hasta finales del mes de febrero del puerto de Santiago ¡y que hizo una escala en Puerto del Príncipe![16] Cervantes de Salazar tiene otra versión: acusa formalmente a Hernández de Córdoba de haber montado una expedición que, con el pretexto de capturar esclavos, tenía como verdadero objetivo la conquista de México por su propia cuenta.[17] Los cuarentas días que transcurrieron, según este cronista, entre la partida de Santiago y la tentativa de desembarque parecen indicar que Hernández de Córdoba navegó directamente hacia el Golfo de Campeche. Dicho de otro modo, la versión oficial es embustera, pero se puede comprender la razón. El piloto que se compromete a llevar a la flota no es otro que Antón de Alaminos. Se trata de un marino experimentado, compañero de Cristóbal Colón, que conoce el Caribe como la palma de su mano. Es el capitán de Ponce de León durante el descubrimiento de la Florida. Reconoció Yucatán durante el camino de regreso, conoce la ubicación de México y es por eso que Velázquez lo elige. Tenía la instrucción de repetir incansablemente en el transcurso de la expedición que Yucatán es una isla: él sabe que eso es falso, pero política y jurídicamente es correcto porque Velázquez no tiene licencia más que para explorar las islas vecinas de Cuba, no la tierra firme. Entonces, Yucatán es una isla.

El viaje de Hernández de Córdoba, aunque termina en una hecatombe, es extremadamente útil para Velázquez. Los tripulantes españoles comprueban que los mayas están vestidos con ropas de algodón, que viven en verdaderas ciudades con casas de cal y canto, que erigen altas pirámides para honrar ahí a sus dioses y que tienen muchos ídolos en sus santuarios. Descubren también que saben luchar, que disponen de armaduras de algodón forradas y que no les falta ardor para arrojar a los invasores. En efecto, cada vez que los desdichados navegantes tratan de poner un pie en la tierra para aprovisionarse de agua son implacablemente rechazados y acribillados con flechas. A pesar de todo, logran llevarse algunos botines de guerra de la ciudad de Ecab, a la que bautizan como El Gran Cairo: algunas figurillas de cerámica, algunos pequeños objetos de cobre que confunden con oro y dos indios, a los que hacen cautivos y que más tarde servirán como intérpretes. Hernández de Córdoba reconoce Isla Mujeres y el Cabo Catoche, punta extrema de Yucatán, luego entra en el Golfo de México y a finales de marzo desciende hacia Campeche, luego a Champotón (Potonchan). Los mayas arrojan a los intrusos; las pérdidas en hombres obligan a Córdoba a volver sobre sus pasos y, ante la imposibilidad de llenar el menor barril de agua, el capitán Alaminos propone dar la vuelta por la Florida para aprovisionarse. Eso explica el terror que los mayas inspiran a los miembros de la expedición. Con dos navíos solamente y al precio de grandes sufrimientos, la flota termina por llegar a Puerto Carenas sobre la costa norte de Cuba. Todos los que no habían muerto estaban heridos, azorados y agotados. El capitán Francisco Hernández de Córdoba apenas tuvo tiempo de regresar a su casa, en Sancti Spiritus, para curar sus heridas. Algunos, sin embargo, se fueron a Santiago en barco para informar al gobernador.

Velázquez no se desanimó en absoluto. Interrogó largamente a los jóvenes mayas, bautizados Melchor y Julián, que no soltaron palabra. Observó con admiración los ídolos arrancados por el sacerdote de la expedición, estimó el oro como un testimonio prometedor y decidió al momento preparar otra expedición.

Una semana más tarde, Hernández de Córdoba, que había llegado a Santiago en una piragua indígena desde Trinidad, se presentó agonizante ante el gobernador. Este último tuvo la insolencia de informarle que él no formaría parte de la próxima expedición y que ya había elegido al nuevo jefe: Juan de Grijalva. Cínicamente manipulado, el artífice de la ruta mexicana, que había enterrado en la historia su propia fortuna sin que le costara un doblón a su jefe, era arrojado a las mazmorras de la desgracia. Hernández de Córdoba moriría por eso algunos días más tarde, aunque no sin haber enviado a Castilla a sus amigos y parientes bien colocados en las altas esferas[18] algunas cartas de resentimiento muy conmovedoras, en las que revelaba a la vez "su" descubrimiento de México y la maniobra de Velázquez para apropiárselo. Al ser denunciado, el gobernador no puede perseverar en sus maniobras locales y, en respuesta, decide atacar: hizo saber a España que había descubierto una tierra desconocida que llevaba por nombre Yucatán y pedía que se le nombrara adelantado.[19] Con ese título sin verdadero contenido, Velázquez trataba de hecho de escapar a la tutela de Diego Colón, virrey de las Indias, cuya autoridad era ejercida por la junta de monjes jerónimos de Santo Domingo. Son ellos, no obstante, los que embaucados una vez más, le darán a Velázquez la autorización para armar una nueva expedición. Sin esperar la respuesta de Castilla, el gobernador inicia los preparativos.

El elegido es entonces el joven Juan de Grijalva, sobrino de Velázquez, de 28 años de edad. ¿Qué puede pensar Cortés de tal nominación? Debe carcomerse de impaciencia. La existencia de México es ahora del dominio público: ya no podrá recurrir al factor sorpresa. Las ambiciones se desbordan. Además, es una de las últimas oportunidades que se perfilan antes de que el mundo americano sea cuadriculado, marcado, devorado por el proceso de colonización lanzado en las Indias. Cortés es un personaje poderoso en Cuba a finales de 1517. Alcalde de la capital, vinculado con toda la casa del gobernador, popular entre los colonos por su amabilidad legendaria, su gusto por la fiesta y su esplendidez, Cortés no puede dejar de estar cerca de Velázquez luego del informe de los sobrevivientes de la expedición "secreta" de Córdoba. Si quiere cristalizar sus proyectos en México, su hora ha llegado: sería lógico que partiera. ¡Bastaría un movimiento de su mano y toda la isla se ambarcaría con él! Sin embargo, es el enclenque e insípido Grijalva quien sale del sombrero de Velázquez. Si es Cortés quien le sugiere ese nombre, resulta una buena jugada por parte del extremeño: Grijalva no tiene el carácter deseado y Cortés podrá, llegado el momento, presentarse como un salvador. Si hacen a un lado a Cortés contra su voluntad, no es grave: el arbitrará. Velázquez paga esta vez los cuatro barcos de la armada: él se arruina mientras Cortés atesora. Además, el gobernador no ha conseguido la autorización de "poblar" México: el acuerdo de la autoridad legal de Santo Domingo no concede sino el rescate, es decir, el trueque. Cortés puede dormir tranquilo: no será Grijalva quien franquee el Rubicón. Las sorpresas, en cambio, puede venir de sus lugartenientes: los otros tres navíos son en efecto dirigidos por aventureros de gran calibre, con personalidades firmes: Pedro de Alvarado, futuro gobernador de Guatemala, Francisco de Montejo, futuro adelantado de Yucatán y gobernador de Honduras, y Alonso de Ávila, gran actor de la conquista de México que caería más tarde en manos de los corsarios franceses.

LA EXPEDICIÓN DE GRIJALVA

La expedición se organiza en Santiago a finales del mes de enero de 1518. Los cuatro navíos llegan primero a la bahía de Matanzas, al norte de la isla, donde se reúnen los víveres necesarios para las 240 personas que componen el cuerpo expedicionario, soldados, marinos y auxiliares taínos (naborias). Después de zarpar a finales de abril, la armada dobla el Cabo de San Antonio (cabo Guaniguanico) el 1 de mayo.[20] Los tres pilotos de la expedición de Hernández de Córdoba fueron recontratados; de ahora en adelante se navega por rumbos conocidos. Llegan a Cozumel el 3 de abril y la isla es inmediatamente bautizada como Santa Cruz, en honor de la fiesta de la Santa Cruz, celebrada ese día en el calendario cristiano. El desembarque en Cozumel se hace con prudencia; pero los españoles no encuentran más que una ciudad desierta, con excepción de una joven y hermosa indígena taína originaria de Jamaica, que había sido hecha prisionera por los mayas.[21] Éstos, refugiados en el interior de la isla, la habían nombrado su mensajera. Los mayas les hicieron saber por medio de su intermediaria que no querían entrar en contacto con los españoles. Grijalva realiza entonces un acto surrealista: en esa ciudad maya absolutamente vacía, hace declamar solemnemente el requerimiento. Es un texto en forma de edicto, en el que intenta explicar a los nativos que sus tierras fueron donadas por el papa a los reyes de Castilla y que, en consecuencia, ellos son sus vasallos y les deben obediencia. Redactado en 1514, ese documento fue leído por primera vez por Pedrarias Dávila durante su desembarque en Darién. Forma parte de las obligaciones legales de los conquistadores; en realidad, ese documento legitima el uso de la fuerza en caso de negarse al sometimiento. Irrisorio taparrabo seudojurídico de una empresa de apropiación totalmente unilateral.

He aquí entonces al joven Grijalva, rodeado por su guardia española, solo al pie de las pirámides abandonadas, en una inmensa plaza central abatida por el sol, dando la palabra a su notario.[22] Proclamación vacía de sentido, redactada en una lengua desconocida para los autóctonos, de inmediato arrastrada por los alisios y cubierta por el ruido de las olas. Consciente de la incongruencia de su diálogo con el viento, Grijalva hace fijar a modo de cartel un ejemplar del requerimiento en el templo principal, ¡traspasando un grado suplementario de lo absurdo! ¡Como si los mayas pudieran leer el castellano! Se mide con eso toda la ceguera de la administración española, anclada en una impresionante conciencia de su superioridad e indiferente al componente humano de las tierras americanas. El Nuevo Mundo para un Velázquez o un Grijalva, es un espacio abstracto, un sueño de riqueza, un espejismo edénico, desligado de la realidad de los hechos. La ruptura importada por Cortés será precisamente reinsertar a los nativos en el juego político de la conquista, en nombre del principio de realidad.

Grijalva duda acerca de la manera de cumplir su misión. Se le ve primero tomar la dirección del sur, pasar a lo largo de Tulum, bordear la costa de Yucatán hasta la bahía de la Ascensión que explora el 13 de mayo; enfrentar la rebelión de sus capitanes, que no quieren hacer la conquista de la región maya: saben que uno de los suyos, el náufrago Gonzalo Guerrero, se casó con la hija del cacique maya de Chetumal y que conduce a los indígenas armados en contra de sus hermanos castellanos. Grijalva renuncia, regresa a Cozumel con dirección a Cabo Catoche, luego desciende por el Golfo de Campeche. El escenario de la precedente expedición anterior se repite de manera idéntica: llegada a Champotón, vuelo de flechas, luchas cuerpo a cuerpo. La pólvora —asesina— ya no impresiona a los mayas, que resisten antes de replegarse. Como otros sesenta, Grijalva cura sus heridas; ha recibido tres flechas y ha perdido dos dientes. Se lamentan siete muertos por el lado español. Los navíos, que costean sin que sus ocupantes logren poner pie en tierra firme, pronto enfrentan la falta de agua dulce. Los mayas, escarmentados, no quieren hacer trueque con los navegantes y rechazan todo contacto.

La armada, prosiguiendo su descenso hacia el suroeste, llega a una isla cubierta de manglares, la actual Isla del Carmen. Los españoles descubren que esta lengua de tierra baja protege un vasto mar interior. El capitán Alaminos ve allí la prueba de que Yucatán es una isla; nombra a ese lugar Boca de Términos[23] y decide que sus aguas comunican con las de la Bahía de Ascensión.

A pesar de la fantasía de la representación geográfica, los españoles descubren intuitivamente una realidad. Esta "desembocadura de confines extremos" marcaba efectivamente una frontera: la que separa la tierra maya del territorio de los nahuas. Comprueban que su intérprete, Julianillo, capturado por Hernández de Córdoba, no sabe ya comunicarse con los autóctonos. Al avanzar descubren ciudades y decenas y decenas de miles de personas amontonadas en las costas para observarlos. El paisaje cambia, se hace más agradable a la vista; se siente que está modelado por la mano del hombre. Y sobre todo, la actitud de los ribereños es ahora muy diferente: en la desembocadura del río Tabasco, que el jefe de la expedición bautiza con su nombre y que sigue siendo río Grijalva, los espera una embajada del emperador Motecuzoma. Los españoles reciben regalos de bienvenida en señal de paz y son invitados por los caciques locales a un banquete.

Los suntuosos ornamentos de plumas preciosas y los ricos mantos de algodón bordados, atizan menos la codicia de la tropa que las pocas joyas de oro que están colocadas sobre esteras, expuestas ante los ojos de los extranjeros. La unidad de la expedición se tambalea. Las riquezas y la civilización de la región nahua despiertan el apetito de Alvarado que trata de marcharse solo. Deja a Grijalva y se va con su barco a explorar el río Papaloapan que bautiza con su nombre, a la manera de un jefe que desafiara la autoridad de su capitán general. Capturado y llamado al orden, Alvarado se disciplina, pero no por mucho tiempo. Los españoles, a finales de junio, arrojan el ancla en el sitio que se convertirá en Veracruz. Grijalva bautiza la ensenada como San Juan de Ulúa, porque, en sus imposibles conversaciones con los nativos, dos palabras vienen sin cesar: México y Culúa; esta última palabra, tomada al vuelo, la conservarían los españoles para designar a los amos de México, los aztecas, es decir, los habitantes de la capital México-Tenochtitlan. Los culúa o colhuaque eran en realidad los habitantes de Colhuacan, ciudad satélite de México que había tenido su hora de gloria antes de la toma del poder por los aztecas en el siglo XIV de nuestra era.

El contacto con los totonacas, los habitantes de la costa, es excelente: a cambio de agujas, de abalorios y de peines, entregan a los españoles una gran cantidad de oro y hachas de cobre, que Grijalva confunde con oro. Evidentemente esta tierra mexicana reboza de riquezas. Entonces se posa, en los labios de los conquistadores, la cuestión clave: ¿nos quedamos con este trueque, seguramente fructífero, o poblamos?

"Poblar" quería decir tomar oficialmente posesión de la tierra, proclamar el requerimiento, fundar una ciudad y sostenerla, con algunos cientos de españoles en contra de una multitud. Grijalva no se siente amo de la situación y arguye que no ha recibido de Velázquez más que la autorización para hacer rescate, lo que era cierto. Alvarado y Ávila, mucho más belicosos, presionan para una toma de posesión salvaje.[24] Cuando Alvarado se queda solo riñe con Grijalva y decide volver sobre sus pasos. Entonces se llega a un arreglo diplomático entre los dos conquistadores: Alvarado, cuyo barco toma oficialmente el agua, regresa a Cuba: se encarga de los heridos y de todo el oro recolectado, además es portador de un mensaje de Grijalva para el gobernador Velázquez. Las apariencias están a salvo.

Mientras que Alvarado lucha contra los vientos, bajo las diluvianas lluvias de verano, para volver a Cuba, Grijalva decide proseguir su exploración hacia el noroeste. Hasta Tuxpan, el contacto con los totonacas sigue siendo excelente; luego, en territorio huaxteco, en la región del Pánuco, los españoles encuentran una hostilidad declarada de los autóctonos. Estimando que ya había visto lo suficiente, que había robado bastante y era sobradamente rico para el resto de sus días, Grijalva da la orden de volver a Cuba. Ese regreso repleto de luchas intestinas, de problemas técnicos y de contratiempos meteorológicos, dura una eternidad.

En Cuba, Velázquez se inquieta. Están en septiembre y la isla sigue sin noticias de la expedición. Han pasado cuatro meses. El gobernador decide armar una carabela para partir en busca de Grijalva que ha desaparecido: le confía el cargo a Cristóbal de Olid. Probablemente a finales de septiembre, después de la partida de Olid, y como un entrecruce bien arreglado, Alvarado toca Cuba. Podemos imaginar la escena de la entrevista con Velázquez: con los ojos abiertos desmesuradamente, fijos en el botín, el gobernador escucha a Alvarado maldecir a su jefe, que les impidió "poblar". Con la más total mala fe, Velázquez, que le había prohibido a su sobrino poblar, puesto que no tenía la autorización, condena públicamente a su protegido. Le reprocha ahora su obediencia. Cortés recibe el mensaje: sabe que ha llegado su hora pero la partida será cerrada.

La tercera expedición: la hora de Cortés

Por supuesto, habrá otra expedición... ahora para poblar. Pero falta designar al jefe y darle un marco jurídicamente aceptable. Lo encuentran: la nueva expedición partirá en busca de los tres navíos españoles perdidos. ¿Qué autoridad podría negar su firma a una operación tan humanitaria y altruista? Por supuesto, no dirán una palabra de los tesoros de la tierra mexicana. El jefe de la expedición, Velázquez, titubea. Tiene muchos nombres en la cabeza. Cortés actúa con prudencia, sin promoverse hace que sus hombres incondicionales lo presenten como el mejor candidato posible. Probablemente por cuestiones de dinero, a menudo determinantes en esa materia, Velázquez designa a Cortés. Él tiene que actuar rápido y partir antes de que regrese Grijalva; en caso contrario, su coartada se derrumbaría. No obstante, no desea privarse de la experiencia adquirida por los hombres de Grijalva; además necesita sus barcos; los navíos son escasos en Cuba y muy costosos. En el papel es como la cuadratura del círculo, el golpe es irrealizable. Pero allí, Cortés se muestra resueltamente magistral.

Empieza por poner cerrojo a los dos expedientes más sensibles: el monto financiero y los contratos jurídicos. Sobre ese último plan, da prueba de una gran competencia; el asunto para él no era más que rutina. Una vez más, delega a su amigo Juan de Salcedo, el futuro marido de su concubina cubana, la misión de ir con los jerónimos de Santo Domingo para que autoricen a Velázquez a emprender esta expedición. Salcedo, después de una ida y vuelta veloz, regresa con el papel firmado. Luego, Cortés hace que Velázquez le escriba un contrato ad. hoc, "de muy buena tinta",

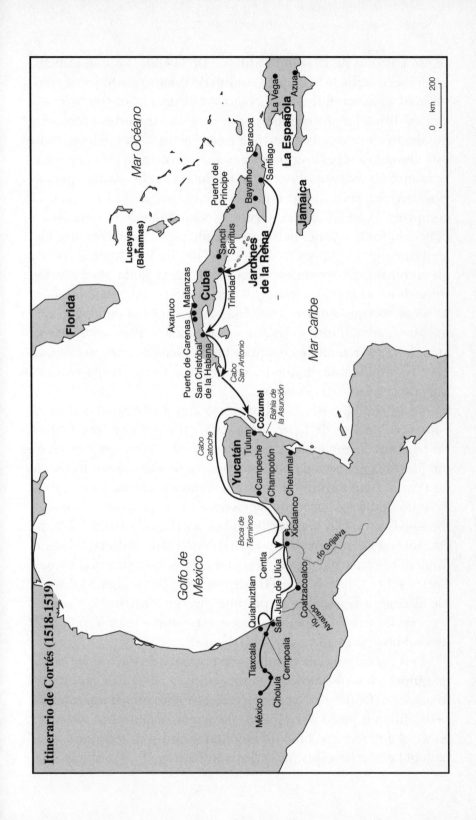

Itinerario de Cortés (1518-1519)

según palabras de Díaz del Castillo.[25] De hecho, Cortés mantiene con el secretario de Velázquez, Andrés de Duero, relaciones de complicidad amistosas que tienen como consecuencia que las "instrucciones" firmadas por el gobernador en favor de Cortés y fechadas el sábado 23 de octubre de 1518 estén hechas a la medida. Todo está anotado ahí para ser políticamente correcto: la preocupación humanitaria, por supuesto, pero también el celo cristiano, la curiosidad científica, la promesa de beneficios para la Corona, el compromiso antiesclavista, etcétera. Naturalmente se quedan en la ficción fosilizada del perímetro jurídico que incumbe administrativamente a Velázquez: Cuba y las islas de los alrededores. Es así como Yucatán resulta ser una isla llamada Santa María de los Remedios y el México central, al oeste del istmo de Tehuantepec, se presenta también como una isla bautizada Ulúa en lengua vernácula y Santa María de las Nieves en español. Para no llamar la atención, no se trata de cualquier poblamiento; el proyecto tiene un giro minimalista; lo que no excluye que Cortés tenga ya ideas muy precisas sobre la cuestión.

El aspecto financiero del proyecto lo resuelve rápidamente el contador Amador de Lares, designado en ese puesto por Cortés en persona. Secretamente asociados, los dos hombres representan juntos la primera potencia financiera de Cuba. Ellos tomarán a su cargo siete navíos mientras que Velázquez armará otros tres. Además, todos los gastos del personal y de las provisiones los asume sólo Cortés. Hay que insistir en la importancia considerable de esta inversión, que en esa época hubiera estado indudablemente fuera del alcance del mismo Velázquez. El ascendiente que tendrá Cortés sobre Carlos V procede de esa relación de fuerzas favorable al conquistador: éste se permite ofrecer México a la Corona "con las llaves en la mano", sin que esta última haya tenido que desembolsar el menor castellano de oro.

Pero, nos dirán, ¿de dónde viene el dinero de Cortés? De cerca de quince años de actividades empresariales, liberales, políticas y financieras. Cortés no se preocupa en absoluto por su riqueza. No siente ningún gusto por el lucro, la acumulación o por atesorar. No ve el dinero sino como un medio de control de los hombres, y para gobernar los espíritus, y también para servir al designio que incuba desde hace mucho tiempo: construir otro mundo. En la expedición mexicana que monta en ese mes de octubre de 1518, su fortuna encuentra una justificación y un destino.

Apuesta todo lo que posee... y mucho más. Liquida todos sus haberes, da en prenda todas sus propiedades, vende a sus esclavos; y, por si fuera poco, se endeuda enormemente, seguro de su buena fortuna. Desde ese mes de octubre, Cortés se compromete a una aventura sin regreso. Pero ninguno de sus compañeros de camino duda un instante de su éxito: ¿cómo un hombre que ha logrado todo podría fracasar? Está claro que la prosperidad de Cortés, aliada por supuesto a sus cualidades intrínsecas, es el principal motor de la confianza que le ofrecen sus hombres.

Por el momento, el éxito de Cortés está ligado a una cuestión de cronometraje. Hacia el 7 de noviembre, Cristóbal de Olid, enviado a buscar a Grijalva, regresa a Cuba con las manos vacías. Oficialmente no encontró ninguna señal de los barcos de la expedición; ha serpenteado por los mares, sufrido tempestades, perdido sus anclas y ha decidido dar media vuelta. El relato de Olid es incoherente, pero esta incoherencia tiene una explicación. Informado en secreto y en primer lugar del regreso de Olid, Cortés negocia su silencio a cambio de invitarlo a participar en su expedición y no se sabe qué otras promesas zalameras muy a su manera. Pero lo que le dice Olid al alcalde de Santiago es muy valioso: vio a la flota de Grijalva, se dirige hacia Cuba y llegará en pocos días. Cortés ya no puede eternizarse. La cuenta hacia atrás inicia.

Cortés, que se apresura discretamente, se muestra sin cesar al lado de Velázquez. El domingo 14 de noviembre, asiste a la misa de Santiago en compañía del gobernador y de trescientos hombres ya designados para la expedición. Se esfuerza por controlar y tranquilizar a Velázquez, que es agobiado por numerosos solicitantes que le proponen reemplazar al extremeño a la cabeza de la misión. Probablemente, al día siguiente o al tercer día, Grijalva toca Cuba, no en Santiago como dice Díaz del Castillo, por una vez equivocado,[26] sino en San Cristóbal de La Habana, en la costa sur, al oeste de la isla.[27] ¡A tres o cuatro días de vela de Santiago! De ahora en adelante, los minutos de Cortés están contados. Aunque la llegada de Grijalva permanece aún en secreto, la noticia cruza la isla como reguero de pólvora. Se envía inmediatamente a Alvarado hacia La Habana para convencer a la flota de Grijalva de ir a Trinidad, que Cortés elige como base avanzada para terminar los preparativos.

Hernán debe enfrentar una terrible situación: la llegada de Grijalva modifica la jugada; Velázquez parece querer anular sus capitulaciones y los apetitos de los excluidos se afilan. Pero Cortés aguanta: firme y decidido, le hace entender que es demasiado tarde para cambiar de planes; desafía a unos y compra a los otros. Sus hombres hacen saber delicadamente que piensan asolar Santiago si no parten con Cortés. Velázquez ya no insiste, pero sus hombres de confianza tratan de imponer un embargo sobre los víveres disponibles. Cortés, no obstante, echa mano de todos los animales del rastro y de todos los embutidos que se encuentran allí, sobornando al pobre guardián.[28] En la noche del 17 de noviembre, da la orden de subir a bordo a todos los que iban a partir. La suerte está echada. De madrugada, los navíos de Cortés inician las maniobras e izan las velas. Velázquez prevenido *in extremis*, está allí en el muelle, presenciando entre chanzas y veras la partida de su protegido. Cortés se da el lujo de acercarse en una chalupa para decir adiós al gobernador que no sabe en ese instante qué actitud tomar. ¿Está frente a él un amigo y un socio que alaba su gloria y llena su bolsa o un rebelde que lo traiciona para siempre? La calma y la desenvoltura de Cortés estremecen a Velázquez que se queda callado. No se atreve a insultar el porvenir. Cortés tiene a casi toda la isla con él. El gobernador se siente súbitamente viejo y cansado. Cortés cuenta con 33 años; tiene el talento y el poder. El llamado lejano de una campana fisura el tiempo petrificado. Se escucha el grito de un águila. Las velas de las carabelas han desaparecido.

Segunda parte

La conquista de México (1518-1522)

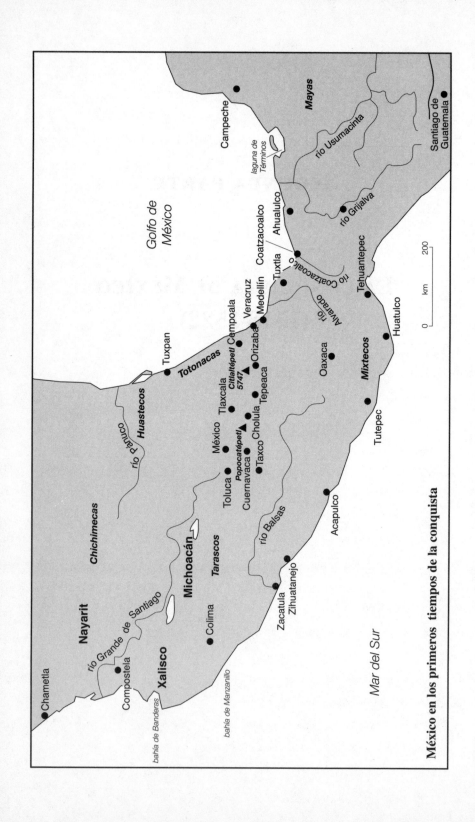

México en los primeros tiempos de la conquista

Capítulo 1

Trinidad, enero de 1519.
Gran salida

Desde diciembre, la Villa de la Santísima Trinidad se convirtió en una nueva capital de Cuba. Jamás, la pequeña ciudad, elegantemente situada al pie de la sierra, vivió semejante efervescencia. A una distancia respetable de la excelente ensenada, bien protegida por una lengua de tierra baja, Trinidad emerge apenas del suelo: una veintena de casas de españoles y una capilla de tierra arcillosa han surgido en medio de los bohíos de los indios, sobre una colina que domina el azul cerúleo del mar. Una decena de barcos se disputan el atracadero: casi todos los navíos con que cuenta Cuba están allí reunidos para la gran travesía hacia el oeste. La precipitada salida del barco de Santiago era falsa, sólo estaba destinada a mostrar la irreversibilidad de la voluntad de Cortés, así como a tomar cierta distancia de los cambios de humor del gobernador. Pero el montaje de la expedición estaba lejos de haber terminado. Trinidad sirve de nuevo puerto de amarre.

En la plaza central de la aldea, ante la casa que le prestó Grijalva para establecer su cuartel general, flota el estandarte personal del conquistador: una pieza de tafetán negra, bordada con hilo de oro y con una cruz roja en un fondo de llamas azules y blancas, con una inscripción latina alrededor, ostensiblemente inspirada en el *in hoc signo vinces* del emperador Constantino:[1] el romano que inclinó el imperio hacia Bizancio, el pagano convertido que instauró la libertad religiosa, mientras seguía siendo protector de los gentiles. Cortés anuncia sus convicciones.

Además de los trescientos hombres embarcados en Santiago, el capitán general logró convencer a la mayoría de los miembros de la expedición de Grijalva para que volvieran a partir con él. Así, consigue el refuerzo de doscientos hombres cuya experiencia le sería muy valiosa. Con doscientos indios arrancados de sus propios lugares, unos cincuenta marinos, algunos esclavos negros y algunas indias para que se encarguen de la cocina, tres notarios y dos sacerdotes,[2] la expedición está completa.

El punto más delicado que debe arreglar es el de los víveres. Ilustrado por la experiencia de sus predecesores, Cortés se niega a depender del rapto y del pillaje: recusa en su esencia la práctica tradicional del despojo en un país conquistado. No es un jefe de guerra ordinario, es portador de un proyecto de colonización que le gustaría realizar de manera no violenta. Por ello, hay que comprender su obsesión por reunir provisiones colosales de comida, como el sello de una ambición, la marca de su estilo; ciertamente la autonomía significa para él apostar al éxito, pero el respeto a los autóctonos forma indudablemente parte de sus convicciones. Su apuro por buscar comida no perecedera toma proporciones inimaginables. Compra todo lo que puede ser comprado en Cuba, Macaca, La Habana, Trinidad, Sancti Spiritus e incluso en los pueblos indígenas: vino, aceite, azúcar, maíz, garbanzos, cazabi (yuca), pimientos, frijoles, tocino ahumado, tocino salado, aves vivas, ganado en pie, forraje para los animales. Como todavía es insuficiente, envía una carabela a Jamaica para completar el aprovisionamiento. López de Gómara cuenta incluso que un barco cargado de mercancías hasta el tope que navegaba en alta mar pasó a la altura del Cabo San Antonio: Cortés envió una carabela para apresarlo. ¡Compró el cargamento, el barco y enroló a su capitán en la conquista mexicana![3]

Otro punto delicado es el de los caballos. Cortés insiste en llevarlos. Es una prueba visible para todos de que no se conformará con hacer trueque a lo largo de las costas. Cortés quiere caballos porque cuenta con ir a México, instalarse allí y poblar a perpetuidad esa tierra. El problema es que los caballos escasean en Cuba y como animales emblemáticos de gran prestigio valen una verdadera fortuna. Sus capitanes invierten, a veces comparten los gastos entre dos, para comprar estos valiosos animales. En total, Cortés llevará dieciséis caballos: once sementales y cinco yeguas, una de ellas en estado de gravidez.[4]

El capital general sufre también para reunir armamento moderno. Se ha comentado mucho la superioridad técnica de los españoles respecto a sus adversarios indígenas. El conocimiento de la pólvora, de reciente importación en Occidente, favoreció indudablemente a los castellanos, pero el papel que jugaron las armas de fuego, a pesar de todo, permanece en el orden de lo simbólico. Cortés sólo lleva lo que pudo reunir, es decir, en el fondo, muy poca cosa: diez cañones de bronce,[5] uno por barco, y sólo cuatro cañones ligeros, que son pequeñas piezas de artillería montadas sobre ruedas que disparan balas de menos de un kilo. Las otras armas de fuego se reducen a ¡trece escopetas![6] En cuanto al resto de las armas perfeccionadas, se resumían en unas treinta ballestas, lo que equivale a decir que la conquista de México se hará, en lo esencial, a punta de espada.

Ante la autoridad adquirida por Cortés, que se conduce como gran señor en su feudo provisional de Trinidad, Velázquez siente miedo e intenta algunas maniobras para romper el impulso del conquistador. En dos ocasiones envía una orden de arresto, pero ninguno de sus partidarios tiene la capacidad para ejecutarlas. Cortés, en cambio, cuenta con sus hombres que lo protegen. Los seguidores de Velázquez, cuando no abandonan el campo del gobernador, cierran los ojos y se hacen muy pequeños. La relación de fuerzas se inclina en favor del jefe de la expedición.

Antes de la gran partida, Cortés pone los puntos sobre las íes. Reuniendo a todos sus compañeros, les dirige una arenga de la que han hablado todos los cronistas. Les habla de su propia gloria, del honor de la nación española, del rey, por el cual van a trabajar, y de lo imperativo de la cristianización que se impone a todos. Cortés explica que hay que liberar a los indios de las garras de las tinieblas y de la esclavitud del demonio. Él habla de "liberar" no de "someter". Incluso ante esa tropa diversa y socialmente heteróclita, escoge sus palabras; practica una demagogia de erudito; a esos aventureros con la espada en la mano, les habla de humanismo y de grandeza. Es así que, al no cambiar nunca ni su manera de expresarse ni el contenido de su pensamiento, logra ser aceptado por todos, tanto por hidalgos como por soldados de fortuna. Nunca pone a un grupo contra otro, por el contrario, lima las asperezas y todos solemnemente le juran obediencia.

El momento ha llegado. De los once barcos de la armada, Cortés sólo ha reunido diez en la punta San Antonio, deseando conservar un barco de enlace para poder recibir más tarde noticias de Cuba y de España. Francisco de Salcedo se sacrifica: él los alcanzará más tarde. El 10 de febrero de 1519 las velas se izan. Cortés va confiado.

Capítulo 2

Barcelona, 15 de febrero de 1519. Carlos I

Es un rey débil y perturbado, un rey en campaña electoral, quien abre la reunión de las Cortes de Cataluña. Un joven rey de 19 años, que no conoce una palabra de latín ni una palabra de castellano. No habla ni escribe más que el francés. Y aun así, las malas lenguas lo acusan de hablar un franco-picardo bastante rústico. Firma Charles; lleva el nombre de su bisabuelo: Charles le Téméraire, Carlos el Temerario, duque de Borgoña. Nació en Gante con el siglo. Es el segundo hijo de Juana la Loca y Felipe el Hermoso y el mayor de sus dos varones. Su bisabuela estaba loca; su madre permanece encerrada en su demencia, en Tordesillas, con su última hermana, que está postrada. Él también acabará loco en Yuste, pasando el tiempo en armar y desarmar relojes, obsesionado por una pregunta: ¿qué hora es?

Carlos estuvo a punto de no ser rey nunca. El viejo rey, Fernando, el aragonés regente del reino de Castilla después de la muerte de su esposa Isabel la Católica, había designado en su testamento, elaborado en Burgos, a otro de sus nietos como sucesor al reino de Castilla: el pequeño Fernando, nacido en 1503 en Alcalá de Henares, hermano menor de Carlos. A diferencia de su hermano mayor, el pequeño Fernando había crecido en España y había sido educado allí por su abuelo. En vísperas de su muerte, en enero de 1516, el rey de Aragón había modificado secretamente su testamento para apegarse al principio del derecho de primogenitura: designaba a Carlos como heredero y, tomando en cuenta la corta edad del nuevo soberano, nombraba regente al octogenario arzobispo de Toledo, Cisneros. Agobiada por la Inquisición, víctima del malestar, Castilla se desgarra. Los "fernandistas" —es decir, los castellanos legitimistas que no se reconocen en Carlos, el rey extranjero—, estallan. Las Cortes, que representan a las ciudades, se acomodarían bien con la reina Juana, legítima heredera. Para ellos, la modernidad requería que un rey reinara pero no gobernara. En los Países Bajos, donde reside Carlos, sus consejeros intentan un golpe arriesgado: se alían con Cisneros y organizan la proclamación de Carlos como rey de Castilla y Aragón en Bruselas, el 13 de marzo de 1516 en la catedral Sainte-Gudule.

Cisneros, menguado por su avanzada edad, trata de apaciguar las rebeliones que brotan por todas partes. Finalmente, después de veinte meses de titubeos, Carlos, primero de nombre, decide conocer la tierra de la que es rey, pero que nunca ha hollado con sus pies. Se embarca en Flessinga en un mar tormentoso. El 17 de septiembre de 1517, la tempestad arroja el barco a la ensenada de Villaviciosa, cerca de Gijón. Allí no se esperaba a Carlos I. Desembarca con sus consejeros y su gobierno flamenco para llegar penosamente a Valladolid en medio de la indiferencia de la Cantábrica. Los flamencos boicotean a las autoridades españolas. Cisneros muere el 8 de noviembre, sin haber conocido al nuevo rey; sus bienes son embargados inmediatamente y Carlos nombra a un flamenco, al joven Guillermo de Croÿ, de veinte años, arzobispo de Toledo y primado de la Iglesia de España. Es una provocación. En medio de tantos acontecimientos, Carlos regala Yucatán, apenas descubierto por Hernández de Córdoba, al almirante de Flandes, quien arma de inmediato cinco barcos en Sanlúcar de Barrameda a fin de colonizar su nuevo dominio.[1] Diego Colón toma parte en el conflicto y se opone con vehemencia a esta decisión que considera contraria a su derecho de propiedad. El rey, cuestionado desde todos los frentes, se retracta. En marzo, Carlos abre las Cortes de Valladolid en medio de una hostilidad declarada. Para terminar con la corriente favorable a su hermano, lo expulsa en mayo de 1518, no obstante el sabotaje y el incendio del barco que le hace preparar en Santander.

La bienvenida que recibe el rey en las Cortes de Zaragoza, en Aragón, es de la misma índole. Barcelona no se entrega tampoco. Pero el 12 de enero de 1519 perece el emperador Maximiliano de Austria, que es el abuelo paterno del rey Carlos: el imperio está vacante. Ahora bien, la Corona del sacro imperio romano germánico es electiva. Carlos I de Castilla, que no habla una palabra de alemán, se convierte en candidato, pero tiene un rival declarado, Francisco I, el rico y poderoso rey de Francia, que reivindica la herencia de Carlomagno. En medio de un juego diplomático complejo, donde Italia es el centro, Carlos necesita apoyo; tratará de apostar —por fin— a España. Al terminarse las prebendas para los flamencos, el rey, súbitamente magnánimo, colma los deseos de los grandes, de los poderosos y de los solicitantes. Fonseca, el presidente del Consejo de las Indias, dirigente de la marina de su majestad, es uno de ellos.

Capítulo 3

Cozumel, febrero de 1519.
Náufrago

Vientos del noreste soplan sobre Cuba y dispersan la flota. La hermosa armada, organizada como la soñaba Cortés, se dispersa en el canal de Yucatán. La cita ha sido concertada en Cozumel. Cuando Cortés llega, el barco de Alvarado está anclado. ¿El intrépido capitán, a sabiendas, rebasó a la flota o es el azar de los vientos lo que lo llevó antes que a los demás? Cortés pone los pies en tierra y descubre una ciudad desierta, una ciudad abandonada en medio del pánico. Se entera de que Alvarado es el responsable de la huída de los habitantes: entró a la ciudad como conquistador, con las armas en la mano; subió a la cúspide de la pirámide principal para hurtar las estatuillas que llevaban ornamentos de oro; robó algunos pavos e hizo tres prisioneros. Cortés está furioso y pone las cosas en su lugar. Amonesta a Alvarado, lo obliga a devolver el oro y los pavos que no se comió. Naturalmente, Cortés libera a los tres indios. "No es de esta manera que vamos a apaciguar estas tierras" —exclama—.[1] Alvarado obedece y todos comprenden que Cortés es el verdadero jefe y que conviene seguir sus instrucciones al pie de la letra.

A decir verdad, Cortés no está directamente interesado en tener contacto con los mayas. Elige descartar Yucatán para concentrarse en el mundo nahua. Si hace escala en tal sitio es para tratar de recuperar a los dos españoles cautivos por los mayas, cuya existencia conoce. En efecto, Cortés tiene una idea. Desea tener un intérprete confiable, además del joven maya Melchorejo capturado por Córdoba, a quien se lleva con él. Entonces Hernán hace saber a los mayas por escrito su disposición para recoger a los dos náufragos, les pide que hagan llegar su mensaje y decide esperar una semana. Lo anterior demuestra que considera de suma importancia tener informantes de primera mano.

Gonzalo Guerrero no acudirá. Tiene una mujer, tres hijos y se ha adaptado a la vida maya; se ha vuelto ferozmente antiespañol. En cambio, Gerónimo de Aguilar se presenta al octavo día: irreconocible en su atuendo indígena, con su tatuaje y su bezote. El antiguo náufrago se acerca en una piragua a los navíos españoles. Su amo maya ha aceptado generosamente que se vaya con sus compatriotas. Aguilar va a ser para Cortés un recluta de primera clase; ese gesto humanitario se convertirá en una inversión táctica inesperada. Cortés se despide de las autoridades mayas; les entrega una imagen de la Virgen María para que figure en un buen lugar en el altar, junto a sus ídolos. Pide a uno de los sacerdotes de la expedición que diga la primera misa mexicana y se embarca. La estela de los barcos dobla el cabo Catoche.

Capítulo 4

Tabasco, marzo de 1519.
La Malinche

Sin desviarse de su objetivo, el capitán general se dirige directamente hacia la desembocadura del río Grijalva. Allí donde la precedente expedición había tenido contacto con los embajadores de Motecuzoma. No obstante, a Cortés le espera una sorpresa: los autóctonos no están de humor para pactar y piden a los españoles que partan. Sabiendo muy bien que se encuentra en la frontera del imperio de Motecuzoma, Cortés da la orden de desembarcar. El notario Diego de Godoy procede a la declamación del requerimiento en medio de los indios armados. Una descarga de flechas se abate entonces sobre los españoles. Cortés no hace caso; avanza hasta el centro de la ciudad de Centla donde toma posesión en nombre del rey de España, dando tres golpes de espada en la inmensa ceiba que marca el centro de la ciudad.[1] Ese primer acto es para uso interno. Está destinado a mostrar a su tropa que su intención es poblar. Cuba está lejos y los reparos de Velásquez ya no se toman en cuenta. Se instala un campamento no lejos del desembarcadero de las navíos, sobre la tierra firme. Ha terminado la era de las navegaciones: Cortés es un colonizador.

El segundo acto se aplica a los indios. Cortés desea entrar en contacto con ellos y le pide ayuda a Aguilar, quien habla maya. Envía algunos emisarios ante los jefes locales. En lugar de corresponderles con los portavoces esperados, los indígenas libran una batalla feroz. Todos los guerreros de esa provincia fronteriza maya están ahí reunidos. Díaz del Castillo cuenta doce mil. Andrés de

Tapia propone la cifra de cuarenta y ocho mil. Toda la tropa de Cortés tiene que pelear. Finalmente, los caballos resultan de gran ayuda para los castellanos. Esos animales desconocidos siembran el terror y la confusión entre los indígenas. Los mayas ceden, pues cuentan ochocientos muertos en sus filas. Los españoles también tienen muertos y heridos. Gracias a los prisioneros que Aguilar interroga, los españoles comprenden la razón de ese ataque en masa. El indio Melchorejo, capturado por Córdoba y llevado por Cortés para que sirviera de intérprete había escapado. Regresó con los suyos y los incitó a lanzar a los españoles al mar, convenciendo a los jefes mayas de que sus adversarios no eran sino unos cuantos y que los derrotarían en un santiamén.

Con enviar embajada tras embajada y haciendo llegar regalos a los jefes mayas, Cortés logra reanudar el diálogo. Dosificando la amabilidad y la intimidación, muestra a los jefes reunidos que es el amo del fuego y de los caballos, y acaba por establecer una relación apaciguada. Los mayas aceptan que Cortés erija una monumental cruz de madera. Pronto, todos los jefes de la región de Tabasco llegan con presentes. Hay entre éstos, objetos rituales y ornamentos de príncipe, así como diademas o sandalias con suelas de oro. Sorprendidos por la ausencia de mujeres en la expedición de Cortés, los mayas le ofrecen también veinte esclavas, veinte jóvenes indias, "para hacer pan", es decir, para cocinar y preparar las tortillas de maíz que constituyen el alimento local ordinario. Este presente tendrá una trascendencia considerable. En efecto, Cortés desvía el regalo de su objeto. Después de haber bautizado a las jóvenes mujeres de manera expedita, las entrega como concubinas a sus principales lugartenientes; el conquistador puede cristalizar así uno de sus sueños: el mestizaje de las culturas. Es con esa intención que en Cuba se había negado a que las mujeres se unieran a la expedición. Quiere favorecer la mezcla de las sangres. Sus lugartenientes no se hacen del rogar. Pero el presente de los mayas oculta un tesoro mayor en la persona de una joven india nahua, esclava del cacique de Tabasco. La historia iba a retener su nombre extraño: Malinche.

Su destino insólito es probablemente el que reporta Díaz del Castillo.[2] Ella era la hija del cacique nahua de una ciudad de los alrededores de Coatzacoalcos, llamada según las fuentes Painala o Uilotla. Su madre, que se había quedado viuda, se volvió a casar y de esta segunda unión nació un hijo. Para proteger la herencia del hijo del segundo matrimonio, el padrastro de Malinche decidió alejarla. La muchacha, todavía niña o adolescente muy joven, tal parece que fue vendida como esclava a unos mercaderes de Xicalanco, especializados en el comercio con la región maya. Éstos la revendieron a un dignatario de la región de Tabasco; el propietario, a su vez, la regaló a Cortés el 15 de marzo de 1520, si confiamos en la memoria de Díaz del Castillo.

Cuando se la entrega como compañera a Alonso Hernández Portocarrero, Cortés no deja de emocionarse con su belleza. "Era hermosa como diosa", escribiría más tarde Muñoz Camargo, depositario de la leyenda que se apoderó del personaje.[3] Todos sus contemporáneos han alabado su físico armonioso y su gracia radiante. Probablemente Cortés tomó en cuenta esas consideraciones exteriores cuando la destina a su amigo más íntimo. Fiel entre los fieles, Portocarrero, nativo de Medellín, es a la vez su amigo de la infancia y un pariente lejano; primo del conde de Medellín, es también nieto de María de Monroy, la Brava.

Pero Aguilar, hablando con la joven mujer en maya, descubre su verdadera identidad; al poseer el náhuatl como lengua materna, Malinche puede servir de intérprete con los aztecas. ¡Cortés dispone de una intermediaria inesperada! Aguilar podrá traducir del español al maya y Malinche del maya al náhuatl; así, el capitán general podrá tener un verdadero diálogo con sus interlocutores mexicanos. Pero hay algo mejor: la casualidad acaba de inscribir a Cortés en la tradición mesoamericana. En efecto, en la sociedad nahua, los personajes de autoridad no se dirigen jamás directamente a sus vasallos ni a sus subordinados ni a sus homólogos de una ciudad vecina o extranjera. Utilizar un vocero es una obligación protocolaria. Cortés, al recurrir a la Malinche para hablar con Motecuzoma, sin saberlo, se apega a las costumbres prehispánicas.

Su nombre ha hecho correr demasiada tinta y suscitado innumerables contrasentidos. La palabra Malinche es una corrupción española que transcribe el náhuatl Malitzin o Malintzin. ¿Qué envuelve ese nombre indígena? ¿Podemos encontrar su sentido? Lo que sabemos con certeza es que la joven esclava del cacique de Tabasco fue bautizada de inmediato como Marina. Es un nombre cristiano, todo un clásico: existían tres San Marino y una Santa Marina en el calendario católico de la época. ¿Hay que imaginar que ese nombre le fue otorgado por homofonía con su nombre náhuatl? Es poco probable dado el contexto. Los padrinos requeridos en tales circunstancias deben haber elegido veinte nombres de manera completamente arbitraria. La idea de que el nombre de Marina se derive del náhuatl Malinalli (hierba seca) es seductora, pero totalmente hipotética: ningún cronista lo ha sugerido.

¿De dónde viene entonces ese nombre de Malintzin? En náhuatl, la partícula –tzin es un reverencial y mali designa a un cautivo. Malintzin puede traducirse entonces por "venerable cautiva". O bien, era el nombre que le daban los mayas de Tabasco por referencia a su ascendencia principesca —pero ¿la conocían?—, o es el nombre que le darían los portavoces de Motecuzoma cuando se presenta ante ellos, junto a Cortés. Esta segunda hipótesis es evidentemente reforzada por el hecho de que los embajadores del soberano mexicano se dirigían a Cortés llamándolo Malintzine, con la –e enclítica de la posesión, es decir "amo de la venerable cautiva". Lo cierto es que la intérprete de Cortés, en una lengua como en otra, tuvo derecho siempre a un tratamiento de princesa: al –tzin azteca y al correspondiente doña español, reservado a las mujeres de la nobleza.

Cortés mandó decir una misa y organizó la procesión del Domingo de Ramos, a la cual siguieron, desconcertados, todos los jefes de Tabasco; hizo esculpir una cruz en la corteza de la gran ceiba de Centla, ofreció una imagen de la Virgen, dio una primera lección de catecismo. Luego la tropa se embarcó de nuevo. Tabasco no era más que una escala en el camino hacia México.

Capítulo 5

San Juan de Ulúa, 22 de abril de 1519. Desembarque

Malintzin deslizó un nombre al oído del intérprete Aguilar: Citlaltépetl. Le explicó en maya que eso quería decir "cerro de la estrella". La cumbre del pico se descubrió bruscamente ante la mirada de los españoles. Su cono casi perfecto, cubierto de nieve, se erguía hacia el cielo por el oeste, donde la tierra firme se levantaba y obstruía el horizonte, como un peldaño inaccesible, como un desafío.

El capitán Alaminos no tuvo ningún problema para encontrar el fondeadero donde, en dos ocasiones en años precedentes, había arrojado el ancla. Es en una hermosa playa de arena blanca, al abrigo de la isla que había sido bautizada San Juan de Ulúa, donde Cortés pone los pies en tierra. Es Viernes Santo y el conquistador organiza el desembarque: bajan la artillería y los caballos, los taínos talan los árboles que bordean la playa para convertirlos en madera de construcción; aquí cortan palmas, allá se apuran a levantar una cerca. Los españoles preparan el campo.

Dos días más tarde, una primera delegación oficial se presenta ante Cortés. Entre ellos hay señores muy bien vestidos que hablan náhuatl, que son caciques de la ciudad vecina de Cuetlaxtlan y a la cabeza de ese grupo va también un *calpixqui*, una especie de gobernador que representa el poder central de México. Ese hombre, al que los textos llaman Tendile (*Tentitl*), es de hecho un embajador de Motecuzoma. El emperador azteca, prevenido por sus servicios de información, sigue día con día el avance del ejército a lo largo de sus costas. Tendile es a la vez su portavoz y su oficial de información. Llegó a la cabeza de un cortejo de cuatro mil hombres, compuesto por guerreros sin armas y peones encargados de las vituallas y de los presentes. Va acompañado también por escribas: con el grafismo que se utiliza en esas tierras, tienen por misión registrar el tenor del encuentro.

Cortés utiliza dos armas: la sorpresa y Marina. El jefe de los españoles decide primero sorprender a las almas. Antes de cualquier cosa, sobre un altar instalado al aire libre y preparado con presteza, hace cantar la misa solemne de Pascuas, a la que invita a la multitud de curiosos. Luego, ante todos los indios reunidos, lanza su caballería al galope sobre la playa, en una especie de fantasía, acentuada con tiros de escopeta. Los relinchos y las posturas encabritadas de los caballos no dejan de impresionar a los espectadores. La pequeña escenografía cortesiana prosigue con tiros de bombardas y llamaradas de pólvora. Efecto garantizado. Los indios se postran boca abajo. Luego, llega la hora de las negociaciones. En apariencia, Marina es excelente. Naturalmente se percibe la pérdida de sentido que debieron sufrir las palabras que pasaban del español de Cortés al maya de Aguilar para desembocar al náhuatl de Marina. Pero, en el fondo, detrás de los discursos preparados para propiciar el vasallaje al rey de Castilla y el llamado a la conversión, Cortés sólo tiene un mensaje que enviar: quiere encontrarse con Motecuzoma.

Las dos partes proceden a un intercambio de regalos: los nahuas ofrecen telas de algodón y algunos objetos de plumas y oro; dejan sobre todo una guardia indígena de dos mil hombres y mujeres encargados oficialmente de proporcionar comida a los recién llegados, aunque en realidad, tenían la tarea de vigilarlos. Cortés entrega a los emisarios de Motecuzoma un trono plegable, adornado con marquetería, una toca de terciopelo carmín y algunas alhajas —o al menos presentadas como tales—. Tendile y su séquito se retiran. Los regalos y los lienzos cubiertos de glifos pasan de mano en mano; los mensajeros apostados constituyen un relevo eficaz y rápido, escalando la sierra y atravesando las altas llanuras en menos de un día. "Así volaba el aviso" —dice Gómara—.[1] Motecuzoma en su palacio se queda perplejo.

El soberano mexicano no se sorprende. Hace 27 años que los españoles están instalados en el Caribe, es decir, en la puerta de su reino. Es la tercera expedición que se presenta en las costas del Golfo, y en ese mundo mesoamericano interconectado, Motecuzoma está perfectamente al tanto de la suerte que corrieron los taínos de Santo Domingo y de Cuba. Todas las teorías de la "sorpresa" suscitada por el desembarque de Cortés en San Juan de Ulúa, carecen, por supuesto, de pertinencia. Los famosos presagios que anuncian el final del reinado mexicano[2] son informaciones transformadas e insertadas en el modo de pensar indígena: la furia del agua y el fuego simbolizan la derrota guerrera. No obstante, puesto que los españoles están ahora en su terreno y tocan a la puerta del imperio ¿qué línea de conducta se debe adoptar?

Los aztecas disponen de tres opciones para enfrentar el desembarque cortesiano: pactar, es decir, recibir al conquistador y tratar de negociar lo que es negociable; impedir el avance de los españoles entregándose a una guerra de exterminación; desestabilizar a la potencia española mediante la brujería. La última posibilidad está lejos de ser irracional: implicaría obligar a los españoles a colocarse en el interior de los sistemas de representación del mundo azteca; es decir, en un terreno que les resulta desconocido, de manera que se vuelvan vulnerables. La solución de la guerra total, que parecía a priori lógica en razón de la ventaja numérica de los nativos (varios millones contra algunos centenares de intrusos), no es fácil de concebir para los indígenas; la guerra en Mesoamérica obedece, en efecto, a reglas deontológicas que la alejan de la codificación española. La guerra entre los aztecas nunca es una guerra de exterminación sino un ritual que tiene por objeto capturar prisioneros vivos destinados al sacrificio; al final, los combates se resuelven en una multitud de duelos yuxtapuestos. Ahora bien, los españoles practican una guerra radicalmente diferente, en la que las destrucciones en masa reemplazan a los combates singulares. La artillería y la caballería aniquilan, por su esencia misma, las técnicas guerreras indígenas. En cuanto a la hipótesis de la negociación pacífica, sufre de una considerable falta ideológica, ya que se parece mucho a una pura y simple rendición.

Motecuzoma escucha a sus consejeros: ninguno de ellos está de acuerdo en la conducta que se debe seguir. Las opiniones se dividen entre fatalistas y veleidosos, derrotistas y resistentes, pacifistas y activistas. Sin decidir nada en el fondo, Motecuzoma elige proseguir la vía de la diplomacia que permite esperar y ver.

Ya es tiempo de hacer justicia a la creencia que forma parte de los prejuicios sobre la conquista, a saber, que los mexicanos tomaron a los españoles por dioses. En particular, que Cortés fue confundido con el dios Quetzalcóatl que regresaba a tomar posesión de su imperio y que este error de apreciación dio origen a la fácil victoria de los invasores. La idea carece de fundamento: cuando los conquistadores desembarcan en 1519, ¡hacía ya más de un cuarto de siglo que los mexicanos sabían a qué atenerse! La comparación divina que algunos soldados-cronistas cultivaron, si bien permite halagar su orgullo castellano, descansa en gran parte en un error fonético. En efecto, cuando los mexicanos se dirigen a los españoles utilizan —lógicamente— el término *tecutli* que se puede traducir por "señor" o "dignatario". Cortés, manifiestamente, no es un hombre común (*maceualli*), es por lo tanto, *tecutli*. Pero la fonetización del sonido *-cu* es difícil de escuchar para los castellanos, porque la sílaba es aspirada y glotalizada; por eso, con frecuencia es transcrita como *uc-*. Ellos escuchan entonces teul, de la misma manera que escuchan Moteuzoma o Moctezuma en lugar de Motecuzoma. Luego, el sonido teul será confundido con el nombre *teotl* que designa a un dios. Se trata entonces de un error de los españoles y no de una equivocación indígena.[3]

En cuanto a la confusión de Cortés con el dios Quetzalcóatl que alimentó tantas interpretaciones, no fue una realidad en el momento de la conquista. En cambio, fue un elemento importante de un mito forjado después de la muerte del conquistador, en un contexto político sobre el que regresaremos (véase *infra* p. 354).

Tendile, el emisario de Motecuzoma, retorna una semana más tarde al campo español con regalos suntuosos. Cortés se maravilla, el oro aparece ante sus ojos declinado en todas sus variaciones: joyas magníficas y objetos rituales que demuestran el talento artístico de los orfebres mexicanos, mientras que un disco solar de oro macizo, grande como una rueda de carreta, atiza la codicia cuantitativa de los españoles. Hay cascabeles, pinzas para depilar, collares, aretes, lingotes, pepitas, polvo de oro contenido en los cálamos de plumas preciosas, en resumen, todo lo que puede enardecer el espíritu del conquistador. Junto al oro se encuentran objetos de plumería de una extrema belleza, atuendos de ceremonia, escudos de gala, cazamoscas circulares, penachos multicolores. Hay incluso en este envío del príncipe, unos libros; dos de esos famosos pergaminos plegados como biombo y pintados con motivos coloridos donde se combinan glifos abstractos y representaciones figurativas.

Cualquier otro que no fuera Cortés se hubiera apresurado a dar gracias al cielo por esos presentes tan suntuosos, habría izado las velas y habría vuelto a su hogar, a Cuba, a Santo Domingo o a Castilla, para gozar de su fulgurante riqueza. Pero Cortés no está hecho de esa madera. Helo aquí fascinado por lo que descubre detrás del brillo del metal precioso: el refinamiento de la cultura mexicana. Motecuzoma se equivocó, los libros de sus tlacuilos no harán partir a Cortés, por el contrario, lo confortan en su proyecto de arraigo. El extremeño agradece, pero reitera su deseo: encontrarse con Motecuzoma. Tendile regresa a México, esta vez con muy pocos presentes españoles (una copa de cristal y tres camisas de Holanda) lo que significa que el intercambio de regalos no es un fin en sí mismo. Cortés no ha venido como los otros navegantes castellanos a hacer rescate.

Para distraer la atención de sus tropas que se quejan de los fuertes vientos del este y de los mosquitos que han invadido el campo, Cortés le confía a uno de sus capitanes contestatarios, Francisco de Montejo, la misión de explorar la costa para encontrar otro puerto de amarre.

Tendile regresa como portador del rechazo categórico de Motecuzoma para recibir a Cortés en México. El embajador, nuevamente, entrega un presente sublime a los españoles: plumas preciosas en cantidad, piezas de algodón ricamente adornadas, más oro y, sobre todo, cuatro piedras verdes, cuatro enormes perlas del jade más fino que entusiasman a la tropa de Cortés. Pero esa esplendidez marca claramente el final de las negociaciones; a pesar de las conversaciones del portavoz de Motecuzoma con Made marchar sobre México. El pacto totonaca se convierte, en ese momento, en la pieza maestra de su proceso de conquista.

A partir de ahí todo se encadena. Montejo ha regresado de su exploración muy desanimado, ningún sitio parece favorable para el establecimiento de un puerto. Sin embargo, el navegante observó a ocho leguas, al norte de San Juan de Ulúa, una ciudad fortificada sobre un promontorio, que resguardaba una bahía abierta relativamente protegida: es Quiahuiztlan. Los totonacas controlan la ciudad; sin decirlo, Cortés considera factible el traslado.

La fronda de los partidarios de Velázquez hierve en el caldero de San Juan de Ulúa. Seguro de sus defensas, Cortés lograría reventar el absceso. Decide a continuación fundar una ciudad, allí, en el cordón de dunas de Chalchiuhcuecan, en pleno viento, en medio de los mosquitos. Fundar una ciudad, Cortés sabe hacerlo; no es un ensayo: Azua, Baracoa, Santiago, le han conferido una cierta experiencia en la materia. Sabe lo que es un cabildo, sabe sobre todo cuál es la esencia del poder de una ciudad. Formado por su padre que tenía responsabilidades en Medellín, el joven Hernán ha comprendido la fragilidad de todo poder real ante ciudades que saben generar riquezas y disponen de una legitimidad electiva. Sabe que el poder central no siempre sale vencedor de su confrontación con el poder local; sabe también que, en la carrera por el poder, la unción del sufragio popular es un arma al menos tan poderosa como la gracia del príncipe. Si Cortés decide fundar la "Villa Rica de la Vera Cruz" no es por el placer de fundar, sino para crear las condiciones jurídicas de su propia legitimación.

El extremeño procede en tres tiempos. Primero utiliza sus palabras encantadoras para desarmar a sus oponentes. Será eternamente su estocada secreta: incluso en los momentos del peor desánimo. Cortés sabe hablarle a sus hombres: los tranquiliza y reconforta; si tiene que hacerlos cambiar de opinión, lo hace. Aquí no hay mucho riesgo en seducir con promesas de un futuro que él les describe en tonos de oro y gloria. En segundo lugar pasa a los hechos dando un estatus jurídico al primer establecimiento español en México: su amigo notario, Diego de Godoy, cuya familia es de Medellín, hace constar en el papel el resultado de las elecciones del cabildo de Veracruz. Como alcaldes, Cortés hace designar con astucia —por el conjunto de sus hombres— a su amigo Portocarrero para dirigir la ciudad y a Francisco de Montejo, jefe del partido velazquista, para ablandar a la oposición. ¿Cómo podría el recién elegido alcalde de Veracruz dar la orden de regresar a Cuba? Finalmente, en un tercer acto hábilmente puesto en escena, Cortés se hace nombrar por las nuevas autoridades de la ciudad capitán general y oficial de justicia (justicia mayor). El asunto está lejos de ser un artificio. El conquistador utiliza la soberanía popular como fuente de autoridad. Después de haber fundado la ciudad, a solicitud de sus hombres, e instalado a los elegidos en sus cargos en nombre del rey, remite su propio poder a las autoridades recién elegidas. Y son éstas las que a su vez lo legitiman como jefe supremo, también en nombre del rey. Las formas legales son cuidadosamente respetadas, aunque el cordón umbilical que todavía unía a Cortés con Velázquez se haya roto ahora.

Debidamente juramentado por el cabildo, a Cortés no le queda más que dar realidad a la ciudad cuyo marco jurídico ha instaurado. El nuevo capitán general propone transferirla a Quiahuiztlan, idea de Montejo que encuentra eco allí, y es un excelente pretexto para mantener ocupada a su tropa mientras él en persona tendrá que consagrarse a una diplomacia de alto riesgo en tierra totonaca. Sin esperar más, Cortés avanza hacia Cempoala. Por prudencia detiene a los dirigentes de la disidencia: Velázquez de León, Escobar, Ordaz y Escudero; ordena les coloquen grilletes y los encierren en la cala de sus naves.[1]

Capítulo 7

Cempoala, junio de 1519.
Alianza

La entrada de los españoles a la capital totonaca es un triunfo. Veinte notables van a recibirlos con ramilletes de flores y reverencias obsequiosas. En Cempoala, la naturaleza es grandiosa. Las calles bien trazadas recortan una ciudad con casas bien cuidadas y acogedoras. Los monumentos impresionan mucho a los conquistadores que confunden los chapeados de estuco con revestimientos de plata. Todo el séquito de Cortés recibe un trato suntuoso. Les ofrecen alojamiento confortable y rica comida. Aquel al que los textos llaman el "cacique gordo" avanza pronto hacia Cortés. Por medio de Malintzin y Aguilar, los dos hombres sostienen una larga conversación. El cacique se confía y deja hablar a su corazón. Todo su discurso no es más que recriminaciones, quejas y lamentaciones en contra de la conducta de Motecuzoma. El cacique cuenta todo: las humillaciones, las violaciones de jovencitas por los enviados del soberano mexicano, la colecta del impuesto que devora la fuerza viva de esa ciudad y las ciudades de los alrededores, el fatigoso trabajo de los hombres que deben consagrarse al tributo impuesto por la lejana capital. México es un nombre odiado y el cacique está listo para establecer cualquier alianza, con tal de ver desaparecer el poderío azteca. Por supuesto, Cortés escucha arrobado. Expone algunos misterios de la fe cristiana y proporciona algunas explicaciones sobre el gran señor que vive más allá de los mares; pero, en ese instante, el conquistador tiene otros pensamientos, más prosaicos, más inmediatos, la alianza con los totonacas es providencial.

El cacique de Cempoala entrega a los españoles los regalos acostumbrados: plumas preciosas, jade, un poco de oro y, sobre todo, ocho jóvenes mujeres, muy bellas y muy bien vestidas, que escogió —dijo— para que los españoles las tomaran por esposas, se instalaran y procrearan hijos. Entre esas mujeres está, incluso, una de sus sobrinas, que destina para Cortés en persona. El capitán general le agradece y las hace bautizar. Cortés le da a conocer al señor de Cempoala que tiene la intención de establecer su real en Quiahuiztlan, en la orbe de su comarca. Es una manera de establecerse bajo su protección. Colmado de honores, Cortés parte a fundar Veracruz en su nuevo sitio.

El señor de Quiahuiztlan también está enojado por los abusos de los mexicas. Sólo habla de los niños robados para el sacrificio, de las cosechas confiscadas, de las mujeres violadas o llevadas como esclavas. Entonces se escucha un rumor; unos mexicas acaban de entrar a la ciudad; son los recolectores de impuestos de Motecuzoma. Están furiosos porque no fueron recibidos como de costumbre, pero al ver a los españoles, comprenden que ellos no son ajenos al cambio de mentalidad. Mientras les preparan la comida, Cortés sugiere a los totonacas que apresen a los cinco emisarios que han venido a reclamar el tributo de Motecuzoma. Animados por la determinación de Cortés, los totonacas se atreven a hacer lo inconcebible. Se apoderan de los cinco enviados del tlatoani mexicano y los arrojan a prisión. Los totonacas se alarman de su propia temeridad, pero Cortés los tranquiliza y los incita a sacudirse el yugo de la tiranía mexica. Además, para mostrar su solidaridad, propone colocar a algunos soldados españoles ante el edificio donde encerraron a los recolectores de impuestos.

Al llegar la noche, en el mayor secreto, Cortés envía a traer a dos de los cinco prisioneros. Con ayuda, como siempre, de Aguilar y de Marina, se presenta como su liberador. Improvisa ante ellos un gran discurso sobre su simpatía por el emperador, sobre sus designios pacíficos y sobre la estima que siente por los habitantes de México. Luego los deja libres y les pide que lleven su mensaje de amistad al soberano mexicano. Para mayor seguridad, Cortés los hace transportar en barco hasta San Juan de Ulúa, tierra controlada por los nahuas, desde donde pueden regresar a

México. A la mañana siguiente, los totonacas se dan cuenta de la ausencia de dos de sus prisioneros. Los españoles fingen no saberlo. Para vengarse, los totonacas deciden sacrificar de inmediato a los tres prisioneros restantes. Cortés los convence de no hacerlo y reprochando a los guardias totonacas su negligencia, pide le sean entregados los tres prisioneros, a quienes les pone grilletes en un barco.

La fuga de los dos mexicas es un duro golpe para los totonacas, porque saben ahora que Motecuzoma estará enterado de su rebelión. No tienen más alternativa que jurar fidelidad a Cortés, quien, evidentemente, se compromete a ayudarlos en su lucha contra el emperador azteca. Cínico y gran señor, Cortés llama a su notario, Diego de Godoy y consigna por escrito el pacto entre los totonacas y los españoles. Luego, también en secreto, libera algunos días más tarde a los otros tres prisioneros y los conduce de igual modo hacia las riberas controladas por los mexicanos. ¿A qué dios de sus templos se podía encomendar Motecuzoma? ¿Quién era ese enemigo que protegía a los suyos? La perplejidad del soberano azteca aumentaba al mismo tiempo que su angustia.

Mientras que Veracruz se erige, Cortés se preocupa por sellar su alianza sobre el terreno. Para demostrar su determinación, los totonacas habían decidido quitar a los aztecas una guarnición llamada Tizapantzinca. Cortés le da al señor de Cempoala todo su apoyo. Al ver a los españoles montados en sus caballos, los hombres que resguardaban la fortaleza huyeron, prácticamente sin combatir. Cortés pudo entrar a la plaza, que entregó a los totonacas; pero puso una condición para hacerlo: les pidió que una vez desarmados les perdonasen la vida a todos los soldados mexicas. Cuando Cortés regresó a Quiahuiztlan con la aureola de su victoria, descubrió una vela suplementaria en la ensenada. Era la decimoprimera carabela, la que había dejado en Cuba. Salcedo venía a su encuentro con refuerzos y noticias.

Capítulo 8

Francfort, 28 de junio de 1519. Carlos V

El Sacro Imperio romano germánico es a la vez una ficción, heredada del lejano pasado carolingio y una prefiguración de la Europa moderna. Hasta entonces en las manos de un Habsburgo latino —el borgoñés y francófono Maximiliano de Austria—, el imperio de 1519 es una especie de fortificación de la cristiandad contra el avance del islam en Europa Central. Carlos, el rey católico, se siente triplemente impulsado a contender por la sucesión: porque es el nieto de Maximiliano, porque lleva la antorcha de la herencia católica de Isabel y porque su ambición política, afilada por los cortesanos megalómanos, no tiene límite.

Después de la Bula de oro de 1356, la función es electiva. El derecho a designar al emperador corresponde a siete príncipes electores: el rey de Bohemia, el duque de Sajonia, el conde palatino de Baviera, el margrave de Brandeburgo, así como a los arzobispos de Maguncia, de Colonia y de Tréveris. La elección debe tener lugar en Francfort y desarrollarse de acuerdo con la regla mayoritaria. Evidentemente hay que comprar a los electores, al menos a cuatro de ellos. Francisco I se dedica a ello de maravilla. Los emisarios del rey francés reúnen sumas impresionantes.

El oro corre. A Carlos I le toca seguir. Francisco I, que es rey de Francia y quien, con ese título, es el único en Occidente que no tiene que rendir homenaje al emperador, no tiene interés en la corona imperial. Sin embargo, su candidatura le da la ocasión de dar problemas al joven Carlos cuyas posesiones acumuladas por herencia encierran a Francia al sur y al este. Esta situación puede volverse preocupante. Francisco I tiene entonces una idea muy simple: arruinar a Carlos de Castilla para impedirle emprender la guerra. Se estima en general un equivalente a tres toneladas de oro las sumas gastadas por el rey de Francia para comprar a los electores. Carlos I desembolsa por su cuenta 850 000 florines renanos o bien 800 000 ducados castellanos, o sea el equivalente a 2 100 kilos de oro fino,[1] una locura para una Castilla tan pobre. Aunque le adelantan los fondos necesarios los banqueros de Augsburgo, los Welser y sobre todo los Fugger, que le prestarán 543 000 florines renanos, Carlos de Castilla hipoteca peligrosamente el tesoro real.

El 28 de junio, al sonido de 22 trompetas, el margrave de Brandeburgo, archicopero, archimariscal, archisenescal y archichambelán del imperio, proclamaba electo a Carlos I de Castilla. El rey de España se convierte así en Carlos, quinto emperador romano germánico de este nombre. Prefiriendo el imperio germánico a la corona de Castilla, elegirá hacerse llamar Carlos V. Para lograr ese título, acababa de embargar la totalidad del quinto real extraído del oro de las Indias desde el descubrimiento de América. Carlos V necesitaría de Cortés y el oro de México.

Capítulo 9

Villa Rica de la Vera Cruz, julio de 1519. Hundimiento

Cortés, con un papel en la mano, sacude la cabeza en señal de rechazo. Mira pensativamente las cascadas de vegetación que ruedan hacia abajo desde las altas planicies en lontananza, luego se sumerge en la lectura del documento que le quema los dedos.

> Por cuanto vos, Diego Velázquez, lugarteniente de gobernador de la isla Fernandina, que antes se llamaba Cuba, e nuestro capitán y repartidor della, me hicistes relación que vos, por la mucha voluntad que tenéis al servicio de la Católica Reina, mi señora, e mío, e al acrecentamiento de nuestra corona real, habéis descubierto a vuestra costa cierta tierra, que por la relación que tenéis de los indios que della tomastes se llama Yucatán e Cuzumel [...] e porque vos, continuando el dicho propósito e voluntad que tenéis a nuestro servicio, querríades enviar por otras partes gente o navíos para descubrir, sojuzgar e poner debajo de nuestro yugo e servidumbre las dichas tierra e islas.[1]

Cortés siente que se rebela todo su ser: ésas eran las palabras de Velázquez, las palabras de Fonseca, las palabras del rey: sojuzgar, poner bajo el yugo, reducir a la servidumbre. Él está a mil leguas de esa manera de hablar que traduce una manera de pensar; para la Corona, los indios sólo sirven para proporcionar mano de obra Carlos servil y las Indias occidentales no tienen otros contornos que un gigantesco montón de oro. "Le hago los favores siguientes —prosigue el rey dirigiéndose a Velázquez—. Le autorizo a descubrir a vuestra costa toda isla y toda tierra firme todavía desconocida, a condición que no esté situada al interior de la línea de demarcación del rey de Portugal [...] Lo nombro adelantado de todas esas tierras por descubrir por toda vuestra vida[...]".[2] Un ligero vértigo estremece a Hernán. Ve desfilar de nuevo sus quince años antillanos, quince años en los que huyó de una Castilla en agonía, en los que huyó del espíritu de delación y de las viles acciones de la Inquisición. Creyó poder fundar otra cosa en otra parte, pero el mundo, inexorablemente, se cierra, se encoge sobre sí mismo. ¿La vieja Europa va a poner en órbita al Nuevo Mundo, a capturar a esos seres que desean conservar su libertad y que se creen protegidos por el alejamiento? El resto de las capitulaciones de Velázquez ya no tiene interés para Cortés: los trecientos mil maravedíes de salario anual, la propiedad de los residuos de fundición, los veinte arcabuces y el reembolso de los gastos de armamento a razón de setenta y cinco por ciento de las ganancias retiradas, todo eso es trivial. Lo importante es que el rey Carlos destituyó a Diego Colón, al romper el contrato a perpetuidad firmado por su abuela con el descubridor y concedió sus favores a Velázquez. Cortés percibe de inmediato la debilidad de Carlos; se ha entrado al juego de la gracia y la desgracia, al reino de lo arbitrario. El último que habla es quien tiene la razón. En ese ejercicio, el extremeño es experto. No obstante, Cortés observa que las capitulaciones de Velázquez fueron firmadas por el rey el 13 de noviembre de 1518 en Zaragoza. Adivina que han sido intencionalmente antedatadas para convertirlo a él, que partió de Santiago el 18 de noviembre, en un rebelde, alguien fuera de la ley. Velázquez y su camarilla se vengaron. Pero la distancia le dio la ventaja; la carta del rey llegó a Cuba hasta mayo.

Cierto, Francisco de Salcedo le lleva refuerzos: setenta hombres, un caballo y una yegua. Pero la noticia de la designación de Velázquez como nuevo propietario de México, a pesar de todo, es un tropiezo. Habrá que hacerle frente.

Cortés se retira a su choza para reflexionar sobre la noticia, aunque a decir verdad, sólo le sorprende a medias. Ya tiene un plan en mente. Sus aliados lo ven escribir todas las noches, durante una semana. El 10 de julio, reúne al cabildo en su totalidad y hace firmar a los alcaldes y regidores la carta dirigida al rey en su nombre. Esta carta, que constituye la Primera relación de la conquista de México, nos resulta conocida.[3] Es una obra maestra de habilidad manipuladora y de sutileza jurídica. Aunque se presente como una carta colectiva, proviene de la pluma de Cortés, quien la concibió en la soledad y la concentración.

El cabildo de Vera Cruz se dirige a los reyes (Juana y Carlos) para explicarles la operación mexicana, descrita como si estuviera basada en el celo de servir a la Corona y en la preocupación por dar a conocer la santa fe católica a los naturales de esa tierra. En ningún momento aparece la menor desconfianza respecto al joven rey flamenco y la reina recluida; todo es una declaración de vasallaje y obediencia. El proceso de fundación de la ciudad se presenta como un medio de acrecentar el reino y las rentas de los soberanos. La designación de Cortés como capitán general estaba sustentada en el derecho: "Pareciéndonos, pues, muy excelentísimos príncipes, que para la pacificación y concordia dentre nosotros y para nos gobernar bien, convenía poner una persona para su real servicio que estuviese en nombre de vuestras majestades en la dicha villa y en estas partes por justicia mayor y capitán y cabeza a quién todos acatásemos".[4] Sigue una lista de cualidades de Cortés que justifican la elección del cabildo. Viene enseguida una descripción de México, de sus paisajes, de su fauna, de su flora, y por supuesto, de sus habitantes. Cortés quiere mostrar con eso que está en su plaza, él y ningún otro, y que tener la plaza vale más que desear tenerla. El conquistador juega al dominio del terreno contra las veleidades de antecámara. Sabe que el argumento puede ser eficaz. Enseguida el cabildo solicita simple y llanamente a los reyes que ratifiquen la nominación de Cortés y "[...] que de nuestra parte supliquen a vuestras majestades que en ninguna manera den ni hagan merced en estas partes a Diego Velázquez, teniente de almirante en la isla Fernandina, de adelantamiento ni gobernación perpetua, ni de otra manera, ni de cargos de justicia".[5] Los miembros del ayuntamiento explican tranquilamente que Velázquez fracasó en sus funciones, que no supo desarrollar a Cuba y que tiene tendencia a guardar todo el oro para él. Esa revelación lleva en contrapunto un anuncio seductor: Cortés, por su parte, no duda en hacer llegar el oro de México a la Corona. Lo comprueba con este envío prodigioso que van a escoltar simbólicamente los dos alcaldes de la ciudad y que detalla un inventario debidamente notariado, anexo a la carta.

Hernán, el gran conocedor del alma humana toca un punto sensible: la avidez. Decide enviar como presente al rey Carlos, al que sabe comprometido en un proceso electoral costoso desde la muerte de Maximiliano, la totalidad de los objetos recogidos en Tabasco, Veracruz y Cempoala. Cortés sacrifica todas sus riquezas presentes en nombre del proyecto que lleva en él. Los ofrece al pobre rey de Castilla con la esperanza de que entienda que él, Cortés, es un socio indispensable en el tablero de su poder. Él, Cortés, y ningún otro.

Significa correr un riesgo de cierto lustre que muestre bien que a Cortés le importa poco su enriquecimiento personal. Sabe, en cambio, que el oro compra todo y que los poderosos no escapan al atractivo de la riqueza. ¿Pero cómo —se preguntarán—; logró que sus hombres —que comparten evidentemente el gusto común por el oro— aceptaran esa amputación de su propio botín?: cerrando los ojos sobre los pequeños trueques que había prohibido al principio. A escondidas, todos habían cambiado abalorios por una pepita de oro, un brazalete, un anillo, un pendiente o algunos cascabeles. Como gran señor, quería ignorar ese enriquecimiento privado; por lo demás, cierra un trato con el porvenir prometiendo a su ejército amplios beneficios futuros.

El suntuoso botín es cargado en una carabela, bajo la autoridad dual de Portocarrero y Montejo, los dos más altos representantes del cabildo. Cortés saca provecho: aleja por cierto tiempo a Montejo, el antiguo jefe de la facción velazquista, a quien designa como su procurador ante Carlos I, y gracias a la presencia de Portocarrero, su fiel amigo, se asegura que el fabuloso presente sea entregado en las propias manos del rey de España. Con esta maniobra Cortés recupera también a Marina; la antigua concubina de Portocarrero se convertirá en su amante oficial, su compañera de todos los instantes, su consejera en asuntos indígenas, su fiel portavoz y, ciertamente, en su gran amor.

El 26 de julio, la preciosa carabela iza las velas. En la noche, Cortés hunde toda su flota, gracias a la complicidad de los capitanes que, de marinos, aceptaron transformarse en soldados. La leyenda, que ha transformado el agua en fuego, ha retenido la fuerte imagen de Cortés quemando sus naves en Veracruz, antes de lanzarse a la conquista de México.

De ese modo Cortés proclama su voluntad irreversible y elimina en algunos de sus hombres, la tentación de regresar a Cuba. Para que su determinación sea patente y su autoridad indiscutible, juzga a los "traidores" velazquistas, soplando calor y frío: Escudero y Cermeño son ahorcados, mientras que Diego de Ordaz, Bernardino de Coria y Juan Velázquez de León obtienen la gracia. El piloto Gonzalo de Umbría es condenado a que le corten un pie, los hermanos Peñate reciben doscientos azotes. En cuanto al padre Juan Díaz, Cortés lo aterroriza haciéndole creer que lo denunciará ante la Inquisición. Como punto culminante de su toma de poder, Cortés hace constar por escrito y ante notario las modalidades del reparto de los botines por venir. Él recibirá personalmente la quinta parte, el famoso quinto, como el rey. No prosaicamente, para reembolsarse los considerables gastos de armamento que tuvo que anticipar, como lo explica Díaz del Castillo, sino para colocarse simbólicamente en un pie de igualdad con el monarca de Castilla.[6] De ahora en adelante hay dos poderes: el de Carlos, lejano, y el suyo, presente y palpable. Todos sus hombres firman. México-Tenochtitlan ya ocupa sus pensamientos.

Pero nada está hecho todavía. Unas velas enemigas rondan en torno a Quiahuiztlan. Son las de los cuatro barcos armados por Francisco de Garay, el riquísimo gobernador de Jamaica, afiliado al clan Colón. Él también obtuvo por parte de los jerónimos de Santo Domingo una licencia para explorar el Golfo de México. Sigue buscando el famoso estrecho que, entre Florida y Yucatán, debe permitir el paso a China. Al salir de Jamaica en noviembre de 1518, encabeza la expedición uno de sus lugartenientes, Alonso Álvarez de Pineda; toca la punta de Florida, luego decide seguir la línea de la costa hacia el norte, luego hacia el oeste, descubriendo el delta del Misisipi, luego las riberas de lo que serán Luisiana, Texas y Tamaulipas. Después de ocho meses de navegación y trueque, la tropa decide tomar posesión de México desembarcando ¡a una legua apenas al norte del real de Cortés! El notario de Garay y sus testigos son hechos prisioneros en el acto por los hombres del capitán general. La chalupa enviada en busca de noticias también es capturada y sus ocupantes son encarcelados. El lugarteniente de Garay no insiste y los cuatro barcos regresan a Jamaica. Al ver que tendrá que resistir dos frentes, Cortés decide dejar 150 hombres en Veracruz, dos cañones, dos caballos, cincuenta indios taínos y, en caso de alerta, organiza la movilización potencial de cincuenta mil guerreros totonacas. El 16 de agosto de 1519, Cortés abandona Cempoala y toma el camino de Tlaxcala.

Capítulo 10

Tlaxcala, septiembre de 1519. Enfrentamientos y alianzas

El señor de Cempoala, quien aconsejó a Cortés ir primero a Tlaxcala, le había explicado con minuciosidad la historia de la rivalidad secular entre los habitantes del Valle de México y los que ocupaban la inmensa planicie que corría del otro lado de los volcanes. El poder mexicano era conocido como la Triple Alianza: a la capital, México-Tenochtitlan, estaban asociadas, en efecto, otras dos ciudades vecinas, Texcoco y Tlacopan. En la práctica, los mexicas reinaban sobre el conjunto del Valle de México, que agrupaba, en una especie de cinturón urbano diseminado a todo lo largo de ese inmenso lago de agua dulce, aproximadamente a tres millones de habitantes. Al este de dos grandes volcanes, el Popocatépetl y el Iztacíhuatl, existía otra alianza tripartita: Tlaxcala, Cholula y Uexotzinco. Esta confederación agrupaba aproximadamente al mismo número de habitantes, es decir, alrededor de tres millones. Tanto unos como otros hablaban náhuatl, lengua ultra dominante en México a la llegada de Cortés. México y Tlaxcala vivían entonces desde hacía varios siglos en una especie de animosidad ritual, basada en una evidente rivalidad, porque era el tlatoani de México quien, en definitiva, ejercía el poder. En apoyo a la sugerencia del cacique de Cempoala, Malintzin igualmente también impulsó a Cortés a buscar una alianza con los tlaxcaltecas en contra de México. Así fue hecho.

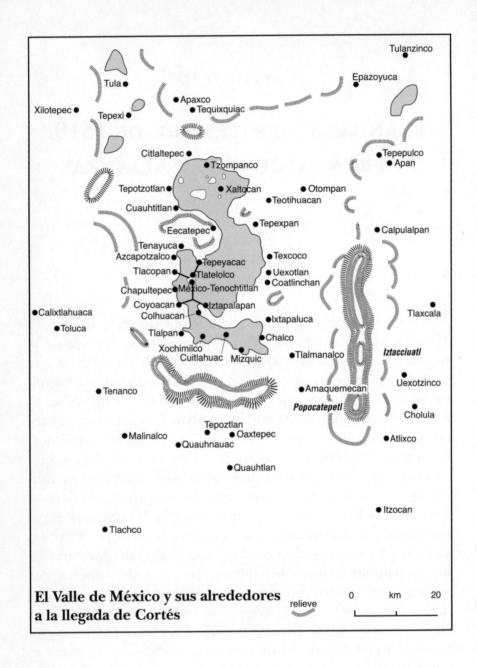

El Valle de México y sus alrededores a la llegada de Cortés

relieve

0 km 20

Con trescientos hombres, quince caballos, cincuenta taínos, un millar de guerreros totonacas y varios cientos de tropas indígenas para cargar la artillería, Cortés escala las rampas de la sierra Madre y muy pronto descubre la frescura de las alturas. El cambio climático es tan brutal que varios indios de Cuba mueren de frío; pero al franquear el paso de las tierras heladas, los españoles descubren un panorama de otra naturaleza, que les recuerda un poco los paisajes de Extremadura. Por todas partes el horizonte está bordeado de montañas azuladas, el polvo rivaliza con la vegetación y, sobre todo, el cielo es de una pureza inimaginable, casi transparente, que parece suavizar los rigores del sol. Ese altiplano es a la vez grandioso y humano. Es una tierra civilizada y Cortés lo siente.

Al llegar a las fronteras tlaxcaltecas, Hernán se decepciona un poco. Debe afrontar a cinco mil guerreros armados en una batalla cuerpo a cuerpo bastante violenta. Los tlaxcaltecas se ensañan en particular con los caballos y terminan por matar a dos. Al final del enfrentamiento envían a dos emisarios para tratar de iniciar las negociaciones de paz. Marina sale a la palestra y explica el deseo de los españoles de aliarse a Tlaxcala para llegar a México. A la mañana siguiente, una tropa de cien mil guerreros tlaxcaltecas libra combate con los españoles; Cortés sólo dispone de seis escopetas, cuarenta ballestas, trece caballos y seis bombardas; no tiene más que setecientos guerreros indígenas con él: el choque es rudo. Al caer la noche, los tlaxcaltecas cesan el combate como es costumbre en Mesoamérica. Envían nuevos emisarios para solicitar la paz y Cortés cree poder respirar. A la mañana siguiente, 150 000 guerreros invaden el campo de batalla "cubrían toda la tierra"[1] —dice Cortés—. Los españoles empiezan a contar sus muertos. Por la noche, en el campo de Cortés sopla el espíritu de la derrota. Algunos hablan de nuevo de regresar a Cuba. Cortés cura las heridas con el bálsamo de sus palabras reconfortantes. Nueva delegación tlaxcalteca: cincuenta indios se presentan en el campo del conquistador. El capitán general se exaspera por esa actitud que no comprende y considera hipócrita. O se hace la guerra o se habla de paz, pero no las dos cosas a la vez. Para mostrar mejor su irritación, manda cortar la mano a los cincuenta enviados tlaxcaltecas y los regresa a su campo.

Si la actitud tlaxcalteca es incomprensible para Cortés o al menos difícilmente legible, es porque los indígenas también están divididos. Lo que Cortés no sabe aún es que el poder en el mundo mesoamericano es siempre un producto derivado de una especie de consenso. La noción de poder absoluto es desconocida. La misma ciudad de Tlaxcala está dividida en cuatro barrios, cada uno tenía sus dignatarios y su representación. Las decisiones finales deben ser el resultado de un pacto general y la tradición es discutir mientras no se llegue a un acuerdo. Ahora bien, sobre el asunto de la invasión española no hay unanimidad. Por un lado, están los de la solución pacífica y, por el otro, los de la solución militar. Los textos parecen mostrar que los viejos jefes estaban inclinados a la discusión, mientras que la joven generación es más bien belicosa, a imagen del joven Xicoténcatl, quien libra contra Cortés los más duros combates. Finalmente es el partido de los sabios, el partido de la negociación, el que vencerá y, para que no haya equívocos, el joven Xicoténcatl es quien acude al campamento de Cortés para proponer la paz a los invasores. La proposición de alianza de los tlaxcaltecas no es el fruto de la victoria militar de los españoles, ya que estos últimos sufrieron muchas pérdidas y fueron desestabilizados, sino una consecuencia de la imposibilidad que tienen los tlaxcaltecas de vencer. En efecto, la manera en que los españoles manejan el combate está demasiado alejada de las tradiciones mesoamericanas para que los indígenas puedan lograr cualquier triunfo en el campo de batalla. Marina jugará perfectamente su papel de intermediaria sabiendo convencer a los tlaxcaltecas de que el pacto con los españoles daría un gran fruto en su lucha contra la supremacía de México.

El 18 de septiembre de 1519, Cortés hace su entrada a Tlaxcala, donde es recibido ceremonialmente por los cuatro señores. Ese encuentro, narrado por muchas fuentes, se convirtió enseguida en leyenda. Lo cierto es que los señores de Tlaxcala ofrecerán a cinco de sus propias hijas a los conquistadores para tener descendencia. Díaz del Castillo nos refirió sus palabras "Nosotros queremos dar nuestras hijas para que sean vuestras mujeres y hagáis generación, porque queremos teneros por hermanos".[2] Muñoz Camargo confirma el testimonio de Díaz del Castillo: "Los propios Caciques y principales daban sus hijas propias con el propósito de que si acaso algunas se empreñasen, quedase entre ellos generación de hombres tan valientes y temidos".[3] Las muchachas eran ofrecidas junto con trescientas jóvenes esclavas, que correspondían a la servidumbre de la casa de esas princesas. La hija del viejo Xicoténcatl, más tarde bautizada María Luisa, fue entregada a Pedro de Alvarado, quien tuvo dos hijos con ella: Pedro y Eleonor. Otra, que fue llamada Elvira y cuya belleza todos reconocían, le correspondió a Juan Velázquez de León. Cortés les confió las otras tres a Gonzalo de Sandoval, Cristóbal de Olid y Alonso de Ávila, sus amigos y principales capitanes. El injerto con el que soñaba Cortés estaba a punto de echar raíces.

Se acondicionó un pequeño lugar en el templo principal para colocar una cruz y una imagen de la Virgen María. La sangre de los sacrificios fue toscamente limpiada, pero Cortés tuvo cuidado de no destruir los ídolos. Al pie de esa cruz colocada en el centro de una cohorte de estatuas idólatras el sacerdote Juan Díaz pudo celebrar la misa; la primera misa dicha en el valle central. Las trescientas muchachas fueron bautizadas y se unieron al bando español. ¿Pero pasaban los tlaxcaltecas al campo castellano o eran los españoles quienes se integraban al bando indígena?

Los cronistas escribieron más tarde que Cortés había logrado bautizar a los cuatro caciques de Tlaxcala, lo cual es muy poco probable. Además, Cortés no menciona nada al respecto en su Segunda relación, en la que describe estos acontecimientos. La era de la cristianización vendría más tarde. Por el momento, Cortés estaba en guerra y se dirigía a México.

Capítulo 11

Cholula, octubre de 1519
Masacre

Los españoles se habían asentado en Tlaxcala. La vida había retomado su curso y Cortés se dejaba llevar por el entusiasmo.

> La cual ciudad es tan grande y de tanta admiración que aunque mucho de lo que de ella podría decir dejé, lo poco que diré creo que es casi increíble, porque es muy mayor que Granada y muy más fuerte y de tan buenos edificios y de muy mucha más gente que Granada tenía al tiempo que se ganó, y muy mejor abastecida de las cosas de la tierra [...] Hay en esta ciudad un mercado en que casi cotidianamente todos los días hay en él de treinta mil ánimas arriba, vendiendo y comprando, sin otros muchos mercadillos que hay por la ciudad en partes. En este mercado hay todas cuantas cosas, así de mantenimiento como de vestido y calzado, que ellos tratan y puede haber; así, joyerías de oro y plata y piedras y de otras joyas de plumajes [...] Finalmente, que entre ellos hay toda la manera de buena orden y policía, y es gente de toda razón y concierto.[1]

El porvenir se presentaba halagador para los conquistadores. Acababan de recibir la nueva de la adhesión de la ciudad vecina de Uexotzinco. Los aztecas, preocupados por esta nueva alianza, enviaron una embajada a Tlaxcala con doscientos hombres de escolta y, naturalmente, presentes para Cortés. El mensaje del que eran portadores era sospechoso. Motecuzoma, que seguía sin mostrar el menor deseo de encontrarse con el capitán general, sugería a la tropa que fueran a Cholula, a donde les haría llegar sus instrucciones. Cholula era una inmensa ciudad, al este de los volcanes, no muy alejada de Tlaxcala, con la que mantenía intensas relaciones políticas y comerciales. La ciudad era conocida en toda Mesoamérica por abrigar la mayor pirámide jamás construida en tierra mexicana. Alta, de más de sesenta metros, tenía en su cúspide un templo famoso, dedicado a Quetzalcóatl, objeto de un peregrinaje célebre. La población, muy numerosa, sacaba sus riquezas de la explotación de las tierras agrícolas de los alrededores. No había un terreno que no fuera cultivado. Cholula era en principio aliada de Tlaxcala en su lucha contra México y constituía, por lo tanto, un destino lógico para Cortés. El conquistador pensaba, allí también, pactar una fructuosa alianza que le permitiera contar con tropas auxiliares, numerosas y bien entrenadas. Por otra parte, en su ruta hacia México, Cholula no representaba un inmenso rodeo. El 11 de octubre, Cortés salió de Tlaxcala, acompañado por cien mil guerreros indígenas. Su ejército se agigantaba.

La llegada a Cholula al día siguiente es muy placentera. Entre diez mil y veinte mil ciudadanos, con sus dignatarios a la cabeza, salen de la ciudad para recibir a Cortés. La tonalidad del recibimiento es, esta vez, muy particular. Los señores de Cholula, en efecto, habían pedido a todos sus sacerdotes que se movilizaran. La entrada de los conquistadores se realiza bajo el lúgubre sonido de las caracolas. Los tambores y las flautas guían las danzas rituales de miles de participantes. Los sacerdotes visten los trajes de gala de sus ídolos, sus insignias de poder y sus instrumentos de culto. Es, en el fondo, el equivalente absolutamente simétrico de las recepciones que Cortés, en diversas ocasiones, había ofrecido a sus interlocutores locales. A la misa cantada de Pascuas, a las ceremonias de bautizo de las mujeres indígenas, al Ángelus salmodiado de rodillas responde esta sorprendente escenografía religiosa destinada a mostrar la existencia y la vitalidad de los dioses mexicanos.

En un primer momento, Cortés y los suyos son muy bien instalados y muy bien tratados, aunque la entrada a la ciudad fue negada a los cien mil tlaxcaltecas. Cortés acepta que acampen en los alrededores. Los emisarios de Motecuzoma, que no dejan a los españoles ni un segundo, se vuelven día con día más enigmáticos.

Ninguna cita con el soberano azteca se fija todavía. Pronto, por instrucciones del tlatoani mexicano, les cortan los víveres a los españoles. El ambiente se vuelve extraño, malsano y opaco. Cortés acaba por saber la verdad de labios de Marina. Ella le revela que los mexicas han urdido una conspiración, que se han aliado secretamente con la gente de Cholula, a fin de que éstos últimos los asesinen.

Como si nada, Cortés fija para el día siguiente su partida para México, donde aún no ha sido invitado. La gente de Cholula no puede esperar más para empezar a actuar. Los mexicas, que habían propuesto a los conquistadores facilitarles portadores, envían tres mil hombres. Son por supuesto guerreros disfrazados de cargadores. Por la noche, Cortés reúne secretamente a sus hombres y elabora una respuesta a la conspiración. Como la mejor estrategia de defensa es el ataque, en la madrugada los españoles toman a todo mundo por sorpresa.

El 18 de octubre, al amanecer, Cortés, que está alojado en una casa con patio, pide ver a las autoridades de la ciudad. Un centenar de dignatarios se apresuran a llegar a la entrada de su casa, pero sólo hace entrar a treinta. Y allí, montado en su caballo, se dirige a los señores de Cholula, a los enviados de Motecuzoma y a los falsos portadores que supuestamente se ocuparían de su equipaje. Devela públicamente que sabe de la conspiración y estigmatiza a sus organizadores. Antes de que estos últimos puedan tener la menor reacción, entran en el patio hombres armados que atraviesan con la espada a todos los que allí se encuentran, con excepción de los embajadores de Motecuzoma a quienes quiere como testigos oculares de su determinación. Un tiro de escopeta da la señal para el combate general. Algunos españoles armados abren las puertas a los tlaxcaltecas que cercan la ciudad. La confusión es general; los españoles libran cinco horas de combate. Cortés hace quemar los edificios públicos y los templos que servían de refugio a los arqueros cholultecas. Los cronistas describen ríos de sangre, escenas de pánico. La ciudad entregada a los guerreros es saqueada. Cuando Cortés pone fin al combate, cuenta tres mil muertos en las filas de Cholula. López de Gómara, más tarde, contaría seis mil. Cholula se rinde, los dirigentes, que escaparon, les explican

167

que los aztecas los obligaron a preparar la emboscada. Profesan ahora su deseo de entablar amistad con Cortés, el conquistador deja constancia ante notario de esta petición.

A la mañana siguiente, las mujeres y los niños, que habían sido evacuados en previsión del asalto, regresan. No hay alegría alguna en el triunfo español; el propósito de Cortés no era verter la sangre de los indios. Contrariado, hará levantar una cruz en la cúspide de la gran pirámide y trabajará en la reconciliación con Tlaxcala y Cholula que se habían enfrentado a causa de su presencia.

Se ha escrito mucho sobre la famosa masacre de Cholula, y los enemigos de Cortés no dejarán jamás de subrayar la barbarie de este episodio. Al margen de toda polémica, conviene ubicar este acontecimiento en su contexto. Los aztecas no tenían más que una idea: impedir a cualquier precio que los españoles entraran a México, así que organizaron una emboscada con la complicidad de la gente de Cholula para suprimir físicamente a los conquistadores. ¿Por qué negar a los aztecas su derecho a defenderse contra los invasores?, ¿en nombre de qué derecho la sumisión a Carlos V tenía que ser una obligación para los mexicanos? Se puede entonces perfectamente considerar sus acciones como un acto de legítima defensa "nacional", pues el complot de Cholula responde a su necesidad de protegerse. Más aún, ¿por qué negar a los españoles el derecho a defender su vida? Desde el momento en que supieron de la cosnpiración, ¿no era natural que impidieran su ejecución? La masacre de Cholula es, entonces, un acto de guerra en una lógica de guerra. No obstante, es cierto que este episodio incomodará a Cortés durante toda su vida, precisamente porque siempre quizo presentarse como un pacifista que sabía utilizar la persuasión antes que el filo de la espada. Pero la historia es lo que es y nada puede borrar los charcos de sangre de Cholula.

Capítulo 12

México-Tenochtitlan, 8 de noviembre de 1519. Cortés y Motecuzoma

Cortés jamás está donde lo esperan. Los aztecas habían calculado que el conquistador iría de Cholula a México por el tradicional camino que rodeaba a los volcanes, así que lo habían llenado de trampas y celadas. Instruido por Diego de Ordaz, a quien había enviado para explorar la cumbre del Popocatépetl, "para descubrir el secreto del fuego que salía de la montaña", Cortés sabía por dónde pasar. Atravesará por el paso que separa a los dos volcanes, el Popocatépetl y el Iztacíhuatl, que todavía hoy día lleva el nombre de Paso de Cortés.

El 2 de noviembre, a cerca de cuatro mil metros de altura, Cortés y todos sus hombres descubren el Valle de México. Esa visión les produce una gran conmoción. En primer lugar, porque es un sueño, de los más inverosímiles, que se materializa. El sueño por el que todos esos hombres han luchado, matado, padecido fiebres y privaciones, soportado el dolor de las heridas, lo desconocido del mañana. Y además, porque el espectáculo que aparece brutalmente ante sus ojos es fascinante. En su estuche de montañas, México-Tenochtitlan emerge en medio del lago.

Nos quedamos admirados —exclamó Díaz del Castillo— y decíamos que parecía a las cosas de encantamiento que cuentan en el libro de Amadís, por las grandes torres y cúes y edificios que tenían dentro en el agua, y todos de calicanto, y aun algunos de nuestros soldados decían que si aquello que veían si era entre

169

sueños, y no es de maravillar que yo escriba aquí de esta manera, porque hay mucho que ponderar en ello que no sé como lo cuente: ver cosas nunca oídas, ni aun soñadas, como veíamos".[1]

El pequeño grupo de españoles, con su larga fila de portadores que llevan los víveres y la artillería, desciende despacio hacia el Valle de México. El 8 de noviembre por la mañana, Cortés llega a Iztapalapa, a orillas de la laguna. Al fondo se yergue la gran ciudad de Tenochtitlán que Cortés llama Temixtitan. El señor de Iztapalapa y el de Colhuacan están ahí para recibir a los españoles. Les ofrecen una vez más, quizá para disuadirlos *in extremis,* oro, piezas de algodón y esclavos. Pero Cortés no tiene ojos más que para la capital que se perfila a lo lejos. Tiene prisa en llegar y percibe las largas ceremonias protocolarias a las que lo someten como una insoportable maniobra dilatoria. Pero pronto el cortejo se pone en movimiento. En medio de una escuadra de mantos coloridos y ornamentos de plumas, Cortés avanza a caballo por la calzada rectilínea que lleva al corazón de la capital. Puede ahora disfrutar con todo detalle del paisaje, pero probablemente su emoción lo estremece. ¿Qué resultado va a tener este encuentro histórico? ¿Cuánto iban a pesar esos cientos de españoles en medio de esos cientos de miles de mexicanos? Esa avanzada por la calzada, ¿no sería una locura? ¿Su aventura no se detendría al pie de esa inmensa pirámide que, allá, domina con su silueta la superficie del agua?

He aquí a Cortés a dos pasos de la gran plaza central. Motecuzoma, el gran Motecuzoma, desciende de su lujosa silla de manos. Doscientos señores lo rodean. Todo el gobierno de México está allí. Cortés desciende del caballo, se descubre la cabeza y se dispone a abrazar al emperador. El servicio de orden de Motecuzoma lo rechaza. A pocos metros uno del otro, intercambian regalos, collares valiosos. Sin decir una palabra, en la tensión que es fácil imaginar, Motecuzoma lleva a los españoles a una gran casa cerca del gran templo, al palacio del antiguo emperador Axayácatl. Y allí, al abrigo de las miradas de la multitud, Motecuzoma toma la mano de Cortés y lo hace atravesar el patio de esa morada. Lo invita a sentarse en un estrado y desaparece. Regresa muy pronto cargado de presentes.

Pues estáis en vuestra naturaleza y en vuestra casa, holgad y descansad del trabajo del camino y guerras que habéis tenido, que muy bien sé todos los que se vos han ofrecido de Putunchán acá, y bien sé que los de Cempoal y de Tascaltecatl os han dicho muchos males de mí. No creáis más de lo que por vuestros ojos veredes[...] sé que también os han dicho que yo tenía las casas con las paredes de oro y que las esteras de mis estrados y otras casas de mi servicio eran asimismo de oro, y que yo era y me hacía dios y otras muchas cosas. Las casas ya las véis que son de piedra y cal y tierra[...] A mí véisme aquí que soy de carne y hueso como vos y como cada uno, y que soy mortal y palpable.[2]

Con esas palabras, un poco enigmáticas, Motecuzoma se retira y los españoles se encuentran solos, encerrados en esa casa, en el centro de México-Tenochtitlan. Cortés ha alcanzado su objetivo.

En todas las descripciones que tenemos de México, aparece que lo primero que sorprende a los conquistadores es la inmensidad de la ciudad. Jamás el hombre de Medellín habría podido imaginar un asentamiento humano de tal amplitud. Manifiestamente, carece de elementos de comparación para describir la extremada belleza de ese lugar. "Los que acá con nuestros propios ojos las vemos —dijo Cortés—, no las podemos con el entendimiento comprender".[3] Se queda extasiado: se podría hacer entrar dos veces la ciudad de Salamanca en la plaza central de México. Tenochtitlan es más grande que Sevilla y Córdoba reunidas. El Templo Mayor es más alto que la Giralda de Sevilla. No hay más elementos de referencia.

Recordemos que en esa época la ciudad más grande de Europa es Sevilla, que alberga entre 35,000 y cincuenta mil habitantes. México cuenta ciertamente con diez veces más. Todo parece entonces sobredimensionado. Las calzadas, por ejemplo, donde pueden desfilar diez caballeros de frente. La mesa del tlatoani, que es servida todos los días por cuatrocientos sirvientes. El harén de Motecuzoma, que cuenta 150 mujeres y tres mil sirvientas. El tráfico lacustre, que ve maniobrar cincuenta mil canoas sin interrupción. Los mercados también son objeto de descripciones deslumbrantes: hay de todo y en mayor cantidad que en Castilla.

Los españoles van de descubrimiento en descubrimiento. Están sorprendidos por la higiene y la limpieza, nociones que todavía no existían en Europa. Son igualmente sensibles a la presencia del verdor al interior mismo de la ciudad, donde los jardines y las plantaciones sobre las terrazas de las casas aportan dulzura y belleza. Las flores son omnipresentes y reverenciadas como un componente mayor de la cultura. Cuando escribe su Segunda relación a Carlos V, Cortés no utiliza ni una palabra peyorativa para describir a Tenochtitlan y a sus habitantes. Todo es un estremecimiento de admiración, fascinación pura. Cortés parece haber pasado al otro lado. Para él, México es más grande, más hermoso, más culto que la vieja Europa medieval que dejó hace más de quince años.

Pasará una semana de descanso y cálida hospitalidad. Motecuzoma visita a Cortés todos los días. Hablan por intermedio de Marina y Aguilar. Pero he aquí que Cortés se entera que los mexicanos han asesinado al jefe de su guarnición en Veracruz. El conquistador se enoja. Presiente que puede estar en una trampa: ¿Motecuzoma va a dar la señal de rebelión? ¿Todos los españoles van a ser ejecutados? Sin más, Cortés se apodera de la persona de Motecuzoma. El tlatoani mexica es su prisionero en lo sucesivo. Le sirve de rehén para proteger su propia vida. Al contrario de lo que se hubiera podido pensar, la nueva situación crea un *modus vivendi* aceptable. Durante siete meses, los españoles y los mexicanos vivirán en buen entendimiento. Cortés ha tomado discretamente el poder y gobierna por medio del emperador. Cortés aprende náhuatl por boca de Marina a quien no deja ni un segundo; aprende las costumbres de los mexicanos, su modo de pensar, su manera de sentir, de hablar, de reír, de caminar. Cortés observa, analiza, y poco a poco comprende, hasta lo que pensaba que no podría comprender. Transcurren siete meses, sin embates, sin ruido de fondo, sin estallidos de voz. Cortés se ha fundido en el paisaje.

con sus hombres como con las poblaciones indígenas. Al ver que la irrupción de Narváez implicará un conflicto sangriento, apresura al enviado de Velázquez para que se vuelva a embarcar. Narváez pierde su sangre fría y captura al oidor. Lo hace prisionero, lo encierra por la fuerza en un navío y da órdenes al capitán de que lo entregue a Velázquez. Es concretamente un acto de rebelión contra la autoridad real. El capitán no se atreve a cumplir su misión y lleva a Ayllón a su casa, a Santo Domingo. Las autoridades se alarman y escriben a la corte. Sin haber intervenido todavía, Cortés marcó un punto.

No obstante, la situación no puede eternizarse. Cortés actúa primero por medio de agentes intermediarios; hará lo que se ha convenido en llamar espionaje. Sus hombres, disfrazados de indios, se infiltran en el campamento de Narváez. Acaban por procurarse la lista de miembros de la expedición enviada por Velázquez. Evidentemente se encuentra allí toda la isla de Cuba y Cortés conoce personalmente a casi todos los miembros de la armada. Luego les hace llegar, por vías muy discretas, cartas donde les propone que se unan a sus tropas. Saca a relucir su propia legitimidad, conseguida por su presencia en México-Tenochtitlan y, por supuesto, los grandes beneficios ulteriores. Narváez acaba por estar en serias dificultades, abandonado por una parte de su cuerpo expedicionario. Pero Cortés presiente que Narváez no puede arreglar el problema si no se desplaza él mismo a Veracruz; le dirige, por medio de fray Bartolomé de Olmedo, una carta en la que le anuncia su llegada y le propone una entrevista. Cortés decide abandonar Tenochtitlan, que deja al cuidado de Pedro de Alvarado, con una pequeña tropa de ochenta españoles. El 10 de mayo, el emperador Motecuzoma acompaña a Cortés por la calzada de Iztapalapa. El capitán general toma rumbo a Cholula y Tlaxcala, donde cuenta con adherirse una escolta de guerreros indígenas. En efecto, solo tiene setenta soldados y sabe que los hombres de Narváez son más de un millar, bien armados. Recobrando a los hombres aún disponibles, Cortés desciende hacia Cempoala.

La guerra de espías que se organiza entonces, ocupa decenas y decenas de páginas en varias crónicas, como la de Cervantes de Salazar.[1] Con ayuda de múltiples estratagemas, que salen a veces

de las novelas de capa y espada, Cortés logra garantizar la complicidad de casi toda la tropa de Narváez. Los recuerdos de la amistad, el oro distribuido por aquí y por allá en manos ávidas y el aura
personal de Cortés juegan su papel. Finalmente, el domingo de
Pentecostés, el 28 de mayo, Cortés lanza una operación comando
sobre Cempoala. Es de noche, la lluvia tropical que se abate sobre
la ciudad totonaca conduce a los centinelas a abrigarse y silencia
todos los ruidos. Repartidos en cuatro equipos, los hombres de
Cortés toman Cempoala. El joven Gonzalo de Sandoval, el compañero de Medellín, logra capturar a Narváez, que se refugió en la
cúspide del gran templo. El hombre de Velázquez y algunos de sus
adjuntos son llevados a prisión en Veracruz. Cortés, como un gran
señor, confirma su gran apego al cacique de Cempoala, quien, sin
embargo, ayudó a su rival. Se procura así a los ojos de los indígenas una imagen de fidelidad y de constancia en la amistad. Luego
enrola a todo el equipo de Narváez; incluso, a los que se muestran
recalcitrantes, los obliga con amenazas. El retorno a la situación
anterior es completo. Velázquez pensaba arrojarlo fuera de México y en lugar de eso, Hernán se encuentra ahora beneficiado con
refuerzos inesperados e invaluables. Esta vez, los navíos no son
hundidos sino desarmados. Cortés hace retirar las velas, los timo-
nes y los instrumentos de navegación. El capitán general imagina
a Velázquez furioso y desmoralizado.

Ahora que dispone de tropas frescas, Cortés puede pensar
en consolidar su presencia fuera de México. Con este fin y con
doscientos hombres cada uno, envía a Juan Velázquez de León a
explorar el norte, hacia el Pánuco, y a Diego de Ordaz a inspec-
cionar el sur, hacia Coatzacoalcos. Mientras tanto Rodrigo Rangel
vigila Veracruz, igualmente con doscientos hombres. El capitán
general, afianzado en su proyecto de colonización, envía dos navíos —dos de los barcos de Narváez— a Jamaica para comprar
ganado en pie con la perspectiva de empezar la cría de ganado
en México.

Es entonces cuando le llega a Cortés la noticia de la insurrección de México. En una carta llena de pánico, Alvarado le pide
ayuda. En su ausencia, se rebeló la capital azteca. En cuanto Cortés cierra una brecha otra se abre. Y ésta es dramática.

CAPÍTULO 14

MÉXICO.
TEMPLO MAYOR, MAYO DE 1520.
MASACRE

Es a mediados del mes de mayo, sólo algunos días después de la partida de Cortés a Veracruz, cuando tuvo lugar la célebre masacre del Templo Mayor, de siniestra memoria. Los aztecas le habían hecho saber a Alvarado, en quien Cortés había delegado sus poderes, que deseaban celebrar la fiesta de Toxcatl, que correspondía en su calendario ceremonial a la fiesta del dios Tezcatlipoca. Su ritual nos ha sido ampliamente comentado por los cronistas. Se sacrificaba allí a un joven que representaba al dios, después de una serie de procesiones y danzas. Alvarado no había mostrado ninguna objeción en que los mexicanos realizaran ese rito. Cuando llegó el día, cerca de seiscientas personas, entre las cuales figuraba toda la nobleza mexicana, se reúnen en el patio del gran templo. Mientras que los tambores martillean los pasos de danza, Alvarado irrumpe con un puñado de españoles. En un instante se arrojan sobre los oficiantes y los atraviesan con la espada. Ese ataque inopinado que lesiona a hombres desarmados, enardece a Tenochtitlan. La rebelión estalla brutalmente. Los aztecas se alzan contra los españoles que no encuentran otra salida que parapetarse en el palacio de Axayácatl, conservando a su valioso rehén, el emperador Motecuzoma.

Esa masacre, perpetrada por Alvarado, mancha la memoria de la conquista. Por eso, el episodio ha sido interpretado de diversas maneras. Los partidarios de los indígenas vieron allí una prueba del carácter sanguinario de los conquistadores; los defensores de la causa española buscaron circunstancias atenuantes. Por lo demás, tal como nos ha sido relatada, esa masacre de Toxcatl es difícilmente comprensible. ¿Qué mosca le pudo picar a Alvarado, para comprometerse por esa vía suicida? ¿Qué se puede decir que no sea polémico? Si se quiere comprender la masacre del Templo Mayor es necesario, yo creo, eliminar todas las explicaciones simplistas. No es razonable, por ejemplo, creer que Alvarado haya puesto en peligro la seguridad de los españoles por el simple placer de apropiarse de algunos ornamentos de oro que llevaban los danzantes y los sacerdotes. La hipótesis de que la masacre haya sido desencadenada para impedir la realización del sacrificio humano programado tampoco es creíble; hubiera sido más sensato, en todo caso, cerrar los ojos.

Queda entonces el fondo del problema, que es la presencia misma de este puñado de españoles en Tenochtitlan en ese mes de mayo de 1520. Que Cortés, durante siete meses, haya sabido administrar esa cohabitación de alto riesgo, es verídico. Pero Cortés es Cortés. Él es hábil, inteligente, respetuoso y desarrolló con Motecuzoma una relación de simpatía bastante sorprendente. En todo caso suficientemente asombrosa para acallar de ambos lados a los partidarios del enfrentamiento. Al irse Cortés, cambian las reglas del juego, y no se excluye que el grupo de presión que, entre los aztecas, apoyaba las soluciones extremas haya tratado de aprovechar la oportunidad.

Para muchos mexicanos, la presencia española era insoportable. Era una intrusión política, ideológica y religiosamente inaceptable. La actitud del tlatoani era en sí misma muy controversial y muchos la tachaban de debilidad. En ese contexto, donde los factores psicológicos pudieron jugar un importante papel, el aumento de la intolerancia respecto a la presencia española pudo asustar a Alvarado y a la pequeña tropa que lo rodeaba. Aunque no se pueda considerar la celebración de la fiesta de Toxcatl como una manifestación de hostilidad abierta hacia los españoles, es posible que Alvarado haya tenido miedo. Pudo leer una conspiración allí donde no la había formalmente o quizá fue sensible a la atmósfera, que debía ser opresora. ¿Qué podían hacer unas decenas de espadas frente a cientos de miles de guerreros movilizables? Se puede pensar también que Alvarado quiso imitar a Cortés; vio cómo se habían salvado en Cholula atacando primero, adelantándose a la maniobra. Quizá, en su cabeza, quiso repetir la operación Cholula. Pero Alvarado no es Cortés y se equivoca profundamente, en su análisis y en la ejecución de su maniobra mortal. Esa masacre gratuita, que se lee como un acto de crueldad pura, y en la que los españoles no pueden dejar de aparecer como los agresores, va ser la gota de agua que derramará el vaso. Alvarado, el sanguinario, vuelve contra él la opinión que Cortés, el seductor, había logrado suavizar.

En el corazón de ese conflicto se encuentra de hecho la personalidad de Motecuzoma. El último tlatoani de los aztecas tuvo muchos detractores que denunciaron su complacencia, su molicie, su conducta vacilante y su falta de convicción. Se le ha representado incluso a veces como una especie de colaborador de los invasores. Eso significa olvidar que era su prisionero, prácticamente desde la llegada de Cortés a México. En todo, caso sería injusto juzgar a Motecuzoma a partir de criterios occidentales. Una vez más, el soberano en Mesoamérica no es un dictador; aunque el nombre indígena que lo designa, tlatoani, signifique "aquel que tiene la palabra, el que habla, el que sabe hablar". El soberano es generalmente elegido por su capacidad de arbitraje entre las facciones, por su habilidad para forjar consensos en los grandes problemas de interés general. Un tlatoani está entonces sin cesar tratando de negociar con el consejo de sabios que lo rodea. Debe equilibrar el poder de los sacerdotes y el de los guerreros. Debe velar por la representación de cada barrio. No debe olvidar el papel que juegan los artesanos y los comerciantes en la economía general de la ciudad y del imperio. Dicho de otro modo, las decisiones del tlatoani no se toman con base en lo que piensa de una situación, sino en relación con lo que siente respecto al cruce de opiniones en un momento dado.

Hay que decir también que Motecuzoma llegó al poder en 1502, es decir, diez años después de la llegada de los españoles al Caribe. Él puede, con razón, actuar con cierto fatalismo. Sabe desde siempre que a la cohabitación a distancia seguirá la cohabitación a secas. Sabe bien que, tarde o temprano, será invadido. Para él, no se trata de aceptar o no aceptar la presencia española; ésta era un hecho. Su pretendida molicie es en realidad una forma de lucidez, muy pragmática. Finalmente, no se podría comprender la actitud de Motecuzoma sin referirse a los procesos que se ponen en marcha en todo fenómeno de mestizaje. Hay siempre un doble desplazamiento de uno hacia el otro; y si se puede admitir que Cortés se haya sentido fascinado por ciertos aspectos de la cultura azteca, ¿por qué negarle a Motecuzoma el derecho a haber sentido cierta atracción por algunos aspectos de la cultura europea? ¿La guerra puede contener la totalidad de respuestas a las cuestiones extremadamente complejas que plantea el encuentro de dos culturas? Alvarado, al elegir la vía de la sangre, de cierta manera provoca un cortocircuito en todo el proceso armado por Cortés en México. La masacre de Toxcatl es una barbarie deshonrosa, pero, al mismo tiempo, constituye un sabotaje a todas las perspectivas de coexistencia que tenía Cortés. Para el capitán general es un desastre.

Cuando Hernán regresa de Veracruz el 24 de junio, con todos los hombres que convocó de emergencia, encuentra una situación desesperada. Aun cuando ninguna presencia humana le impide el camino al centro de la capital, siente flotar por todas partes el espíritu de la insurrección. Cortés callará siempre su entrevista con Alvarado. Pero parece que pudo contener su ira. A pesar de las explicaciones, Alvarado tuvo dificultades para convencer a su interlocutor; colocó a los españoles en una situación imposible y Cortés estalla por dentro. Por el momento, el capitán general tiene una preocupación mayor; comprende que Motecuzoma ha sido abandonado por los suyos. Su rehén está desacreditado, sabe que no resistirá por mucho tiempo. Prudente, el conquistador había hecho construir durante el invierno cuatro bergantines que había anclado cerca del Templo Mayor, anticipando así una posible huida por vía lacustre. Pero los mexicas quemaron los bergantines. Ya no hay salida posible por barco; los españoles quedan atrapados.

En esa pesada atmósfera sobreviene la muerte de Motecuzoma. El 25 de junio Cortés intenta una última mediación, ordena subir al soberano azteca al techo del palacio de Axayacatl, con la esperanza de verlo hablar con la multitud y hacer cesar el comba-te, pero la aparición del soberano es inoperante. Nadie lo escucha, los guerreros perturbados lo insultan, lo ultrajan. Una primera piedra vuela, luego dos, luego diez, luego cien. La multitud lapida a su emperador acusándolo de haberlos traicionado y de haberse pasado al bando enemigo. Cubriéndose con su escudo y tratando de proteger a Motecuzoma, los españoles tocan la retirada. Pero el tlatoani está gravemente herido en la sien. Sintiéndose aban-donado y condenado, Motecuzoma se deja morir. Hasta el final, rechaza el bautizo, pero le pide al extremeño, como última volun-tad, que vele por sus hijos, por su hijo, Chimalpopoca, y su hija, Tecuichpo. El tlatoani expira el 28 de junio. Para los españoles no queda más que un camino posible, la huida. Si aún hay tiempo.

Capítulo 15

México-Tenochtitlan, 30 de junio de 1520. Noche Triste

Desde el 25 de junio, al día siguiente de su regreso de Veracruz, Cortés permanece sitiado en el palacio de Axayácatl. Todos los días, los españoles buscan salidas para disminuir el asedio de los guerreros mexicanos. El problema es simple: Tenochtitlan es una isla y no se puede llegar a tierra firme excepto por las calzadas. Ahora bien, esas calzadas habían sido construidas con rupturas para permitir que el agua circulara libremente de un lado a otro de los diques. Esos pasajes suelen estar cubiertos de puentes. Pero para encerrar a los españoles en el centro de México, esos puentes han sido retirados o destruidos por los aztecas. Cortés se ve obligado entonces a retomar el control de esos puentes estratégicos. Concibe construir máquinas de guerra, torres montadas en ruedas que permitan protegerse de la lluvia de flechas y de los tiros de las hondas. Pero esas máquinas de guerra, fabricadas a toda prisa, no resultan invencibles en absoluto y no bastan para tomar el control de los puentes. Cortés pone en práctica otra idea, que tal vez le sugiere Marina. En el simbolismo mesoamericano, la toma del templo principal de una ciudad es sinónimo de derrota. Cortés se lanza entonces al asalto del Templo Mayor con la esperanza de desanimar a los mexicas. Luego de un combate épico, se convierte efectivamente en amo del santuario de Huitzilopochtli y de Tláloc. Pero los mexicas no se desaniman, como lo habían previsto. Al contrario, el cerco se cierra y el sentimiento antiespañol se exacerba.

La muerte de Motecuzoma, el 28 de junio es un golpe duro. Cortés ya no tiene escudo humano. Y un hermano de Motecuzoma, Cuitláhuac, es designado como nuevo soberano. Él no es de los más moderados. Cortés imagina entonces un escenario. Supone que los aztecas organizarán los funerales para su emperador difunto y decide sacar provecho de esta hipotética tregua para abandonar México. Con el más absoluto cinismo, Cortés manda estrangular a los señores de Tlacopan, de Tlatelolco y de Texcoco a los que mantenía como rehenes en compañía de Motecuzoma, con la esperanza de que esos funerales colectivos en el conjunto de las ciudades del Valle de México ocuparan a la población, por lo menos en el espacio de una jornada.[1]

La salida general se establece para la noche del 30 de junio. Cortés eligió huir por el dique de Tlacopan, ubicado al oeste. Medía aproximadamente tres kilómetros, pero estaba cortado en siete puntos. La salida para el sur, por el dique de Iztapalapa, parece imposible en razón de la longitud de esta calzada. Tampoco se pretende salir por el norte, hacia Tepeyacac, porque el itinerario implicaría atravesar barrios extremadamente urbanizados donde los españoles no se podrían desplazar con seguridad. Los sitiados preparan entonces su huida hacia Tlacopan; construyen una especie de puente móvil que está destinado a permitirles pasar los siete puntos estratégicos donde los puentes han sido cortados por los aztecas. Cortés elige intentar una salida nocturna, ya que había notado que los aztecas no combatían nunca por la noche.

Esa noche llueve a cántaros: los braseros colocados en las terrazas que rodean al palacio de Axayácatl están apagados. Los espías, ateridos, descuidan levemente la vigilancia. Son aproximadamente las once de la noche cuando el cortejo avanza. La vanguardia ha sido confiada a Gonzalo de Sandoval. Los guerreros deben abrir la ruta y sobre todo, llevar el puente móvil, absolutamente necesario para franquear los diferentes pasos. Cortés se ha reservado el mando del grueso de la tropa; van los heridos, llevados a grupas por los caballos incapaces de combatir; las mujeres indígenas que acompañan a los conquistadores, entre ellas Marina; la artillería, tirada por doscientos cincuenta soldados tlaxcaltecas; también algunos cargadores de equipaje, y, sobre todo, el tesoro. Cerca de las once de la noche, justo antes de la partida, Cortés reunió el quinto del rey, cargado sobre la mejor yegua e hizo constar su contenido ante notario; luego cargó su propio botín, su propio quinto, en otra yegua que confió a uno de sus sirvientes. Cortés lleva con él a Alonso de Ávila, Cristóbal de Olid, Bernardino Vázquez de Tapia. La retaguardia es confiada a Pedro de Alvarado y a Juan de Velázquez.

En el silencio más absoluto, ayudados por la lluvia que los esconde a los oídos y a los ojos de los centinelas indígenas, los españoles logran llegar sin problema hasta el tercer puente. Pero ahí, cuando la tropa está todavía en el corazón de la ciudad, se da la alerta. Los aztecas estaban en sus puestos, no estaban enterrando a su soberano, sino preparándose para el combate. Sandoval atraviesa, pero tras él las cosas se ponen dramáticas, la carnicería es indescriptible. El famoso puente móvil se desliza de las manos de los españoles que lo manipulaban y se hunde en el lago. Los aztecas habían confeccionado armas especiales atando puntas de espadas, robadas a los españoles, al extremo de largos picos. Así, escondidos en el agua, cortan por sorpresa las corvas de los caballos. Se instala la más total confusión; se oyen gritos, la noche resuena con los llamados de auxilio, de órdenes y de contraórdenes. Para atravesar las secciones de la calzada hay que esperar a que se llenen de cuerpos de soldados abatidos. Es caminando sobre los cadáveres como pueden pasar de un lado a otro. Toda la retaguardia es capturada; algunos, en un intento desesperado, vuelven sobre sus pasos y tratan de refugiarse de nuevo en el palacio de Axayácatl; todos serán aprehendidos a la mañana siguiente y sacrificados a los dioses mexicanos. Los otros huyen como pueden, nadando, escondiéndose, toman las armas de los muertos, sus escudos, sus cascos y sus armaduras. En las filas de Alvarado se provoca una desbandada absoluta. No obstante, Cortés avanza, sabe que tiene que llegar hasta Petlacalco, hasta el sexto puente, después de lo cual habrá salido del tejido urbano; ya no habrá mayor obstáculo hasta Tlacopan. Los mexicanos están por todas partes a lo largo de la calzada, en canoas ligeras que golpean a los españoles por los flancos. No era cuestión, evidentemente, de utilizar la artillería; la mejor arma, la única, es la huida hacia adelante.

Cuenta la leyenda que una de las razones esenciales de la vulnerabilidad de los españoles durante aquella noche del 30 de junio fue su propia codicia. En efecto, después de haber tomado las dos partes legales del botín reunido, la suya y la del rey, Cortés había invitado a todos sus hombres a servirse libremente. Y numerosos testimonios corroboran el hecho de que algunos iban tan pesadamente cargados con lingotes de oro que fueron aspirados al fondo de la laguna cuando cayeron al agua. Los más ávidos desaparecieron, mientras que los más listos, que sólo se llevaron algunas piedras preciosas o algunos anillos de oro, salvaron la vida.

El amanecer contempla a Cortés sentado al pie de un ahuehuete, en Tlacopan, en tierra firme; él oculta la cabeza entre las manos y llora. Bajo ese árbol gigantesco que hasta hace poco se podía admirar en la actual Tacuba, Cortés hace sus cuentas. De los 1 300 hombres que componían el destacamento español presente en Tenochtitlan, más de la mitad desaparecieron. Sólo seiscientos han escapado de esa Noche Triste que se volvió legendaria. Seiscientos sobrevivientes agobiados, abatidos, hambrientos, desesperados. Casi todas las princesas tlaxcaltecas sucumbieron en la batalla, así como varios hijos de Motecuzoma que Cortés trataba de llevar con él para protegerlos, a fin de cumplir la palabra que había otorgado al emperador moribundo. Malintzin y María Luisa, hija de Xicoténcatl, mujer de Pedro de Alvarado, se salvaron milagrosamente. Este último es prácticamente el único sobreviviente de la retaguardia; le debía su salvación sólo a su fenomenal instinto de supervivencia, en medio de la rabia de ver desaparecer junto a él a todos sus compañeros: Juan de Velázquez, Francisco de Salcedo, Pedro de Morla.

Casi todos los hombres de Narváez murieron víctimas de su codicia y de su inexperiencia. "Por manera que los mató el oro —comenta Gómara— y murieron ricos".[2] La yegua que llevaba el quinto del rey sucumbió, con su precioso cargamento, en el oleaje negro de la laguna. Cuatro mil guerreros tlaxcaltecas igualmente pagaron el precio del combate, creando una profunda herida entre sus aliados. ¿Con qué fuerzas podía contar Cortés ahora? Su artillería está en el fondo del agua, aspirada por las arenas movedizas. Ha perdido a ochenta de sus caballos. Cortés, bajo su árbol, llora. Se siente solo y se pregunta: ¿los españoles y los indios están hechos para combatirse?, ¿se va a revivir el escenario antillano?, ¿por qué, si él tenía las cartas en la mano, no supo jugar ese juego?, ¿tiene aún la fuerza de creer en su propio destino?

Capítulo 16

Tlaxcala, julio de 1520.
Repliegue

Cortés no es un capitán para los buenos tiempos; en cambio, sobresale cuando se trata de afrontar las tempestades. Es al llegar a los extremos, ante las mayores dificultades, cuando aparece la verdadera medida de su talento y de su valor —que en él van a la par—. Sabe jugar partidas irrealizables, domar el infortunio, contrarrestar la adversidad. Allí, cuando todos los demás han renunciado, sigue aún en la contienda, y, en esos instantes, es inaccesible. Extrae de sí una energía secreta, desde lo más profundo de su ser, y su confianza en sí mismo es tal, que se vuelve materialmente perceptible para los demás. Esa solidez que lo habita se impone a su alrededor y arrastra los corazones más insensibles.

Así, al pie de su árbol, Cortés se transforma en conductor de hombres. Reina ahora sobre un ejército exangüe y desamparado, que no ha comido en dos días; tiene que lamentar un sinnúmero de heridos; los tlaxcaltecas, que acaban de tener enormes pérdidas, dudan de lo bien fundado de su alianza: los vencidos están a punto de ser abandonados. Amanece en ese día 1 de julio y los mexicas irán pronto al asalto, movilizando a todas las ciudades ribereñas del lago. Saben que los españoles agonizan; no serán más que sólo un bocado. Ni siquiera el dios del juego en persona apostaría ni la más pequeña pieza de algodón a la victoria de Cortés. Sin embargo, el conquistador se levanta. Mediante conversaciones personales y apropiadas, remonta la moral a cada uno de sus soldados. Marina habla con los tlaxcaltecas. En formación de combate, unida por la voluntad de vivir, la tropa remonta hacia el norte y encuentra refugio en lo alto de una colina, no lejos de Azcapotzalco, donde más tarde los españoles erigirán un santuario a Nuestra Señora de los Remedios. Los otomíes que habitan esos parajes les llevan comida, pero los aztecas los acosan. Para evitar que lo sitien, hacia la medianoche Cortés da la orden de abandonar el lugar. Nadie ha dormido todavía desde hace tres días; la peregrinación prosigue. Hernán mismo toma el mando de la retaguardia, el lugar más expuesto. El extremeño ha decidido llegar a Tlaxcala, llegará a Tlaxcala, pero debe aún librar batalla en Tepotzotlán, Tzumpango y Xaltocan. Los españoles están hambrientos y cuando les matan a un caballo cerca de Teotihuacan, lo devoran íntegramente "sin dejar cuero ni otra cosa de él" —comentó Cortés—.[1] Algunos llegan incluso a imitar a los tlaxcaltecas y se comen a sus adversarios abatidos.

Los mexicas se han recuperado; entronizan a Cuitláhuac como nuevo *tlatoani* y, como todo ascenso al trono tiene que acompañarse de una guerra, se decide interceptar a los españoles por el camino a Tlaxcala, cerca de la ciudad de Otumba, próxima a Teotihuacan, al noreste de México. El 7 de julio, Cortés dispone de menos de doscientos compañeros sanos y salvos y de aproximadamente dos mil tlaxcaltecas todavía en condiciones de combatir. De sus veinte caballos, ¿cuántos eran todavía capaces de galopar? Es el *ciuacoatl*, el viceemperador azteca, quien lleva a las tropas a la batalla. Cuitláhuac no quería exponerse. Para Cortés, al borde del agotamiento, con la mano izquierda lesionada y una herida abierta en la sien, el combate decidirá su suerte. Los testigos oculares dieron fe de la fuerza de la desesperación que anima al campo español, contra toda lógica y contra toda probabilidad de salvación. Cuando la suerte de las armas ya se veía perdida, se le ocurre a Cortés una última idea: con los cinco o seis caballeros restantes, abre un pasaje hasta el *ciuacoatl*, quien de lejos, sobre una eminencia, preside las operaciones. Los españoles logran apoderarse de su banderola y de sus armas; lo empujan y le arrancan su penacho de plumas preciosas; ante la furia de los asaltantes, el *ciuacoatl* intenta huir. Su séquito siente miedo y da la señal de repliegue. Como por milagro, casi al instante, del campo de batalla desaparecen los cien mil guerreros.[2]

Tlaxcala, al fin. El destino es cambiante. Los tlaxcaltecas, que unos días antes todavía dudaban de la pertinencia de su alianza con Cortés, aclaman el triunfo de los sobrevivientes a su entrada a la ciudad. Mimados y reverenciados, los españoles curan sus heridas. Cortés puede alegrarse de que Veracruz se haya mantenido firme. Los totonacas en ningún momento pusieron en tela de juicio su pacto de amistad. De ahora en adelante hay dos bandos en México y solamente dos: el de los aztecas y el de todas las otras tribus, incluso la de los españoles.

Capítulo 17

Tordesillas, septiembre de 1520. Rebelión

Castilla vive a fuego y sangre. Los insurgentes eligieron Tordesillas para reunirse, porque es ahí donde se encuentra Juana, la "reina propietaria" de Castilla. Tratan de adherirla a su proyecto: derrocar a Carlos V y restaurar a Juana, su madre. Pero la reina, por miedo o por conciencia de su incapacidad, se niega a firmar.

La cristalización del conflicto se liga directamente con la elección de Carlos al imperio. Desde que su éxito fue conocido, el soberano decidió partir para Alemania a fin de recibir allí la corona imperial. Rodríguez de Fonseca le organizó la salida con una gran armada desde La Coruña. Pero los tesoreros del reino se inquietaron por la situación, las arcas estaban vacías y las deudas contraídas para comprar la elección daban vértigo a los más optimistas. Carlos V creyó resolver el problema: asignaría un impuesto y Castilla pagaría. Al no querer diferir su partida, decidió, teóricamente para ganar tiempo, convocar a las Cortes de Castilla cerca de su puerto de embarque, en Santiago de Compostela. Primera equivocación diplomática: el emperador reunía a los diputados de Castilla en una Galicia excéntrica, poco integrada a Castilla políticamente y, además, ¡no representada en las Cortes!

La apertura el 31 de marzo de 1520 es agitada. El gran canciller Gattinara, de origen piamontés, que preside los actos, no logra controlar la reunión. Las sesiones son seriamente perturbadas. El emperador, que no comprende nada del debate, es personalmente puesto en tela de juicio. ¿Se le reprocha distribuir

193

las altas funciones y los cargos prestigiosos a los extranjeros? ¡Él promete naturalizarlos! El rey manifiestamente no está de acuerdo con su pueblo. Los trabajos se postergan hasta el 25 de abril. Carlos V, después de vagas promesas, fuerza la votación en favor de impuestos colosales, a fin de pagar la deuda de su loca campaña electoral. Se embarca el 20 de mayo para Alemania, dejando a España en manos de su confesor flamenco, Adriano de Utrecht.

Los disturbios son casi inmediatos, los diputados que votaron por el impuesto viven momentos difíciles. Se organiza la insurrección. Para tratar de restablecer el orden, las tropas de Carlos V prenden fuego a Medina del Campo. La indignación española llega al máximo. Los jefes de la rebelión se encuentran en Tordesillas en septiembre. Trece ciudades están representadas: Segovia y Toledo, de donde partió el movimiento, Valladolid, la capital de facto que se había levantado el 29 de agosto y había arrojado de sus muros al impopular regente flamenco, Burgos, Ávila, Soria, León, Zamora, Toro, Cuenca, Guadalajara, Madrid y, por supuesto, Salamanca.

La gran ciudad universitaria juega un papel considerable en la agitación de Castilla desde el advenimiento de Carlos de Gante. Allí, un grupo de intelectuales, apoyados por monjes franciscanos, dominicos y agustinos, se dedican a teorizar un cuerpo de doctrina política que tiene la particularidad de ser a la vez revolucionaria y apoyada en la tradición. La instalación de un rey extranjero —y además ausente— en el trono de Castilla le quita, en cierta forma, a la monarquía su justificación y legitimidad: ese rey abstracto, virtual y no español, suministra la prueba de que físicamente se puede prescindir de él. El grupo de Salamanca concibe entonces para España una estructura política inspirada en el modelo italiano, donde las repúblicas urbanas se responsabilizarían de sí mismas en el interior de una entidad representada por un rey que no gobernaría en absoluto, pero sería el símbolo de la unidad del país y de su hispanidad. Las reglas de organización de esas ciudades-Estados se legitimarían con base en los fueros, considerados como mucho más antiguos que las leyes de la monarquía, y de los principios del código castellano de las Siete Partidas, elaborado en el siglo XIII. A partir de esas ideas se redactó en Salamanca, en febrero de 1520, el pregón de las comunidades, especie de carta que, en las Cortes de Santiago de Compostela, unificó a los opositores al rey Carlos.

"El rey es nuestro mercenario", habían recordado de entrada y sin miramientos los diputados castellanos en las Cortes de Valladolid dos años antes.[1] Los insurgentes de Tordesillas, los comuneros, no quieren a un rey que no se siente obligado con sus súbditos, a un rey que se libera de su pacto tácito con la nación. No es sólo a un rey extranjero al que se refuta, no es solamente el impuesto lo que rechazan, es algo más profundo: se objeta todo el sistema monárquico en su derivación absolutista. Los amotinados, en el fondo, son republicanos con doscientos cincuenta años de avanzada y nacionalistas que no se reconocen en ese imperio europeo germano-romano-ibérico, sin capital y sin identidad.

Capítulo 18

Tepeaca, octubre de 1520.
Nueva España

A cien kilómetros al sur de Tlaxcala, en el corazón de las altas planicies que forman en el horizonte una línea infinita, en la ciudad indígena de Tepeyacac (Tepeaca), Cortés quiso fundar esa "ciudad segura de la frontera" (Segura de la Frontera) para controlar los márgenes de la región tlaxcalteca y el acceso a la ruta de Veracruz. Allí escribe tranquilamente. Después de las furias de las batallas, el conquistador tiene otros combates que librar. Pero esta vez cambió su espada por la pluma: debe luchar con las cámaras, con las facciones mundanas, con los cortesanos, con el rey en persona. Lo hará entonces por correspondencia; con palabras cuyo poder conoce. Pero ese registro no lo atemoriza. Cortés juega en dos tableros: ocupa el terreno por la fuerza y maneja la guerra de las letras. Combate con actos, pero también con ideas.

Decidió proseguir su ofensiva. A pesar del derrotismo que sopló sobre Tlaxcala después de la Noche Triste, no vaciló ni un instante. Puesto que necesita ahora hacer la guerra para conseguir sus fines, él hará la guerra. Las páginas que emborrona en su choza, en Tepeaca, tienen sentido porque anticipan su éxito, del cual no puede dudar.

Cortés se consagra primero a la elaboración de algunos documentos de índole exclusivamente jurídica. Para salvaguardar el porvenir hace constar en actas, con numerosos testigos, la pérdida del quinto del rey en la debacle del 30 de junio.[1] Convida igualmente a sus capitanes a declarar contra Velázquez y, sobre todo, contra Narváez a quienes acusa de ser responsables de los desórdenes ocurridos en México. Sin el desembarque del ejército enviado por el adelantado de Cuba no hubiera ocurrido la masacre de Toxcatl ni la rebelión indígena.[2] Cortés pone en claro también el debate relativo al financiamiento de su expedición, porque Velázquez dejaba correr el rumor de que había financiado a Cortés con sus propios medios, lo que era falso, por supuesto, ya que Hernán había adquirido, personalmente, siete barcos y pagado la totalidad del abastecimiento.[3]

El conquistador hace que firmen enseguida todos sus hombres una carta a Carlos V recordando que son ellos quienes, en nombre del rey, han elegido a Cortés capitán general y justicia mayor porque lo merecía, porque él era el más apto para servir a los intereses de la Corona, mientras que los hombres de Velázquez causaban perjuicios a la jurisdicción real sembrando la rebelión entre los indios. Los 544 signatarios terminan su súplica pidiendo: "que conviene a la buena población e pacificación de este tierra, que Vuestra Majestad sea servido de nos le mandar dar por nuestro capitán e justicia mayor en estas partes".[4] A esta carta agrega correos más privados: a su padre Martín, a su apoderado, su primo Francisco Núñez, y a varios de sus contactos en la corte y en los circuitos del poder.

Cortés se dedica por fin a un texto de prima importancia: el relato de su empresa desde su llegada a Veracruz. Elige un género literario mixto. Oficialmente su narración, de cuarenta mil palabras, es una relación privada dirigida a Carlos V en persona. Hay que notar que, esta vez, sólo tiene un destinatario: el "muy alto y poderoso y muy católico príncipe, invictísimo emperador y señor nuestro". La reina Juana, mencionada en su carta de Veracruz, esta vez desaparece: Cortés, debidamente informado, sabe jugar a ganar con cierto oportunismo. Pero visto más de cerca, Cortés no escribe nada más para el soberano, sino para el público en general. Al tomar a la opinión pública por testigo, es decir, interesando a todo el mundo en su conquista, impedía a los cortesanos y a los negociantes jugar partidas secretas. El capitán general se convierte entonces en escritor, alterna el lirismo y la árida precisión de los hechos, maneja las repercusiones de la intriga, se extiende sobre la novedad de esas tierras, describe los usos y costumbres de sus habitantes, sabe nombrar desde el "yo" sin que lo relacionado lo involucre. Que la tradición haya dudado en calificar su escrito de Tepeaca, firmado el 30 de octubre, llamándolo indistintamente "carta" o "relación", es por completo legítimo; porque el conquistador innovó en la materia prefigurando el género de la epístola pública; trata una cuestión de poder, antaño reservada al círculo cerrado del entorno de los príncipes, y la pone al alcance del dominio público. Cortés no pudo eludir pensar en la imprenta. Como había previsto, su "segunda carta" de Tepeaca sería editada en 1522 en Sevilla,[5] logrando que la imprenta saliera de su dimensión universitaria y erudita para transformarla en una herramienta de comunicación moderna y temiblemente eficaz.

También, la "segunda carta" contiene *in fine* un argumento político muy hábil. En efecto, Cortés le anuncia en ella al emperador que ha decidido bautizar su conquista "Nueva España". "Me pareció que el más conveniente nombre para esta dicha tierra era llamarse la Nueva España del mar Océano; y así, en nombre de vuestra majestad se le puso aqueste nombre. Humildemente suplico a vuestra alteza lo tenga por bien y mande que se nombre así".[6] En lo que podría ser ahora un detalle anodino se encuentra en realidad una gran sutileza. España, en 1520, es todavía un concepto, una visión de espíritu: es la idea de una entidad coherente y homogénea que uniría a los antiguos componentes territoriales de Castilla y Aragón, es un concepto político que se anticipa a la realidad de las cosas, porque, en ese principio del siglo xvi, España está muy lejos de ser una nación unida. Al emplear los términos de Nueva España, Cortés demuestra a la vez una gran modernidad de espíritu y un cierto ingenio táctico: por una parte, le ayuda a Carlos V a imponer la idea de una España grande, fuerte, única e indivisible, y por otra, elimina de raíz todas las veleidades de partición de su conquista que algunos apetitos no canalizados hubieran buscado promover. Ayuda políticamente al emperador a hacer de la existencia de España un hecho consumado, al mismo tiempo que se asegura contra el desmembramiento de México. Su "putsch" semántico tendrá éxito: España, desde finales de la conquista, se convertirá en una realidad ¡y México jamás estará desmembrado!

Sólo le falta a Cortés confiar su impresionante correspondencia a correos seguros. Envía a Diego de Ordaz a Castilla y a Alonso de Ávila a Santo Domingo, donde se encuentra la Audiencia. Incluso se da el lujo, ahora que tiene el sentimiento de dominar el futuro, de permitir el retorno a Cuba de ciertos miembros del equipo de Narváez. Así, pues, accede al deseo de partir que manifiesta su amigo y asociado Andrés de Duero, el secretario de Velázquez, con el cual había negociado el cambio de los hombres de Narváez a Veracruz. Le encarga un sobre para su legítima mujer, Catalina y un mensaje para su amante cubana, Leonor, y un poco de oro para las dos. Cortés ha puesto en orden sus asuntos. Tiene 35 años. Está listo para su reconquista.

CAPÍTULO 19

AIX-LA-CHAPELLE, OCTUBRE DE 1520. CORONACIÓN

En Aix-la-Chapelle, ese 12 de octubre de 1520, es un momento de alegría: Carlos V hace su entrada solemne. El dinero repartido produjo el efecto esperado. Los príncipes-electores están de excelente humor y reunieron a miles de comparsas. Recibido con ceremonia a la entrada de la ciudad, el joven Carlos penetra la capital de Carlomagno rodeado por un millar de caballeros. Por todas partes hay pajes, escuderos, trompetas, portaestandartes, caballos encaparazonados. Los grandes de España que acompañan al emperador lanzan monedas de plata al aire. Las campanas resuenan. El débil emperador tiene un poco de vértigo. Presta juramento. En una lengua que no comprende, jura proteger a los fuertes contra los débiles, defender a los príncipes contra la sublevación de sus súbditos; se compromete a nombrar sólo alemanes en las funciones de responsabilidad. Los alemanes han tomado el oro, pero ahora lo humillan: porque él no habla ni latín ni alemán, le hacen decidir que, en lo sucesivo, sólo esas dos lenguas serán de uso oficial, y eso que antes de su elección, ¡se hablaba francés en la Dieta!

El pobre Carlos se siente muy poca cosa. Él, que dejó España después de haber sembrado la rebelión, probablemente sin proyecto de regreso; él, que eligió a la Corona alemana con la secreta esperanza de que fuera más dulce de llevar, helo aquí que duda.

El 23 de octubre, en un despliegue de fastuosidad y de pompa que halaga su ego, es coronado en la catedral, en la capilla octagonal de los carolingios. Es emperador de Alemania. Para llegar a ser también emperador romano, será necesario que el papa acepte consagrarlo en Roma. Carlos cierra los ojos. Oye el grito de rebelión de las ciudades y el crepitar de los incendios de Castilla. No está seguro de regresar allí. Dos semanas antes, nombró al almirante y al condestable de Castilla junto a Adriano de Utrecht y los convirtió en virreyes. Detrás de la prenda otorgada a la aristocracia castellana hay una delegación de poder que acentúa el carácter foráneo —y lejano— de su autoridad. En sus sueños, Carlos V está lejos de España y está todavía más lejos de México, cuyos tesoros, sin embargo, lo acompañan.

El envío de Cortés llegó a manos del rey poco antes de que se embarcara a La Coruña. Algunos de sus cortesanos, admirados, lo apresuraron a llevar con él esas joyas. Se trataba de hecho de sugerir a los flamencos, a los alemanes y, además, a los banqueros de Augsburgo, que México proporcionaría los recursos adecuados para garantizar el tren de vida del emperador y pagar sus deudas. No es casualidad que, en el momento preciso cuando Carlos recibe la corona de Alemania, una gran exposición de objetos mexicanos se organiza a 130 kilómetros de allí, en la sala de gala del palacio municipal de Bruselas. Es esta exposición la que admirará Alberto Durero. Los objetos reunidos en Veracruz por Cortés un año antes conmueven los espíritus. Pedro Mártir se extasía en los dos "libros" que forman parte de la colección. Durero escribe en su diario: "A lo largo de mi vida nada he visto que regocije tanto mi corazón como estas cosas. Entre ellas he encontrado objetos maravillosamente artísticos, y he admirado los sutiles ingenios de los hombres de esas tierras extrañas. Me siento incapaz de expresar mis sentimientos".[1] Es quizá simplemente el oro de los aztecas el que, dos años más tarde, impulsará a Carlos V a regresar a España.

Capítulo 20

México-Tenochtitlan,
noviembre de 1520.
Epidemia

Él se llama Guidela, es un esclavo negro que pertenece a Narváez; Guidela es jovial, parlanchín, fantasioso, humorista, fanfarrón y ligeramente insolente. Perdió a su amo, que está en prisión. En Veracruz, hizo un juramento de fidelidad a Cortés con tal originalidad y tal alegría, que el conquistador —dicen—, le dio una corona de oro de más de seiscientos pesos. —Si un día me pone grilletes, —respondió a Cortés a manera de agradecimiento, ojalá que mis cadenas puedan ser de ese metal.[1] Pero pronto el gracioso Guidela cae enfermo. Contrajo la viruela y he aquí que muere brutalmente en Cempoala. La epidemia se propaga como reguero de pólvora por todo México. La enfermedad azota la costa en septiembre, luego todas las ciudades del valle central a partir del mes de octubre, engendrando un espectáculo espantoso. La viruela, benigna en la vieja Europa, es desconocida en estas tierras y la epidemia es mortal. Pronto no hay suficientes hombres sanos para enterrar a los cadáveres. Hay pocos agricultores para cosechar el maíz y son escasas las mujeres para moler el grano y preparar las tortillas. En la ciudad de México arrojan los cadáveres a la laguna, donde se descomponen. El olor pestilente es inimaginable. Los muertos se cuentan por decenas de millares, quizá por centenas de millares. El soberano de México, Cuitláhuac, el sucesor de Motecuzoma, es arrasado por la epidemia el 25 de noviembre. El hermano de Motecuzoma reinó sólo ochenta días.

Numerosos comentaristas han insistido en que los españoles encontraron en la viruela una aliada inesperada. En efecto, se asiste al primero de los choques virulientos que sacudían al continente americano durante todo lo largo del siglo XVI. Pero hay que enmarcar el impacto de esta epidemia en el contexto demográfico del México prehispánico. Por violenta que haya sido la epidemia de 1520, que duró aproximadamente tres meses, no mermó significativamente a la población. Por otra parte, al apurar el proceso de sucesión al trono de México, la viruela actuará más bien en contra del campo español. Es en efecto un príncipe de dieciocho años, Cuauhtémoc, quien será designado para suceder a Cuitláhuac. Ahora bien, ese primo de Motecuzoma representa la tendencia más dura de la resistencia antiespañola; lejos está de ser un angelito. No desentonaba en absoluto con los príncipes del Renacimiento que manejaban la intriga y el veneno. Para ser elegido, mandó asesinar a todos los hijos de Motecuzoma susceptibles de tomar el poder y, en particular, al favorito, al que el emperador había designado para su sucesión y que los textos conocen con el nombre de Asupacaci,[2] es decir, que la sangre no le causa miedo. Cortés tendrá entonces un adversario mucho más temible que el dulce y civilizado Motecuzoma.

Capítulo 21

Texcoco, abril de 1521.
Preparativos

Puesto que México-Tenochtitlan era una isla, había que tomarla por las aguas. Cortés concibe entonces sitiar la capital azteca organizando un bloqueo marítimo. Para tal efecto, pensó en mandar fabricar en Tlaxcala, que era su base principal, trece embarcaciones que planeaba utilizar para el sitio de Tenochtitlan. Le pidió a un cierto Martín López, un carpintero de la marina que había llevado con él, que concibiera unos bergantines adaptados al contexto lacustre de México. Tras recuperar todo lo posible de los barcos hundidos en Veracruz utilizan la resina de pino para calafatear. En la capital tlaxcalteca, transformada en taller naval, pronto tomaron forma los trece bergantines solicitados. Eran embarcaciones descubiertas, pero dotadas con pequeñas velas y un banco de seis remos de cada lado. Para que fueran maniobrables en el lago de México, el calado no debía ser superior a setenta centímetros. Las embarcaciones, de aproximadamente doce metros de largo, podían llevar a 25 hombres, y se había previsto, en la proa, un lugar para un pequeño cañón. Los bergantines fueron enteramente construidos y probados en Tlaxcala, en el río Zahuapan, por medio de una presa edificada para dicha ocasión, la cual sirvió de plano de agua para la demostración.

Cortés había conseguido el apoyo de Texcoco, importante ciudad de la ribera oriental del lago de México. Durante los meses de marzo y abril de 1521, una actividad fenomenal animaba el camino escarpado que llevaba de Tlaxcala a Texcoco, atravesando la sierra. Los cargadores tlaxcaltecas transportaban en efecto sobre su espalda, con ayuda de gigantescas parihuelas, las trece embarcaciones destinadas al ataque naval de la capital azteca. Mientras que los tlaxcaltecas se ocupaban de aquello otros trabajos titánicos se llevaban a cabo en Texcoco: Cortés fabricaba allí una especie de puerto artificial con diques de carena y un inmenso canal que permitía colocar en el agua a los trece bergantines.

Durante ese tiempo, Hernán y sus hombres preparaban el sitio de México apropiándose poco a poco de las ciudades que bordeaban la gran laguna. Los españoles se convirtieron primero en amos de la ribera este, de Teotihuacan a Chalco. Un poco más tarde, otra expedición permitió controlar las orillas norte y oeste. Para tomar Azcapotzalco y Tlacopan, Cortés tuvo que librar combates extremadamente violentos. La leyenda cuenta que en la cúspide de la gran pirámide de Tlacopan, contemplando el sublime panorama del lago que encerraba la capital azteca, Cortés se sintió invadido por la melancolía, ante la idea de tener que combatir y sacrificar vidas humanas para ser amo de esos lugares. Se dice, incluso, que un anónimo poeta de la tropa escribió una canción de gesta sobre la conquista en curso, que enfatizaba la tristeza de Cortés antes del asalto final, como un elemento portador del drama. En marzo, el capitán general había conseguido dominar toda la parte sur de la cuenca de México y pensó incluso en asegurar la lealtad de la gente de Quauhnahuac (Cuernavaca) y de Oaxtepec, a fin de evitar sorpresas en su retaguardia.

El 28 de abril de 1521, Cortés considera que sus preparativos habían terminado y pasa revista a sus tropas. Su ejército cuenta ahora con un poco más de setecientos soldados, dispone de 85 caballos, 118 ballestas y escopetas, tres cañones y quince piezas de artillería ligera. Está evidentemente mucho mejor que el año anterior, después del desastre de la Noche Triste. Con oportunidad y una cierta autoridad, Hernán supo apropiarse de refuerzos inesperados. Ignorando lo que había ocurrido con Narváez, Velázquez había enviado desde Cuba dos barcos en busca de noticias, uno al mando de Pedro Barba y otro de Rodrigo Morejón de Lobera.

Al ser capturados, sus tripulantes no tuvieron más opción que unirse a la tropa de Cortés; los caballos y las armas se contaban en el botín de guerra. En octubre y noviembre del año anterior, la guarnición de Veracruz se había apoderado de tres barcos suplementarios, con, por supuesto, toda la tripulación, sus caballos y sus armas. Esos navíos los había enviado imprudentemente Francisco de Garay, el gobernador de Jamaica, quien persistía con encontrar un feudo en el Golfo de México. Sus tres lugartenientes[1] habían sido enrolados por Cortés de acuerdo con el mismo procedimiento de intimidación. En febrero, había llegado un barco directo de Castilla. Llevaba a Julián de Alderete, nombrado tesorero de su majestad por la Audiencia de Santo Domingo. El barco, lleno de hombres, armas y aprovisionamiento, llevaba igualmente a un hermano franciscano, el padre Melgarejo, cuyo talento diplomático serviría a Cortés más tarde. Finalmente, a principios del mes de abril, se había anclado en Veracruz un barco mercantil proveniente de Canarias, que pertenecía a un cierto Juan de Burgos. Es inútil decir que Cortés compró todo: las armas, la pólvora, las cuerdas de ballesta y los tres caballos; y los pasajeros vinieron a engrosar la tropa de los conquistadores.

Evidentemente, lo esencial de las tropas de Cortés lo constituían los destacamentos indígenas. La mayor fuerza del capitán general residía en haber puesto de su lado a casi todas las ciudades ribereñas de la gran laguna. Cierto, una fracción de los habitantes de Texcoco y una parte de la gente de Tlacopan eligieron continuar la alianza con los aztecas de Tenochtitlan, como antes de la llegada de los españoles. No obstante, esos partidarios del enfrentamiento se han refugiado en la isla de México, mientras que los españoles disponen del control general de los alrededores del lago. Cortés puede contar entonces con una capacidad de intervención comprendida entre cincuenta mil y ciento cincuenta mil guerreros, movilizables en caso de necesidad. Todas esas ciudades lacustres ponen igualmente a su disposición unas seis mil canoas. Se advierte que la toma de México va a ser de hecho una guerra indígena. La agresividad mexica y el peso del tributo debieron ser insoportables como para que tantas ciudades prefirieran la alianza con los invasores.

Poco antes del inicio de las hostilidades, Cortés decide una vez más conmover los espíritus. Sabe que algunos murmuran, tanto del lado español como del lado nahua y que algunos objetan su autoridad al punto de querer asesinarlo. Entonces, hace apresar a los jefes de esa rebelión naciente. Por el lado español, el jefe de la conspiración se llama Antonio de Villafaña; es juzgado, condenado a muerte y ahorcado en Texcoco. Por el lado indígena es Xicoténcatl, el joven príncipe tlaxcalteca, quien hacía de las suyas; de temperamento ardiente e impetuoso pero extremadamente arrogante, lo que nunca se perdonaba en Mesoamérica, se había enemistado con todos los otros jefes de Tlaxcala; mantenía un carácter desagradable y se sospechaba que quería negociar una alianza secreta con Cuauhtémoc. Cortés lo detiene y lo cuelga, igualmente en Texcoco, en presencia de todos los guerreros indígenas reunidos. Para su propia seguridad, Cortés se provee de una guardia cercana; seis soldados de toda confianza, bajo la autoridad de su amigo Antonio de Quiñónez, que en lo sucesivo cuidan de él, día y noche. El final de la partida está cerca y tomar cualquier riesgo resultaría inútil.

Los mexicas saben que están cercados, prisioneros de la animadversión general. Son aproximadamente trescientos mil soldados los que se han concentrado en México y en Tlatelolco. Están con ellos sus familias, sus mujeres, sus hijos. Se preparan para vivir una prueba insostenible. Cortés desea que todo termine allí y busca en varias ocasiones entablar conversaciones con Cuauhtémoc. A mediados de abril, los plenipotenciarios organizan un encuentro en medio de la laguna; los dos hombres hablan, cada uno de ellos de pie en una embarcación. Pero Cortés no pudo convencer a Cuauhtémoc; él quiere morir con las armas en la mano, como sus hermanos que quieren resistir hasta el final. Los mexicas tienen el valor, ¿pero tienen aún la esperanza?

Capítulo 22

Villalar, 23 de abril de 1521. Represión

En abril de 1521, Carlos V se encuentra en Worms, donde se había reunido la primera Dieta desde su elección como emperador germánico. Los asuntos de Alemania no son más fáciles de administrar que los de España. Los caballeros renanos que se habían comprometido con Lutero eran numerosos y los difusores y panfletarios humanistas ponen en tela de juicio las bases mismas de la organización política del imperio. Mientras que los anabaptistas de Müntzer impulsan una rebelión radical, motines esporádicos sacuden las campiñas.

Carlos V se decidió: aunque todavía soñara secretamente con la Borgoña de Carlos el Temerario, eligió España. Convoca a su hermano, el joven archiduque Fernando, a Worms, para cederle la herencia alemana; le atribuye los cinco ducados austriacos y todos los dominios patrimoniales germánicos de los Habsburgo. Además organiza la boda de Fernando con Ana, la hija del rey de Hungría, Luis II, quien a su vez se casa con María, una de sus hermanas. Enseguida llama a Worms a Lutero, ya excomulgado, procurándole un salvoconducto, lo cita y lo convida a expresarse dos veces ante la Dieta. El 18 de abril, Lutero termina su largo y hermoso discurso con determinación. "Mi conciencia es cautiva de las palabras de Dios. No quiero ni debo retractarme de nada porque no es seguro ni honesto actuar contra la propia conciencia".[1] Carlos V responde: "Escuchamos ayer el discurso de Lutero. Nunca más lo volveré a escuchar. Él puede hacer uso de su salvoconducto, pero a partir de hoy lo tendré por herético notorio". Lutero abandona Worms para ponerse a salvo. El 26 de mayo, Carlos V firma el edicto de su destierro del imperio.

La rebelión castellana es concomitante. Los comuneros se apoderan de las ciudades; la estrategia de la huelga de impuesto y del bloqueo de lo numerario agota el tesoro real. El invierno de 1520 fue rudo para las fuerzas legitimistas y el estado de ánimo de los hidalgos se divide de manera equilibrada entre la rebelión revolucionaria y el deseo de orden conservador. Sólo Andalucía, irrigada por el oro americano, permanece al margen del movimiento. Pero Portugal, por razones sutiles, decide ayudar a los virreyes y es Manuel I quien financiará al ejército organizado para someter a los comuneros. Los rebeldes pierden Tordesillas, luego son vencidos en Villalar el 23 de abril. Los organizadores son aprehendidos. La justicia de Carlos V es expeditiva: Juan de Padilla, Juan Bravo y Francisco Maldonado son condenados a muerte al día siguiente y ejecutados al momento en presencia del cardenal Adriano de Utrecht. Una despiadada represión se abate sobre la Vieja Castilla. La rebelión se tambalea en medio de la sangre. Carlos V podrá regresar al año siguiente, pero a una España todavía humeante.

Capítulo 23

México-Tenochtitlan, junio de 1521. Sitio

El sitio de Tenochtitlan comienza el 30 de mayo. Ese día, Cortés corta el agua del acueducto de Chapultepec. La ciudad de México estaba alimentada por un acueducto —de doble canalización, para poder hacer la limpieza regularmente— que captaba una fuente brotante al pie de la colina de Chapultepec, al oeste de la ciudad. El agua potable era un producto escaso en Tenochtitlan y su mercado estaba en manos de una corporación de barqueros extremadamente activa y poderosa. Sin agua, México sufre y muere. Tener a Chapultepec es tener a México. El asunto se presenta entonces bajo los peores auspicios para los mexicas.

Cortés ha instalado tres guarniciones estratégicas: una al oeste, a la salida de la calzada de Tlacopan; las otras dos al sur, en Iztapalapa y en Coyoacán, cuyos accesos controlan la gran calzada rectilínea que lleva al centro de la capital. Los tres destacamentos españoles atacan al mismo tiempo, tratando de herir el corazón de la ciudad azteca. Algunos comentadores han señalado que Cortés no tuvo cuidado de vigilar la calzada norte, la que desembocaba en Tepeyacac. Quienes vieron allí un error táctico se equivocan. Es a propósito que Cortés deja abierta esa vía de comunicación con la esperanza de que, si se daba el asalto desde el sur, los mexicanos decidirían huir por el norte. Pensaba evitar así un baño de sangre, pero los combatientes no lo entendieron así y se encerraron en México, sin tratar de huir en lo más mínimo. Los aztecas defienden valientemente Iztapalapa, pero los bergantines resultan muy eficaces. Cortés tuvo dificultades para encontrar remeros. Como él deseaba que las tripulaciones fueran exclusivamente españolas, todos habían descubierto de pronto que tenían un pasado de hidalgos y rechazaban con disgusto esa misión de galeote; ¡Cortés logró finalmente formar sus tripulaciones! Sin embargo, se dio cuenta de que todas sus embarcaciones estaban concentradas del lado este de la laguna y disponer bergantines en ambos lados representaría una ventaja adicional. Entonces decidió cortar la calzada de Iztapalapa con el fin de trazar allí un pasaje suficientemente amplio para pasar del lado oeste un cierto número de embarcaciones. El dispositivo fue particularmente eficaz.

Por tres veces, los españoles se vuelven amos de la ciudad y llegan a la plaza central, pero los comandos no pueden sostener sus posiciones y tienen que volver sobre sus pasos. Un pelotón logra llegar incluso hasta la cúspide del Templo Mayor y, en la furia de la acción, olvidando las instrucciones de Cortés, los soldados arrojan los ídolos al suelo e incendian los dos templos gemelos. "Me pesaba en el alma", confesará Cortés.[1] Pero aun privados de sus dioses, los mexicas continúan el combate. El centro del dispositivo de resistencia es el mercado de Tlatelolco, donde se habían almacenado los escasos víveres disponibles y donde se habían guardado todas las armas de reserva: los arcos, las flechas, los dardos con sus propulsores, las hondas, los escudos, los *maquiauitl,* especie de macanas incrustadas con navajas de obsidiana, tan cortantes como navajas de rasurar.

El 30 de junio, sin duda para borrar el recuerdo de la cruel derrota del año precedente, Cortés y todos sus capitanes tratan de apoderarse del mercado de Tlatelolco. Pero los aztecas, de nuevo, cortan los diques después del paso de los españoles, encerrándolos en la trampa. Ese día, sin ser una repetición de la Noche Triste, termina en un fracaso de los conquistadores. Cortés, severamente herido, se salva en medio de la catástrofe por su guardia pretoriana, que logra llevarlo hasta el dique de Tlacopan. Los españoles tienen un saldo de más de sesenta muertos y a otros más los aztecas los hacen prisioneros. La tropa de Cortés debe presenciar su sacrificio, ver cómo les arrancan el corazón, cómo los decapitan y ensartan sus cabezas, una junto a la otra en unos palos horizontales: cabezas trofeo ceremonialmente colocadas en el *tzompantli*, el altar de los cráneos. El fracaso del 30 de junio introduce la cizaña en el campo español; todos se reprochan los errores cometidos: la victoria, que creían fácil, se aleja de repente. Y, para agregar algo más a la angustia, se enteran de que los habitantes de Malinalco y los indios matlazincas de la sierra se han rebelado y marchan hacia el sur del valle de México. El peligro de la toma en tenazas es real; Cortés envía dos destacamentos a esos lugares, uno confiado a Andrés de Tapia y el otro a Gonzalo de Sandoval; las incursiones españolas están en suspenso, pero el sitio continúa. Es la estación de lluvias y todas las noches se abaten aguaceros tropicales. Los aztecas recogen el agua como pueden y con ese don del cielo alimentan la pequeña esperanza que les queda.

Capítulo 24

Santiago de Cuba, junio de 1521. Intrigas

Mientras que el juez de residencia Alonso Zuazo cotejaba las doscientas cincuenta hojas notariadas que consignan las declaraciones de los primeros testigos, Velázquez se frotaba las manos. El calor era agobiante y la menor vestimenta se pegaba a la piel, pero el licenciado Zuazo no quería que ventilaran la pieza oscura donde sostenía la audiencia por miedo a que se volaran los papeles del escribano. Velázquez pensaba lograr su venganza. Nueve soldados que se habían escapado de la Noche Triste, a quienes Cortés en su magnanimidad había dejado volver a Cuba, habían aceptado testimoniar en su contra. El mismo Andrés de Duero había accedido a prestarse a ese juego medianamente turbio. Y el adelantado, cuya gordura tomaba aspecto gargantuesco, se alegraba mucho. Su odio por Cortés, secundado en Castilla por Fonseca, el riquísimo obispo de Burgos que gobernaba las Indias, se había vuelto desmesurado, casi patológico. Velázquez no vivía más que por el anhelo de abatir al conquistador de México. Lo soñaba por la noche, hablaba de eso todo el día. Había conseguido que la Audiencia de Santo Domingo le abriera un proceso. Ahora, se deleitaba al escuchar a los testigos arrojar sus flechas: Cortés alentaba el canibalismo, guardaba todo el oro para él, maltrataba a los indios; se había robado los barcos de Narváez, lo había herido y arrojado a la prisión... Con un guiño a la Inquisición, Cortés toleraba en sus soldados el juego y las blasfemias. Velázquez estaba seguro de su actuación: se veía clavando la estocada. ¿Se imaginaría ya a Cortés en la hoguera?

El adelantado de las islas y de la tierras de Santa Cruz, de Santa María de los Remedios y de San Juan de Ulúa estaba tan seguro de su golpe, que había conseguido unas semanas antes que Juan Rodríguez de Fonseca destituyera a Cortés y nombrara en su lugar a un testaferro, Cristóbal de Tapia, inspector de las fundiciones de Santo Domingo. Para mayor seguridad, Fonseca le había concedido al insaciable Francisco de Garay el derecho a colonizar todas las tierras situadas entre Florida y Veracruz, a condición de que Tapia se entendiera con el gobernador de Jamaica respecto al asunto de su frontera intermedia. Todo eso prometía muchas contrariedades a Cortés.

El 6 de julio, Zuazo ordenó que se suspendiera el interrogatorio, ya muy largo, porque todos los testigos decían la misma cosa.[1] El licenciado salió a pasear por los muelles de Santiago. Le agradó recordar que Cortés, cuando era alcalde de Baracoa, había puesto un cocodrilo en el escudo de la ciudad.

CAPÍTULO 25

MÉXICO-TENOCHTITLAN, 13 DE AGOSTO DE 1521. DERROTA

Puesto que los aztecas no deseaban evacuar su capital, Cortés hizo cerrar la calzada norte, que iba de Tlatelolco a Tepeyacac, en el lugar donde más tarde se erigiría el santuario de Nuestra Señora de Guadalupe. Todas las salidas terrestres estaban bloqueadas y el sitio naval se reforzaba. Los bergantines hacían maravillas e interceptaban todas las canoas en cuanto intentaban la menor salida. Así que se instaló la hambruna, pero los mexicanos morían sobre todo de sed. Privados de agua dulce, estaban condenados a beber agua salitrosa de la laguna, que, aun en tiempo normal, no era potable. Con todos los cadáveres en descomposición flotando entre dos aguas, se puede imaginar cuál era la situación sanitaria. La disentería y las fiebres se expandían por doquier.

Al final del mes de julio, el cerco se aprieta. Los españoles realizan cada vez más incursiones al centro mismo de la ciudad. El 24; el palacio de Cuauhtémoc es incendiado, el fuego se propaga a las casas de los alrededores. Cortés es amo de tres cuartas partes de la capital, pero Tlatelolco se sigue defendiendo. Esa ciudad gemela de México, establecida en un islote vecino, abriga el último rincón de la resistencia. La presión de los españoles y de sus aliados indígenas se vuelve insoportable. El 30 de julio, después de un combate homérico, el gran templo de Tlatelolco cae. Los combates se trasladan a la plaza del mercado, esa inmensa plaza que había hecho soñar tanto a los conquistadores. Allí se agrupan todos los sobrevivientes de la Triple Alianza, hombres, mujeres, niños, ancianos; los guerreros, de una bravura infinita, forman un campo atrincherado inexpugnable. Pero Cortés decide suspender el asalto; quiere evitar la masacre y detiene los combates. Durante una decena de días ofrece sin descanso negociaciones de rendición. Cuauhtémoc se niega continuamente. A cada nueva escaramuza le sigue de una proposición de negociación; a ésta sistemáticamente la sigue el rechazo de los resistentes a deponer las armas.

Los aztecas han decidido morir. La situación no tiene salida; Cuauhtémoc, el joven soberano partidario de la resistencia absoluta, decide huir en una piragua. En aquella tarde del martes 13 de agosto de 1521, bajo la tormenta diluviana que se abate sobre el lago, la canoa del tlatoani es capturada por un bergantín; los españoles inspeccionan la pequeña embarcación. Al lado de Cuauhtémoc se encuentran todos los señores de la Triple Alianza, Coanacoch, el señor disidente de Texcoco y Tetlepanquetzal, el señor de Tlacopan. El capitán del bergantín, García Holguín, entrega a sus prisioneros a Sandoval, quien los lleva ante Cortés. Este último trata a Cuauhtémoc como señor, pero éste está lleno de vergüenza: huyó cuando le había prometido a su pueblo morir entre los suyos. La leyenda cuenta que se precipitó sobre un puñal que Cortés llevaba en la cintura y que intentó suicidarse. Cortés se lo impide. Lo lleva al techo de un edificio y ante el montón de ruinas ardientes en que se había vuelto la gigantesca capital azteca, Cuauhtémoc convoca a sus combatientes a la rendición. El momento es terrible; es una página de la historia a la que se le da la vuelta; los nahuas, herederos de tres mil años de cultura, pierden el poder en México.

Por el lado azteca es la hecatombe. Todos los textos dan la cifra de alrededor de cien mil desaparecidos, muertos en los combates o víctimas del hambre y de las epidemias durante el sitio. Se ha comprendido: esa batalla de México no es verdaderamente una guerra; es más bien un suicidio. El suicidio de un pueblo que, a la manera de los taínos de Santo Domingo, trató de inmolarse para evitar la esclavitud, la sumisión, pero también la pérdida de un poder que se ejercía con soberbia y prestigio después de treinta siglos.

La caída de Tenochtitlan no es el episodio más jubiloso de la historia de México. ¿Quién podría dudar del séquito de crueldades, violencias, venganzas que suscitó el triunfo de los españoles y de sus aliados indígenas? Cortés no puede impedir el saqueo de México. Los mercenarios se entregan a la embriaguez de la victoria. Los españoles no tienen más que una obsesión: encontrar el oro perdido durante la Noche Triste del 30 de junio de 1520. El tesorero del rey, Julián de Alderete, se dedica a transformar a los guerreros aztecas en esclavos. Considerados como botín de guerra, los marca con un hierro candente que presenta el escudo de Carlos V. Cortés se estremece ante el furor de sus tropas, aunque haya adelantado esta reacción. Las jóvenes mujeres aztecas pagan un caro tributo por el descanso de los guerreros.

El 17 de agosto, Cortés se instala en Coyoacán, al sur de la gran Laguna, sobre la tierra firme. México no es más que un vasto osario donde queman los cuerpos medio descompuestos. Nadie escapa a ese olor pestilente. La herida de Tenochtitlan es un espectáculo de desolación que ninguna crónica nos ha evitado. ¿Quién podría describir el dolor de un pueblo, su orgullo herido, sus dioses asesinados? El mundo mesoamericano se derrumbó. Los dignatarios del antiguo imperio van a quejarse con Cortés de la actitud de sus soldados, que les han robado a sus mujeres. El capitán les promete devolvérselas o, al menos, autorizar que todas aquellas que lo deseen vuelvan a su hogar. Pero nos cuenta Bernal Díaz del Castillo que sólo tres desearon regresar con su antiguo marido.[1]

Otras dificultades más graves esperaban a Cortés. Ahora tenía que repartir el botín y hablar el lenguaje del oro. Todos los testigos acuerdan decir que ese botín era escaso. Durante días y noches los españoles se entregaron a la búsqueda del antiguo tesoro de Motecuzoma, todos esos lingotes que habían sido fundidos por Cortés para el quinto del rey, todo ese oro con el cual los conquistadores contaban ahora. Se veían ricos y el oro, brutalmente desvanecido, se deslizaba de sus manos como un sueño que se desmaterializa al despertar. Sondearon la laguna, registraron el piso de los palacios, los rincones de los templos, las moradas oficiales y las casas particulares; interrogaron, preguntaron, encuestaron.

El oro de Motecuzoma era imposible de encontrar. El ejército de Cortés murmuraba y lo acusaba de no mantener sus promesas. Los agentes del fisco, con Alderete a la cabeza, deploraban la pequeñez del quinto real.

Poco a poco tomó cuerpo la idea de que Cuauhtémoc había escondido el oro de Motecuzoma y que, en consecuencia, él debía conocer el escondite. Cortés consintió en que el último tlatoani azteca fuera torturado junto con uno de sus familiares, el gran dignatario de Tlacopan. Vertiéndole aceite hirviendo en los pies, los españoles trataron de arrancarle su secreto. Pero ninguno de los dos habló. Según la versión de Gómara, el compañero de Cuauhtémoc moriría a causa de la tortura.[2] Según la versión de Díaz del Castillo, este último indicó cualquier lugar con tal de poner fin a su suplicio. Una vez liberados confesó a Alvarado que le había mentido y los españoles, furiosos, lo asesinaron.[3] Sea como sea es el propio Cortés quien detiene la tortura de Cuauhtémoc y quien debe manejar la desaparición del tesoro de Motecuzoma. Todo el mundo estaba decepcionado. Todos sus hombres protestaban. Hubo una rebelión que duró un mes. Todas la mañanas, en los muros de su casa de Coyoacán, Cortés encontraba libelos, inscripciones, graffitis insultantes. Necesitó un mes para retomar el poder en mano. Evidentemente, no era el oro lo que le interesaba, era la colonización de México. Entonces, gracias a Malintzin, el conquistador se procuró algunos manuscritos pictográficos aztecas donde se veía catalogado el tributo que pagaban las provincias de los alrededores. Con ayuda de esos documentos, Cortés terminó por convencer a sus hombres de que el verdadero tesoro de los aztecas no estaba en Tenochtitlan, sino en las provincias, y envió a todos a establecerse en el interior del país. Cortés había ganado en medio de la sangre y el dolor. No era el escenario que había imaginado, pero había logrado su objetivo: él era el amo de México y podría ejecutar sus planes.

Capítulo 26

Valladolid, 15 de octubre de 1522.
Ratificación

Fonseca está verde de rabia. Se siente que está a punto de perder la partida. Él, el protegido de Isabel la Católica, que está a cargo de las Indias desde 1492; él, que sobrevivió a todos los cambios políticos, a todos los cambios de alianza, a todas las intrigas de la corte después de treinta años, comprendió que ese joven rey flamenco lo iba a sacrificar. En la gran sala cubierta de pesadas tapicerías, el canciller Mercurino Gattinara revisa el expediente de Cortés. A solicitud de Carlos V, interroga a las dos partes; desfilan uno a uno los procuradores de Velázquez, luego los de Cortés. Fonseca adivina que el viento está a punto de cambiar. Su gran enemigo le ganará.

Si el ex archidiácono de Sevilla, que se había convertido en obispo de Burgos, detesta tanto a Hernán, es probablemente por un efecto de reciprocidad: su rabia de persecución hacia Cortés se equipara con el profundo desprecio que le profesa el conquistador de México. Fonseca siempre vio en Cortés a un ser rebelde, independiente, incontrolable. Es cierto que Cortés nunca entró en el juego del vasallaje y que él, hombre de grandes espacios, no alimenta la menor estima por los hombres de los corredores. Hay que decir también que en Cortés, Fonseca enfrenta un adversario temible. Todas las operaciones de sabotaje llevadas a cabo contra él han fracasado. Hasta ese pobre Cristóbal de Tapia, en diciembre de 1521, ha tenido que regresar patéticamente sobre sus pasos, despedido en Veracruz por el hermano Melgarejo y los capitanes Sandoval y Alvarado.[1] Todo porque Cortés actuó como un profesional. Conoce a Cristóbal de Tapia desde su estancia en

221

Santo Domingo: a la muerte del factor Hernando Cortés de Monroy, él se apropió su hacienda. Las Indias no son más que un vasto negocio de familia. Cortés conoce la psicología del personaje. Entonces sus enviados impugnaron el tenor jurídico de sus poderes —a fin de cuentas poco explícitos— ¡y le pagaron a precio de oro su cargamento y sus caballos! Tapia se fue tranquilo.

Para contrarrestar la capacidad de perjuicio de Fonseca, Cortés movilizó en Castilla a los mejores abogados posibles, su padre Martín y tres de sus primos: Francisco Núñez, Rodrigo de Paz y Francisco de las Casas. Su padre supo interesar en la causa de su hijo al poderoso duque de Béjar y, en plena crisis de los comuneros, se acercó a los consejeros flamencos, un poco aislados en Castilla. En enero de 1522, Martín y sus sobrinos tienen una entrevista con el regente, Adriano de Utrecht, en Victoria. Los azares de la historia hicieron que Adriano fuera elegido papa el 9 de enero: la visita de Martín Cortés se vuelve una diligencia con doble resorte; él, que iba a ver al regente, ve al regente y al papa. Hablan en latín. Martín sabe encontrar las palabras y los argumentos. Adriano de Utrecht, quien se conertiría en Adriano VI, toma partido por Hernán. Los apoderados de Cortés anudan igualmente una alianza calurosa con Charles Poupet, señor de La Chaulx, que los textos españoles transcriben Lasao o Laxao. Ese influyente consejero de Carlos V se convierte en un valioso remanso antifonsequista, es él quien hará tambalear a la comisión Gatinnara en favor de Cortés.[2]

Carlos V, que decidió regresar de Alemania, desembarca en Santander el 16 de julio de 1522 y entra a Valladolid el 26 de agosto. Tiene dos problemas internos por arreglar, dos problemas de Estado de máxima urgencia: la rebelión de los comuneros y el estatus de la Nueva España. El rey se dedica a ambos al mismo tiempo. Desencadena una represión feroz en contra de los dirigentes del movimiento de las comunidades. Ordena que ahorquen a siete diputados en Medina del Campo y con el dicho de "perdón general", hace una lista de trescientos proscritos ¡a los que confisca sus bienes! Simultáneamente le pide a Gattinara que establezca una comisión para resolver el conflicto Cortés-Velázquez. Pero evidentemente no es un conflicto de personas el que se tiene que juzgar: se trata de un asunto del más alto grado político; está en juego el problema de la administración de todos los territorios americanos. Cortés es ahora un actor de la historia.

Gattinara y La Chaulx, pero también el gran comendador de Castilla y el tesorero general del reino, calculan las ventajas y los inconvenientes de ambas partes. Por un lado, un viejo cortesano medieval; por el otro un joven hidalgo de aire libre, aventurero, brillante, prometedor. Fonseca ya no pesa mucho. Cortés acaba de enviar al emperador su Tercera relación, firmada el 15 de mayo. El conquistador relata ahí con lujo de detalle el episodio de la Noche Triste y la toma de Temixtitan. Él envía también el quinto del rey y suntuosos regalos destinados a los monasterios o a los dignatarios de Castilla.[3] Cortés tiene el ingenio de no fundir los objetos rituales y ceremoniales en lingotes; exporta las obras de arte indígenas para mostrar mejor que ocupa una tierra culta. Y la malicia del destino quiso que dos de sus carabelas fueran capturadas por el corsario francés Jean Fleury de Honfleur. Las piezas mexicanas, incluyendo los objetos de plumas, maravillan a Francisco I, muy aficionado a las artes. ¿Cómo el emperador podría guardar bajo la cañería los secretos de una conquista que, además, el editor Cromberger se prepara para divulgar imprimiendo la Segunda relación de Cortés?

El 15 de octubre de 1522, Carlos V firma la cédula, nombrando a Hernán Cortés "gobernador, capitán general y gran justiciero civil y criminal de toda tierra y de todas las provincias de la Nueva España".[4]

Cortés ha ganado. El emperador se ha puesto de su parte y, en definitiva, ha ratificado su acción.

El clan de Medellín se pavonea. Rodrigo de Paz y Francisco de las Casas se embarcan prestamente para ir a llevar la noticia, primero a Cuba, donde Velázquez se ahoga de rabia, luego a México, donde Cortés triunfa. Fonseca es destituido el 8 de marzo de 1523; el emperador Carlos V nombra a Loaisa a la cabeza del Consejo de las Indias. El obispo de Burgos muere de tristeza al año siguiente, mientras que Velázquez, aquejado de una brusca anorexia, se deja morir de hambre en Santiago de Cuba, donde expira, esquelético, en 1524.

La mirada de Cortés, emocionada, se cruza con los ojos de Marina: su victoria es también la suya.

Tercera parte

Nacimiento de la Nueva España
(1522-1528)

Capítulo 1

El proyecto cortesiano (1522-1524)

Amo del terreno así sea a precio de sangre, validado por el emperador, sin restricción ni condición, Cortés tiene el campo libre, puede realizar en México esa nueva sociedad que anhela desde hace algún tiempo. Sueña con otro mundo a causa de un complejo impulso de rechazo y atracción. Rechazo intelectual por la vieja España y por la vieja Europa recién salida de sus castillos feudales. Atracción visceral por esta América tropical poblada de indios misteriosos y taciturnos.

La idealización del mestizaje

Hernán no es el único que siente en ese instante una imperiosa aspiración al cambio. Todos los círculos intelectuales arden y reflexionan sobre la mejor vía para salir de la Edad Media; todos quieren romper con la corrupción y las prácticas escleróticas. Todos buscan colocar al hombre y su intrínseca libertad en el centro del dispositivo social. En ese concierto, el ámbito religioso es evidentemente el más agitado. Lutero, Erasmo y Tomás Moro son los animadores más conocidos de ese movimiento de ideas; pero, desde los comuneros hasta los círculos franciscanos reformados por el hermano Juan de Guadalupe, España, también se conmociona por esa ola de protestas en contra del antiguo orden establecido. América, en ese contexto, ofrece un contramodelo de tamaño natural. Exterminados en primer lugar, los taínos prestan sus rasgos a los "buenos salvajes" mitificados por los humanistas europeos y se instalan pronto en el imaginario y la mala concien-cia del Viejo Mundo. Los mexicanos están allí, vivos: encarnan otro modelo cultural, otra forma de civilización. Quitándoles los sacrificios humanos, pueden atestiguar el ingenio humano. Son una alternativa.

Muchos humanistas del siglo XVI, desde 1515, piensan que el designio divino ha sido reservar y preservar al Nuevo Mundo a fin de que sus habitantes, limpios de los pecados del Viejo Mundo, pue-dan ser cristianizados sobre nuevas bases. Así, por la fuerza del ejemplo, esos pueblos serán capaces de volver a dar un impulso ci-vilizador a los otros pueblos de la Tierra. El gran cronista francis-cano Bernardino de Sahagún podrá escribir así: "Se ha sabido por muy cierto, que Ntro. Señor Dios (a propósito) ha tenido oculta-da esta media parte del mundo hasta nuestros tiempos, que por su divina ordenación ha tenido por bien de manifestarla a la Iglesia romana católica, no con propósito que fuesen destruidos y tirani-zados sus naturales, sino con propósito que sean alumbrados de las tinieblas de la idolatría".[1]

Cortés concibe entonces una verdadera teoría del mestizaje, extremadamente original si se compara con el clima de intoleran-cia que reina en esa época en España, pero por supuesto fácil de caricaturizar. Los autores que no han visto en la empresa cortesia-na sino violaciones, crueldades, servidumbre y codicia me parece que han pasado al margen de una realidad más sutil.

La idea del capitán general es realizar un injerto español en las estructuras del imperio azteca, a fin de engendrar una socie-dad mestiza. Cortés no trata en ningún caso de transplantar al al-tiplano mexicano una micro sociedad castellana, copia colonial y marchita de la madre patria. Eso ya se había hecho en La Espa-ñola y en Cuba con el éxito que conocemos; en México, los espa-ñoles deberán fundirse en el molde autóctono. Muy pronto, por ejemplo, Cortés se empeña en considerar el náhuatl, la lengua de comunicación en Mesoamérica, como la lengua "oficial" de la Nueva España. Decide que en la escuela se dará clase en la lengua vernácula o en latín. No habrá hispanización en México. Gozando de los sabios consejos y las lecciones particulares de Marina, Cortés parece dominar el náhuatl desde 1524, aunque en sus presentaciones oficiales conserva a su intérprete indígena para respetar la tradición autóctona. Con el mismo espíritu había designado a uno de sus pajes, denominado Orteguilla, al servicio de Motecuzoma, a fin de que el joven castellano, que hablaba ya el náhuatl, pudiera servir de intérprete al tlatoani durante sus entrevistas con los españoles.[2]

Cortés concede la mayor atención a la lengua oral y a la escritura. En eso también se puede presumir que Marina desempeñó un papel determinante para ilustrar al conquistador respecto de las complejas sutilezas del código ideográfico que se manejaba en la Mesoamérica prehispánica. Los mexicanos conocen la escritura, los libros, el papel... e incluso el papeleo. De temperamento jurídico, los indios del Altiplano Central recurrían por lo común a las acciones de justicia que daban lugar a registros escritos particularmente voluminosos. Si bien tienen bibliotecas, utilizan también soportes menos confidenciales, como los edificios públicos, cuyos muros estaban cubiertos con "pinturas" que eran de hecho verdaderas inscripciones. Tenemos la prueba de que Cortés conoció el funcionamiento de ese sistema de escritura pictográfico y que lo puso en práctica en un marco realmente mestizo. He aquí dos ejemplos emblemáticos del más alto grado.

Cuando el emperador Carlos V le dio a Cortés el título de gobernador, capitán general y justicia mayor de la Nueva España en recompensa por su conquista, le hizo saber que le concedería un escudo de armas distintivo, "además del que tenía por su ascendencia familiar"; y según la costumbre, se le solicitó al conquistador que expresara un deseo relativo al contenido gráfico de su escudo. Diego de Ordaz, que había sido el primero en realizar el ascenso al Popocatépetl, pidió por ejemplo tener un volcán en su blasón. Es interesante entonces ver lo que Cortés concibió como símbolos representativos de su conquista. Probablemente a principios de 1524, le hizo llegar al secretario del rey, Francisco de los Cobos, una descripción de la composición que había elaborado de perfecta conformidad con la tradición heráldica española. Validado en su contenido, ese escudo fue oficialmente entregado a Cortés con una cédula real cuyo texto se ha conservado.

> [...] Queremos que demás de las armas que así tenéis de vuestro linaje podáis tener y traher por vuestras armas propias y conocidas un escudo que, en el medio del a la mano derecha, en la parte de arriba, aya una águila negra de dos cabeças en campo blanco, que son las armas de nuestro ymperio, y en la otra mitad del dicho medio escudo, a la parte de abajo, un león dorado en campo colorado en memoria que vos el dicho hernando cortés, y por vuestra yndustria y esfuerço truxistes las cosas al estado arriba dicho, y en la mitad del otro medio escudo de la mano yzquierda, a la parte de arriba, tres coronas de oro en campo negro: la una, sobre las dos en memoria de tres señores de la gran cibdad de tunustitán y sus provincias que vos vencistes, que fué el primero mouteczuma que fué muerto por los yndios, teniéndole vos preso, y cuetaoacín, su hermano, que sucedió en el señorío y se rreveló contra nos y os echó de la dicha cibdad, y el otro que sucedió en el dicho señorío, guauctemucín, y sustubo, la dicha rrebelión hasta que vos le vencisteis y prendistes, y en la otra mytad del dicho medio escudo de la mano yzquierda, a la parte de abaxo, podáis traher la cibdad de tenustitán, armada sobre agua en memoria que por fuerça de armas la ganastes y sujetastes a nuestro señorío y por orla del dicho escudo en campo amarillo, siete capitanes y señores de siete provincias y poblaciones que están en la laguna, y en torno della, que se rrevelaron contra nos y los vencistes y prendistes en la dicha cibdad de tenustitán, apresionados y atados con una cadena que se venga a cerrar con un candado debaxo del dicho escudo[...][3]

¿Quién podría alarmarse por un escudo así?: un águila, un león, una torre, tres coronas, ¿qué podía haber de más convencional?, ¿qué más anclado en la heráldica medieval? Sin embargo, lo que para el ojo español era un blasón como cualquier otro ¡era en realidad una composición glífica que se derivaba de la codificación nahua! ¿Cómo no ver en la parte derecha del escudo los dos símbolos solares y guerreros que constituyen los fundamentos de la religión nahua, el águila y el jaguar? El águila (*cuauhtli*), símbolo diurno y celeste, y el jaguar (*ocelotl*), símbolo nocturno y telúrico, son dos encarnaciones del sol que los aztecas y los otros pueblos de Mesoamérica consideran como la expresión de la energía cósmica. En la concepción nahua, esta energía se dilapida en permanencia y es el hombre quien, por medio de la guerra y el sacrificio humano, debe procurar su restauración periódica. Al colocar el águila y el jaguar en su escudo de armas, Cortés se integra plenamente en la lógica de la guerra sagrada indígena.

En cuanto a la otra parte del escudo, combina dos símbolos que forman una díada igualmente reiterativa en la tradición nahua, el agua y el fuego, metáfora de la conquista y de la "guerra florida". Si el agua (*atl*) está explícitamente representada a través del lago de México, el fuego (*tlachinolli*) se disimula detrás de un artificio; lo que Cortés propone ver como una corona es en realidad un glifo en forma de tridente que corresponde al signo ideográfico del fuego entre los aztecas; y para que no haya equívoco, Cortés coloca tres de esos signos, en triángulo, sabiendo que la cifra tres era igualmente asociada al concepto de fuego. Finalmente, las siete cabezas humanas unidas por una cadena que rodea al escudo remiten al glifo prehispánico de la gruta Chicomoztoc, lugar de origen mítico de los nahuas, de donde salieron las siete tribus primordiales; la cadena española corresponde a una cuerda indígena (*mecatl*) que es siempre, en la iconografía nahua, el símbolo de la captura de un prisionero destinado al sacrificio.[4]

El escudo de Cortés puede entonces ser objeto de una doble lectura; los españoles verán allí el registro clásico de los altos hechos de armas, mientras que los mexicanos comprenderán que Cortés se presenta como conquistador de los pueblos nahuas y se coloca dentro del simbolismo de la guerra sagrada que, desde hace cerca de treinta siglos, está inscrita en las estelas o los monumentos indígenas. De este modo, al sobreponer dos registros semánticos, Cortés logra insertarse en la continuidad de dos tradiciones que se podía creer estaban destinadas a excluirse mutuamente. Es evidente que elaboró su escudo desde la óptica indígena y, para mantenerse políticamente correcto, vistió enseguida su proposición con explicaciones ingenuas, pero dentro del marco de la com-

Divisa de Hernán Cortés, 1529. Reverso de una medalla grabada por Christopher Weiditz (D.R).

prensión hispánica. Se nota muy bien en esto que el conquistador se pasó del lado indígena sin, no obstante, romper con su origen, al construir secretamente una especie de mestizaje subliminal.

Hay un segundo ejemplo de este uso —sofisticado— del lenguaje ideográfico azteca traspuesto en un contexto hispánico. Como jefe de la Nueva España, Cortés se dotó de una divisa que acompañó con un símbolo gráfico generalmente descrito como un brazo apartando las nubes para dejar pasar la luz.[5] Tenemos conocimiento de ese símbolo por una medalla grabada en 1529 por el pintor alemán Christopher Weiditz, entonces activo en la corte de Carlos V. Esta medalla porta en el anverso el busto de Cortés, y al reverso, coronado por el famoso brazo apartando las nubes, el lema latino del conquistador: *Judicium Domini aprehendit eos et fortitudo ejus corroboravit brachium meum* ("La justicia del Señor los capturó y su fuerza endureció mi brazo").

El dibujo que acompaña a la divisa es difícilmente decodificable por una razón muy simple: se trata de un glifo nahua que el grabador intentó reproducir, pero sin comprenderlo en absoluto.

Lo interpretó entonces a partir de criterios occidentales, lo que hizo al motivo más o menos ilegible. No obstante, cuando se conoce el original indígena es muy sencillo reconstituir el sentido de esta iconografía: es el glifo que desde la época olmeca (1200-500 a. C.) describe la toma de una ciudad. Está compuesto por cuatro elementos: una mano, para simbolizar la captura, al interior de un signo en forma de campana que es el glifo topográfico de la ciudad; esos dos elementos se asocian al símbolo de la victoria *atl tlachinolli*, él mismo representado por el agua y el fuego. Son esos cuatro componentes gráficos los que Weiditz tuvo dificultad para interpretar en el original que le proporcionó Cortés. Pero no hay la menor duda en la elección de Hernán: ¿qué más natural para un conquistador que presentarse como tal? Sólo que Cortés eligió decirlo en el lenguaje de los mexicanos, es decir, con un signo de uso milenario en Mesoamérica. Y para subtitular su glifo azteca, forjó un lema latino extremadamente ambiguo, jugando con el sentido de la palabra "señor", al mismo tiempo que permanecía fiel al espíritu del glifo que clama que la dominación es consustancial del fuego y de la sangre.

Toda empresa de mezcla cultural pasa por el mestizaje de las sangres. Cortés tiene sobre ese tema una opinión perfectamente escindida. Concibe la emergencia de su sociedad mestiza como una maternidad. Sólo la mujer, porque ella representaba para él la faz más civilizada del mundo, puede ser investida de esta misión de confianza: engendrar al Nuevo Mundo. Fascinado por la mujer amerindia a la cual rendirá culto, impondrá la mezcla de sangres ofreciendo a las mujeres mexicanas el papel de madres de la nueva civilización. De ahí su férrea oposición a la presen-

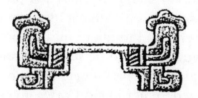 

Dos ejemplos del glifo "ciudad capturada", Monte Albán (600 d.C.); a la derecha Padre Piedra (800 a.C.)

cia de mujeres españolas en su operación de conquista. Díaz del Castillo, en un pasaje que él mismo censuró porque describía un banquete muy bien rociado, da el nombre de ocho mujeres que se encontraban en Coyoacán poco después de la caída de Tenochtitlan. "Y de otras no me acuerdo que las hubiese en la Nueva España".[6] Esas ocho mujeres, de las cuales tres nos son presentadas como "viejas", llegaron con la expedición de Narváez. Eran probablemente esposas de soldados. A imagen de María de Estrada que sobresalió durante la Noche Triste por su excelente manejo de la espada, esas mujeres participaron en los combates y mostraron, de acuerdo con las palabras de los cronistas, su "varonil ánimo". Pero no eran las españolas las que le interesaban a Cortés. No tenía ojos más que para las indígenas y en primera fila figuraba Malintzin.

La historia ha sido severa con Hernán, al reprocharle sus innumerables conquistas femeninas. Que Cortés haya sentido atracción por las mujeres es seguro. Que haya agradado a las mujeres es igualmente un hecho comprobado. Las descripciones del físico de Hernán no bastan para explicar su éxito: el hombre no es muy alto; tiene una talla normal para la época, es decir, aproximadamente un metro setenta; está bien proporcionado, a la vez esbelto y musculoso; no es atractivo ni feo de rostro; tiene la nariz aguileña, los cabellos castaños y los ojos negros. En cambio, todos sus contemporáneos están de acuerdo en concederle cualidades de un carácter excepcional. Es de un humor parejo, de conversación agradable, erudito, culto, dotado de réplica. Hernán se mantiene alejado de todos los excesos: habla firme sin encolerizarse nunca; le gustan las fiestas sin ser fiestero; toma vino pero siempre con moderación; sabe apreciar la buena comida pero no le molesta ser frugal; es elegante y siempre está bien ataviado, pero se viste sin ostentación. Vivo y burbujeante, no sucumbe jamás a la pretensión. No hay altivez ni desprecio en él, sino una aptitud para escuchar, comprender y compadecer. En el fondo es un hombre simpático y cálido, que posee un gran dominio de su comportamiento. En ese marco caracterológico muy bien documentado,[7] todo exceso de orden sexual no puede tener lugar: Cortés no es un desenfrenado. Tenemos entonces que colocar su vida sentimental en su contexto.

Ya lo hemos visto, Hernán es bígamo desde 1515: mientras vivía con la india Leonor, Velázquez lo obligó a casarse con la española Catalina Xuárez. En lo sucesivo, a caballo entre dos culturas, Cortés tendrá dos casas: una entre los taínos, la otra en España. La conquista de México acelera el proceso de mestizaje que vislumbraba: entra en la tradición mesoamericana aceptando las esposas que le ofrecen los señores de Cempoala, Tlaxcala, Cholula y México. En Mesoamérica, desde las más remotas épocas, los sedentarios han tratado de asentar e integrar a los nómadas para evitar las correrías y los saqueos; la técnica empleada desde hace varios milenios consistía en que el señor de esos lugares ofreciera una de sus hijas al jefe de los inmigrantes. Es así como los mismos aztecas se establecieron en el Valle de México, contrayendo alianzas matrimoniales con la gente de Colhuacan, Azcapotzalco y Texcoco. Es siempre el señor nómada el que toma una esposa sedentaria. Para los mexicanos, los españoles, aunque blancos y extrañamente vestidos, no son más que nómadas como los otros. Ante ellos despliegan entonces el arma tradicional, es decir, la seducción femenina y la invitación a quedarse en ese lugar. Si la Corona española tiene una estrategia de vasallaje con los indios, los mexicanos intentan también, en un reflejo simétrico, integrar a los españoles que llegan.

Cortés toma entonces muy en serio esos ofrecimientos de esposas y "casa" a sus lugartenientes, después de haber hecho bautizar a las jóvenes mujeres indígenas. ¿Cómo él, el jefe, obligado a dar el ejemplo, hubiera podido despreciar esa costumbre que iba de acuerdo con sus deseos más secretos? Hernán tomará entonces una esposa india en la persona de Malintzin, su hermosa y sutil intérprete. Vivirá maritalmente con ella desde el mes de julio de 1519 y la pareja se volverá inseparable. Durante toda la operación de conquista, Marina se encontrará permanentemente al lado de Cortés. Se puede pensar que ella fue la inspiradora de las acciones de Hernán y la artífice de su victoria. Se objetará que Cortés tiene ya una mujer legítima en Cuba, más una amante taína igualmente oficial y que, con Marina, se adjudica una tercera compañera. Cierto, pero no se detendrá en tan buen camino. Su idea sigue siendo fundirse en el paisaje cultural mesoamericano. Ahora bien, la poligamia es allí la costumbre dominante y el tlatoani mexica, como testimonio de su poderío, mantiene un verdadero harén de unas ciento cincuenta concubinas. Sin llegar hasta esa cifra, Cortés intentará mantener su rango. Como nuevo jefe de México por sustitución, le es imposible jugar la carta de la monogamia, asociada entre los nahuas a la pobreza y a lo más bajo de la escala social. Mantendrá entonces bajo su techo a una pequeña corte que reúne a las hijas de los señores que le fueron entregadas.

En Coyoacán, primero, y luego en México a partir de enero de 1524, Cortés no vive como un depravado sino como un príncipe nahua que trata con respeto y deferencia a sus numerosas esposas. En diciembre de 1519, Motecuzoma, le había ofrecido a una de sus hijas, bautizada con el nombre de Ana, pero fue asesinada en la calzada de Tlacopan en el desastre de la Noche Triste. El soberano azteca le había confiado también antes de morir a otra de sus hijas, a la pequeña Tecuichpo todavía impúber. Siete años más tarde él tendrá una hija con ella, una niña a la que llamará Leonor. No obstante, sabemos por diferentes fuentes que varios señores indígenas habían hecho lo mismo, le habían obsequiado a Cortés a sus propias hijas y se ha comprobado que el conquistador honró, ciertamente con agrado, a sus compañeras nahuas. En otra escala, sus capitanes y lugartenientes hicieron lo mismo. Todos engendraron familias mestizas. Para la pequeña historia, observemos que todos esos niños de la primera generación llevan nombres y apellidos españoles. Los archivos no registrarán entonces su carácter indio. Pero la mezcla de las sangres es la regla, al menos hasta 1529, cuando acontece un importante viraje político.

En ese panorama, en el que las mujeres nahuas llevan consigo la esperanza de Cortés, ocurre el asunto Catalina. Hay tres maneras de contar esta historia. He aquí la versión oficial: una vez dueño de México, Cortés le pidió a su mujer legítima, Catalina Xuárez, que viniera a reunirse con él. Proveniente de Cuba, desembarcó en agosto de 1522 en Coatzacoalcos acompañada por su hermano y sus hermanas. Gonzalo de Sandoval los recibe y los conduce a México. Cortés recibe a su mujer con una aparente cordialidad y la instala en su casa, en su morada de Coyoacán. Dos meses más tarde, el 1 de noviembre para ser exactos, hacia la medianoche, encuentran a Catalina muerta en su cuarto. Sus allegados dicen que murió del mal de madre. Ella tenía, en efecto, ciertos antecedentes: en Cuba se desmayaba con frecuencia, y en México, por la altura, sus malestares aumentaron. Su corazón se detuvo bruscamente.

Las malas lenguas tienen otra manera de relatar el acontecimiento: un buen día, en agosto de 1522, Catalina desembarca de improviso con su familia, sin que la esperaran en absoluto. Al ver que no había manera de actuar de otro modo, Cortés la hace venir a México y le da un buen recibimiento. En su fuero interno está loco de furia. Las relaciones de la pareja se degradan rápidamente. Catalina se vuelve insoportable. Ella quiere jugar a la virreina y arrojar de la casa a las concubinas indígenas; es muy agresiva, no deja pasar ni una ocasión para provocar incidentes y criticar a su marido en público. La noche del 1 de noviembre, Cortés da una recepción para celebrar la fiesta de Todos los Santos; los esposos tienen un altercado y Catalina deja la mesa para subir a acostarse. Hacia la medianoche los gritos del amo de la casa alertan a los sirvientes; todos se precipitan y encuentran a Catalina muerta en su cama. Al parecer tiene unas marcas rojas alrededor del cuello. ¿Habrá sido estrangulada? Cortés quizá, exasperado por la presencia y la actitud de su mujer: ¿la estrangularía con sus propias manos?

Hay finalmente una tercera lectura, más distanciada, la del historiador que no tiene ningún interés pasional en este asunto. Primer tema de asombro, el barco que trae a Catalina no ancla en Veracruz, sino en un lugar muy lejano y muy discreto, el estuario del río Ahualulco que Díaz del Castillo llama Ayagualulco.[8] Situado en la frontera de las tierras mayas, a seiscientos kilómetros de México a vuelo de pájaro; a pie, es toda una expedición. Si Cortés hubiera organizado ese viaje, no hubiera tenido la descabellada idea de hacer desembarcar a su mujer ¡en los inaccesibles pantanos de Tabasco! Si el barco detiene su camino en este lugar aberrante, es probablemente porque hay un conflicto a bordo. Y ese conflicto tiene un nombre: Catalina.

La verdad es que Cortés pidió que hicieran venir a su mujer de Cuba, pero él pensaba en su familia india, en Leonor y en su hija. Ambas están en el barco, pero el navío cuenta con un pasajero imprevisto: Catalina Xuárez, quien al enterarse del asunto, se invitó por su cuenta. Al llegar al lindero de las tierras bajo control español, el capitán, rebasado por los acontecimientos se detiene y pide instrucciones a Cortés. La llegada de Catalina arruina toda la estrategia de mestizaje iniciada por el conquistador y Hernán queda abrumado. ¿Qué puede hacer? ¿Hastiar a Catalina de México? Sus acompañantes se van a ocupar de eso al no evitarle la travesía por los pantanos, un aguacero, una nube de mosquitos. Pero es insuficiente, Catalina llega por fin a México. Afectada, cierto, pero viva. Que se haya mostrado odiosa, nadie lo duda. Esperaba ser tratada como la mujer del gobernador pero llega con un hombre al que no ha visto en cuatro años, quien la recibe con frialdad, vive rodeado de princesas aztecas y tiene la audacia, además, de hacer venir a su amante cubana. ¿Cómo podría comprender la pobre Catalina la trayectoria intelectual del conquistador? ¿Cómo no absolverla por sus crisis de nervios y su venganza? Pero Cortés está en el poder y no desea quedar atrapado por su vida anterior. Catalina entonces será sacrificada en el altar de su gran designio. Naturalmente, no se entiende que Cortés, que no se dejaba llevar nunca por sus impulsos, estrangulara a su mujer en un momento de confusión: ese escenario, simplista y grosero, es poco creíble. Pero que Catalina haya sido asesinada, es posible. ¿Qué sabemos de los celos de las mujeres en ese ambiente confinado del harén; qué sabemos de los allegados fáciles de sobornar; qué sabemos de la capacidad manipuladora de Hernán; qué sabemos de las enemistades que hizo germinar la llegada imprevista de Catalina?

La muerte súbita de Catalina Xuárez, que se extinguió sin descendencia, fue, nos figuramos, providencial. Malintzin estaba encinta y algunas semanas más tarde dio a luz a un niño al que Cortés bautizó como Martín. Después de haber dado el nombre de su madre a su primera hija, Catalina Pizarro, el capitán general le da el nombre de su padre a su primer hijo, Martín Cortés. Ambos son mestizos: la genealogía cortesiana se ha transplantado. Hernán construye su sueño.

Más o menos por la misma época, probablemente en 1524,[9] Cortés tiene otro hijo de una princesa nahua, que sólo conocemos por su nombre español, doña Fulana de Hermosilla, según la expresión del autor de la Historia verdadera.[10] ¿Pero quién, en ese tiempo, en México, podría ser doña si no es una princesa azteca? Cortés llama a ese segundo hijo mestizo Luis de Altamirano, honrando esta vez la rama materna de su genealogía. Es con ese nombre que será legitimado por el papa Clemente VII en 1529, al mismo tiempo que sus dos hijos mayores, Catalina Pizarro y Martín Cortés. Hernán ahora ha mezclado tres veces su sangre con la de los indios: se ha casado con el Nuevo Mundo.

El tercer aspecto del proceso de mestizaje que se pone en marcha en México radica en la cristianización de los indios. Ahí también, la actitud de Cortés será muy original. Lejos de querer prescindir del pasado pagano, el conquistador tiene muy pronto la intuición de que no habrá cristianización en México si no se captura lo sagrado de los lugares de culto indígenas. En un primer tiempo, no construye iglesias *strictu sensus*, sino transforma, en cambio, a los antiguos santuarios paganos en templos cristianos. Su reflexión incluso irá mucho más lejos, cuando toma conciencia, en Cempoala, de la tristeza de los indios totonacas ante la destrucción de los ídolos del santuario principal. Comprende entonces que el mensaje cristiano será rechazado de entrada si no se arraiga en el antiguo paganismo. Pero para instalar lo que será en el fondo una práctica cristiana de la idolatría, era necesario disponer de un clero de amplio criterio.

Para Cortés, el catolicismo es lo contrario de una religión de exclusión; el cristianismo toma su valor de la universalidad de su mensaje y de su esencia altruista. En la antípoda del espíritu inquisitorial, Cortés no tiene escrúpulo alguno en imponer su visión humanista del cristianismo, liberal y tolerante. En el fondo, la única condición verdadera que se exige a los indios para su conversión es el abandono del sacrificio humano. No es el espíritu del sacrificio lo que molesta a Cortés, sino su realidad física, material. El cristianismo también es una religión de sacrificio y la misa no es otra cosa que un recordatorio del sacrificio de Cristo. Pero precisamente, el paso de lo real a lo simbólico se percibe como un avance cultural, un hecho de civilización, y no es cuestión de regresar tres mil años atrás, a la época en la que los fenicios sacrificaban hombres a Baal mientras que los hebreos sacrificaban bueyes o corderos.

Cortés logra encontrar a religiosos intelectualmente preparados para el desafío mexicano. No es en absoluto casual, pertenece a una corriente de espíritu contestatario, del que Extremadura parece ser la cuna y el refugio en ese principio del siglo XVI. Los franciscanos lo ayudarán en su empresa. Pero no cualquier franciscano. Gracias a sus contactos personales y familiares, Cortés hace un llamado a hermanos menores, discípulos de fray Juan de Guadalupe, apóstol de una reforma de la orden que tenía como base un retorno a la regla de la pobreza que caracterizaba a la fundación inicial de San Francisco de Asís. Esos franciscanos reformistas se habían reunido en Extremadura, donde habían constituido una comunidad llamada custodia de San Gabriel, que debía más tarde ser erigida como provincia autónoma. Es inútil decir que se oponían a los desvíos de la Iglesia secular, con los cuales los obispos eran príncipes sin muchas preocupaciones espirituales y cuya riqueza se percibía como una corrupción fatal para la buena trasmisión del mensaje evangélico. Sin embargo, no estaban aislados en la escena intelectual de la época y tenían representantes muy bien colocados en las altas esferas, tanto en la corte de Carlos V como en el Vaticano. Los franciscanos de la provincia de San Gabriel de Extremadura obtuvieron entonces, a solicitud de Cortés, la responsabilidad de la evangelización de la Nueva España. Fue Adriano VI, Adriano de Utrecht —el mismo que Martín Cortés había convencido de lo bien fundado de la acción de su hijo—, quien firmará, el 9 de mayo de 1522, la bula llamada *Exponi nobis fecisti*, misma que confiaba a los frailes menores de regular observancia una amplia delegación de autoridad apostólica. En otros términos, Adriano VI encargaba a los amigos de Cortés organizar a la Iglesia mexicana.

La primera misión enviada a México estará compuesta por doce frailes, evidentemente a imitación de los doce apóstoles de Cristo, y encabezada por Martín de Valencia, uno de los jefes de la corriente guadalupana. ¿De dónde provenía Martín de Valencia?

Cuando es elegido por su superior para tomar la dirección de esta misión, fungía como superior del convento de San Francisco de Belvís. Ahora bien, Belvís era un feudo de los Monroy, el convento de Belvís, que era en el fondo la casa matriz de la corriente contestataria franciscana, fue fundado en 1509 por Francisco de Monroy, séptimo señor de Belvís, y por su mujer Francisca Enríquez.[11] Con Cortés, incluso los asuntos de la Iglesia son asuntos de familia.

En noviembre de 1523, los doce frailes se reunieron en Belvís, desde ahí se fueron a pie a Sevilla y se embarcaron el 25 de enero de 1524 en Sanlúcar de Barrameda. Su viaje se enriqueció con una larga escala en Santo Domingo que les permitió dimensionar la realidad colonial en las islas. Sus hermanos franciscanos, pero también las autoridades civiles, les relataron la rebelión de Enriquillo, el joven hijo de un cacique de la sierra de Baoruco.[12] Enriquillo fue educado por los franciscanos de Santo Domingo, quienes le enseñaron a leer y a escribir en castellano. Al heredar el cargo de cacique a la muerte de su padre, sufrió tantas vejaciones por parte de los españoles que decidió tomar el camino de la rebelión en 1519. Este último sobresalto de un pueblo moribundo, impulsó a los franciscanos a hacer un profundo examen de conciencia. La idea que había presidido la instalación de las misiones en Santo Domingo era que la conversión pasaba por la educación. Por eso, se había visto a los primeros religiosos de San Francisco enseñar a leer y a escribir a los niños de los nobles locales, en castellano. La reacción antiespañola de los indios los hizo rechazar rápidamente a la vez ¡la religión cristiana y la lengua de sus perseguidores! Así que, desde el principio, predominó en el espíritu de los evangelizadores de México la idea clara de que debían separarse a cualquier precio de los españoles e incluso de su lengua. Los doce predicaron entonces en lengua vernácula. Son ellos quienes irán hacia los indígenas, utilizando su idioma, sin obligar a los indios a abandonar su propia lengua y su cultura.

Los doce tocan las costas mexicanas en San Juan de Ulúa el 13 de mayo de 1524 y emprenden a pie el largo camino que lleva hacia el valle central. Los indios de inmediato se interrogan sobre la naturaleza de esos españoles tan diferentes a los otros, tan extraños en sus ropas de buriel que levantan el polvo de los caminos. A su paso repiten palabras, captadas al vuelo por el oído de los franciscanos: *motolinia, motolinia*. Fray Toribio de Benavente termina por preguntar el significado de esas palabras extrañas. Se entera que la palabra significa "pobre", el fraile decide al momento llevar ese nombre toda su vida. Él será, bajo ese seudónimo náhuatl, uno de los primeros cronistas de la civilización de los indios de la Nueva España.[13]

La llegada de los franciscanos colma un profundo deseo de Cortés. En cuanto le informan de su desembarque, pone una escolta a su disposición. Tuvo todo el tiempo para preparar un ceremonial de bienvenida a la medida de la situación. En la gran plaza de México, no lejos del Templo Mayor, que todavía no había sido arrasado, reúne a todos los dignatarios del antiguo imperio azteca y a toda la multitud de curiosos. Solo, con la cabeza descubierta, Cortés avanza delante del cortejo y, con gravedad, se arrodilla al pie de Martín de Valencia y le besa la mano. Sus capitanes, sus lugartenientes y todas las autoridades de la ciudad imitan a Cortés. Por medio de la Malinche, les explica a los aztecas por qué se postran ante esos hombres de apariencia tan pobre. Les explica que la autoridad de Dios es superior a todas las autoridades humanas, porque es de otra naturaleza.

A finales de junio, Cortés organiza y preside el primer encuentro teológico del Nuevo Mundo, los famosos Coloquios de México.[14] Esas conversaciones intercambiadas entre los doce primeros franciscanos y los señores y los jefes de México-Tenochtitlan nos son dadas a conocer por un texto de Sahagún, que retomó las minutas de un texto anterior conservado en los archivos del convento de San Francisco de México. Sin volver a hablar de la dimensión a la vez fascinante y conmovedora de este encuentro, hay que retener la original disposición de espíritu de esos franciscanos que, debidamente informados por Cortés, traducirán en actos el método de conversión imaginado por el conquistador. Los tres franciscanos flamencos que habían llegado a la Nueva España un año antes se asociaron a esta empresa. Entre ellos se encontraba un hermano lego que jugaría un papel excepcional en la conversión de los indios, Pedro de Gante.

Entonces se habría podido calificar de utópicos a quienes pensaban que quince franciscanos podrían iniciar el movimiento de conversión masiva de unos quince millones de habitantes del valle central mexicano, incluso, muchos pensaron que sus deseos jamás se transformarían en realidad. Sin embargo, eso fue lo que ocurrió. Cortés, seguro de su conocimiento intuitivo, había sabido convencer a los primeros evangelizadores de lo bien fundado del método que él preconizaba. Si el choque de los primeros tiempos fue rudo, la historia le dará la razón a Hernán. Los indios adoptaron un catolicismo mestizo, suficientemente indígena para ser aceptado por los mexicanos y suficientemente cristiano para no ser declarado cismático por el Vaticano.

Cortés, la encomienda y la esclavitud

Los detractores de Cortés, desde el inicio lo han acusado de ser esclavista y de manifestar un "espíritu feudal" al defender la encomienda y los repartimientos. Es indispensable entonces hacer el balance sobre ese tema que, por ser tan molesto, en el fondo nunca ha sido tratado serenamente. Notemos primero que la cuestión de la esclavitud y la de la encomienda son dos asuntos distintos y conviene tratarlos por separado.

Empecemos por la esclavitud. En el siglo XVI, en Europa, independientemente de cualquier punto de vista moral, la esclavitud es legal y extendida. Toda la gente afortunada tiene esclavos, tanto nobles como comerciantes, reyes y obispos, artistas y banqueros. Poseer esclavos domésticos era tan común como tener ahora una secretaria. No obstante, la esclavitud es "señalada" en la medida en que no se debe someter a ella a un cristiano. Los hay entonces de dos tipos: esclavos de guerra extranjeros, "castigados" por su rebelión o insumisión, o bien esclavos de trata que en principio tenían esa condición en su país de origen y fueron revendidos a un tercero.

En el México prehispánico, la esclavitud es también una práctica común y Marina está justo en el lugar para saberlo: nadie duda de que ella le haya pintado a Cortés un cuadro sobrecogedor de la situación en Mesoamérica. La originalidad del contexto nahua es que la esclavitud podía ser... voluntaria. Cada individuo, por una razón que no le incumbía más que a sí mismo, podía vender su libertad a un amo; recibía el precio de esa libertad y permanecía libre todo el tiempo que podía vivir con ese peculio; luego, una vez desprovisto de recursos, entraba al servicio de su amo; abandonaba entonces su nombre, es decir su destino, para adoptar el de su propietario. La esclavitud voluntaria es de hecho una transferencia de obligaciones; el esclavo (*tlacotli*) se liberaba de toda obligación social para conformarse con las obligaciones contractuales ligadas al servicio de un particular. Para preferir esa forma de vida, se requería que el rigor del control social fuera ¡particularmente agotador! Pero existía también en toda Mesoamérica una esclavitud bastante parecida a la del Viejo Mundo: esclavitud de cautivos de guerra, que terminaban siempre sacrificados, y esclavitud "comercial", basada en la coerción, que era la puerta abierta a todos los abusos. De esa manera, los padres podían vender a sus hijos como esclavos, ya fuera por la ganancia o para pagar el tributo impuesto por el poder mexica: fuerza de trabajo en lugar de pagar en especie.

¿Cuál era la posición de Cortés respecto a esas dos tradiciones esclavistas? Las consideró como un hecho social. ¿Por qué? No por conformismo ciego a las costumbres establecidas, sino porque deseaba cristianizar a México. No hay que disimular que uno de los factores decisivos del éxito de la evangelización radica en el hecho de que el bautismo preserva la esclavitud. Sin anunciarlo públicamente, Cortés pone por delante una solución: la esclavitud de los indios está destinada a desaparecer si se convierten. El aparente respeto a la esclavitud autóctona es de hecho un incentivo discreto para estimular las vocaciones cristianas, y no una adhesión moral positiva al principio de la esclavitud. Cortés nunca se erige en su defensor, aunque tampoco en uno de sus críticos.

El problema de la encomienda es de otra naturaleza; corresponde a la organización económica de la Nueva España. Digámoslo claro, no se puede comprender ese asunto si se parte del punto de vista de la ética; la cuestión es en esencia resueltamente política. No hay que perder de vista que Cortés nunca tuvo la idea de convertir a México en una colonia española. Su visión es simple: para impedir el despoblamiento de la Nueva España, para evitar el escenario catastrófico que fue desgraciado en La Española y en Cuba, había que conservar in situ todas las estructuras sociales tradicionales, sin tocar la arquitectura económico-política del sistema. El conquistador, gracias a la mediación de Marina, comprende rápidamente el exacto funcionamiento de la máquina económica azteca, basada en el ajuste de tres niveles organizacionales: el pueblo, la ciudad y el poder central. En cada uno de esos niveles se había establecido la canalización de una parte de la fuerza de trabajo individual en beneficio del grupo: esas tareas que se asemejaban a un impuesto de trabajo, recordaban las imposiciones medievales, las cuales podían referirse a los trabajos agrícolas, construcciones de infraestructura, actividades de caza, transformación de materias primas, artesanado, tejido, etcétera. Dicho de otro modo, todos los ciudadanos mesoamericanos estaban acostumbrados a compartir los frutos de su labor entre el beneficio personal y los intereses de la comunidad. Cortés se conformó entonces con sustituir al tlatoani y destituir a los señores locales para reemplazarlos por sus compañeros de conquista. Cortés había inventado un sistema de corte perfectamente funcional, y tomó a su cargo a los destituidos.

El sistema de la encomienda, en uso entre las órdenes militares españolas, podía entonces insertarse en el mundo azteca sin provocar, en teoría, la menor rebelión: en lugar de trabajar para un señor nahua, los indios lo hacían para un amo venido de otra parte. Cortés mataba dos pájaros de un tiro: satisfacía a sus compañeros de conquista, a quienes ennoblecía de este modo convirtiéndolos en señores, y conservaba a la población en su lugar sin que fuera sensiblemente afectada por la medida. El sistema permitía a los indios seguir llevando su vida y procuraba ingresos a los conquistadores. Evidentemente, Cortés evitó improvisar: tuvo cuidado de ajustar sus repartimientos a los antiguos límites de los señoríos indígenas.

Se percibe claramente lo que irritará a la Corona española: Cortés se comporta como un verdadero rey. Es cierto, pero irá mucho más lejos. A partir de abril de 1522, el jefe de la Nueva España distribuye, él mismo, todas las tierras a propietarios españoles. Pero no a cualquier español: únicamente a los que participaron en la conquista. Hernán se niega categóricamente a atribuir dominios a los no residentes e impone a los colonos un compromiso de residencia de ocho años, más largo aún que el que había prescrito Ovando en Santo Domingo. Finalmente, legisla para fijar cuotas de producción obligatorias para ciertos productos como la viña y el trigo, exige que se conserven los cultivos tradicionales: maíz, tomate, pimiento o camote, al mismo tiempo que siembran y plantan legumbres y árboles frutales originarios de España.[15] Si a esas preocupaciones agrícolas se agregan sus esfuerzos para importar ganado vivo y caballos, se comprende que Cortés tiene un objetivo perfectamente claro: la autosuficiencia económica. ¡Es decir, lo contrario al modelo colonial! Cortés no quiere un México económicamente dependiente de España.[16] Pero todo mundo sabe que la independencia económica es el peldaño de acceso a la independencia política. Entonces, en la corte de Carlos V algunos fruncen el ceño.

Si bien, en el papel, el sistema de la encomienda es indoloro para los indios, Cortés permanece vigilante. Ha visto cómo se comportaban los colonos en Santo Domingo y Cuba y desconfía de sus tropas. Como administrador prevenido, instituye tres reglas para impedir los abusos y proteger a los autóctonos.

De espíritu normativo e intervencionista, Hernán se dedica primero a reglamentar la duración del trabajo de los indios "repartidos", es decir, colocados en situación de proporcionar una prestación a un encomendero.[17] Ante todo prohíbe el trabajo de las mujeres y de los niños menores de doce años, luego, establece la duración de la jornada de trabajo en diez horas. Prohíbe, en efecto, que se haga trabajar a los indios antes de la salida del sol; deben gozar de un descanso de una hora para la comida del mediodía y deben dejar de trabajar una hora antes de la puesta del sol.[18] Si se considera que, en el trópico, la jornada solar promedio es de doce horas, se puede evaluar la semana de trabajo del encomendado en sesenta horas, considerando el domingo como día de descanso. Aunque reducida a esos elementos, esta reglamentación soporta la comparación con el derecho laboral en vigor, por ejemplo en Francia, en 1900: ahí se aplica la misma regla de las sesenta horas semanales. Cortés establece igualmente que los trabajadores deben ser alimentados por el encomendero en razón de una libra de tortillas por día, "con axi e sal". Pero más que entrar en la lógica del trabajo asalariado, que es un concepto europeo inoperante en Mesoamérica,[19] el jefe de la Nueva España concibe un sistema de tiempo libre alternado, que les permite a todos seguir llevando una vida privada normal. Decreta que los periodos de trabajos brindados al encomendero no pueden sobrepasar los veinte días, o sea la duración del "mes" mesoamericano, y deben ser imperativamente seguidos de un periodo de treinta días de libertad completa.

En términos contemporáneos, veinte días de trabajo eran seguidos de treinta días de vacaciones. Todos los años contaban de este modo siete ciclos de cincuenta días más quince días laborables, o sea, un total potencial de 155 días laborables; de esa cifra conviene quitar los 22 domingos que caen durante los periodos de veinte días dedicados al encomendero. Se llega así a un total anual de 133 días laborables (o sea el equivalente a 19 semanas), agregadas a las 33 semanas de tiempo libre. Si se calcula la duración del trabajo semanal a partir de la duración global anual, el trabajo obligatorio equivale a 25 horas y media por semana. Se puede considerar también que ese tiempo de trabajo obligatorio es un impuesto y que hay que analizarlo en porcentaje de transferencia: se observa entonces que trabajar 133 días al año corresponde a una tasa de presión fiscal de 36.40 por ciento, cantidad que es interesante poner en relación, por ejemplo, con la de Francia en el año 2000 que, en el promedio nacional, se aproxima a 46 por ciento.

Es lícito criticar a Cortés por esclavista y denunciar la institución de la encomienda así codificada; pero entonces, ¿qué se podría decir de las sociedades modernas en las que los gobernantes extraen casi la mitad de los ingresos del trabajo de los individuos?

La segunda protección concebida por Cortés es la institución de la traza. Detrás de ese nombre se oculta una verdadera política de protección a los indios. En México, en esa ciudad totalmente en reconstrucción, Cortés distribuyó solares destinados al hábitat de los españoles. El área estaba contenida en un perímetro claramente definido llamado traza, fuera del cual se prohibía a los españoles habitar. De la misma manera, no se les permitía vivir fuera de las villas regularmente fundadas y provistas de su organización administrativa. Con esto, el capitán general quería evitar que hubiera residencias espontáneas en el campo, fuera de todo control. Se trata, en cierto modo, de una segregación a la inversa. Cortés desea impedir la diseminación entre los indios de modelos de comportamiento que él desaprueba. Como jefe de guerra, conoce, en efecto, la calidad moral de algunos de sus soldados; entre ellos hay bandidos y quiere evitar a cualquier precio la propagación del mal ejemplo entre los mexicanos. Se apega también a conjurar el desarrollo del comercio sexual que no dejaría de sublevar a la población indígena contra la presencia española. Cortés se aferra absolutamente a la idea de dejar que los autóctonos se gobiernen por sí mismos al interior de los barrios y pueblos que les son estrictamente reservados y donde la presencia española debe ser limitada a los representantes del poder debidamente nombrados. De igual forma, les impedirá a los españoles comerciar con los autóctonos, prohibiendo principalmente toda transacción relativa al oro o a los objetos de oro. El objetivo manifiesto de esas disposiciones es, por supuesto, evitar la explotación de los indios por parte de algunos individuos sin escrúpulos o que habrían arruinado todos los esfuerzos emprendidos por el conquistador para hacer surgir la nueva sociedad que deseaba promover.

Independientemente de ese cordón sanitario, Cortés contaba además con la acción de las órdenes mendicantes que tenían vocación para entrar en contacto con los indígenas. Para Hernán, aunque en teoría los encomenderos fueran responsables de la cristianización de los indios, los religiosos debían reemplazarlos para velar por el éxito de la evangelización. Ellos debían también, subterráneamente, servir de vigías antiespañoles para preservar a los mexicanos de toda exacción, de toda violencia y de toda contrariedad.

Tal es el espíritu del proyecto cortesiano, que será combatido por todos los contemporáneos del capitán general quienes no compartían esa visión del otro.

Cortés y España

Aunque todavía no existe la palabra en el siglo XVI, Cortés es constantemente acusado por sus detractores de ser "independentista". Expresiones como "alza la tierra" o "se levanta con la tierra", se utilizan en la época. La tierra en cuestión se refiere por supuesto a los indígenas, que Carlos V reivindica como vasallos; aunque se sabe bien, Cortés los considera colocados bajo su responsabilidad. Este tema, altamente polémico, unió a todos los anticortesianos de manera excesiva: a la condena unánime del conquistador respondió una gran admiración por la política de la Corona; al insumiso, tachado de medieval o feudal, se opone la legitimidad benevolente del rey, preocupado por el bienestar de sus súbditos. No solamente hay allí un prejuicio notorio en favor del principio monárquico y del sistema colonial español, sino que por debajo se percibe una jugada extra: la satanización de Cortés permite a los turiferarios del rey adularlo, porque sacan provecho del efecto de contraste. Por ello, resulta útil analizar la psicología de Cortés, para buscar la verdadera naturaleza de su relación con España, la cual no se reduce a una relación de poder.

Esa relación es por demás conflictiva, rica en complejidad y, probablemente, en contradicciones. El principio mismo del mestizaje, eje ordenador de toda la acción cortesiana, establece desde el inicio una gran distancia con la madre patria. Y este alejamiento intelectual y material que nutre el deseo de mestizaje proviene, sin duda alguna, de una decepción respecto a España.

Ese desamor ataca, en primer lugar, a los españoles mismos. "[…] Es notorio —escribe abiertamente Cortés a Carlos V en la Cuarta relación— que la más de la gente española que acá pasa, son de baja manera, fuertes y viciosos, de diversos vicios y pecados […]".[20] ¡Ésa es la mirada —desengañada— que dirige el jefe de la Nueva España a sus compatriotas! Manifiesta la misma distancia crítica respecto a la Iglesia española. Cortés solicita, como se ha visto, que sean las órdenes mendicantes las que cubran las funciones apostólicas en México; no quiere a ningún precio instalar ahí a la Iglesia secular y se explica con firmeza.

[...] Habiendo obispos y otros prelados no dejarían de seguir la costumbre que, por nuestros pecados hoy tienen, en disponer de los bienes de la Iglesia, que es gastarlos en pompas y en otros vicios, en dejar mayorazgos a sus hijos o parientes; y aun sería otro mayor mal que, como los naturales de estas partes tenían en sus tiempos personas religiosas que entendían en sus ritos y ceremonias, y éstos eran tan recogidos, así en honestidad como en castidad, que si alguna cosa fuera de esto a alguno se le sentía era punido con pena de muerte; y si ahora viesen las cosas de la Iglesia y servicio de Dios en poder de canónigos y otras dignidades, y supiesen que aquéllos eran ministros de Dios, y los viesen usar de los vicios y profanidades que ahora en nuestros tiempos en esos reinos usan, sería menospreciar nuestra fe y tenerla por cosa de burla [...][21]

Por supuesto, Cortés es hostil a la Inquisición. No porque se sienta directamente afectado —es un viejo cristiano practicante—, sino porque la finalidad del dispositivo le parece inaceptable, tanto más por el sistema de delación al que está asociado. Más tarde, cuando se enfrenta al virrey Mendoza, el meollo de sus diferencias tendrá que ver con la instauración de un tribunal del Santo Oficio que el enviado del rey debe establecer. Mientras Cortés permaneció en el poder no hubo Inquisición en México.

¿Pero Cortés se adhiere al principio del sistema monárquico que encarna Carlos V? Hernán se siente ciertamente más cerca de los comuneros y de los franciscanos de Salamanca que de ese emperador "europeo", heredero disminuido de un linaje que tiene dificultad para encarnar la hispanidad. Sin hacer de Cortés un teórico de lo político o un antimonárquico por convicción, se percibe muy bien en sus escritos lo que lo irrita: él, el hombre comprometido con su realidad, se siente exasperado por la burocracia susceptible y puntillosa de la corte. Para él, la autoridad encuentra su legitimidad en el mérito y la justicia, en la capacidad de los gobernantes para organizar el cuerpo social en la paz. Los pequeños marqueses de salón, los cortesanos celosos, los consejeros de antecámara, los favoritos en medio de las desgracias, los dadores de lecciones no valen mucho ante sus ojos; porque pertenecen al mundo ficticio del poder. Por su parte, Cortés, con sentido común, ha sentado sus reales del lado del principio de realidad.

La distancia que tendió el extremeño con la madre patria tiene también su origen en la toma de conciencia de la inversión en la relación de dependencia. A diferencia de las islas que, si bien contaban con cierta superficie, no eran sino micro territorios, México es más grande que España. Incluso reducida al territorio controlado por los aztecas, la Nueva España está aproximadamente tres veces más poblada y tres veces más extendida que Castilla y Aragón reunidos; si se considera al conjunto del territorio mesoamericano incluyendo el área maya, la relación, tanto demográfica como espacial, es de uno a cuatro. Una cuestión se plantea entonces: ¿España tiene la vocación —y la posibilidad— de absorber en su seno una comarca mayor a ella? Hay que reconocer que todos los actores de la vida política de la época están ante una situación tan inédita como imprevista. Pero pretender que la respuesta sea evidente y que la balanza se incline naturalmente en favor de España es muy aventurado.

En 1524, nadie conoce el desenlace de la contienda. Porque contienda hay. ¡Tanto más cuanto que México es más rico que España! Las tierras mesoamericanas poseen oro, pero también plata y cobre. La Nueva España goza, sobre todo por su morfología geográfica, de un juego de escalonamiento de climas que permite que germinen todos los productos de la tierra. Las plantas tropicales crecen hasta los mil quinientos metros de altitud, mientras que todos los cultivos de clima templado se desarrollan entre los mil quinientos y dos mil trescientos metros. El espacio, la inmensidad se debería decir, permite la cría de ganado importado de Europa. México tiene todo, mientras que España, sin el tomate y el frijol, sin el prolífico maíz, sufre restricciones e incluso hambrunas. Si México sostiene a su población, ¿para qué necesita a España? Castilla sólo tomó el control de Santo Domingo y Cuba porque exterminó a los autóctonos y los colonos se volvieron dependientes de las exportaciones ibéricas. Pero ése no es el caso de Mesoamérica.

Además, está el mar del Sur que todavía no se llama Océano Pacífico, pero los españoles ya lo cruzaron. Hay que tener en mente que Magallanes, ese portugués que pasó al servicio del rey de España, deja Sevilla para iniciar su vuelta al mundo en el momento en que Cortés hunde sus naves en Veracruz; muere en la isla de Cebú en Filipinas, en abril de 1521, en el momento en que Cortés comienza el sitio de México, y su lugarteniente, Sebastián Elcano, concluye la primera circunnavegación del mundo el 6 de septiembre de 1522, cuando Cortés se prepara para ser nombrado gobernador de la Nueva España.[22] El Mar del Sur es entonces un asunto de actualidad y el mismo Cortés anuncia a Carlos V, desde el 15 de mayo de 1522, que se unirá a la exploración del Pacífico a partir de las costas mexicanas.[23] El litoral asiático de la Nueva España suprime la exclusividad de la mirada atlántica hacia el espejo de España. ¿Se puede reprochar a Cortés que se sienta tan lejos de Sevilla?

Si Hernán toma distancia con España es también porque desprecia las relaciones por interés, y para él, Carlos V se reduce a veces a un simple recaudador de impuestos. Si se analiza fríamente este aspecto de la situación, el monarca español está lejos de salir engrandecido. Veamos los hechos.

Hacia finales de 1523 o a principios de 1524, Cortés recibe una carta del rey que contiene un cierto número de instrucciones.[24] Fechada el 23 de junio de 1523, su expedición tuvo que haber permanecido en suspenso, si se toma en cuenta el polvorín que provocaría. Si se exceptúan las tradicionales invocaciones a la cristianización de los indios, que son clásicas, y las diversas recomendaciones de los burócratas que se prestan a burla —como los consejos sobre los mejores lugares para establecer los puertos—, esas instrucciones son exactamente lo contrario a toda la política emprendida por Cortés en la Nueva España. Carlos V preconiza la segregación racial al prohibir los matrimonios mixtos, condenando así todo el enfoque mestizo del conquistador. Se pronuncia en favor de la explotación de los indios al reclamar la libre circulación de los españoles entre los naturales y autorizar el trueque y el comercio; nos imaginamos el escenario: ¡es el mismo de Cuba o de las Lucayas!

El rey, enseguida, condena intensamente las encomiendas y pide a su gobernador que anule los repartimientos. Algunos han creído ver en esta disposición un procedimiento humanista y generoso; pero han leído mal. Lo que condena Carlos V no es el principio de la encomienda, sino el hecho de que sea Cortés quien haya hecho los repartimientos; lo que quiere el rey, es disponer él mismo de los indios, como propiedad privada, y atribuirlos a quien quiera, a cambio de dinero contante y sonante. Además, cuando le prohíbe a Cortés hacerlo, él lo ha hecho ya por su parte. Algún tiempo más tarde, perseguido por los banqueros alemanes que financiaron su elección imperial, atribuirá la actual Venezuela a los Welser, en donde los secuaces explotaron al país hasta sangrarlo. Seamos honestos: lo que quiere Carlos V es el oro de las Indias, no el bienestar de los indios. Por otra parte, en su carta del 26 de junio, el rey es explícito. Le parece "[...] cosa justa y razonable que los dichos indios naturales de la dicha tierra nos sirvan y den tributo, en reconocimiento del señorío y servicio que como nuestros súbditos y vasallos nos deben [...]". Y agrega, para concluir: "[...] y ansí mismo vos informéis, demás de lo susodicho, en qué otras cosas podemos ser servidos y tener renta en la dicha tierra, así como salinas, mineros, pastos y otras cosas que hobiere en la tierra".[25]

El rey entonces pide lo contrario de lo que quiere Hernán. Además del quinto del rey, Cortés no quiere que haya exportación de riquezas hacia España. Intenta impulsar una economía endógena, donde la riqueza se reinvierta en la propia Nueva España, al contrario del modelo de explotación colonial que exalta Carlos V. ¿Cómo iba a encontrar Cortés un terreno de entendimiento con un rey tan ávido?

A principios de 1524 desembarcaron en Veracruz cuatro "oficiales reales" nombrados por Carlos V. Que su título no haga forjarse ilusiones: son publicanos, simples recaudadores de impuestos. Uno, Alonso de Estrada, de quien se dice es hijo natural de Fernando el Católico, es llamado tesorero; otro, Rodrigo de Albornoz, es dicho contador; un tercero, Gonzalo de Salazar, lleva el título de factor, y el último, Peralmíndez Chirinos, es veedor (inspector). Pero detrás de esos nombres bizantinos, todos tienen sólo una misión: controlar a Cortés a fin de drenar la mayor cantidad de oro posible a las arcas del rey. Cortés tiene, es cierto, pleno poder en México, pero España ya lo lamenta y trata de manejar los cuartos. El oro, siempre el oro, nada más que el oro...

Al mismo tiempo que envía a sus recaudadores, Carlos V le escribe al gobernador de la Nueva España desde Valladolid. Sin florituras, empieza de buenas a primeras:

> Bien debéis saber los grandes y continuos gastos que después de mi elección al Imperio romano habemos tenido, especialmente después que fui a tomar la posesión y corona de él [...] se hicieron grandísimos gastos, y allende de estos con la continua guerra que con el dicho rey de Francia por todas partes tenemos [...] por ende, yo vos ruego y encargo cuanto puedo que luego que ésta recibáis deis orden como de lo que así nos ha pertenecido, o perteneciere de nuestro quinto y derechos, como de cualquier oro vuestro, o tomándolo de otras cualesquier personas que lo tengan, tratéis de me enviar la más suma de oro que vos fuere posible, teniendo por cierto que en ello me haréis muy agradable servicio [...] [26]

¡Como si fuera lógico que los aztecas tuvieran que pagar por la locura de los sueños de grandeza de un príncipe exótico que vivía por encima de sus posibilidades!

Una vez arrojada la máscara, el mensaje fue claro. Sólo el oro de México le interesa al rey. La Nueva España es una fuente de ingresos fecunda y el monarca no se conforma con recibir el quinto. Se muere de rabia por tener que abandonar en el lugar toda esa riqueza con la cual Cortés y sus hombres construyen un país competidor. La maquinaria colonial se pondrá en marcha desde la lejana España para financiar las deudas del emperador, pero también para impedir que un día ya no haya quinto en absoluto. Ahí radica la paradoja: precisamente porque el proyecto de Hernán lleva en él, desde el origen, la independencia de México, es el modelo cortesiano de mestizaje y de desarrollo endógeno lo que llevará a España a concebir, como respuesta, una verdadera estrategia de colonización opresora y cínica.

La lectura de la carta del rey había sumergido a Cortés en la perplejidad. Si Hernán hubiera sido verdadera y visceralmente antiespañol, hubiera actuado como Gonzalo Guerrero en Chetumal; se habría ido al monte, escogido el campo adverso y se hubiera sumergido entre los indios para desaparecer de la escena hispánica. Pero Cortés no es Guerrero y su deseo de mestizaje excluye —por el momento— renunciar a la parte española del trasplante. No aplicará entonces las instrucciones del rey y le escribirá para explicarle por qué no lo hará. Cortés persiste, firma y se inconforma. Se podría creer en una disputa filosófica, en un debate epistolar, pero es una lucha sin cuartel. Cortés habla al emperador de igual a igual y le da una lección sin saber cómo la recibirá. Martín duerme en los brazos de Marina y la pequeña Catalina, que cumplirá diez años, teje un *quechquemitl* en el patio de la casa. Su familia está aquí, en México, pero Cortés está lejos de ganar la partida.

CAPÍTULO 2

EL VIAJE A LAS HIBUERAS
(1524-1526)

EL ABANDONO DEL PODER

En octubre de 1524, en la cima de su poder, Cortés decide abandonar México. Con el deseo de apartarse del mundo, emprende un viaje tan azaroso como lejano por las tierras mayas. En ese momento, el conquistador parece favorecido por la vida: es rico y poderoso; ha logrado su objetivo y puede tener la satisfacción de las esperanzas cumplidas; vive en esa capital azteca que ama y no se cansa de admirar su grandeza y hermosura. Ahora bien, intempestivamente, decide irse. Es poco común que un gobernante, en la cumbre de su poderío, abandone el mando motu proprio. Un velo de misterio envuelve súbitamente la vida de Cortés. Ningún biógrafo se siente verdaderamente a gusto al abordar este episodio, que parece escapar a la racionalidad pura, a tal punto que numerosos autores interrumpen el relato de su vida en 1524, y se conforma con algunas páginas sucintas sobre esos últimos años y su muerte. Al explorar el interior del personaje, se puede, no obstante, tratar de analizar los disgustos íntimos o los posibles reveses que habrían podido suscitar semejante decisión de ruptura.

¿Cortés sintió que había fracasado en la realización de su conquista? En el plano estrictamente territorial, Hernán controla, en aquel octubre de 1524, casi la totalidad de lo que era el "imperio" azteca. Al noreste, es el amo de la región huasteca, donde su lugarteniente, Sandoval, fundó la Villa de Santiesteban del Puerto,

257

cerca de la ciudad indígena de Chila, en el estuario del río Pánuco. Los habitantes de la región totonaca se cuentan entre sus aliados de los primeros días; los españoles tienen allí dos asentamientos: Veracruz y, un poco más al sur, Medellín, nombrado así en recuerdo de la ciudad natal del conquistador. La costa norte del istmo de Tehuantepec es custodiada por la guarnición de Espíritu Santo, no lejos de Coatzacoalcos, fundada por el infatigable Sandoval, donde el cronista Bernal Díaz del Castillo recibirá una encomienda. Más allá de los valles de Tlaxcala, Francisco Orozco emprendió la conquista de Oaxaca desde el mes de diciembre de 1521. Al sur de México se descubrieron rápidamente las minas de Taxco, ricas en filones de plata y estaño. Al este, los españoles se apropiaron de manera expedita de Michoacán, que Cristóbal de Olid conquistó con brutalidad en julio de 1522. A partir de Michoacán se instalaron en la costa del Pacífico, llamado en esa época Mar del Sur. Fundaron el primer puerto sobre este océano en Zacatula, en la desembocadura del río Balsas, en la frontera entre las tierras nahuas y las tarascas. Asimismo, Cortés impulsó las exploraciones por el lado oeste de Michoacán, donde Sandoval, otra vez él, fundó la Villa de Colima el 25 de julio de 1523. Luego, a principios de 1524, Cortés confió a uno de sus parientes, Francisco Cortés de San Buenaventura, el reconocimiento del sur de los actuales estados de Jalisco y Nayarit. Al sur de Taxco, el territorio yopi no tardó en pasar al control español y el lugar, donde se ubica Acapulco fue inmediatamente identificado como propicio para el establecimiento de un puerto. Siguiendo por el Pacífico, pero más al este, Alvarado conquistó la costa mixteca y, sin escatimar la sangre de los indios, se apoderó de la ciudad de Tututepec, lugar donde, en marzo de 1522, fue transferida por tercera vez la Villa Segura de la Frontera, inicialmente fundada en Tepeaca. Finalmente, con el asentamiento de Tehuantepec, al sur del istmo que lleva su nombre, Cortés controlaba la frontera oriental del antiguo territorio de Motecuzoma.

No hay entonces una necesidad estratégica para que Cortés se dirija a un frente o a otro. Al contrario, la estabilidad de ese territorio le permite pensar en extender su poderío por toda la Mesoamérica prehispánica y lanzarse al asalto de las tierras mayas, al este de México. Con ese objetivo organiza dos expediciones: una, por mar, encomendada a Cristóbal de Olid, que se embarca el 11 de enero de 1524 con seis navíos, cuatrocientos hombres, artillería, armas, municiones y ocho mil pesos en oro para comprar en Cuba caballos y provisiones, y otra por tierra, ya que Cortés envía a Pedro de Alvarado, el 6 de diciembre de 1523, en dirección a Guatemala donde, como era su costumbre, el conquistador pelirrojo funda, en medio de la sangre, la ciudad de Santiago el 25 de julio de 1524. En su comunicación oficial con Carlos V, Cortés se esfuerza por explicar que está buscando el famoso estrecho que permitirá pasar libremente del Mar del Norte al Mar del Sur; es decir, del Atlántico al Pacífico. Sin embargo, no es seguro que Cortés haya creído en esa geografía mítica que hacía soñar a la corte del rey de España pero que desmienten sus informaciones procedentes del terreno. Lo que quería Cortés, en realidad, era extender sus dominios al conjunto del antiguo territorio mesoamericano, que, como él sabía, corría hasta Costa Rica, abrazando casi toda América Central.

Que Cortés se haya sentido perturbado por la vulgaridad del comportamiento de algunos de sus soldados y haya desaprobado la forma violenta de la apropiación de ciertos territorios, no se excluye. Sin embargo, el capitán general es un hombre de su tiempo: endurecido, acostumbrado a la brutalidad de la guerra, por tanto, parece difícil que hayan sido razones morales las causas de su defección. Hay que buscar entonces en otra parte.

¿Cortés se desmoralizó por el asunto de De Garay? En aquel año de 1524, toda la ciudad de México murmura que Cortés podría no ser ajeno a la muerte súbita del gobernador de Jamaica. Veamos los hechos. Desde 1519, Francisco de Garay no cesó de enviar barcos al Golfo de México en busca del famoso estrecho imaginado por Cristóbal Colón que habría permitido, según las perspectivas del genovés, el acceso directo a China. Garay es un veterano del descubrimiento de las Indias; es un hombre oscuro, sin pasado, salido de la sombra; es concuño de Cristóbal Colón, ya que se había casado con una portuguesa, Ana Moniz, hermana de Felippa Pereztrello e Moniz, esposa del descubridor. Integrado al clan de Colón, Garay participó en el segundo viaje del genovés, en 1493. Se mostró como uno de los más ávidos conquistadores de Santo Domingo y amasó rápidamente una fortuna considerable. Nombrado gobernador de Jamaica en 1515, no dejó de cuestionar a Cortés en su conquista de México. Instigado por el obispo Fonseca y el gobernador Velázquez, Garay envió a principios de 1523 una cuarta expedición que desembarcó en la región de Pánuco. Los soldados perdidos de Garay sembraron el pánico entre los indios y Cortés en persona tuvo que desplazarse para ir a restablecer el orden en la región huasteca. El 25 de julio de 1523, acompañado por el resucitado Juan de Grijalva, Francisco de Garay desembarcó al norte de México, en un lugar llamado Río de las Palmas, al norte del Pánuco, a la cabeza de una expedición considerable, compuesta por una docena de barcos y unos mil hombres.

Garay considera que en Pánuco está su casa, ya que Fonseca se lo otorgó. Evidentemente, Cortés no lo entiende así y tiene lugar una verdadera guerra entre ellos y en la que los indígenas son evidentemente las víctimas, ya que padecen las presiones tanto de uno como de otro. En este enfrentamiento, Cortés tiene la conciencia tranquila, en la medida en que dispone de un escrito de Carlos V donde llama al orden a Francisco de Garay para que no se mezcle en los asuntos mexicanos.[1] Esta provisión real había sido firmada en Valladolid el 24 de abril de 1523, pero al parecer Garay no conocía su contenido. Finalmente, invitado a México por el gobernador de la Nueva España, Garay es muy bien recibido. La pequeña historia, acreditada por el mismo Cortés, cuenta que ambos conquistadores decidieron entonces casar a sus hijos; Cortés comprometió a su hija mayor, la joven Catalina, mestiza cubana, con un hijo del gobernador de Jamaica. Después de haber cenado y pasado la noche en casa de Cortés en la Navidad de 1523, Garay murió súbitamente algunos días más tarde. Las malas lenguas comentaron que había sido envenenado.

El capitán general da a entender que Garay murió de tristeza, por haber perdido toda su fortuna en su desastrosa expedición a Pánuco.[2] López de Gómara, afirma saber por dos médicos cuyos nombres cita, que Garay murió de un mal de costado, es decir, de una pleuresía, ocasionada por un resfriado contraído en el transcurso de la misa de medianoche celebrada en Navidad.[3] La campaña de acusaciones orquestada contra Cortés ¿pudo desestabilizar al conquistador? Es poco probable. Garay era un hombre sexagenario y abatido: pudo haber fallecido de muerte natural. Además, Cortés tiene el derecho en su favor puesto que dispone de una carta oficial del rey que impugna todas las pretensiones de Garay. No existe motivo entonces que pudiera haber impulsado a Cortés a eliminar al gobernador de Jamaica, quien por lo demás, ya no presenta, en este caso, ningún riesgo militar ni político, para su empresa. Cortés debía entonces estar completamente tranquilo por ese lado.

En cambio, es cierto que Hernán, en ese año de 1524, está bajo la presión de los oficiales reales que vinieron a meter las narices en las cuentas. Es obvio que eso constituye para él un motivo de preocupación. Con un tono inusual, su Cuarta relación habla en efecto de dinero. El gobernador de la Nueva España impugna las ruines cuentas de los cuatro recaudadores, que minimizan los gastos que ha realizado para la "pacificación" del territorio. Es igualmente cierto que Cortés recusa y denuncia la intromisión de esos agentes del rey en la gestión política de la Nueva España. El conflicto no es nuevo: Cortés invierte la totalidad de sus ingresos localmente, en operaciones de conquista, desarrollo y reconstrucción. Mientras que los oficiales reales no tienen más que una obsesión: exportar el oro a España para llenar las arcas de la Corona. No se excluye que la tensión entre Cortés y los oficiales reales haya podido provocar una verdadera crisis.

Cortés pudo igualmente sentirse afectado por el incendio de sus astilleros en Zacatula. Ese puerto de la costa del Pacífico había sido elegido como punto de partida para la exploración del Mar del Sur. Desde hace dos años ya, Cortés se aferraba a construir allí varios navíos y como previsión había almacenado en ese lugar velas, cordajes, brea, asfalto, así como anclas que habían transportado mil seiscientos indios tarascos. En una noche todo desapareció. Salvo las anclas, por supuesto.[4] Ese revés fue aún más doloroso para Cortés porque se trató de un incendio criminal, que revelaba la terrible envidia de los oficiales reales que estaban en contra de su política de exploración del Pacífico. Pero esas contrariedades, en el fondo un poco marginales, ¿eran verdaderamente una causa para desanimar al hombre que, después de diez años, llevaba dentro de sí el deseo de conquistar México?

La Cuarta relación, dirigida a Carlos V y redactada a principios de mayo de 1524, en verdad no muestra indicio alguno que permita pensar que Cortés abandonará el poder. Que no haya sido expedida de inmediato es un hecho ciertamente ligado a su deseo de enviar oro al rey de España y a que espera reunir lo suficiente para que el envío esté a la altura de la imagen de poder que quiere presentar.

¿Hay que ir a buscar entonces en la "carta reservada" que Cortés redacta justo antes de su partida a Las Hibueras las razones de lo que puede parecer una huida? Objetivamente, ningún pesimismo perturba la seguridad de la pluma con la que Cortés se dirige a Carlos V. El tono de la misiva es extremadamente combativo, contrario al que podría utilizar alguien que está a punto de renunciar. "Las cosas juzgadas y proveídas por ausencia, no puedan llevar conveniente expedición, por no poder comprender todas las particularidades del caso [...]" —dice un Cortés que se rebela—.[5] Un poco más lejos, después de haber explicado al rey que no ejecutaría sus instrucciones, le dice: "Porque me parece que conviene a su real servicio, y que haciéndose de otra manera sería grandísimo daño; y así suplico a vuestra excelencia lo mande mirar y enviarme a mandar aquello de que vuestra alteza más se sirva".[6]

¿Tanta determinación ocultaba una secreta tendencia al derrotismo? Honestamente, no lo parece. Y es con la más absoluta serenidad que Cortés expone sus argumentos oponiéndose palabra por palabra a las instrucciones de Carlos V. Con una sangre fría que corta la respiración y podría helar la sangre de más de un cortesano, Cortés dice no a la libre circulación de los españoles entre los indios, a fin de proteger a estos últimos; dice no a prohibir los repartimientos, tal como él los había organizado, porque, decía: protegen la libertad de los indios al mismo tiempo que permiten a los encomenderos sobrevivir en el país; dice no al impuesto de vasallaje que desea instaurar el rey en su beneficio, considerando que sería un fardo insoportable para los indígenas. Fiel a su lógica de reservar las tierras para sus residentes, se niega categóricamente a acceder al deseo del rey de poseer propiedades privadas en la Nueva España. "Así que de aquí en adelante yo no pienso señalar ningún pueblo que se diga para vuestra majestad, pues todos son suyos, porque no conviene a su servicio ni a sus rentas [...]" —le explica con ironía— [7].

Cortés no se molesta en subrayar la incoherencia de los deseos del rey, que ambiciona propiedades y al mismo tiempo indios libres. Eso significa asalariar a los trabajadores. Entonces le pregunta al rey: ¿está preparado para cubrir esos gastos? Al rey, que le reprochaba haber nombrado él mismo a los alcaldes y a los consejeros de las ciudades y le sugería organizar elecciones, se permite darle una lección de derecho y de ciencia política. O se defiende el principio de legitimidad monárquica, o se defiende el principio de democracia, pero la mezcla de ambos es incompatible. "Y aun es otra cosa que se me figura de más inconveniente —dice al soberano español—, que como el gobernador represente su real persona y jurisdicción, dando aquella mano a los pueblos y a otras personas parecería derogar su preeminencia real, y aun por tiempo la extendería a más haciéndolo uso y costumbre [...]".[8] En fin, Cortés dice claramente no al poder del oro, no a las obsesiones financieras de los oficiales del rey, que desean interferir en la gestión de la Nueva España para sacar los mayores beneficios posibles.

Esa carta que Cortés fechó el 15 de octubre de 1524, en vísperas de su partida a Las Hibueras, no transparenta ninguna duda sobre lo bien fundado de su acción. Por lo tanto, la misiva se puede leer como una especie de canto de cisne, como el último combate de honor que pelea el conquistador que sabe que está perdido y será desaprobado. Pudo haber escrito entonces esa carta a manera de testamento político, apelando a la historia, a fin de que se supiera bien de qué lado estaba el emperador de Alemania respecto a los indios. A los indicios que permiten interpretar esta carta del 15 de octubre como un desafío lanzado a Carlos V —desafío que Cortés mismo habría considerado como suicida— se agrega un elemento bastante curioso: el envío de un regalo extraordinario. Como lo hace regularmente, Cortés expide, junto con la carta, el quinto del rey, aumentado por un cierto número de objetos de arte destinados a reemplazar los que fueron robados por los corsarios franceses. Pero, esta vez, agrega un cañón íntegramente elaborado en plata maciza. Es una culebrina que pesa más de una tonelada, sobre la cual Cortés hizo grabar una imagen en relieve del ave fénix, con una dedicatoria.

> Aquesta nació sin par
> Yo en serviros sin segundo
> Vos sin igual en el mundo.

Los historiadores, por supuesto, subrayaron el carácter pretencioso de la inscripción que acompaña al símbolo del ave fénix. Pero hay algo más provocador aún en ese regalo: más allá de los veintidós quintales y medio de metal precioso que, es cierto, valían una fortuna (el secretario de Carlos V, Francisco de los Cobos, hará fundir la culebrina y sacará veinte mil ducados), el asombroso efecto del presente radica en el hecho de que se trata de un cañón autóctono, fundido por los indios tarascos, con mineral local proveniente de Michoacán. Con este envío, Cortés quería dar a entender al lejano rey de España que México no tiene ninguna necesidad de las riquezas de Castilla, pero Castilla sí depende de México. Cortés subraya así el desequilibrio de la relación entre la Nueva y la Vieja España: la captación del beneficio se realiza en un solo sentido, para financiar guerras europeas sin utilidad para América. Si Carlos V tiene mucho que temer en caso de una secesión, no pasa lo mismo con Cortés, quien sufre no obstante, por el embargo de las yeguas y ciertas semillas de plantas alimenticias.

¿Pero todo esto explica el abandono del poder al que se entrega el capitán general en ese mes de octubre de 1524? ¿Cortés se anticipa al inevitable proceso colonizador que ve ponerse en marcha subterráneamente? Esa lucidez concordaría con las facultades del conquistador: sin decirlo formalmente, dimite antes de que le pidan su renuncia. Eso querría decir que piensa que su lucha está perdida. ¿Pero un vencido elige como regalo de despedida el símbolo del ave fénix que renace de sus cenizas? Tropezamos de hecho con la extrema complejidad de un ser que de tan atípico desconcierta. Me arriesgaré quizá a concebir una interpretación:

a Cortés no le gusta el poder. Como todo seductor, la conquista lo atrae, lo motiva y sublima, la gestión del poder es un ejercicio de otra naturaleza que no le procura placer alguno. Su relación con el dinero es simétrica: le agrada gastar sin tener el gusto por amasar. Cortés es un esteta del poder: le gusta alcanzar lo imposible, ganar las partidas impensables, triunfar en la adversidad. Es tan original que no deja de sorprender a su gente, de contradecir los pronósticos ni de remontar el viento del conformismo. Su partida hacia Las Hibueras, que se parece tanto a una huida, responde quizá simplemente a un intrínseco impulso de libertad, a un súbito deseo de cambio, comparable con el que impulsa a los nómadas a retomar un buen día el camino de su migración.

El 15 de octubre, Cortés rubrica sus escritos: su Cuarta relación y su carta reservada a Carlos V. Testamento de un ciclo de vida. Cortés cumplirá 39 años. Tiene ahora el tiempo contado: ahí donde tantos otros hubieran elegido permanecer, él parte a la aventura.

El golfo de las aguas profundas

"Me pareció que ya había mucho tiempo que mi persona estaba ociosa y no hacía cosa nuevamente de que vuestra majestad se sirviese [...]".[9] Así Cortés justifica, su partida hacia Las Hibueras. ¡Confesamos que la exposición del motivo es insignificante! Pero ya lo hemos visto, la razón de ese viaje apunta los más íntimos secretos del alma de Cortés.

Oficialmente, el gobernador de la Nueva España proporciona una explicación. Su capitán, Cristóbal de Olid, a quien había enviado a hacer la conquista marítima de Honduras se sublevó, estableció alianza con su enemigo jurado, Diego Velázquez, gobernador de Cuba, moribundo pero todavía nefasto. Hay que decir que América Central es entonces objeto de la codicia más exacerbada. Pedrarias Dávila se había vuelto amo de Panamá asesinando en 1519 a su yerno, Balboa, el descubridor del Pacífico. Envió a Francisco Hernández a colonizar Nicaragua; luego éste entró a Honduras en 1523. Por otra parte, Gil González de Ávila se hizo nombrar por el rey "gobernador del Golfo Dulce": su territorio corresponde en principio a las tierras ribereñas de la bahía de Amática y al lago de Izabal, que abarca el sur del actual Belice, el este de Guatemala y el noroeste de Honduras. Por su parte, Cortés desea integrar esos territorios a la Nueva España, lo que suscita la doble expedición de Alvarado y de Olid. Pero he aquí que este último cambia de parecer y se pasa al lado del gobernador de Cuba. Así que surgen cuatro pretendientes para el territorio que en esa época se llama Las Hibueras, "la tierra de los amates", y que tomará más tarde el nombre del mar que lo baña, el golfo de las Honduras, "el golfo de las aguas profundas".

Cuatro competidores son demasiados y la naturaleza emprenderá su selección natural. González de Ávila venció a Francisco Hernández en Nicaragua; luego Olid se apoderó de González de Ávila y decidió actuar por su cuenta. Este escenario de rebelión es el que habría impulsado a Cortés hacia la ruta de América Central. Evidentemente, esta falsa razón no soporta el análisis. Cuando la noticia de la rebelión de Olid llega a sus oídos, Cortés enviaría de inmediato cinco barcos al mando de su primo Francisco de las Casas para castigar a los amotinados. Poco después de su llegada a Honduras, Francisco de las Casas caería en manos de Olid que ya había hecho prisionero a González de Ávila. Pero los dos prisioneros se unieron a su vez contra su carcelero y lograron aprehenderlo. Olid fue juzgado y condenado a muerte. Cuando Cortés se pone en marcha y abandona México, Olid ya había sido decapitado en la gran plaza de la ciudad indígena de Naco.[10]

Cortés parte entonces en aquel octubre, con gran pompa. Va rodeado por una cohorte de pajes, mayordomos y acompañantes. Lleva consigo un chambelán, un doctor, un cirujano, halconeros, músicos, juglares. Lleva su cama y su vajilla. Lo escoltan todos los príncipes nahuas del Valle de México: le acompañan Cuauhtémoc, el antiguo soberano de México, Coanacoch, el señor de Texcoco, Tetlepanquetzal, el señor de Tlacopan, y también los dos más altos dignatarios de Tlatelolco, Ecatzin y Temilotzin. Esta vez, Cortés no puso objeción para que en la comitiva fueran mujeres. El conquistador viaja con las suyas y con sus hijos. Marcha rodeado de sus capitanes, entre los que se encuentra su fiel Gonzalo de Sandoval, trescientos españoles armados y algunos miles de guerreros indígenas. Dispone de ciento cincuenta caballos. Finalmente lleva con él a dos de los cuatro oficiales reales: el factor Gonzalo de Salazar y el veedor Peralmíndez Chirinos.

Sutilmente, Cortés dejó el poder en México en manos de los otros dos oficiales reales, Alonso Estrada, el tesorero, y Rodrigo de Albornoz, el contador. Cortés, por supuesto, no cuenta con gobernar por delegación, ni siquiera por ausencia de ella. Sabe que abandona el poder. Pero, al confiar las responsabilidades políticas de la Nueva España a la pareja Estrada-Albornoz, presupone que sus enfrentamientos y sus intrigas neutralizarán sus poderes maléficos. Por otra parte, Cortés ha instalado en el cabildo de la ciudad de México a hombres de confianza bajo la autoridad de su primo Rodrigo de Paz. Finalmente, habiendo recibido el refuerzo del licenciado Alonso Zuazo, antiguo miembro de la Audiencia de Santo Domingo quien siempre le fue favorable, lo instaló a la vez como alcalde de México y como codirigente de la Nueva España, junto a Estrada y Albornoz. En la mente del extremeño, Zuazo y Paz están en condiciones de contrarrestar las acciones negativas de los dos oficiales reales. Por último y para su tranquilidad de espíritu, Cortés le encargó al fraile franciscano Toribio de Motolinia velar por la protección de los indios.

El cortejo se pone entonces en marcha, descendiendo suavemente hacia las tierras de Veracruz, desplegando su colorido y sus contrastes. Al final del cortejo gruñía un inmenso rebaño de cerdos que Cortés lleva para introducirlos en América Central. Al principio todo es fiesta y alegría; por todas partes, las ciudades y los pueblos ofrecen al gobernador un recibimiento caluroso y entusiasta. Pero, indiferente a los fastos y a los falsos semblantes del poder, Cortés permanece soñador, meditabundo y distante, un poco ausente.

Un primer imprevisto ocurre no lejos de Orizaba, en el pequeño pueblo de El Tuerto. Ahí, de manera repentina y sorprendente, Cortés decide celebrar el matrimonio de su amante Marina, con el conquistador Juan Jaramillo. ¿Cómo y por qué Hernán quiere deshacer a la indivisible pareja que forma con Malintzin, madre

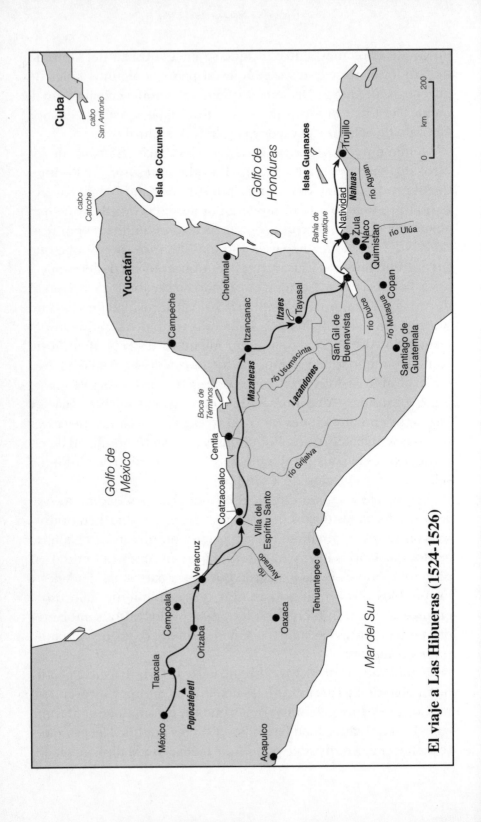

El viaje a Las Hibueras (1524-1526)

de su hijo mayor? Inseparables permanecerán durante todo el viaje y mucho más tarde aún, hasta su partida para España en 1528. ¿Qué pasa entonces en la mente de Cortés? ¿Por qué organiza esa sorprendente unión, tan sólo unos días después de que ha dejado México? Se cree poder adivinar: casa a Malintzin para instalarla, para asegurar su futuro, y la lleva con él para protegerla, para evitar que sufra alguna presión en su ausencia. ¿Se trata de una ruptura sentimental, de un despecho? ¿Esa partida hacia Las Hibueras se acompaña de una ruptura general con todo su pasado? Aunque todo lo que rodea a ese viaje es misterioso, podemos, no obstante, preguntarnos si Cortés mantiene alguna esperanza de regresar. El orgulloso conquistador de México ¿no estaría simplemente obsesionado por el espectro de la muerte? Da la sensación de haber partido después de poner en orden todos sus asuntos, un poco como si se aventurara en una especie de misión suicida.

Para todos sus allegados, el comportamiento de Cortés es enigmático. Recorriendo la costa atlántica, pasa por los arcos de triunfo erigidos a la entrada de cada pueblo; asiste a espectáculos que, por primera vez, ilustran un teatro mestizo, mezclando por ejemplo el tema del enfrentamiento de los moros y cristianos con una coreografía y ropajes estrictamente indígenas. Sin embargo, lo que podría ser un viaje placentero parece pesar sobre los hombros del conquistador. Los dos oficiales reales que lleva con él se comportan de una manera particularmente desagradable: las prolongadas cabalgatas les hunden las vértebras; los días son demasiado calurosos, las noches demasiado frías; el polvo del camino les irrita la garganta; tienen hambre cuando todo el mundo está satisfecho, los mosquitos los importunan y, sobre todo, todos esos gastos no son razonables. ¿Es su actitud execrable o la noticia de las complicaciones que han surgido después de su partida lo que impulsa a Cortés a hacer volver a México al factor Salazar y al veedor Chirinos? Si el escenario inicial de división de los oficiales reales era pertinente, el retorno a México de Chirinos y Salazar, quienes además son provistos de una delegación de poder emanada de Cortés, significa un elemento de desorden y confusión. Hecho esto, Hernán firma su renuncia a conservar el control de la capital de la Nueva España.

Después de haber acampado en la Villa del Espíritu Santo y de haber enrolado todos los españoles que se habían instalado ahí, Cortés se lanza a una aventurada travesía por las tierras anfibias de Tabasco. Si buscaba los escalofríos de lo extremo, está complacido: él es seguramente el primero en recorrer a pie ese universo de ríos, lagunas, pantanos y meandros donde sólo se puede penetrar en canoa. Cada cien metros hay que detenerse ante un obstáculo: una laguna ineludible, una ciénega infestada de cocodrilos, un poderoso río de corrientes traicioneras bajo las aguas turbias. Bamboleada de recodo en recodo, la comitiva se escinde perpetuamente; todos buscan el camino, mas no hay itinerario posible ni salvación terrestre para esta expedición.

Pero Cortés no es un hombre que renuncie. Así que construye puentes. Los indios se transforman en leñadores, carpinteros, ingenieros. Un calor espeso sube de esos paisajes anteriores a la creación del mundo, anteriores a la separación de los elementos. Los manglares mismos no se apoyan en la tierra sino en el cieno, en el fondo del agua o quizá en el aire, no se sabe. Las semanas pasan lancinantes y repetitivas. Ante la avanzada de Cortés los autóctonos abandonan sus pueblos; los habitantes de esta comarca, que Bernal Díaz del Castillo llama mazatecas, practican la política del vacío. ¿Cómo alimentarán en esa jungla impenetrable a las miles de personas que componen el séquito del capitán general? Cortés no quiere sacrificar la manada de cerdos que los siguen discretamente, cuatro jornadas atrás rezagados. La tropa se resigna a comer raíces, a cazar y a pescar; mas ese deambular en grupo es una locura. Los hombres se agotan y el ánimo se derrumba. Entre los mexicanos ruge la rebelión. Es en ese contexto de desafío a la naturaleza tropical, en ese laberinto opresor de vegetación inextricable que acaece el sacrificio de Cuauhtémoc.

La expedición de Cortés llega a una provincia llamada Acalan, "el lugar de las piraguas", por la ribera derecha del río Usumacinta, en una región situada entre Balancán y Tenosique, al sur de la Laguna de Términos. Es una antigua provincia maya, reocupada por los nahuas desde el siglo IX, pero al precio de un estado de guerra crónico con los lacandones, grupo maya establecido en el alto Usumacinta. Todos los pueblos del área están fortificados, con altas palizadas y fosos defensivos disimulados bajo la vegetación. Es una comarca intransitable para los soldados de a pie, y para los indios del Valle Central.

En el calor sofocante de esa trampa vegetal, Cuauhtémoc se rebela de nuevo. Se dedica a excitar la ira de sus compatriotas: toda la tropa recrimina y protesta por esa absurda empresa a la que nadie le ve ni sentido ni fin. Cortés está en dificultades. Encerrado en una lógica incomprensible, pierde el contacto con sus hombres y las amenazas de los jefes nahuas lo inquietan. Escucha a los indios hablar y comprende que se trama una conspiración para eliminarlo. No le queda más que una alternativa: o se deja inmolar o se impone. Una vez más, debía matar para evitar que lo mataran.

El 28 de febrero de 1525, al amanecer, hace aprehender a todos los jefes indígenas y los hace interrogar por Malintzin. Ninguno niega estar exasperado por esa loca expedición y haber murmurado palabras de cólera. Como depositario de las varas de justicia de la Nueva España, Cortés condena de inmediato a Cuauhtémoc y a Tetlepanquetzal a la pena capital y libera a los otros señores. Junto al príncipe de Tlacopan, el último tlatoani mexica es ahorcado en una gigantesca ceiba, en la selva chiapaneca. "Y fue esta muerte que les dieron muy injustamente, y pareció mal a todos los que íbamos [...]" —exclamó Díaz del Castillo—.[11]

Algunos días más tarde, Cortés continuará su viaje. Esta vez el cortejo se sumerge en la tupida selva del Petén, donde hay que abrirse paso a punta de espada. Los hombres caminan a ciegas. Hernán parece haber pasado del otro lado del espejo. En Coatzacoalcos había solicitado que los autóctonos le dibujara un documento pictográfico, con el que ahora se orienta, a partir de las indicaciones de ese "mapa" esotérico que Malinche le descifra. Los indios dicen que él es chamán y que lee los pensamientos de los hombres gracias a una misteriosa aguja: ¿cómo podrían comprender sus compañeros españoles que Cortés le da un uso nahua a la brújula? En el sistema de pensamiento indígena, el chamán, el sacerdote-curandero, extrae su poder del conocimiento que tiene del camino al infierno. Es allí, en efecto, adonde debe dirigirse mediante el pensamiento para recuperar las almas que se han escapado de los cuerpos enfermos; debe capturarlas y restituirlas a sus propietarios a fin de devolverles su vitalidad. Ahora bien, en la cosmografía simbólica de los nahuas, ese infierno subterráneo está situado al norte. Poseer una brújula significa entonces tener el poder de conocer el camino del norte, el camino a Mictlan. Con su aguja imantada y su espejo, Cortés es en realidad un chamán que viaja al más allá de las cosas. Naturalmente, Malintzin se encarga con discreción de develar ese secreto a los indios, que respetan a ese extraño jefe al que nada detiene y que es el único que sabe adónde va.

"Y era la montaña de tal calidad, que no se veía otra cosa sino donde se ponían los pies en el suelo, o mirando hacia arriba, la claridad del cielo; tanto era la espesura y alteza de los árboles, que aunque se subían en algunos, no podían descubrir un tiro de piedra".[12] Cortés se siente mal. Como su tropa, está agotado. Su vientre está hinchado de amibas. Todos los días, en lo más fuerte del agobiante calor, tiene que dormir la siesta, recostado sobre un tapete.[13] Sufre de insomnio y de opresión. Sus rasgos se acentúan. La selva ahora vacía de presencia humana, vuelve a cerrar su cerco sobre el cortejo periódicamente atacado por bandas de monos chilladores que defienden la virginidad de su territorio.

El fin del sufrimiento se esboza cuando la expedición llega a Tayasal, en el corazón del Petén, a orillas del lago de Flores. El encuentro con el jefe maya local, llamado Canek, está impregnado de simpatía. La tropa se lava, pone a secar sus ropas, se alimenta, cura sus heridas. Los itza mantienen alrededor de sus pueblos inmensos claros donde los españoles pueden al fin hacer galopar sus monturas; se lanzan a la persecución de cérvidos tan mansos que no huyen ni siquiera ante la vista de los caballos. Al salir del monte cerrado y húmedo, ese espacio civilizado, con el sol en vertical, es un remanso bendito de los dioses de la selva. Malintzin recobra su lengua maya para charlar con Canek e iniciarlo en los rudimentos de la religión católica. El jefe itza es invitado a una misa cantada acompañada con música de chirimías, zampoñas y sacabuches. Nos parece escuchar ese kyrie polifónico elevándose al cielo maya, por encima de las aguas verdes del lago, trascendido hasta el infinito por las hojas barnizadas de los árboles inmensos.

Como uno de sus caballos cojeaba, Cortés dejó a este semental morcillo al cuidado de Canek; le pidió que lo cuidara, pensando recuperarlo de regreso. ¡Pero los mayas de Tayasal esperararían 93 años para ver otros españoles! Es hasta 1618, cuando dos franciscanos, Juan de Orbita y Bartolomé de Fuensalida, penetran al corazón del Petén para comenzar la evangelización de los indígenas. Cuál sería su sorpresa al ver entronizar entre los ídolos del gran templo de Tayasal... a la estatua de madera de un caballo, ¡de tamaño natural! Era el caballo de Cortés que Canek había querido inmortalizar para complacer al conquistador y que había terminado por encontrar su lugar en el panteón local.[14]

Con guías esta vez, Cortés marcha hacia el sur. Necesita recorrer todavía más de doscientos kilómetros por la selva tropical para llegar a las riberas del río Dulce, al extremo sudeste de la península de Yucatán. Después de haber cruzado dos ríos y luego la arista montañosa de la cordillera guatemalteca, el final del periplo es alucinante: todos los miembros de la expedición caminan como autómatas; nadie tiene fuerzas para hablar; el hambre les retuerce las entrañas; las fiebres sacuden los organismos más resistentes. Ahora están en abril y las lluvias torrenciales se abaten sobre el cortejo aturdido y agotado. Cortés ha realizado la primera travesía por Yucatán. Por el pasaje de un sendero bordeado de palmas, percibe el mar Caribe al que no ha visto en cinco años. ¿Esa hazaña física oculta una victoria? Cortés, el mestizo, ¿encuentra quizás un secreto júbilo en ser el heredero de los príncipes mesoamericanos que reinaron en esas tierras bañadas por dos océanos? ¿Quizás se siente atraído por la virginidad de ese mundo rebelde para el hombre, con el cual puede medirse en un combate singular? A la orilla del golfo de aguas profundas al que ha llegado, Hernán se deja embriagar por el vértigo de la inútil victoria sobre lo imposible.

Durante ese tiempo, en México, la batalla por el poder era rabiosa. Desde la partida de Cortés, los oficiales del rey, Estrada y Albornoz, se lo disputaban; cada uno de ellos había ambicionado la totalidad del poder para sí mismo. El capitán general entonces había hecho volver a México a Salazar y a Chirinos con dos cartas de misión: una de ellas les confiaba el poder en caso de conflicto insoluble entre Estrada y Albornoz; la otra creaba un directorio compuesto por los cuatro oficiales reales y el licenciado Zuazo. Es inútil decir que el 29 de diciembre de 1524, al regresar a México, Salazar y Chirinos utilizaron la primera carta y ocultaron cuidadosamente la segunda. Estrada y Albornoz se negaron a ceder el lugar, lo que les valió ser arrojados a la cárcel. Zuazo los liberó e impuso el gobierno cuatripartita el 25 de febrero de 1525.

Ante esa situación, los indios, maltratados por los oficiales reales, se rebelan y Zuazo acaba cruelmente con esa rebelión utilizando por primera vez en México perros feroces. El 19 de abril, Salazar y Chirinos expulsan del gobierno a sus hermanos enemigos, Estrada y Albornoz, después de haber ejercido presiones físicas sobre los miembros del cabildo y, en particular, sobre Rodrigo de Paz, representante personal de Cortés, quien es detenido y después liberado. El 23 de mayo, la arbitrariedad aumenta todavía más: el alcalde de México, Alonso Zuazo, es detenido por la noche en su domicilio e inmediatamente expulsado, con grilletes en los pies, hacia Cuba. Salazar y Chirinos no se toman siquiera el trabajo de justificar tal acto. Un poco más tarde, Estrada y Albornoz tratan de abandonar México con —dijeron— "el oro del rey". Pero son aprehendidos unas horas después de su partida en Tlalmanalco; los regresan por la fuerza a México y los arrojan a prisión.

Para quedarse solo en el poder, Salazar envía a su cómplice Chirinos a someter una nueva rebelión en el territorio de los zapotecas y los mixes. Chirinos regresa a México en agosto sin haber vencido a los indios rebeldes pero, sobre todo, obsesionado por no dejar el campo libre a su rival asociado, Salazar.

El 19 de agosto de 1525, los dos representantes del rey detienen a Rodrigo de Paz. Tres días más tarde, proclaman la falsa noticia de la muerte de Cortés y, por medio del terror, se hacen reconocer como "lugartenientes del gobernador" por el cabildo de México. Mientras que el yugo español se abate sobre los indios, el furor anticortesiano alcanza su punto culminante: Francisco de las Casas y Gil González de Ávila, de regreso a la capital después de su expedición punitiva contra Olid, se levantan en contra de las acciones de Salazar. Éstos también son detenidos, juzgados y condenados a la pena de muerte; por muy poco escapan a la decapitación y son expulsados a Castilla.

Los partidarios de Cortés, a los que Díaz del Castillo llama "los viejos conquistadores", no tienen más alternativa que refugiarse en el convento franciscano de México. En ocasión de un servicio fúnebre organizado en memoria del capitán general que se creía difunto, Salazar y Chirinos asaltan el convento y se apoderan del último grupo de amigos leales. Los dos oficiales reales torturan a Rodrigo de Paz; como lo había hecho el tesorero del rey, Aldere-te, con Cuauhtémoc, le vierten aceite hirviendo en los pies para obligarlo a confesar dónde se encuentra escondido "el tesoro de Cortés". Para mostrar de lo que son capaces agregan otros supli-cios acostumbrados entre los inquisidores. Salazar y Chirinos se roban todo lo que encuentran en la casa del capitán general y en la casa de Paz; se apropian de los bienes de Cortés y duplican el tributo exigido a los indios. Para no dejar testigo alguno, ejecutan al infortunado primo del conquistador colgándolo desnudo mon-tado en un asno. Así fue, en México, en esos días de desgracia, la política del rey de España.

Lejos de todo eso, Cortés es recibido como el Mesías por los españoles que encuentra en la desembocadura del río Dulce. Son los sobrevivientes de la expedición de González de Ávila, que están a punto de morir de hambre y de tristeza en el peque-ño puerto que bautizaron San Gil de Buenavista, en ese fondo de bahía del mar de las Antillas abandonado a su languidez. Un navío mercantil proveniente de Cuba, en principio destinado a Olid, hace escala allí: agradeciendo a la Providencia, Cortés, de acuerdo con su práctica, compra el barco con su cargamento; luego enrola a marinos y pasajeros. Después de tantas privacio-nes, los hombres disfrutan de una gran comilona y agradecen al cielo.

San Gil parece un pueblo perdido en los confines del mundo, con sus olores de limo marino y de frutos demasiado maduros; Cortés no quiere quedarse ahí, decide explorar los lagos interio-res formados por la cuenca del río Dulce. Descubre que hablan náhuatl en toda esa región costera; observa también que las pi-rámides de los pueblos vecinos se parecen a las de Tenochtitlan. Después de haber remontado el río Dulce hasta la frontera de las altas tierras mayas, vuelve sobre sus pasos, no sin haber notado que esa región tan civilizada rebosa de maíz, de cacao, de algodón, pero también de obsidiana y jade.

El incansable Cortés, esta vez se encuentra fatigado, así que prosigue su exploración en barco por la costa de Honduras. El 8 de septiembre de 1525 funda una ciudad a la que bautiza Natividad, por el nombre de la fiesta de la Natividad de la Santa Virgen que se celebra en ese día. Ese lugar se llama ahora Puerto Cortés. Comisiona a Sandoval, siempre a él, para poblar el interior, hacia Zula, Naco y Quimistán.

Luego Cortés se vuelve a embarcar y navega rumbo al este, donde nueve días más tarde llega a Trujillo, que ha sido poblado por Francisco de las Casas, pero donde se quedaron también los compañeros de Olid. Como gran señor, el conquistador recibe con delectación el homenaje de los traidores. Otros tres navíos mercantes provenientes de La Española cruzan por esos parajes: Cortés descubre así la existencia de una verdadera red de trata que saca esclavos de entre los habitantes de las islas Guanaxes y del litoral hondureño.[15] El amo de Tenochtitlan compra los navíos, luego los envía a Cuba, La Española y Jamaica, a fin de traer de esas islas alimentos y material. Aparentemente, el conquistador tiene ideas de implantación.

De paso, notemos que el poder financiero de Cortés, incluso en los confines del mundo, sigue siendo sorprendente. Un barco, así fuera un modesto bergantín, cuesta una fortuna. Sus cofres llenos de oro lo han seguido a través de la jungla y de los bosques, de los peligros y los naufragios. Y ésa no es la menor de las hazañas. Escoltar un tesoro estimula siempre la ambición y despierta las vocaciones de bandido. Pero Cortés está rodeado de hombres seguros cuya fidelidad obliga a la admiración.

Cortés organiza el territorio. Delega su autoridad en uno de sus parientes, otro de sus innumerables primos, Hernando de Saavedra, a quien nombra "lugarteniente de gobernador y capitán general en las villas de Trujillo e la Natividad de Nuestra Señora". Se dedica a redactar ordenanzas municipales para esas dos ciudades hondureñas. Y se descubre con cierta sorpresa que Hernán se interesa en cosas muy concretas: la rectitud de las calles, el emplazamiento del matadero y de la carnicería, el control de los mercados.

Llega incluso a reglamentar el grado de cocimiento del pan, prohibiendo la práctica del pan poco cocido, artificialmente cargado de agua a fin de aumentar su peso. Se decreta que los panes mal cocidos o vendidos por un peso que no corresponda a la realidad deberán ser requisitados por el inspector designado para este efecto quien los repartirá: la mitad para los pobres del hospital y la otra mitad para el inspector mismo.[16]

En este periodo se advierte también cómo Cortés se interesa en la cría de cerdos: regala varios de los que llevó de México a los indios del archipiélago de Guanaxes, a fin de facilitar su existencia en esas islas asoladas por los españoles. Y luego, por supuesto, explora la región; envía misiones ante los jefes locales al interior de esa selva que se extiende desde las mismas riberas del Golfo de Honduras. En el fondo, Cortés se siente muy a gusto en esas tierras habitadas por grupos nahuas, que hablan la misma lengua que la de México. En lo sucesivo firma "Fernando Cortés, capitán general y gobernador de la Nueva España y de sus provincias". En su mente, su poder se extiende al conjunto del territorio de la antigua Mesoamérica.

De los cuatro barcos que envió, sólo uno regresa de Cuba, con una carta de Alonso Zuazo. El antiguo alcalde de México, destituido por los oficiales del rey, le cuenta sus propias desgracias pero también el caos que se ha instalado en la capital de la Nueva España. En ese principio de noviembre, a pesar de las noticias sombrías, Cortés vacila. La lógica impondría su regreso a México a tomar las riendas del poder y a restablecer el orden. Pero el impulso secreto que lo llevó a Honduras lo incita a permanecer allí. Quiere incluso ir más al este, hacia Nicaragua. En esa perspectiva inicia pláticas con Francisco Hernández, el capitán que ocupa esa provincia por cuenta de Pedrarias Dávila. El extremeño indudablemente tiene en la mira a Costa Rica, antigua frontera oriental de Mesoamérica. Cortés, más indio que los indios, quiere reconstituir la grandeza del imperio que él mismo abatió. Se ha identificado con el personaje de un gran tlatoani nahua que visita sus tierras, una tras otra y las reclama. Mientras tanto, el capitán general hace oficiar misas. En verdad, él no desea moverse. Quizás se siente prisionero de esa gran selva tropical que lo retiene como una matriz original, protectora y tranquilizadora. Hay que contar además con el entorpecimiento que provoca el entorno, los efluvios y el calor que dilatan la voluntad y toman el control de los organismos. ¿Por qué Cortés iba a querer sumergirse de nuevo en el torbellino del poder, en esa lucha a muerte donde siempre e indefinidamente hay que imponerse por la fuerza, la violencia, la astucia o la inteligencia? Necesita paz, está en el rincón más profundo del mundo y allí se siente bien.

Finalmente, en un arranque de energía, el conquistador decide regresar a México. Bajo la conducción de Gonzalo de Sandoval, hace volver a su tropa a pie por el camino que se extiende a lo largo del Pacífico y que utilizan los mercaderes mesoamericanos desde hace treinta siglos. Él opta por regresar en barco hacia Veracruz. Pero los elementos se ponen en su contra durante todo el mes de diciembre de 1525: Cortés soporta tres salidas falsas. La primera es provocada por una calma chicha, seguida de un alboroto en Trujillo porque los hombres temen ser abandonados a su suerte. La segunda es consecuencia de la ruptura de una verga, mientras que la tercera es provocada por un mástil defectuoso. Cortés se pregunta el sentido de esos acontecimientos que contrarían su decisión de regresar. Ve en ellos un signo del destino que le indica permanecer. Una vez más, hace oficiar misas y organiza procesiones. Finalmente, renuncia a partir.

Poco después de Navidad envía un barco a Veracruz con un discreto mensajero, uno de sus sirvientes llamado Martín Dorantes; le confía una carta manuscrita, que en primer lugar prueba que él no está muerto, como lo habían anunciado los oficiales reales y, en segundo lugar, nombra a Francisco de las Casas como el depositario de su autoridad en México. Naturalmente, ignora en ese momento que Las Casas ha sido aprehendido y enviado a Castilla, con grilletes en los pies. Dorantes se embarca el 3 de enero de 1526. Cortés tiene la conciencia tranquila. Pasan tres meses. El explorador de Yucatán sueña bajo su pochotl, mirando al mar Caribe agitar sus aguas traslúcidas. Los días se desgranan. El tiempo se disuelve en la languidez. Cortés tiene cuarenta años y está postrado en esa ciudad de Trujillo, réplica de la cuna familiar transportada al Nuevo Mundo.

A principios del mes de abril, el barco que Cortés había enviado a Veracruz regresa llevando a bordo al franciscano fray Diego de Altamirano. No conocemos los argumentos que utilizó ese primo hermano de Cortés para volver a motivarlo, pero las desastrosas noticias de las que es portador incitan, sin duda, al capitán general a reasumir sus funciones. Se hace a la mar el 25 de abril. Después de once días de navegación, los vientos contrarios y el mal tiempo lo obligan a hacer una escala en La Habana. Su barco se ha deteriorado; considera preferible comprar uno nuevo. Sale de La Habana el 16 de mayo, con algunos españoles de su guardia más cercana, con los príncipes mexicanos a los que lleva de nuevo a su casa y con Marina embarazada de su nuevo marido, Jaramillo; dará a luz una niña, María, en el barco que se dirige a Veracruz.

El 24 de mayo de 1526, Cortés desembarca por la noche en Chalchiuhcuecan y se dirige discretamente a la ciudad vecina de Medellín. Permanece allí once días, oficialmente para descansar, de hecho para tener conocimiento exacto de la situación del país. Se entera que su emisario, Dorantes, había llegado a México el 29 de enero. Protegido por los franciscanos, había podido desmentir la noticia de la muerte del capitán general. El cabildo de México, reunido de emergencia, al comprobar la ausencia de Francisco de las Casas, depositario de la delegación de poder de Cortés, había destituido a Salazar y a Chirinos para instalar en su lugar a la otra pareja, Estrada-Albornoz. El insolente Salazar fue apresado, mientras que Chirinos fue detenido en Tlaxcala y luego llevado a México para ser encarcelado. Pero esta vez, Estrada y Albornoz habían comprendido el peligro; apoyaron a Cortés, como buenos cortesanos dejándose llevar por la corriente. Volvieron a llamar a sus funciones a todos los partidarios del conquistador que habían sido eliminados por Salazar y Chirinos: Francisco Dávila, Andrés de Tapia, Rodrigo Rangel, Juan de Ortega...

El centro de gravedad de la Nueva España ya se ha colocado de nuevo alrededor de Hernán, y la pequeña ciudad de Medellín se vuelve sede de una intensa actividad diplomática. Festejado como un salvador, el capitán general se pone en marcha el 4 de junio para arribar a México quince días más tarde. Su periplo hacia la capital es un camino de alborozo. Para evitar cualquier riesgo

CAPÍTULO 3

RETORNO EN EL TUMULTO
(1526-1528)

De regreso a México, Cortés abre su correspondencia. Encuentra en particular dos cartas de Carlos V, firmadas en Toledo, ya un poco atrasadas puesto que datan de noviembre de 1525. Constituyen un acuse de recibo bastante árido de su Cuarta relación y de su famosa carta tan franca y directa del 15 de octubre de 1524. Evidentemente, Cortés no esperaba que el rey le dijera: "sí, tiene usted razón, soy yo quien se equivoca". Carlos V le anuncia la apertura de una investigación sobre su actuación y la próxima llegada de un "juez de residencia", en la persona de Luis Ponce de León. Esa práctica del juicio de residencia, que algunos historiadores ponderan como una medida de buena administración, es en realidad, un procedimiento deplorable. Es siempre una cortina de humo, un enmascaramiento seudo jurídico destinado a justificar a posteriori decisiones estrictamente arbitrarias, tomadas con anticipación en los confinados espacios de las alcobas y las antecámaras.

Otra característica agravante es que esos juicios de residencia se inspiran en los procesos inquisitoriales, de los que son una variante civil: proceden de un llamado público a la delación, manejan falsas acusaciones y, sobre todo, autorizan la confiscación de los bienes del condenado. Carlos V se revelaría como un gran experto en el juicio de residencia, cuya filosofía es muy simple: yo te nombro, tú te enriqueces, te hago juzgar en residencia, eres destituido y yo tomo todos tus bienes y recomienzo con otro. ¡Y todo eso sin tener que soportar ni el menor piquete de mosquito tropical!

Por supuesto, Carlos V toma algunas precauciones y cuida las formas: "Por que como veis —le escribe— el dicho licenciado Luis Ponce de León no tiene experiencia de las cosas de esa tierra ni de lo que convenía a los principios hacer y proveer, para la pacificación de ella, vos, como persona que tanta noticia tiene dello e tan buen servidor nuestro, le podréis informar e consejar la forma que debe tener para no lo errar".[1] ¡Pero Cortés no nació ayer! Sabe lo que eso significa. Por otra parte, otra carta devela el plan del rey: el capitán general es convocado a Castilla, porque el emperador siente —dice— necesidad de entrevistarse personalmente con él acerca de la Nueva España. Desde su regreso a México, Cortés sabe que su destitución está en proceso.

No tendrá mucho tiempo para respirar. El 23 de junio, Ponce de León y su séquito desembarcan en Veracruz. Hernán entra en el juego y finge recibir con alegría a ese juez equitativo que no podrá sino concederle la razón. Ordena que se rindan honores a Ponce de León y lo escoltan con gran pompa hasta México. Oficialmente, Cortés explica que el juez de residencia viene a castigar a Salazar y a Chirinos para hacer justicia a los indios por los excesos cometidos en su contra. A decir verdad, Estrada y Albornoz sienten que les llega el agua al cuello. En teoría, el escenario que se pone en marcha corresponde al que ellos escribieron, gracias principalmente al código secreto que les había remitido Francisco de los Cobos, el secretario del rey, para permitirles hacer denuncias cifradas. Normalmente debían tener el pellejo del amo de México y estar legitimados por sus exacciones. Pero con Cortés nunca se sabe. Ese hombre es imprevisible.

Ni Cortés ni Estrada se equivocaban. Dos días después de su llegada a México, el 4 de julio de 1526, Luis Ponce de León pide que le entreguen las varas de justicia que poseía hasta entonces Cortés como justicia mayor de la Nueva España. Pero descarga también a Hernán de su función de gobernador, oficialmente para poder realizar con serenidad su investigación judicial sobre la manera de servir del conquistador. Cortés es privado de su cargo.

¿Es posible imaginar que ese hombre, que salvó todos los obstáculos para llegar a la cabeza de México, que luego renunció y huyó muy lejos, a Honduras, que finalmente se arrepintió de su renuncia y aceptó reanudar sus omnipotentes funciones, se deje despojar de todo apenas una semana después de su regreso al poder? Por cierto, Cortés dudó en regresar y hubiera podido no hacerlo, pero, puesto que tomó una decisión, ahora resiste. Cortés no cederá.

El juez Ponce de León, de repente no se siente bien. Cortés le habla de los efectos de la altura, de la fatiga del viaje y lo instala confortablemente. Su séquito muestra también dificultades de adaptación. Todos tienen náuseas, fiebre y sufren de postración. Una misteriosa epidemia diezma muy pronto al equipo del juez. Ponce de León entrega el alma el 20 de julio; el título de gobernador de la Nueva España no le sentó bien al anciano. Coincidencia: más de treinta de sus partidarios mueren en las siguientes semanas después de su llegada. El juicio de residencia, confiado *intuito personae* a Ponce de León, se extingue de facto. Cortés recupera su título y la amenaza del proceso se esfuma.

Pero antes de morir, Ponce de León tuvo tiempo de dejar su última voluntad y, el 16 de julio, delegó sus funciones a un tal Marcos de Aguilar. En un primer momento, el cabildo de México recusa a Aguilar y le pide a Cortés que retome el gobierno. Hernán duda, luego acepta y finalmente vuelve a ser gobernador, dejando a Aguilar la responsabilidad de la justicia; este último es autorizado como justicia mayor el 1 de agosto.

Cortés, incluso bajo presión, se niega a presentar un perfil bajo y gobierna con soberbia. Promulga, sobre todo, las ordenanzas para el buen trato a los indios, que reafirman solemnemente los principios definidos en 1524, acentuando incluso las restricciones impuestas a los castellanos. Insiste en el respeto a los territorios indígenas, limita la circulación de los españoles por ellos y proscribe la comercialización del maíz, que tiene que seguir siendo una planta alimenticia indígena y quedar en manos de los autóctonos. Cortés corre riesgos: no gobierna con habilidad —lo que podría hacer— sino con convicción. En ese mes de agosto de 1526 piensa que todavía puede detener el fenómeno de colonización que se esboza. Hay que agregar que la imagen proyectada por el poder real es patética. Ese Aguilar, designado por Ponce de León en condiciones discutibles, era un anciano enfermizo, sifilítico en último grado que, por temor a ser envenenado, ¡se alimenta sólo con leche de mujer![2] Pero por ser inquisidor de las Indias tiene cierto poder. Cortés se atreve a creer que ese Aguilar no representa España y que los mexicanos deben ser respetados como tales. Pero se equivoca.

Aguilar patalea y se encapricha. Impulsado por los anticortesianos, que piensan que serán sacrificados por los indios si el clan de los oficiales reales no triunfa,[3] exige plenos poderes. Albornoz, prudente, prefiere abandonar México y regresar a Castilla. En ese instante Cortés tiene en sus manos la espada que puede cortar el cordón umbilical con España. Tiene tras él a la mayoría de los indios, un sólido anclaje en la comunidad de los conquistadores históricos y el no despreciable apoyo de los franciscanos. En ese verano de 1526, si él hubiera proclamado la secesión, México nunca se hubiera convertido en una colonia española. Carlos V, comprometido en sus campañas contra Francia y obsesionado por su deseo de que el papa lo consagrara emperador romano, no tenía entonces los medios para combatir a Cortés. El jefe de la Nueva España pensó seguramente en eso. Si les creemos a sus acusadores, incluso habría solicitado secretamente la protección de Francia en la hipótesis de su ruptura con España. Es algo imposible de comprobar, pero la hipótesis es creíble.

Sin embargo, Cortés no podrá decidirse a dar el paso. Sabe que ha llegado al punto en el que los caminos aún pueden bifurcarse. La Inquisición, de la que huyó 22 años atrás, lo alcanza bajo los grotescos rasgos de aquel Aguilar; el rey empieza a inmiscuirse en la gestión administrativa de México nombrando directamente a miembros del cabildo de México; así, entran en funciones durante el verano el alguacil Hernández de Proano y los regidores Cristóbal de Ojeda, Luis de Berrio y Bernardino Vázquez de Tapia. Pero todavía hay tiempo.

Cortés, enigmático, elige un camino indirecto. Puesto que Aguilar reclama el poder, se lo cederá. Para que quede claro a los ojos de todos que el representante del rey no es más que este inquisidor chocho, que mama del pecho de su nodriza. Una vez más, le escribe a Carlos V para exponerle su manera de pensar.

El 3 de septiembre le pone punto final a su Quinta relación, que narra el viaje a Las Hibueras, su regreso a México y la muerte de Ponce de León. Es un alegato vigoroso para defender su actuación, llevado por una ironía mordaz, donde se transparenta no obstante un íntimo desencanto: se percibe que las calumnias de los cortesanos lo agobian. "Como sea caso de honra, que por alcanzarla yo tantos trabajos he padecido y mi persona a tantos peligros he puesto, no quiera Dios, ni vuestra majestad por su reverencia permita ni consienta que basten lenguas de envidiosos, malos y apasionados a me la hacer perder [...]".[4] Una vez más reclama el reconocimiento a sus méritos y la aprobación de su política, recordando la impresionante cantidad de oro que ya hizo llegar a la Corona.

Cortés añade a esa Quinta relación —que será la última— dos cartas privadas a Carlos V donde se expresa sin ambages. En la primera hace hincapié en que el poder de Aguilar carece de fundamento jurídico, no obstante le entregó "la gobernación de la justicia civil y criminal" en nombre del rey. Previene al monarca: "los cargos de capitán general y administración de los indios quedan en mí hasta que Vuestra Majestad sea servido [...]".[5] Para dejar bien claro el vacío jurídico creado por esta situación, Cortés firma otra carta, fechada el mismo día —11 de septiembre de 1526—, donde explica que Aguilar le reclamó todos sus poderes y que él se desistió de sus cargos "con ciertas protestaciones".[6] Para colmo de la confusión, en el acto notariado anexo, en el que Cortés considera abandonar todos sus poderes, el gobernador de la Nueva España se expresa empleando el futuro.[7] El rey comprenderá y por prudencia seguirá escribiendo a Cortés ¡dándole el título de capitán general y gobernador de la Nueva España!

Sabemos, sin embargo, de la decepción de Hernán por una carta que le dirige algunos días más tarde a su padre, Martín, suplicándole que intervenga una vez más ante el rey. "Yo quedo agora en purgatorio y tal que ninguna otra cosa le falta para infierno sino la esperanza que tengo de remedio".[8]

El 1 de marzo de 1527, a pesar de que su nodriza lo amamantaba, Aguilar sucumbe a su sífilis. Para Cortés constituye un momento de tregua. El poder está vacante, y pone en marcha un duunvirato de cohabitación, asociando a Gonzalo de Sandoval, su hombre liga, con Alfonso de Estrada, el tesorero del rey. Cortés respira de nuevo. No obstante, en el terreno las cosas no están en lo absoluto arregladas: el rey confió el cargo de gobernador de Pánuco a un siniestro individuo, cruel, sanguinario y esclavista, Nuño Beltrán de Guzmán. La tendencia en favor de la explotación de los indios se refuerza. Cortés presiente que el lejano monarca no quiere una excepción mexicana. Los anticortesianos incitan a Carlos V a mostrar lo que es "el yugo del rey".

LA ESPECIERÍA

En aquel inicio de 1527, Cortés ha regresado a su vida mestiza. Ha tomado bajo su techo a la joven Isabel Tecuichpo, la hija de Motecuzoma, que ha criado como si fuera su propia hija. La casó el año anterior con Alonso de Grado, el visitador general de la Nueva España. En esa ocasión, actuando como un tlatoani mexica, le dio una rica dote otorgándole el señorío de Tlacopan. Pero Alonso de Grado murió repentinamente e Isabel se volvió una joven viuda atractiva. De su vida común nacerá al año siguiente, Leonor; Cortés tendrá a su cuarto hijo mestizo y le dará el nombre de su madre. Pero fiel a su poligamia, vive con varias princesas mexicanas. De una de ellas, una prima de Tecuichpo, tendrá un quinto hijo mestizo, una niña llamada María. Por Díaz del Castillo sabemos que ésta nació contrahecha.[9]

Cortés sigue fascinado con la cultura indígena; come a la mexicana, vive a la mexicana; como es un gran señor, cría jaguares en su casa, símbolos del poder guerrero en la antigua Mesoamérica. Parece estar completamente inmerso en esa cultura, y cuando le envía a su padre como regalo un cachorro de jaguar[10] ni siquiera se da cuenta de la incongruencia de tal regalo, que en Castilla no tenía verdaderamente ningún sentido.

Puesto que la situación política está decantada, Cortés puede dedicarse a una de sus mayores preocupaciones, la exploración del Mar del Sur. Con ayuda de los barcos que hizo construir en Zacatula, decide enviar una expedición a las Molucas. En efecto, en los límites orientales de Asia, España y Portugal se disputa la posesión de islas ricas en especias, que se llaman por eso "las Islas de la Especiería". Cierto, el clavo, la canela, el azafrán, el carda-momo, el jengibre, la pimienta, el anís, la menta, el orégano o el tomillo, pero también el incienso y la mirra, constituyen produc-tos escasos y de gran precio. Pero el conflicto por el control de la Especiería reviste una dimensión jurídica particular en la medida en que se sitúa en la prolongación del arbitraje entregado por el papa en 1493.

El reparto de los mares efectuado entonces por la bula *Inter caetera*, revisado por el tratado de Tordesillas, trazaba un meridia-no imaginario que pasaba a trescientas sesenta leguas marinas al oeste de las Azores; se pensaba que ese meridiano continuaba del otro lado del mundo, por un antimeridiano que atravesaba las islas de la Especiería. Los portugueses se habían instalado en las Molucas en 1511 y las consideraban de su propiedad. En 1521, Magallanes descubrió las Filipinas, las cuales reivindicaba España. Pero Carlos V consideraba que el arbitraje papal le daba igual-mente la propiedad de las Molucas. Más que una discusión de ex-pertos para saber si el antimeridiano que dividía los mares pasaba al este o al oeste de la frontera de los 130° E, Cortés opinaba, fiel a su manera de pensar, que más valía ocupar el terreno. Ésa era también la idea de Carlos V, que había enviado para este fin una pequeña flotilla encabezada por Jofre de Loaisa. Poco después del paso del Estrecho de Magallanes, y tuvo un fin desastroso; Cortés recogió uno de los barcos perdidos de esta expedición en la cos-ta mexicana de Tehuantepec. El gobernador de la Nueva España pensaba entonces que su conquista de las Molucas modificaría las relaciones de fuerza en sus discusiones con el rey de España.

Al quedar listos los tres navíos, Cortés designó como jefe de la expedición a Álvaro de Saavedra Cerón, uno de sus numerosos primos. Desde Tenochtitlan, Cortés pasa el mes de mayo prepa-rando esta expedición. Redacta instrucciones detalladas para su capitán, en las cuales destaca su gusto minucioso por el orden moral; habla de rigor, del valor del ejemplo, del respeto a los demás; prohíbe la presencia de mujeres en los barcos para evitar escándalos. Recomienda poner la mayor atención en la observación botánica y le solicita al jefe de la expedición que le traiga granos de plantas susceptibles de aclimatarse en la Nueva España. Cortés escribe igualmente una carta para Sebastián Caboto, que había sido enviado por Carlos V a explorar China y que podría encontrarse por los parajes. Pero Caboto no recibirá nunca esta carta porque se había conformado con explorar las costas de Brasil y el interior de Argentina donde se eternizará hasta 1530. Hernán prepara una carta de acreditación para Saavedra, dirigida al rey de la isla o de la tierra en la que desembarcará. Y ese sorprendente Cortés, al pie del Popocatépetl, a la orilla de la laguna de México, comienza su carta a ese rey desconocido de los confines del mundo citando la primera frase de *La Metafísica*, de Aristóteles: "Universal condición es de todos los hombres desear saber [...]"Escribe también de manera más personalizada al rey de Cebú y al rey de Tidore que habían estado en contacto con la expedición de Magallanes. Redacta todos esos documentos en español y en latín, considerando que esta última lengua es universal y suponiendo que habrá en ese lugar algunos judíos que serán capaces de leerla. En caso contrario, sugiere a la tripulación que se dirija en árabe a los habitantes de las islas de la Especiería. El amo de México firma "Yo, don Hernando Cortés, capitán general y gobernador desta Nueva España" o bien, sencillamente con un lacónico "Yo, don Hernando Cortés", como si, para tratar esos asuntos extranjeros, se liberara de su título español.[11]

Los tres barcos dejaron Zacatula para reunirse en la bahía de Zihuatanejo, un poco más al este. Los 110 hombres se hicieron a la mar el 31 de octubre de 1527. Después de haber perdido dos navíos, Saavedra llegó a finales de enero de 1528 a Filipinas, abordando la isla de Mindanao. Luego se dirigió más al sur hacia las Molucas, donde encontró portugueses listos para pelear. Saavedra rescató a los pocos sobrevivientes de la expedición de Loaisa a finales de marzo, en la isla de Tidore. Con las calas llenas de especias, emprendió su viaje de regreso el 3 de junio de 1528.

La nave La Florida había embarcado sesenta toneladas de clavos, pero llevaba solamente a unos cuarenta hombres. Ante la imposibilidad de encontrar vientos favorables susceptibles de llevarlo a América, Saavedra se volvió atrás. Un año más tarde realizó una nueva tentativa, que también resultó infructuosa. El barco regresó en diciembre de 1529 a Tidore, pero sin su capitán, que había muerto en esa imposible lucha contra los vientos y las corrientes contrarias. Los sobrevivientes intentaron regresar a España por la ruta del oeste. Pero en Malaca fueron capturados por los portugueses y llevados a Goa, en la India. De ahí, algunos pudieron viajar hasta Portugal y pasar por fin a España, donde sólo cinco o seis sobrevivientes llegaron en 1534.

Ciertamente, la expedición de Cortés fue un fracaso en relación con su estrategia mexicana, pero la presencia de Saavedra en Filipinas y en las Molucas a principios de 1528 aceleró el proceso de negociación en curso entre España y Portugal. Gracias a la intervención de Cortés, Carlos V pudo obtener la soberanía española sobre Filipinas a cambio de renunciar a toda reivindicación sobre las Molucas. Por medio del tratado del 22 de abril de 1529, cada una de las dos potencias marítimas obtuvo su Especiería.

La partida para España

El 22 de agosto de 1527, la atmósfera se volvió pesada en México. Alonso de Estrada, enardecido por no se sabe qué noticia llegada de España, decidió obligar moralmente al cabildo de México para que le atribuyeran plenos poderes. Para su golpe de Estado, utilizó artificios que no engañaron a nadie. Exhibió una provisión real firmada en Valladolid el 16 de marzo de 1527, es decir, dieciséis días después de la muerte de Marcos de Aguilar, ¡autorizándolo a nombrar un sucesor! ¿Quién podría tomar en serio una autorización póstuma para una nominación póstuma? Estrada tuvo, no obstante, el atrevimiento de sacar de entre sus papeles un misterioso documento notariado, de fecha 28 de febrero, es decir, la víspera de la muerte de Aguilar, donde éste último lo designaba como su sucesor. Sorprendido, pero quizá también cansado de todas estas querellas, el cabildo se conformó con aceptar. Sandoval fue eliminado del gobierno y Estrada recuperó plenos poderes.

El tesorero del rey no perdió tiempo para liberar a sus cómplices, Salazar y Chirinos, que se encontraban en la cárcel. Estrada llegó incluso a expulsar a Cortés de México. El gobernador derrocado tuvo que refugiarse en Coyoacán, luego en Texcoco y más tarde en Tlaxcala. Estrada envió hombres armados por todo el país para recuperar el oro. Tuvo la idea de violar las sepulturas prehispánicas para recuperar las alhajas de oro de los difuntos, cuando los vivos ya no tenían. Díaz del Castillo nos comenta que fue un cierto capitán Figueroa el primero en dedicarse a ese saqueo arqueológico entre los zapotecas.[12] La situación se volvió insostenible.

En medio de esos hechos, Cortés se enteró de que el rey había prohibido la publicación de sus obras y ordenado quemar todos los ejemplares impresos de sus *Cartas de relación*. En abril, en Sevilla, Toledo y Granada y en otros lugares incluso, se encendieron hogueras en las cuales se consumieron los libros escritos por Cortés.[13] La persecución se hacía patente. Oficialmente, fue el infeliz Pánfilo de Narváez quien había solicitado esta prohibición, considerándose difamado por la pluma del conquistador. Pero se murmuraba también que Cortés no tenía temor de Dios y, en el lenguaje codificado de la Inquisición, eso bastaba para convertirlo en sospechoso.

Al verse en un callejón sin salida, Cortés se hizo a la idea de ir a España para entrevistarse con Carlos V. Estaba más motivado porque había recibido una especie de señal de aliento por parte del monarca, quien se había puesto de su parte en un diferendo financiero que lo oponía al sucesor de Velázquez, en Cuba. Hernán había recibido también una cálida carta del presidente del Consejo de las Indias, García de Loaisa, recomendándole igualmente que hiciera el viaje. A partir de febrero de 1528, Cortés organizó su partida. Adquirió dos navíos, reunió oro, plata y un montón de objetos preciosos. Llevó consigo al círculo de sus fieles colaboradores: Gonzalo de Sandoval y Andrés de Tapia se encontraban allí bien colocados. Hernán iba acompañado, naturalmente, por un séquito de príncipes mexicanos; algo más sorprendente, viajaban con él bailadores, músicos, jugadores de pelota, acróbatas, juglares hábiles con los pies, así como los inevitables enanos, jorobados, contrahechos y otros albinos que no podían faltar en ninguna casa de tlatoani. Cuando llega a la tierra totonaca en Medellín, a principios del mes de abril, se enteró de la muerte de su padre. Se daba vuelta a una página. Hernán perdía una referencia al mismo tiempo que un apoyo. ¡Cuántas veces este afectuoso defensor bien colocado en la corte lo había sacado de una situación delicada! Sus hombros se encorvaron un poco más; la brasa de sus ojos pareció apagarse.

Cuando se hace a la mar, Cortés ignora que en ese momento, 5 de abril, Carlos V ha decidido confiar el poder de la Nueva España a una Audiencia, una especie de tribunal depositario de ciertos poderes ejecutivos, compuesto por cinco miembros y presidido por Nuño de Guzmán, el bárbaro gobernador de Pánuco. Para entonces, es un Cortés en duelo, abandonado por el rey, agobiado por las calumnias, agotado por la vida, el que se embarca para España. Hace levar las velas el 15 de abril para un viaje sin escalas de cuarenta y dos días. Cortés arriba al puerto de Palos a finales del mes de mayo. Cuando posa los pies en el muelle, hacía 24 años que no hollaba el suelo de su tierra natal, que para él ya era extranjera.

Cuarta parte

La Corona contra Cortés
(1528-1547)

Capítulo 1

La primera Audiencia: el exilio en Castilla (1528-1530)

En una legua, Cortés pasa de los ruidosos muelles del puerto de Palos al silencio franciscano del convento de La Rábida. Algunas biografías del conquistador presentan ese regreso como la revancha triunfal del joven ambicioso, que salió un cuarto de siglo antes sin un escudo en el bolsillo. Sin embargo, no hay nada más discreto que el desembarque de Hernán en aquel mes de mayo de 1528. En verdad, ¿de qué podría alegrarse? Desposeído por Estrada de sus cargos mexicanos, mantiene con la corte relaciones que colindan con la desgracia. Desde su llegada a España ha visto morir en Palos a su fiel amigo Sandoval; ese hombre de todas las batallas, ese experto de situaciones desesperadas, ese compañero de los buenos y malos días expiró en la casa de un fabricante de cordajes, donde había encontrado asilo al ya no poder transportarse. Mientras Gonzalo agonizaba, su anfitrión, carente de escrúpulos, lo despojó de trece barras de oro que constituían su fortuna.[1]

La muerte ronda, el desamparo se instala. La Rábida es un refugio.

Regreso a los orígenes

Con su comitiva de ochenta personas, sus dos jaguares, sus armadillos, sus zarigüeyas y sus aves tropicales, Cortés se acomoda en ese famoso convento, vigía franciscano del Nuevo Mundo. Allí encuentra consuelo y comprensión. Como cada vez que tiene necesidad de analizar la situación, escribe. Envía cartas al emperador, a Loaisa, el presidente del Consejo de Indias; al duque de Béjar, al duque de Medina Sidonia y al conde de Aguilar, sus protectores; moviliza también su red familiar y el apoyo de la orden franciscana. Sobre todo, recoge información. Cortés se entera así de la conspiración que fue urdida en su contra en la corte, mientras preparaba su viaje a España. La nominación de la primera Audiencia, el 5 de abril de 1528, es una ejecución en regla. El objetivo del rey ni siquiera se oculta, puesto que lo expresa en las instrucciones, en teoría secretas, pero firmadas el mismo día.[2] Carlos V le pide al nuevo amo de la Nueva España, Nuño de Guzmán, que transfiera las propiedades de Cortés a su nombre; por supuesto, expropiar los dominios del gobernador implica eliminarlo físicamente. El le rey ofrece a Nuño de Guzmán dos soluciones: el asesinato, si el presidente de la Audiencia consigue echarle mano a Cortés o el juicio de residencia, procedimiento más lento pero inexorable. A cambio de esas bajas acciones, Carlos V acepta cerrar los ojos ante el tráfico de esclavos organizado a gran escala por Guzmán en la región huasteca, donde continúa siendo gobernador en funciones.[3] Ese arreglo de ladrones, concertado a espaldas de los indios ya profundamente heridos, condena de hecho al capitán general en su persona y en su política.

¿Cómo remontar la pendiente? En su retiro de La Rábida, Cortés reflexiona en eso. Abatido y deshecho, decide recuperarse yendo a Medellín y al monasterio de Guadalupe, en su Extremadura natal. Mientras se pone en camino con su cortejo, descubre que el crisol del poder engendra efectos de alta volatilidad y que su simple presencia física en España ha contrarrestado los planes del rey. La desgracia patente del mes de abril se volvió inoportuna e inconfesable dos meses más tarde; operando un cambio espectacular, Carlos V finge alegrarse con la llegada de Cortés. Hernán comprende que su imagen pública es poderosa entre la nobleza y los medios intelectuales; el auto de fe de sus libros causó mala impresión y mermó el prestigio del rey. El extremeño recobra las esperanzas.

En Medellín, Cortés encuentra a su madre, viuda y triste. Se entera de que el oro que enviaba regularmente a su padre no siempre llegaba a su destino: a veces el rey lo confiscaba antes, es decir en Sevilla, otras veces el mensajero se quedaba con una parte. Después de haber rezado ante la tumba de Martín, pide que se erija un monumento funerario en la iglesia del convento de San Francisco de esa ciudad, para albergar los restos mortales de su padre.

Es tentador pensar que Cortés planta a los lados de la puerta del castillo de Medellín un nopal llevado de México para marcar la parentela simbólica que une a Tenochtitlan, "el lugar del cacto", con su ciudad natal. De esa planta original brotarían los nopales centenarios que hoy le dan un extraño lustre mexicano a las viejas piedras arruinadas de la fortaleza.

Después, acompañado por los príncipes aztecas y su séquito, Cortés se dirige a las rudas montañas de Las Villuercas, al santuario de la Virgen de Guadalupe. En ese monasterio-fortaleza, mantenido por los monjes jerónimos, se venera desde mediados del siglo XIV una virgen negra de madera policroma, de estilo romano, que se impuso como patrona de Extremadura. Íntimamente ligada a la reconquista y a las victorias de Alfonso XI de Castilla sobre los moros, el santuario de Nuestra Señora de Guadalupe es un lugar de peregrinaje muy frecuentado en el siglo XVI; suscita una devoción especial en numerosos conquistadores que ven en ella un símbolo de la fe conquistadora. Cortés ha decidido entonces quedarse en Guadalupe para honrar a la protectora "nacional" de Extremadura, pero también para ofrecer a la Virgen un exvoto: mordido un día por un alacrán de veneno mortal, le había implorado a la Virgen negra que lo salvara y como logró sobrevivir a la asfixia provocada por la picadura, se prometió ir a darle gracias por haberle salvado la vida.

En aquel lugar aislado, perdido en el corazón de montañas inhóspitas, colocado bajo la protección de Nuestra Señora, el destino le sonrió de nuevo. Una mujer, una vez más, cruzó por su vida. La escena no desluciría en la mejor novela de caballería. Cortés es un cuadragenario de luto, a la cabeza de un altivo grupo de indios vestidos con taparrabos y capas bordados, y he aquí que aparecen dos jóvenes mujeres, dos hermanas rodeadas por una cohorte de mayordomos y doncellas; la vivacidad de una y la belleza de la otra emocionan al conquistador, quien, por reflejo, recobra su instinto de seductor. Las dos hermanas sucumben bajo sus encantos: Cortés les habla, les cuenta de México, de los peligros de la conquista, de las ciudades admirables, de los nahuas, de los enormes árboles de las selvas, de las tempestades y de los huracanes, del silbido del crótalo, del Ave María al pie de los volcanes. ¿Cómo cansarse de las hazañas del guerrero y del talento del cuentista? Hernán cubre a las muchachas con suntuosos presentes. El conquistador es viudo, inteligente, rico y gran señor. ¿Cómo no iba a ser un partido ideal para la más joven de las hermanas, todavía soltera?

La hermana mayor, que está subyugada por Cortés, se llama María de Mendoza. El azar quiso que fuera la mujer de Francisco de los Cobos, el poderoso mayordomo del palacio de Carlos V. Cortés ofrece a Nuestra Señora de Guadalupe un escorpión de oro incrustado con piedras preciosas, exvoto indígena, primer homenaje mexicano a la Virgen que, tres años más tarde, se aparecería a un indio en los flancos de la colina del Tepeyac. Hace decir misas, entrega oro al monasterio. No se sabe si los tesoros de la Nueva España le garantizaron protección en el más allá, pero Cortés se fue de Guadalupe con una protectora en este mundo de abajo. En lo sucesivo, María de Mendoza no dejará de alabar al conquistador ante su poderoso marido.

Sin embargo, Cortés no sacará todo el provecho posible de su amistad repentina con la esposa del secretario del rey. Ella, en efecto, deseaba casar a su pequeña hermana Francisca —que todo mundo decía que era adorable— con el impresionante conquistador de México. Pero Hernán ya está comprometido; su padre, Martín, dos años antes, le había negociado una unión matrimonial con la joven Juana de Zúñiga. Hasta entonces Cortés se había mostrado reticente y se había negado a hacer que la muchacha fuera a México.[4] Pero en el ambiente español, él debe aceptar la voluntad de su padre.

¿Por qué Martín eligió a la hija de Carlos Ramírez de Arellano, conde de Aguilar? Para saldar una vieja historia de familia. Juana es, en efecto, sobrina nieta de Juan de Zúñiga, el último gran maestro de la orden de Alcántara; fue él quien, en 1479, había despojado de esa función a Alonso de Monroy, obligándolo al exilio. Unir de nuevo a las familias Monroy y Zúñiga es una manera de restaurar la unidad del antiguo orden militar cuyos dominios constituyeron siempre la riqueza de esas familias. La esposa prometida a Cortés era también sobrina de Álvaro de Zúñiga, duque de Béjar, de quien se decía que poseía la séptima fortuna de Castilla.[5] Además, el duque de Béjar y su cuñado, el conde de Aguilar, estaban muy bien colocados en la corte y podían servir de abogados influyentes en favor de Cortés. Al aceptar casarse con Juana, Hernán cumple con su deber, en memoria de su padre y de los Monroy, pero se confiere también una protección muy útil en la adversidad.

Si Cortés no hubiera sido más que un arribista y un oportunista, habría atizado la flama de María de Mendoza y desposado a su hermana. Al ser cuñado de Francisco de los Cobos, hubiera estado en muy buena posición para que el rey le concediera el gobierno de la Nueva España o, mejor aún, la función de virrey. En todo caso es el juicio que emite Bernal Díaz del Castillo, hostil a Juana de Zúñiga, pero encantado con la pequeña Francisca de Mendoza.[6] Al casarse con Juana, Cortés vuelve a las obligaciones del clan familiar.

Para el conquistador, ese matrimonio arreglado es un desgarramiento. Él, el mexicano, se ve obligado a dar muestras de su hispanidad. En el contexto castellano, no puede aspirar al poder proclamando su gusto por los indios. Se ve obligado a borrar su desconfianza hacia los españoles. Si quiere ser ratificado y volver a tomar las riendas en México, no tiene otra elección, más que ese matrimonio que le aporta protectores poderosos.

La entrevista con Carlos V

Aunque Cortés se haya mostrado evasivo en lo referente a su estancia en España cuando evocó sus recuerdos con su capellán López de Gómara, sabemos que tuvo que esperar durante largas semanas su cita con el emperador. La entrevista finalmente tiene lugar en Toledo en el transcurso del verano de 1528, probablemente en el mes de septiembre, gracias a la intervención del almirante de Castilla, del duque de Béjar y del conde de Aguilar, su futuro suegro. Los tres participaron en la entrevista, así como Francisco de los Cobos, quien, persuadido por su mujer, se convirtió en protector de Cortés. He aquí por fin al gobernador de la Nueva España ante el emperador. No es un hombre que se postre, pero, por esta vez, cumple con los gestos protocolarios y se inclina ante el soberano, con una rodilla en tierra. El encuentro entre los dos hombres se desarrolla en un ambiente tenso. Si bien Cortés es un gobernador en suspenso, el rey está en fase de inhibición, en razón de las graves dificultades por las que atraviesa.

Carlos V, de hecho, nunca se recuperó de su victoria sobre Francisco I. El 24 de febrero de 1525, el rey de Francia fue capturado en combate durante la batalla de Pavía, no lejos de Milán. En el mes de agosto fue transferido a Madrid y encarcelado en condiciones deshonrosas; estuvo a punto de perder la vida. Ante ese rey de Francia que vive la guerra como un torneo, Carlos V demuestra que es un soberano de vestíbulo, sin ninguna grandeza de alma. El 14 de enero de 1526, le arranca a Francisco I el tratado de Madrid: el rey de Francia conseguía así su libertad a cambio de Artois, Borgoña y un rescate de tres millones de escudos. Para garantizar el tratado, Carlos V reclamaba como rehenes a los dos hijos menores de Francisco I.

El matrimonio de Carlos V con Isabel de Portugal en Sevilla, en abril del mismo año, no compensa los reveses sufridos por el emperador. Después de la derrota de Mohacs, Hungría, confiada a Fernando, había sido sometida por los turcos. Y algo más grave, el 6 de mayo de 1527 los mercenarios de Carlos V habían entrado a Roma y la habían saqueado. En la larga lista de actos sacrílegos y bárbaros de la humanidad, el saqueo de Roma ocupa un lugar privilegiado. Durante cerca de un año las tropas de Carlos V, para vengarse de que no les hubieran pagado, se dedican a matar, robar, quemar, amenazar y despojar. La ebriedad de la impunidad lleva al peor vandalismo. Decapitan las estatuas, desgarran las páginas de los manuscritos antiguos, queman las obras maestras de los grandes pintores. El papa y sus cardenales son tomados como rehenes. Europa entera se une contra Carlos V, responsable de esa barbarie que ataca la sede de la cristiandad.

El 22 de enero de 1528, Francisco I y el rey Enrique VIII de Inglaterra han declarado la guerra a España. El secuestro de los hijos del rey de Francia, en Segovia, en condiciones infames, ha desprestigiado a Carlos V. Para colmo de males, el soberano sufre un ataque de gota que lo imposibilita.

Cortés mide a su interlocutor. Sabe que el rey actuó como un secuestrador, como un jefe de bandoleros. ¿Cómo iba a atreverse ese rey a reprocharle abusos de los que se le acusa, sin siquiera haberlos cometido? Cortés mira al soberano de frente; va directo a su objetivo. El conquistador tiene preparado un memorial, una nota escrita sobre su acción pasada y sus proyectos para el porvenir. No cambió ni una jota en su manera de pensar. Le explica al rey, oralmente, durante una larga exposición, el sentido de su política. Defiende la conservación de las estructuras indígenas, con la necesaria evangelización a cargo de las órdenes mendicantes. Justifica una vez más los repartimientos; defiende su visión del equilibrio entre la conservación de los indios y la posibilidad de que los españoles vivan en esas tierras. No pronuncia la palabra mestizaje, pero está inscrita en filigrana en todas sus palabras. El rey escucha, trata de leer en los ojos de sus consejeros lo que debe responder, pero la palabra de Cortés es suficiente por sí misma. Aunque no dice nada, Carlos V está impresionado por la pasión del conquistador, por su ardor, por su determinación. América, sin embargo, sigue siendo una abstracción para el rey, una realidad evanescente.

Para que el soberano pueda conocer a los indios, Cortés le presenta a su séquito: unos mexicanos danzan al son de un tambor, unos juglares hacen rodar troncos de madera con sus pies, recostados sobre su espalda. Carlos V puede ver a los jaguares en su jaula de madera, apreciar el verde profundo de las plumas del quetzal, admirar los escudos incrustados de oro y plata, los mantos preciosos y las armas de obsidiana. Pero, el emperador no es apasionado. Admira educadamente, pero se percibe que su corazón no está allí. La gota lo hace sufrir.

Pasan largas semanas sin que el emperador dé señales de vida. Cortés, en la casa donde está albergado en Toledo, cae enfermo. Corren rumores de que está en agonía. Los Cobos y Zúñiga convencen al rey para que acuda a la cabecera de Cortés, que está en artículo de muerte. Favor insigne, el emperador visita al gobernador de la Nueva España, a quien él mismo había revocado unos meses antes. De la discusión entre los dos hombres, esta vez, no sabemos nada. Pero conocemos el resultado de la visita real: ocho días más tarde, Cortés se había aliviado. Aquello que el rey quizás había prometido imprudentemente a un moribundo tendrá que cumplirlo ahora a un vivo. La flama se vuelve a encender en la mirada del conquistador.

El curso de la política aplicada a la Nueva España se había vuelto sinuoso. Mientras Cortés había recuperado los favores del emperador, la primera Audiencia de México entraba en funciones el 9 de diciembre de 1528. Esa junta de cinco personas se convertiría en breve plazo en un triunvirato: en efecto, dos oidores encontraron la muerte poco después de su llegada a la capital, demostrando que el ejercicio del poder en México era una actividad de alto riesgo. Nuño Beltrán de Guzmán compartía entonces el poder con Juan Ortiz de Matienzo y Diego Delgadillo. Ignorantes de los cambios ocurridos en el espíritu del monarca español, los tres oidores iniciaron inmediatamente el juicio de residencia contra Cortés. Guzmán encontró 22 testigos de cargo, movidos por el rencor o el soborno. Por otra parte, el yugo de los oidores se abatía sobre los indios. Pero Guzmán lidiaba un combate desfasado, a contratiempo.

En el barco que llevaba a los oidores a la Nueva España se encontraba también fray Juan de Zumárraga, primer obispo de México. Provisto del título de "protector de los indios", ese franciscano aguerrido opondría la más enérgica resistencia a las malas acciones de la Audiencia. Mientras en España, Cortés, que actuaba con sus amigos franciscanos como agente reclutador, había logrado que el rey firmara en Toledo las ordenanzas sobre el buen trato a los indios. Aunque no pusiera en tela de juicio el principio de la esclavitud, ese texto significaba un avance que limitaba considerablemente la explotación de los indígenas. Por cínico que fuera, el combate de Guzmán era un combate de retaguardia.

Los favores del rey

Con mucha prudencia, cada vez que le había escrito, desde 1522, Carlos V jamás había cesado de darle a Cortés su título de gobernador y capitán general de la Nueva España. Ese título obviamente se había vuelto una ficción desde el 5 de abril de 1528, puesto que, en los hechos, el poder fue confiado a Nuño de Guzmán. A principios de 1529, Cortés espera entonces de Carlos V una legitimación moral y jurídica de su acción pasada. El conquistador lucha en dos frentes: en uno, anhela recuperar el gobierno de la Nueva España; en el otro, desea que le atribuyan oficialmente las propiedades territoriales que se había otorgado él mismo. Ahora bien, el rey quiere exactamente lo mismo: el ejercicio de la autoridad política y los ingresos de las propiedades de Cortés. No se sabe quién saldrá vencedor de ese conflicto. Es un duelo con resultado incierto. Siempre se cree que la balanza se inclina en favor de los poderes constituidos, pero las relaciones de fuerza subterráneas a veces dan sorpresas.

Desde el mes de marzo de 1529, Cortés sabe a qué atenerse: recibirá el título de marqués y obtendrá la jurisdicción sobre todas las propiedades territoriales codiciadas. En cuanto al gobierno de la Nueva España, el asunto todavía se delibera. Pero Hernán mantiene las esperanzas. El 1 de abril, el rey le escribe a Guzmán para arreglar un problema de intendencia —el reembolso de los gastos efectuados en la expedición a las Molucas— ¡y designa a Cortés con el doble título de marqués y gobernador!"[7]

A principios del mes de abril, probablemente más tranquilo, Cortés se casa en el castillo de Béjar con la joven Juana de Zúñiga. En ese nido de águila suspendido sobre vertiginosos barrancos, Cortés debe sentirse un poco oprimido por el espacio confinado, encerrado en la vieja ciudad fortificada. El lugar es la imagen de su matrimonio: respira el encierro. Pero Cortés acepta ese rito social porque es para él una tabla de salvación. Si no se hubiera casado, Hernán hubiera sido un proscrito, alguien fuera de la ley, cuya cabeza habría tenido un precio. Por la gracia del himen, helo aquí marqués. Es un viraje salvador, pero le resultará difícil recuperarse.

Como Cortés siempre guardó silencio sobre ese matrimonio, se postula que esta unión lo hizo rechinar los dientes. Nunca tendrá una palabra amable o tierna para esa esposa de conveniencia, unos veinticinco años menor que él, que recibe de mala gana a pesar de su frescura y su belleza. Para mantener su rango, le regala a su mujer cinco esmeraldas de leyenda que atizan la envidia de la emperatriz Isabel. "Esas joyas, finísimas, que hubo de los indios, [...] fueron las mejores que nunca en España tuvo mujer" —exclama López de Gómara—.[8] Pero las joyas no bastaron para que la pareja fuera feliz.

Poco antes de su boda, Cortés había enviado una embajada al papa. Uno de sus compañeros de conquista, Juan de Herrada, acompañado de dos indios, había escoltado hasta Roma suntuosos presentes de artesanía mexicana. El papa Clemente VII —Julio de Médicis— respondió favorablemente a la demanda de legitimación de los tres primeros hijos mestizos del conquistador. Le concedió igualmente la autorización de fundar para los indios el Hospital del Niño Jesús, que Cortés había planeado edificar en pleno corazón de la ciudad de México, en el espacio donde tuvo lugar su primer encuentro con Motecuzoma. Con cierta intención de provocación, el papa otorgó a Cortés, en esa misma bula del 16 de abril de 1529, el derecho a percibir los diezmos sobre sus propiedades, a fin de financiar la construcción y el mantenimiento del hospital. Era una transgresión al patronato establecido entre la Corona española y la Santa Sede en tiempos de Isabel la Católica, pero Clemente VII, que seguía rumiando todavía su captura por las tropas de Carlos V durante el saqueo de Roma, ¡disfrutaba el secreto placer de amputar el monopolio del monarca! Al hacerlo, dotaba a Cortés de poderes reales.

No es sino hasta el 6 de julio de 1529 cuando Carlos V firma, desde Barcelona, las cédulas que le otorgan sus favores a don Hernando Cortés. Las negociaciones, acres y laboriosas, requirieron cuatro meses de transacciones. Éstas resultaron muy satisfactorias para Hernán en todos los planos, salvo en el punto esencial del gobierno de la Nueva España, que el rey se niega a confiarle. Para Carlos, ceder en ese terreno equivalía a humillarse. Si ese cerrojo fallaba, dejaría de mantener su rango y su autoridad. "Tenemos por bien y es nuestra merced y voluntad —escribe el monarca a Cortés— que agora y de aquí en adelante vos podáis llamar, firmar e intitular, e vos llamedes e intituledes marqués del Valle, que agora se llamaba Guaxaca".[9] Tres documentos anexos detallan los contornos de ese primer marquesado de América.

Es un latifundio enorme que se puede evaluar en seis o siete millones de hectáreas, las tierras de Cortés están integradas por siete partes geográficamente distintas. Están primero las tierras del valle de México: Coyoacán, Tacubaya, los terrenos de caza de Xico y Tepeapulco, al sur de la laguna, así como solares situados en la ciudad de México-Tenochtitlan. Casi toda la Plaza Mayor era propiedad de Cortés y esa reserva territorial proseguía hasta el oeste, sobre todo el espacio existente entre el acueducto de Chapultepec y la calzada de Tlacopan. El conquistador, insaciable, había querido recibir Texcoco, Otumba, Huejotzingo y Chalco. Pero el rey no lo había aceptado. A unos cien kilómetros al oeste de México, Cortés obtiene todo el valle de Toluca. Igualmente, a unos cien kilómetros, pero al sur de Tenochtitlan, el capitán general de la Nueva España se dibujó una inmensa propiedad centrada en la ciudad de Cuernavaca, la antigua Quauhnauac. Más al este, al norte de Veracruz, Cortés dispone de excelentes tierras, sobre la vertiente atlántica de la sierra, alrededor de Xalapa. Está enseguida el valle de Oaxaca que da en teoría su nombre al marquesado. En la práctica, Cortés se hará llamar siempre el marqués del Valle, sin precisión geográfica. Al fin, Cortés recibe dos zonas que presentan un interés estratégico particular, puesto que están situadas al norte y al sur del istmo: al norte la región de Tuxtla, al sur la región de Tehuantepec. En total, los servicios de la Corona censaron "veintitrés mil vasallos", sobre los cuales Cortés recibió la jurisdicción civil y criminal. Esas cifras reflejaban evidentemente una geografía de fantasía, porque los hombres de la corte de la vieja España tenían problemas para imaginar la dimensión de los espacios mexicanos. Ellos no tenían conciencia de la inmensidad del dominio que acababan de otorgarle al conquistador de México.

A falta del nombramiento de gobernador, Cortés logró que le permitieran conservar las funciones de capitán general, que ejercía desde 1519. Ya no había ilusión alguna en el contenido de ese título militar en un contexto de paz, pero era, no obstante, un estatus oficial que ofrecía la ventaja de procurarle cierta legitimidad y un cierto rango entre las autoridades de la Nueva España. Cortés insistió y logró que le otorgaran la responsabilidad de la administración del Mar del Sur. Carlos V no podía actuar de otro modo puesto que, unos días después de la boda de Cortés, el rey había podido firmar con Portugal el tratado sobre Filipinas; el soberano sabía lo determinante que había sido la expedición organizada por Cortés en el resultado favorable de la negociación con su vecino lusitano. Cortés se hace nombrar entonces "capitán general de la dicha Nueva España, y costa, y provincia de la Mar del Sur".[10] El 27 de octubre de 1529 obtendría capitulaciones en buena y debida forma, que le daban la autorización para explorar el Pacífico a partir de las costas mexicanas. Es con ese espíritu, proyectándose hacia el porvenir, que Cortés se había hecho atribuir las tierras que autorizaban el control del istmo de Tehuantepec, tanto al sur, del lado del Pacífico, como al norte, por el lado del Atlántico. Al imaginar el beneficio o el poder que podría obtener de un comercio entre China y Castilla que transitaría por el istmo de Tehuantepec, concebía con cincuenta años de anticipación el trayecto del "galeón de Manila".

Por un cúmulo de circunstancias fortuito, Cortés radica en la Península al mismo tiempo que su primo, Francisco Pizarro. Después de haber desembarcado en Tumbez y explorado la costa norte del Perú a principios de 1528, Pizarro siente la necesidad, también, de regresar a España para lograr que el rey le otorgue documentos oficiales que legitimen sus descubrimientos en el Pacífico sur. Pizarro llegó a Sevilla en noviembre de 1528, pero fue arrojado a la prisión por un acreedor; sin embargo, logró llegar a Toledo, a la corte de Carlos V. Es más o menos cierto que Cortés y Pizarro permanecen en la ciudad toledana al mismo tiempo, en los meses de enero, febrero y marzo de 1529. Un poco como Cortés, pero con menos fastuosidad, Pizarro se hizo acompañar de indios peruanos y llamas, destinados a impresionar al Consejo de las Indias. Aunque Francisco Pizarro no obtuvo ninguna entrevista con el rey, consiguió no obstante obtener, más o menos en el mismo momento que Cortés, capitulaciones firmadas por la reina "para descubrir, conquistar y poblar la provincia del Pirú".[11] Cortés y Pizarro se encontrarán nuevamente en Sevilla en enero de 1530, al salir rumbo al Nuevo Mundo. No se puede dudar de que los dos primos hayan conversado sobre las nuevas perspectivas que abría el control marítimo de la costa Pacífica de América.

La caída de Nuño de Guzmán

Carlos V, tan inconsciente como obstinado, no deseaba más que una cosa: conseguir que el papa lo consagrara emperador. El rey de España había tenido el atrevimiento de capturar a Clemente VII para poder negociar su liberación contra la promesa del Santo Padre de colocarle la corona de hierro de los reyes lombardos y luego la corona de oro imperial. Así, el 27 de julio de 1529, Carlos V abandona España: se embarca en Barcelona para Italia, dejando a la emperatriz en Toledo.

Puesto que ha perdido la esperanza de recobrar el gobierno de la Nueva España, Cortés lucha ahora para eliminar a Nuño de Guzmán de la escena política. Hay que decir que las noticias que llegan de México son apocalípticas. Los tres oidores rivalizan en ignominia. Tienen tres víctimas predilectas: los indios, los amigos de Cortés y los franciscanos. Por incómoda que sea, la tiranía ejercida por los representantes del rey contra los españoles está dirigida a hombres que tienen medios de réplica. Con los indígenas es diferente, éstos deben sufrir cotidianamente vejaciones y malos tratos, cuando no el enajenamiento de sus bienes, la violación, el trabajo forzado, la deportación o la esclavitud. Afortunadamente, Zumárraga, el nuevo obispo de México, puede esgrimir su título de protector de los indios y, en varias ocasiones, llega a liberar a los mexicanos de la furia de los gobernantes. La lucha de los franciscanos en defensa de los indios suscita como respuesta una escalada de violencia por parte de los miembros de la Audiencia. Los tres déspotas creen que se pueden permitir todo. Delgadillo mata a patadas en el vientre al cacique de Tacubaya, por negarse a proporcionar hombres para las faenas. Como un desafío, Nuño de

Guzmán derriba la capilla de San Lázaro y la leprosería contigua, fundada por Cortés para los indígenas en el barrio de Tlaxpana. En su lugar, manda erigir, para su exclusivo uso personal, una magnífica residencia de campo. Utiliza para su servicio a indios requisados, sin remunerarlos y sin costear siquiera los materiales; para colmo de la provocación, ¡los obliga a trabajar el domingo y los días de fiestas religiosas! ¡He aquí la clase de personajes que había elegido Carlos V para dirigir México!

De todos esos abusos llegan relatos precisos, consignados en cartas que han sobrevivido a la severa censura impuesta por los oidores. Tal es el caso de la larga carta del mayordomo de Cortés que permaneció en México, Francisco de Terrazas.[12] Tal es también el caso de la magnífica relación de Juan de Zumárraga, fechada el 27 de agosto de 1529, donde detalla para el emperador Carlos V la situación de desorden y de persecución que prevalece en la Nueva España desde la salida de Cortés.[13] Con ayuda de todos esos testimonios, el nuevo marqués del Valle lucha por la destitución de la Audiencia.

Carlos V en verdad se siente incómodo. El tal Nuño de Guzmán, nativo de Guadalajara, fue incorporado a su guardia personal en 1520. El 4 de noviembre de 1525, al mismo tiempo que designaba a Ponce de León como juez visitante encargado de destituir a Cortés, lo nombró gobernador de Pánuco. Proporcionando un sucesor a Francisco de Garay, el rey interviene en la circunscripción territorial de la Nueva España. Lo hizo a propósito para crear problemas y desestabilizar a Cortés. Salido de Sanlúcar de Barrameda, el 14 de mayo de 1526, Guzmán hizo una larga parada de siete meses en Santo Domingo, seguida de otra menos larga en Cuba, antes de desembarcar en Pánuco el 24 de mayo de 1527. ¿Qué hizo durante esa interminable escala? Puso al punto un tráfico de esclavos para proporcionar mano de obra a las islas, ahora despobladas. Un mes después de su llegada a Pánuco, Nuño de Guzmán comenzará la deportación de esclavos huaxtecos hacia Santo Domingo y Cuba. Zumárraga, en su carta a Carlos V, indica que más de diez mil esclavos fueron marcados con hierro candente y exportados hacia las islas durante dos años. Carlos V piensa que es el precio que tiene que pagar por la cabeza de Cortés. Quiere abatir el poder del conquistador y, para él, todos los golpes están permitidos. Ahora el emperador se siente acorralado: ¿cómo puede desacreditar a ese fiel ejecutante de su política? Lejos de sentirse conmovido por la barbarie de Guzmán, Carlos V intenta protegerlo para salvaguardar su propia autoridad. Es por eso que el soberano abandona España sin haber entregado el gobierno a Cortés, pero, sobre todo, sin habérselo quitado al presidente de la primera Audiencia.

No obstante, Cortés se ha fortalecido. Ha regresado a la carrera por el poder y su posición se ha consolidado. A partir del mes de octubre, desde Madrid, donde se instala, presiona a la emperatriz. Guzmán envía a dos embajadores a la corte con las minutas del juicio de residencia que acusa a Cortés. Pero el viento había cambiado de rumbo. Unos días antes de Navidad, Nuño de Guzmán abandona México. A la cabeza de un importante cuerpo expedicionario, emprende la conquista del occidente de México. Cierto, persigue el espejismo del oro, el fantasma de las tierras desconocidas. Sin embargo, es una manera de abandonar el poder, huye ante el retorno de Cortés, que sabe ahora ineluctable.

A principios de 1530, Cortés parte con su séquito hacia Sevilla. Oficialmente, se dedica a arreglar los problemas materiales ligados a su regreso a la Nueva España. Lleva con él, en efecto, a más de cuatrocientas personas, entre las que se encuentran su mujer, Juana, y su madre, Catalina. En realidad, Cortés espera tener la certeza de haberle dado una estocada a Nuño de Guzmán. Se asegura de ello a principios del mes de marzo. Nada se opone entonces a su regreso. Pizarro se marchó hacia Perú; Carlos V ha logrado que el papa lo consagre emperador en Bolonia el 24 de febrero; una nueva Audiencia de cinco miembros, presidida por el obispo de Santo Domingo, será nombrada en México; los asuntos de Cortés están en orden.

Recobra con cierto júbilo sus emociones de la juventud. El olor de los muelles del Guadalquivir, el amontonamiento de los toneles de vino y de jarras de aceite en las calas de los navíos, el crujido de los barcos anclados, la punzada en el corazón que precede a la salida hacia la aventura, la dulce mordida de la llamada de alta mar. De nuevo, las velas se hinchan. Los navíos bogan hacia la Gomera, luego hacia Santo Domingo; es un peregrinaje hacia el alba de su vida de hombre.

Cortés se detiene por largo tiempo en La Española. Le muestra a su mujer la casa de su adolescencia. La ciudad está irreconocible; no hay un indio siquiera. Sobre la gran plaza de Santo Domingo se erige ahora una catedral, a punto de ser terminada. Los franciscanos, los dominicos, las clarisas habían edificado conventos. Hernán y Juana dan una caminata; pasan frente al hospital de San Nicolás de Bari construido por Ovando, frente a la antigua casa de Francisco de Garay y frente al palacio de Diego Colón. Cortés no puede evitar deambular por la nostalgia. De sus antiguos amigos no queda ningún sobreviviente.

El capitán general se entrevista largamente con Sebastián Ramírez de Fuenleal, el obispo nombrado presidente de la segunda Audiencia de la Nueva España. Fuenleal, quien aceptó sin mucho agrado la proposición de Carlos V, no tiene prisa de llegar a México. A Cortés le hubiera gustado regresar con él, pero el obispo desea permanecer en Santo Domingo hasta Navidad. Cortés no puede esperar. Decide embarcarse con las cuatrocientas personas de su séquito. El 15 de julio de 1530 vuelve a encontrar con emoción el desembarcadero de Veracruz. Está en su casa. Es su tierra.

CAPÍTULO 2

La segunda Audiencia:
la llamada del Mar del Sur
(1530-1535)

Cortés estaba lleno de alegría por volver a México, regresaba con la cabeza en alto, rico, colmado de honores, provisto de un título y de una función prestigiosa. Se había hecho a la idea de acomodarse con la nueva Audiencia y, en el fondo, juzgaba inesperado ese retorno. Mientras que dos años antes la adversidad lo ahogaba, ahora tenía el sentimiento de haber luchado bien y haber triunfado. Había recuperado su influencia sobre los acontecimientos, recobrado su certeza interior y su serenidad. Además, sentía una indecible satisfacción por volver a encontrar sus huellas en esa tierra cuyos olores y perfumes reconocía.

LAS AFRENTAS DEL REGRESO

Hernán presentó al cabildo de Veracruz sus cartas credenciales e hizo proclamar su título de capitán general. Once años después de su primer desembarque, esa formalidad tenía un aire de algo ya visto. El alcalde previno por escrito a los oidores de la llegada de Cortés. Desde la salida de Guzmán para Michoacán, Delgadillo y Matienzo ejercían conjuntamente el gobierno de la Nueva España. Con su numeroso séquito, Cortés se dirigió al pueblo de Ixcalpan, centro de las tierras totonacas que el emperador le había concedido al erigir su marquesado.

¿Quién hubiera pensado que el simple hecho de visitar su propiedad se pudiera considerar como un acto de sedición? Sin embargo, ésa fue la visión de la Audiencia. El alcalde de Veracruz fue obligado a capturar a Cortés en Ixcalpan para despojarlo de sus tierras y entregarle dos cédulas reales, provenientes de Juan de Sámano, el secretario de la reina, firmadas el 22 de marzo de 1530.

Cortés se cayó de las nubes. La primera línea de las dos cartas constituía un buen inicio. La emperatriz llamaba al marqués del Valle "pariente". Juana de Zúñiga, su mujer, estaba en efecto emparentada con los Enríquez, la familia del almirante de Castilla, que era una rama de la casa real: Juana Enríquez, reina de Aragón, no era otra que la madre de Fernando el Católico. Pero a Hernán la continuación de la carta debió haberle provocado hipo. Recibía la orden, en términos de una gran aridez, de no regresar a México antes de la llegada de la segunda Audiencia y de mantenerse alejado, a diez leguas de distancia de la capital, ¡so pena de una multa de diez mil castellanos![1] Concebido por la preocupación de evitar un choque sangriento, este procedimiento no carecía de cierto sentido común. Pero, otorgarle preferencia a un gobierno destituido, compuesto por un borracho y un rufián, en lugar de concederla a Cortés, marqués y capitán general en funciones, representaba una afrenta para el conquistador. En cuanto a la forma: esperarse a que Cortés diera la espalda para asestarle una puñalada, era inmoral. Además, ¿quien hablaba era una reina o un oficial del fisco? ¡Como si Cortés pudiera aceptar un argumento financiero! En el colmo de la desfachatez, la cédula explicaba al conquistador que la nueva Audiencia se instalaría en México, en su propia morada, esas famosas casas viejas que ocupaban el lugar del palacio de Motecuzoma y que el rey le había atribuido en un acto sin equívoco, firmado en Barcelona poco antes de su salida a Italia.[2] El símbolo era claro: la segunda Audiencia no sustituía a la primera, sino que reemplazaba a Cortés. No obstante, Hernán todavía no tocaba fondo en su consternación. Lo que supo enseguida lo llenó de rabia y de tristeza.

Desde enero de 1529, Nuño de Guzmán había abierto el proceso de denuncia en contra de Cortés. En su ausencia, el conquistador había confiado su defensa a un jurista competente y valeroso,

García de Llerena. En una voluminosa memoria terminada el 12 de octubre de 1529, el jurisconsulto había presentado la refutación de las acusaciones lanzadas en contra de Cortés.[3] El hecho de ser defensor del capitán general era un motivo suficiente para ganarse el odio de los oidores. Al igual que otro partidario de Cortés, Cristóbal de Angulo, Llerena fue perseguido y amenazado físicamente, a tal punto que los dos hombres tuvieron que refugiarse en el convento franciscano de México. Los oidores, al no poder reprocharle nada a Llerena, más que el ejercicio de su oficio de abogado, justificaron sus acusaciones en el origen judío del defensor de Cortés. Arguyendo que Angulo y Llerena eran clérigos tonsurados pero no ordenados y que, por ese hecho, no podían valerse del derecho de asilo, Delgadillo y Matienzo tomaron el convento por asalto en la noche del 4 de marzo y aprehendieron a los dos hombres. Los franciscanos, guiados por el obispo Zumárraga, decidieron ir a sacarlos de la cárcel y comenzaron a forzar las puertas. Siguió una disputa general: el obispo recibió un golpe de lanza de manos de Delgadillo en persona; el tono subió; Zumárraga lanzó un ultimátum de tres días para la liberación de los prisioneros. El 7 de marzo, al expirar el ultimátum, lejos de retractarse, los oidores torturaron a Angulo de una manera atroz, descuartizándolo; a Llerena le cortaron un pie después de haberlo golpeado hasta sangrar. Los oidores fueron excomulgados y los cultos suspendidos *a divinis*. Tal era el ambiente de México, bajo la férula de la primera Audiencia.

Esos acontecimientos, que agregaban un capítulo sombrío al gran libro de las exacciones de los oidores, indignaban a Cortés por motivo doble: le dolía en carne propia ver sufrir a sus partidarios y le perturbaba el alma ver que España proyectara una imagen tan bárbara. En el *summum* de la iniquidad, la emperatriz Isabel acudió en ayuda de los excomulgados al decidir que el juicio de residencia de Cortés se trasmitiera al Consejo de Indias, sin los "descargos" argumentados por Llerena.[4] ¿Qué clase de poder español era aquel, moldeado por la hipocresía y gobernado por el abuso?

Como en tiempos de la conquista, Cortés halló refugio en Tlaxcala, donde se festejó su retorno con cordialidad. Pero ese alto sólo podía ser provisional. Como en 1520, necesitaba volver a dar el asalto a la capital mexicana. Retomó el camino recorrido diez años antes y se fue a instalar a Texcoco. Encontró allí a los franciscanos que habían abandonado México después del asunto Llerena-Angulo. Los indios, exasperados, inducían a Cortés a crear en Texcoco una especie de capital bis donde se pudiera instalar un contrapoder legal, susceptible de oponerse a los oidores. Delgadillo y Matienzo tomaron las cosas muy en serio y empezaron a desplegar su artillería para protegerse en contra de una posible invasión de México por los aliados de Cortés. El obispo de Tlaxcala, el hermano dominico Julián Garcés, fue comisionado para llevar un despacho diplomático con el fin de calmar la furia de los oidores. La artillería volvió a la atarazana, sin embargo, los dos tiranos destituidos promulgaron edictos que prohibían a los indios aportar la menor ayuda a Hernán y a los suyos. La intención era clara: hambrear a Cortés.

Se puede dudar de la eficacia de tal decisión, tomada por gobernantes salientes, desacreditados, a unos meses de su cese de funciones. No obstante, el séquito del marqués del Valle sufrió duramente esta especie de exilio interior y de estado de sitio, aunque no se declarara como tal. Cortés acusará más tarde a los oidores de ser los responsables directos del deceso de la mitad de su casa. Más de doscientas personas morirían "por la necesidad y el hambre". En todo caso, es cierto que el recibimiento reservado al conquistador no correspondía a los sueños que habían alimentado su joven esposa y la mayoría de la gente que lo acompañaba. En Texcoco, en ese mes de octubre o noviembre de 1530, a Cortés lo embargó la tristeza de perder a su madre, quien no tuvo tiempo de amar a México y, sobre todo, perdió al primer hijo de Juana, que dio a luz en Texcoco, un niño a quien Cortés llamó Luis. Ese sexto hijo de Hernán murió algunas semanas después de su nacimiento y fue sepultado junto a su abuela en el convento franciscano de Texcoco.

Un agregado más a su infortunio: al llegar a Tehuantepec, Cortés descubre que los cinco navíos que había hecho construir allí y que estaban listos para hacerse a la mar en 1528, habían sido destruidos por órdenes de Nuño de Guzmán. Se trataba de una pérdida considerable, en términos tanto financieros como de tiempo. ¿Cuántos esfuerzos se requería desplegar aún para que el proyecto de exploración del mar del Sur pudiera tener consistencia y devenir en realidad? Había que partir de cero. ¿Cuál era el secreto de Cortés para no desanimarse ante tanta adversidad?

Las pretensiones de la segunda Audiencia

El 9 de enero de 1531, en la ciudad de México-Tenochtitlan, Delgadillo y Matienzo entregan el poder a los miembros de la nueva Audiencia. No son más que cuatro: Vasco de Quiroga, Francisco Ceynos, Alonso Maldonado y Juan de Salmerón. El presidente designado, el obispo de Santo Domingo, pospuso una vez más la fecha de su llegada a México. Pero eso no impide a los oidores asumir sus funciones. Esos hombres de la corte arriban dotados de una reputación íntegra. De cualquier forma conocen la espantosa realidad y deben redorar el blasón del poder español.

Al principio, Cortés ve con buenos ojos la determinación de los nuevos oidores. Los antiguos tiranos, Delgadillo y Matienzo, son arrojados a prisión mientras que se abre en su contra un juicio de residencia. Sin embargo, las satisfacciones del marqués del Valle serán de corta duración. Muy pronto, desde finales del mes de enero, se da cuenta de que se enfrentará con hombres totalmente decididos a ejercer el poder sin dejar la menor parcela de autoridad al antiguo amo de la Nueva España. Probablemente habían recibido órdenes en ese sentido, pero no se puede excluir que el gusto por el poder, inherente a la naturaleza humana, haya sofocado la inicial lucidez de los recién llegados.

Una primera duda asalta a Cortés. Algunos días después de la llegada de la nueva Audiencia, él había puesto un sinnúmero de quejas en contra de Nuño de Guzmán, pero los oidores no parecen querer emprender la menor persecución en contra del antiguo gobernante, quien ha huido hacia el noroeste de México a la cabeza de un ejército considerable. Contra toda expectativa, el bárbaro Nuño de Guzmán, el ángel negro de la conquista, recibe la protección del poder en funciones. La nueva Audiencia emprende rápidamente un detallado análisis de todas las donaciones realizadas a Cortés en España un año antes. El asunto de su casa de México no es más que una ínfima parte de los obstáculos que los oidores van a poner en la ruta del marqués. Obligado a ceder su palacio de México al nuevo equipo, Cortés debe luchar para recibir una indemnización. Pero, de hecho, el problema no es de orden inmobiliario ni financiero: si los oidores desean ocupar la casa de Cortés, es para impedirle que resida en la capital de la Nueva España; es para que se aleje del poder y deje funcionar la máquina administrativa que España está tratando de instalar.

Cortés lo comprendió y aceptó la idea de radicar fuera de México. Eligió vivir en Cuernavaca, donde se hizo erigir un palacio, inspirado en el alcázar de Diego Colón en Santo Domingo. Un palacio de virrey, en cierto modo. Con merlones en el techo para recordar que él también era capitán general. Cortés instaló a su mujer, Juana, en Cuernavaca y jamás regresó a vivir por mucho tiempo a México. La sabiduría de su edad —tenía 45 años— le pedía tomar distancia, encontrar la paz cerca de los suyos, en esa naturaleza magnífica, bañada por una eterna primavera. Estaba en principio al abrigo de la necesidad y tenía la dicha de vivir en México, en esa tierra que amaba.

Pero los oidores no lo entendían así. No contentos con verlo alejarse de la escena política, trataron de controlar sus bienes, sus propiedades y sus ingresos. Decidieron hacer la cuenta de los famosos 23,000 vasallos que Carlos V le había dado a Cortés haciendo "merced, gracia e donación pura, perfecta y no revocable [...] para agora e para siempre". Ese recuento de vasallos, emprendido desde el mes de mayo de 1531, no era un ejercicio burocrático absurdo, como se ha escrito a veces, sino un rechazo profundo a la existencia misma del marquesado de Cortés. ¿Por qué el gobernador general había pedido al rey que le otorgara territorios tan importantes? Simplemente para sustraerlos de la autoridad de la corona. Si él reclama y obtiene la jurisdicción civil y criminal sobre sus vasallos, es decir, sobre los habitantes de esos territorios, es para estar seguro de poder desarrollar ahí las formas de organización social y económica con las que no ha dejado de soñar. En la idea de Cortés, su marquesado es un Estado dentro del Estado y el estatus de propiedad privada otorgado a las tierras y pueblos concedidos es un medio de establecer, a una escala más reducida, ese México independiente que no ha podido realizar en el conjunto del territorio de la Nueva España. Es evidente que el rey y sus consejeros lo entendieron muy bien, pero después de tiempo. Ante Carlos V Cortés ganó. Hizo valer sus argumentos y puso por delante sus protecciones. Así que una vez que el marqués se marchó a la Nueva España, la corte emprende un procedimiento de retractación y, sin desdecirse formalmente, intenta encontrar un medio para desanimar a Hernán. El forcejeo entre Cortés y la Corona continúa. Pero esta vez el viejo conquistador ya está cansado. Quiere alejarse.

Para erigir el marquesado, los servicios de la corte habían anotado los nombres de 22 pueblos, y contabilizaron arbitrariamente mil "vasallos" por pueblo. Con las posesiones de la ciudad de México, estimadas en mil vasallos suplementarios, la corte llegó a la fatídica cifra de 23,000. Esa cifra evidentemente no tiene ningún sentido. En realidad, se puede estimar en un mínimo de dos millones de personas la población bajo la jurisdicción de Cortés en el marco de la donación del 6 de julio de 1529. En el rasero de la demografía mesoamericana, ¿qué significaban "23,000 vasallos"? La cuestión de saber si con ese vocablo se trataba nombrar a todos los habitantes de un territorio, como hacían los oidores, o simplemente a los jefes de familia tributarios, como lo sugiere Cortés, es un falso problema. Incluso si se censaba exclusivamente a los jefes de familia, tan sólo las propiedades de Cuernavaca cuentan con más de 23,000. El principio mismo de querer contar a los indios que vivían en las tierras otorgadas a Cortés indica claramente que la Corona quiere quitarle con la mano izquierda lo que le había otorgado con la mano derecha.

Es verdad que la actitud de los nuevos oidores respecto a los indios constituye un innegable mejoramiento cualitativo en la manera de administrar a la Nueva España. El nuevo gobierno se empeña en ayudar a los franciscanos en su tarea de evangelización y en su misión de protección de las comunidades indígenas. Sin embargo, la persecución contra Cortés, insidiosa y encubierta silenciosamente, será el eje mayor de la política seguida por los cuatro oidores y, después de su llegada a México el 30 de septiembre de 1531, por el presidente de la Audiencia Sebastián Ramírez de Fuenleal. Esta política resultaría difícil, porque las maniobras para alejar a Cortés las percibían con desagrado los jefes indios, para quienes no había más que dos categorías de españoles: los amigos de Cortés, que eran sus amigos, y los enemigos de Cortés, que eran sus enemigos. Ese poder del marqués sobre los indios, esa incomprensible solidaridad del conquistador con el pueblo mexicano, es lo que la Corona intenta romper. Imaginar a Cortés aliado con quince millones de indígenas provoca miedo al rey de España.

Los oidores no alcanzaron a completar su plan y se conformaron con una amputación mínima del poder de Cortés. A título provisional y esperando los resultados de un hipotético censo, validaron la jurisdicción de Cortés sobre las tierras de Cuernavaca, de Tehuantepec, de Veracruz y de Tuxtla. Excluyeron de su autoridad el valle de Toluca y las riberas meridionales del lago de México. Respecto a Oaxaca, que constituía nominalmente el centro de su marquesado, puesto que la ciudad le daba su nombre, la Audiencia dio prueba de su perfidia: en medio de la propiedad privada de Cortés, los jueces decidieron crear una villa, es decir, una municipalidad de españoles, bautizada Antequera. En teoría, era un excelente método para recuperar la propiedad del conquistador, pero subestimaba la combatividad de Hernán. Después de múltiples transacciones, Cortés aceptó la existencia de un enclave para instalar Antequera a cambio del reconocimiento de su jurisdicción sobre los pueblos de Cuilapa, Oaxaca, Etla y Tlapacoya, "los cuatro pueblos del marqués".

Un poco más tarde, en marzo de 1532, vino el asunto de los diezmos. La famosa bula de Clemente VII relativa al Hospital del Niño Jesús rompía el patronato real de las Indias. Los oidores se enfurecieron y el rey exigió a Cortés que restituyera a la Audiencia de México la bula original y las copias que había hecho, de manera que se suprimieran los derechos que mermaban el monopolio de la Corona. Ante esa guerrilla jurídico-político-administrativa, se comprende que Cortés haya querido alejarse.

El espejismo californiano

Cortés, a quien la leyenda tomó por un guerrero, es en realidad un empresario. Se podría, por ejemplo, escribir un verdadero tratado de agronomía si se observa su actividad de agricultor. Como gozaba de propiedades en diferentes climas, Hernán se dedicó a buscar los mejores terrenos para las plantas provenientes de las islas o de Europa. La caña de azúcar, originaria de las Canarias, pero ya aclimatada en las Antillas, encontró una tierra privilegiada en Cuernavaca y en la región de Veracruz. La vid prosperaba en la altiplanicie a condición de aplicarle una tala adaptada. De su viaje a España, Cortés había traído gusanos de seda que criaba en los alrededores de Cuernavaca y Oaxaca. El algodón, autóctono, era un cultivo ancestral de las tierras bajas y Cortés se convirtió en exportador desde 1532. El marqués se interesaba en la cría de ganado vacuno y caballos, en la lana de las ovejas y en la explotación de maderas preciosas. Y, por supuesto, sentía un gusto especial por todos los productos tradicionales indígenas, como el cacao al que era aficionado, el tabaco, que Marina le había enseñado a fumar, o la vainilla, esa sutil orquídea originaria de las tierras cálidas de Veracruz.

Pero su empresa favorita seguía siendo la exploración marítima. Entre 1532 y 1535, Cortés arma tres expediciones por el Pacífico. La primera flota dejó el puerto de Acapulco el 30 de junio de 1532; los dos bergantines fueron colocados bajo las órdenes de Diego Hurtado de Mendoza, otro primo del marqués, antiguo capitán de la expedición marítima enviada en 1524 a Las Hibueras en persecución de Cristóbal de Olid. Obedeciendo las instrucciones de Cortés, Hurtado zarpó rumbo al norte, a explorar las costas de Michoacán, Colima, Jalisco y Nayarit. De camino hacia California, todavía desconocida, poco después de haber descubierto las islas llamadas Tres Marías, la flota se amotinó debido a la falta de víveres. Hurtado continuó solo hacia el norte, mientras que el barco de la turba se volvía sobre el camino navegado. Esa división, probable consecuencia de una preparación demasiado apresurada, fue fatal para la expedición: el navío de Hurtado desapareció para siempre. Por su parte, los amotinados naufragaron en Bahía de Banderas, la actual bahía de Puerto Vallarta, donde murieron en manos de los indios, con excepción de tres de ellos: uno fue capturado por los hombres de Guzmán y solamente dos llegaron a Colima, ciudad controlada por Cortés. Unos veinte amotinados habían preferido desembarcar en la región de Culiacán y habían decidido dirigirse a pie hacia el sur. Los sobrevivientes fueron capturados por Guzmán 45 días más tarde. La expedición era un fiasco.

En octubre de 1532, Cortés tuvo la satisfacción de ver nacer otro hijo varón de su unión con Juana. Su segunda hija, de nombre Catalina, nacida el año anterior en Cuernavaca, no había sobrevivido. Hernán llamó a su pequeño hijo Martín, como su padre, pero también como su primer hijo mestizo nacido de la Malinche. Es curioso advertir que el marqués dio a los tres primeros hijos nacidos de Juana los mismos nombres que dio a sus tres primeros hijos mestizos: Martín, Luis y Catalina. Y continuará así: el cuarto hijo de Juana, una niña nacida en 1534, se llamará María, como una de sus hijas mestizas; para su quinto hijo, otra niña nacida al año siguiente, reutilizará el nombre de Catalina. Sólo su sexto y último hijo nacido en Cuernavaca, probablemente en 1537, llevará un nombre nuevo: se llamará Juana como su madre.

Un mes después del nacimiento de Martín, Cortés decidió instalar su morada en Tehuantepec. Quería vigilar por sí mismo el avance de la construcción de los barcos que pensaba enviar como refuerzo a Hurtado. Se hizo construir una choza de paja sobre la playa y, durante seis meses, se dejó mecer cada noche por las olas del Pacífico. Pero no eran en absoluto los placeres de la hamaca los que Cortés había ido a buscar en el calor de la costa. Había ido a perderse en el frenesí del trabajo. Organizó la logística de su empresa de armador haciendo transitar en lo sucesivo todas las materias primas y todos los aprovisionamientos por el istmo. Las mercancías se desembarcaban en Coatzacoalcos, cargadas sobre canoas y luego remontaban el río. Allí, a unos cien kilómetros, los cargadores las llevaban hasta Tehuantepec. De esa forma Cortés toma posesión de su nuevo territorio, sobre el flanco oriental del Valle Central. Arrojado de México, ocupa los espacios libres —y estratégicos— lejos del poder de la puntillosa Audiencia.

En junio de 1533, los dos navíos cuya fabricación Cortés supervisó en Tehuantepec, se hacen a la mar. El marqués sube a bordo para estrenar los barcos de los que se siente tan orgulloso: uno cargó noventa toneles y el otro setenta. Él inspecciona el taller naval abierto en Acapulco, donde otros dos navíos se están fabricando, luego navega hacia Colima, donde atraca en Santiago, en la bahía de Manzanillo. De ahí saldría la segunda expedición, el 30 de octubre. Los dos capitanes recibieron en realidad instrucciones diferentes: Hernando de Grijalva tiene por misión bogar hacia el oeste donde el rumor sitúa unas misteriosas islas de perlas, llamadas "de las margaritas"; mientras que Diego Becerra de Mendoza, un pariente de su mujer, se encarga de tomar la ruta del Norte para buscar los rastros del bergantín de Hurtado. Grijalva viaja sin problemas hacia el oeste, descubre las islas Revillagigedo y el día de la Navidad toma posesión de la isla volcánica de Santo Tomás (actualmente Socorro). Pero la costa es árida y de acceso difícil. Después de una cacería de antología en la que la tripulación atrapa fácilmente aves con la mano, Grijalva regresa hacia Acapulco, luego llega a Tehuantepec sin oro, sin perlas y sin haber encontrado ni un alma viviente.[5]

Becerra, por su parte, tiene menos suerte; una especie de maldición parece azotar a las expediciones que se dirigen hacia el norte. La historia se repite; estalla un motín a la altura de Bahía de Banderas, esta vez provocado por la codicia y la envidia. La tripulación no se pone de acuerdo en la manera de repartirse un botín que es aún por completo hipotético; se matan muy pronto entre sí por sus sueños de lingotes de oro. Becerra es asesinado por su piloto, un tal Jiménez. Sin discutir, el nuevo amo del navío desembarca en las costas de Xalisco a los dos franciscanos de la expedición y a los partidarios de Becerra, luego navega a toda vela hacia el norte. Jiménez quiere guardar para él las islas por descubrir. Toca la punta de California y cree estar en las islas de las margaritas; desembarca en una espléndida bahía (hoy La Paz). Los indios exterminan a los marinos que habían permanecido en el navío y el piloto rebelde cae bajo las flechas indígenas; los sobrevivientes retroceden, maniobran como pueden y descienden a lo largo de la costa mexicana. El barco, entregado a los caprichos de los vientos y de las corrientes, acaba por zozobrar en la bahía de Chametla, y Guzmán se apodera de él.

Cortés, como siempre, se recupera de su decepción y decide llevar a cabo por sí mismo la expedición siguiente. Ante esta noticia las solicitudes afluyen. Desde principios de 1535, el marqués reúne a trescientas personas y a ciento cincuenta caballos. La idea de esa tercera expedición es original: la mitad del cuerpo expedicionario sale de Tehuantepec en los tres navíos que han sido armados; la otra mitad, conducida por Cortés y su fiel capitán Andrés de Tapia, toma el camino del occidente por vía terrestre. Desafiando a Guzmán, Cortés atraviesa sin esfuerzo alguno el territorio controlado por el antiguo presidente de la Audiencia y llega a Chametla, al norte de Nayarit, el 15 de abril. El antiguo barco de Becerra que fue saqueado, está inservible, pero los navíos provenientes de Tehuantepec llegan a la cita. Son muy pequeños para transportar al ejército de Cortés con sus caballos, su abastecimiento y su artillería. Comienza entonces un curioso trasbordo. Los tres navíos embarcan una parte de la tropa mientras que Tapia acampa en Chametla, esperando una segunda vuelta. ¡Pero nunca habrá una segunda vuelta!

Si bien la travesía de Cortés hacia California transcurre sin sobresaltos, el regreso de los barcos hacia Chametla es un viaje de pesadilla: se desata una tempestad que desvía los navíos. Uno es arrojado contra los arrecifes a la altura de Matanchen; el otro se protege, maltrecho, en una bahía desconocida llamada Guayabal; el último tiene que refugiarse tres meses en un estuario, muy al sur de Chametla. Su capitán decide finalmente dar alcance a Cortés sin recobrar las tropas de Tapia, que por otra parte no esperaron y se dirigieron hacia el norte. A Hernán, aislado y paralizado en su acción, el tiempo empieza a parecerle muy largo. Ha tomado posesión oficial de la tierra nueva a la que bautizó como Santa Cruz por haberla tocado un 3 de mayo, día de la celebración de la Santa Cruz.

Cuando el único barco que se había salvado llega a la bahía de Santa Cruz, el marqués se vuelve a embarcar con unos carpinteros y material de reparación para ir a salvar a las dos naos repletas de víveres. Desencalla una y repara la otra, al precio de trabajos tan ingeniosos como hercúleos. Con las calas llenas vuelve a partir para California, esa comarca sin ciudad, sólo recorrida por rudos nómadas, donde sus tropas mueren de hambre y enfrentan dificultades. La abundancia, después de la hambruna, acaba por destruir los estómagos de sus soldados que mueren en gran número. Cortés se pregunta sobre la conducta que deben observar. Explora en barco los parajes de la bahía de Santa Cruz, descubre las inmensas mantarrayas, las orcas y las ballenas que habitan en ese inmenso golfo que se llama ahora Mar de Cortés. La leyenda cuenta que llamó California a esas nuevas tierras por referencia al reino imaginario de la reina Calafia, personaje central de una novela de caballería de esa época.[6] Pero no se encuentra ese nombre bajo su pluma y es dudoso que lo haya utilizado. Para Cortés, el cristiano, California será siempre la tierra de la Santa Cruz.

Es entonces cuando un barco de vela viene a perfilarse a la vuelta de un cabo: es Francisco de Ulloa, quien surge en ese mundo letárgico que se fosilizaba en la soledad de los grandes espacios. Porta una carta de Juana, quien al no tener noticias de su marido por cerca de un año, se inquieta y lo reclama en casa. También es mensajero de un recién llegado, Antonio de Mendoza, quien ha sido nombrado virrey de la Nueva España y ha tomado posesión de sus funciones en México el 14 de noviembre de 1535; pide ver al marqués del Valle. Cortés ya no puede titubear: tiene que regresar. Le confía el establecimiento español de Santa Cruz a Ulloa, deja allí veinte caballos, víveres para un año y promete regresar muy pronto.

Por el camino de regreso desencalla uno de sus barcos, inmovilizado en la arena de una playa. Se cruza con dos navíos salidos de sus astilleros de Tehuantepec que bogaban en su auxilio. Remontan el camino y se unen al ejército que descansa en Santiago de Colima, para tocar Acapulco en abril de 1536. El 5 de junio Cortés está de regreso en Cuernavaca.[7]

LA MAGIA DEL PACÍFICO

El Mar del Sur es otro viaje a Las Hibueras. Se observa el mismo desenfreno de energía gastada, el mismo ardor consumido para conquistar lo inútil, el mismo júbilo en gastar fortunas por alcanzar un espejismo. Así como huía diez años antes el gobernador de la Nueva España, huye ahora el marqués del Valle. Los años no cambian a Cortés. Siempre tiene necesidad de partir, de soltar las amarras, de abandonarse a sus sueños.

En las riberas del Pacífico, está lejos de Juana. No está hecho para vivir con una española y su mujer, joven aristócrata altiva, sólo siente desprecio por los indios: no tienen en común terreno de entendimiento alguno. Mientras Hernán se encontraba en Tehuantepec, los habitantes de Cuernavaca fueron a quejarse con la Audiencia por el trato que recibían. Aunque pudo haber manipulación, se adivina la causa de la protesta: el comportamiento de la marquesa, altiva, sin corazón, exigente y arrogante.

Una de las escasas satisfacciones matrimoniales de Cortés es tener un hijo de Juana. Desde que Martín cumple tres años, lo designa beneficiario de su mayorazgo. El derecho de primogenitura no era una regla común en Castilla. Para trasmitir un feudo a su hijo mayor, se necesitaba una autorización específica del rey. Hernán había recibido esa licencia real en julio de 1529, al mismo tiempo que se le había concedido el marquesado. Pero es hasta enero de 1535, bajo las palmeras de Colima, cuando constituirá ante notario ese mayorazgo para Martín, a fin de preservar la unidad de su dominio mexicano para la posteridad.

Decidido a deambular por las olas del Mar del Sur, Cortés ha elegido el meridiano más alejado de España. No es una casualidad. Se siente más sereno mientras más lejos está de Castilla, refugiado en lo inaccesible, como al abrigo de toda persecución.

Sin embargo, un sordo rencor lo anima. Su enemigo lleva un nombre: Nuño de Guzmán. Cortés no aceptó que su siniestra gestión de la Nueva España, de 1528 a 1529, no hubiera sido sancionada por la Corona. Y algo peor, que su epopeya sangrienta por el oeste de México haya sido recompensada. Por haber torturado y asesinado a Calzontzin, el cacique de Michoacán; por haber sembrado la desolación en ese Occidente que propuso llamar La Mayor España; por haber sublevado a los indios a fuerza de injusticia y de crueldad, Guzmán recibió del rey en 1531 el cargo de gobernador de "la Galicia de la Nueva España" que se convertiría más tarde en Nueva Galicia. Ancladas en la tierras de Jalisco, Nayarit y Sinaloa, esas posesiones formaban parte de la Mesoamérica prehispánica controlada por los nahuas. Cortés se siente entonces con un derecho moral sobre esa parcela de la Nueva España. Ahora bien, Guzmán no solamente ocupa esas tierras sino que, con su cómplice Chirinos, hace reinar un orden negro, de sangre y fuego, que trastorna al capitán general. Puesto que la Audiencia es sorda a los aullidos de dolor de los toname, los habitantes de Nayarit, Cortés recobra sus reflejos de justicia mayor, para hacer una justicia de la que ya no está a cargo: solo, en la lucha contra la barbarie de Estado y con el único apoyo de los franciscanos, quiere abatir a Nuño de Guzmán.

Las expediciones de Cortés hacia California se explican en gran parte por su deseo de controlar la expansión nórdica de las tropas de Guzmán. Decepcionado por el fracaso de Luis de Castilla —a quien había enviado a Nueva Galicia en 1531 a la cabeza de un centenar de soldados— quien se había dejado capturar lamentablemente por Nuño, el marqués renunció a levantar un verdadero ejército para reducir al esclavista de Pánuco. Pero la presencia de sus barcos en las costas de Nueva Galicia ejerce una presión psicológica sobre Guzmán, que no sabe a qué atenerse con un enemigo como Cortés. Ese deseo de justicia de Hernán también se percibe en el furor que empeña para reabrir su juicio de residencia. Obtendrá satisfacción en 1534 y sus testigos de descargo serán con frecuencia testigos de cargo para el antiguo presidente de la Audiencia.

Se podría creer que al abandonar México para dedicarse a la exploración del Mar del Sur, Cortés iba a tranquilizar al poder español, pero no. La segunda Audiencia multiplica los obstáculos para sus actividades marítimas. Se arma la querella de los indios de carga. El obispo Fuenleal prohíbe al marqués del Valle que utilice indios para transportar a Acapulco todo lo que es necesario en los astilleros navales. ¿Qué hacer en un país construido por tres mil años de transporte humano? Hay mezquindad en la confiscación de las propiedades de todos los conquistadores que se embarcan para el Mar del Sur. Todo el tiempo, Cortés tiene que luchar para hacer abrogar esas decisiones que surgen de un ensañamiento patológico. El rey se une al combate; el 1 de marzo de 1535, dirige a Cortés una adición a sus capitulaciones firmadas en 1529; de manera unilateral, modifica el contrato.[8] El rey aumenta sus tarifas; en caso de descubrimiento de nuevas tierras, el impuesto cobrado sobre los bienes muebles (rescate) pasa a 33.33 por ciento: ¡el quinto se vuelve el tercio! En cuanto a los bienes inmuebles, es decir, las tierras conquistadas, el rey quiere de ahora en adelante un 60 por ciento. La empresa privada de los conquistadores se desliza hacia el monopolio de Estado. Cortés busca su nuevo lugar en el tablero de ese insidioso poder colonial.

En la playa de Tehuantepec, en la bahía de Acapulco y en los espacios desiertos de California, olvida la injusticia, está lejos de España.

Quizá Cortés también huye de sí mismo. Su sueño se desmorona. Apostó por españoles que resultan ser muy viles. El desprecio por los indios, se diga lo que se diga, gobierna las relaciones sociales y políticas de la Nueva España. El mestizaje de las sangres degenera en explotación sexual. Él mismo está casado con una española: no es congruente con sus propias convicciones. Él ya no ve claro, tampoco. Entonces, el esplendor del Pacífico y la luz ambarina de los amaneceres le brindan esos embelesamientos del alma que son los últimos placeres de su vida.

Capítulo 3

La envidia del virrey Mendoza (1536-1539)

Después de haber titubeado largo tiempo, Carlos V decidió transformar la Nueva España de Cortés en virreinato y confiar todos los poderes a una sola persona, un monarca comisionado, encargado del gobierno, de la justicia, de la administración, de la cancillería y del mantenimiento del orden. Aunque envuelto en prestigio, privilegios materiales y una remuneración fastuosa, el puesto creado no suscitó inclinaciones en lo absoluto. El rey sufrió tres rechazos notables antes de proponer la función a su oficial de cámara, Antonio de Mendoza, quien aceptó con reticencia y tardó dos años en cerrar sus baúles. Sin embargo, el 14 de noviembre de 1535, Mendoza hizo su entrada a México. El poder ha cambiado de titular, pero también de naturaleza. Esta vez, es España entera la que se traslada a tierra mexicana. Cortés, inaccesible, está en California.

Celebraciones

Mendoza arriba a la Nueva España con instrucciones precisas, que se resumen en pocas palabras: acabar con Cortés. Está encargado de contar a sus vasallos y no dejarle más que los 23,000 oficiales; sobre todo, tiene licencia para quitarle sus funciones de capitán general, "cuando se ofrecieren casos que a vos os parezca que sería conveniente".[1] Como corolario, debe reducir la independencia de los franciscanos, fieles aliados de Cortés. Se le pide suprimir el derecho de asilo en los conventos, velar que ningún monasterio pueda ser fundado sin su aprobación; el correo pontificio debe ser interceptado. Esta voluntad de recobrar el control de México se había manifestado ya durante la segunda Audiencia, cuando convocaron en Castilla a Zumárraga, quien había tenido que ir a justificarse ante la corte, como Cortés dos años antes. Había logrado que lo consagraran obispo de México en Valladolid en abril de 1533, pero la Iglesia secular le había inventado mil problemas para retenerlo en España. El obispo finalmente había vuelto a México en octubre de 1534, no sin haberse visto obligado a aceptar un regalo envenenado: el emperador le había retirado su título de "protector de los indios" para confiarle otro que no era equivalente en absoluto: el de "¡inquisidor apostólico!". Ahora bien, Mendoza había recibido instrucciones para que no quedara en letra muerta esa nominación diabólica y organizara la Inquisición en México. Los franciscanos estaban acorralados.

El encuentro de Cortés con Mendoza fue una réplica de la entrevista con Carlos V. Frente a un virrey decidido a reinar como amo, Hernán se mostró tan hábil, tan complaciente, tan simpático y tan impresionante que subyugó a Mendoza. En lugar de enfrentarse desde el primer encuentro, los dos hombres se convirtieron en amigos. En realidad ¿cómo actuar de otro modo en un país inventado por Cortés, donde para todo el mundo no había nadie más que Hernán?

Otro factor pudo actuar: los Mendoza, son aliados de los Zúñiga y, en 1520, varios miembros de la familia del virrey tomaron el partido de los comuneros contra Carlos V, principalmente su propia hermana, María Pacheco, la esposa de Juan de Padilla, dirigente de la revolución comunera. Quizá también Cortés pensó en tener un aliado natural y providencial en la persona de Antonio de Mendoza.

El virrey y el marqués convinieron en codificar sus relaciones de manera que se eliminara cualquier equívoco. Por ejemplo, establecieron un protocolo para las recepciones:[2] en su palacio —la antigua casa de Cortés—, el virrey no presidía la mesa y los dos hombres se sentaban uno frente a otro. En cambio, en la casa de Cortés, el amo dejaba presidir al virrey, solo, en un extremo de la mesa. En los actos públicos, el virrey y el marqués aparecían uno al lado del otro, Cortés a la izquierda, Mendoza a la derecha. ¿Pero habría de comprenderse que Cortés colocaba al virrey a su derecha o que Mendoza situaba a Cortés a su izquierda?

Se les veía juntos con frecuencia, rivalizaban en grandeza en fiestas y espectáculos increíbles, cuyos detalles consignó el cronista Díaz del Castillo.[3] Al ver por ejemplo con qué magnificencia celebraron el encuentro de Aigues-Mortes, entre Carlos V y Francisco I, es posible preguntarse si eso no oculta una provocación al respecto de España. Mientras que el emperador está en bancarrota y la última alza de impuestos subleva a Flandes, Mendoza y Cortés hacen ostentación de su potencia organizando celebraciones fastuosas que nunca tuvieron equivalente en España. Se piensa en particular en las obras de teatro que, por primera vez, fueron puestas en escena en la gran plaza de México con decenas de miles de figurantes.[4] A los espasmos de la vieja España hacen eco las alegrías mexicanas del virreinato.

Uno de los motivos de satisfacción de Cortés tenía que ver con el cambio de política de las autoridades respecto a Nuño de Guzmán. Cuanto el marqués regresó de su expedición por California, un nuevo gobernador había sido nombrado en Nueva Galicia. El 30 de marzo de 1536, Diego Pérez de la Torre se marchó hacia Nayarit para aprehender a Guzmán. El mandato del nuevo gobernador fue de corta duración; caería en combate unas semanas más tarde, víctima de los indios rebeldes, exasperados por el comportamiento de los hombres de Guzmán. Mendoza requirió de una gran diplomacia, astucia y engaño para convencer a Guzmán de acudir a México. Le hizo creer que quería honrarlo y lo invitó a una de sus casas a pasar la Navidad de 1536. Después de haber adormecido su desconfianza, el virrey hizo aprehender a Guzmán el 19 de enero y lo arrojó a la cárcel pública, con los condenados de derecho común. Esa gestión de Mendoza no disgustó a Cortés, quien se dedicó a nutrir la acusación del juicio de residencia abierto en contra del antiguo presidente de la Audiencia.

EL PERÚ

Al quitarse la espina Guzmán que tenía en el pie, el marqués pudo libremente volver a sus queridas operaciones en el Mar del Sur. Hizo regresar de California al destacamento que había dejado allí. En efecto, las noticias que llegaban de Perú requerían que reorientara sus actividades marítimas. A su regreso de Santa Cruz, Cortés recibió una carta de Francisco Pizarro pidiéndole ayuda: mandó de inmediato a Perú dos de sus navíos bajo el mando de Hernando de Grijalva. Envió, de acuerdo con el testimonio de López de Gómara,[5] soldados, caballos, provisiones, artillería y armas. A título personal, envía también a su primo ropas de seda, una túnica de piel, dos tronos, cojines preciosos, sillas de montar y arneses. Pizarro, amo del Perú desde 1533, recibió esos refuerzos y esos regalos con gratitud. Su túnica de zarigüeya causó una gran impresión entre sus compañeros y formó parte de la leyenda. Agradecido, Pizarro le regresó los barcos a Cortés cargados de regalos peruanos. Entre otras cosas, había elegido unas delicadas alhajas de oro para doña Juana. Pero sólo uno de los dos navíos regresó a Acapulco; el otro, que estaba dirigido por Grijalva, se aventuró hacia el oeste en alta mar, a fin de explorar el Pacífico desde las latitudes ecuatoriales. Cortés, siendo tan pertinaz, seguía buscando la mejor ruta hacia las Molucas. El barco del marqués llegó bien a la isla de la Especiería, pero sin su capitán, que había sido asesinado por los marinos amotinados. No hubo más que siete sobrevivientes y los suntuosos presentes de Pizarro terminaron en las Molucas, probablemente en las manos del capitán portugués que recogió a los marinos de Cortés.

Ante la dificultad del viaje hacia la Especiería, Cortés intentó desarrollar la ruta comercial que unía a México con Perú. Diez años antes, su pariente Francisco Cortés, a quien había enviado a emprender la conquista de Colima, observó la existencia de tráfico marítimo indígena que unía a Mesoamérica con el mundo andino a lo largo de las costas del Pacífico. Fiel a su estrategia de sustitución, Cortés procuró continuar las relaciones interamericanas que existían después de veinte siglos. Gracias a Francisco Cortés conocemos con mucha precisión la naturaleza de esos intercambios comerciales prehispánicos. Las costas andinas exportaban esencialmente oro, plata y cobre en forma manufacturada o semimanufacturada: joyas, herramientas, pinzas para depilar, cascabeles, hojas de oro, lingotes de plata, plaquetas y tallos de cobre, etc. De Colima y Xalisco se exportaban cuerdas de fibra de maguey, granos de incienso indígena (*copalli*), pieles de animal curtidas (jaguar, gato montés, cérvidos), así como frutas tropicales secas que fascinaban a los peruanos. Es esa ruta comercial la que Cortés quería controlar, agregando a las exportaciones tradicionales todo el mercado proveniente de la presencia española de un lado y otro del ecuador. El transporte marítimo de los pasajeros entre México y Perú se había vuelto una necesidad. Cortés especializó el puerto de Huatulco, sobre la costa de Oaxaca, como cabeza de línea de esta ruta comercial con Perú. Sus barcos hacían escala en Panamá para llegar al puerto de Callao, cerca de Lima. A partir de 1537, hizo circular dos o tres barcos por año siguiendo ese itinerario. Había delegado para este efecto, en Panamá y en Lima, a verdaderos agentes comerciales permanentes como corresponsales de su empresa marítima.

Cortés llevaba en esos años, de 1536 a 1538, una vida apaciguada, tranquila, probablemente agradable. Como los indios habían dejado de ser perseguidos, y los franciscanos podían desarrollar libremente su apostolado, le era posible considerar que Mendoza era un aliado. El 6 de enero de 1536, el virrey aceptó inaugurar el colegio de la Santa Cruz en Santiago de Tlatelolco, fundación que condensaba el objetivo de toda la política educativa imaginada por Cortés y los franciscanos. Era un seminario que no nombraba como tal, donde los jóvenes nahuas eran educados en nahua y en latín, pero no en español. Se enseñaba ahí la universalidad del mensaje cristiano; a cambio, los frailes franciscanos se iniciaban en la cultura autóctona para capacitarse en preservarla. Desde su inicio, en ese primer colegio edificado para los indios, enseñaron el francés Arnaud de Bazas (Arnaldo de Basacio) y el famoso Bernardino de Sahagún, célebre cronista de la civilización azteca. Mendoza había aceptado igualmente que los franciscanos adquirieran una imprenta: era una gran victoria para la independencia de espíritu, y el triunfo del apostolado emprendido por los frailes menores. El cielo se había abierto entonces y Cortés pensaba que había logrado aflojar el cerco español que asfixiaba a México. Pensaba también que estaba al abrigo de los ataques de una Corona que tenía dificultades en Europa.

LA ERA DE LA DISCORDIA

La crisis se reanudó en el transcurso de 1538 y se envenenó rápidamente para alcanzar su paroxismo durante todo el año siguiente. Ante el poder de Cortés, ante esa autoridad no institucional que detentaba sin tener nada por escrito, Mendoza se rebeló. Empezó a envidiar a Cortés de manera exacerbada. Todo lo que tenía Hernán, lo quería para sí, y al no poder tenerlo ansiaba destruirlo. Mendoza entró en el ciclo infernal de la voluntad de perjudicar. Entre el virrey y el marqués hubo cuatro temas de discordia mayores. El primero podría parecer anecdótico, pero es menos superficial de lo que parece: es el asunto de los *tepuzque*. Por razones ligadas al alejamiento de la metrópoli, el virrey Mendoza había recibido la autorización para acuñar moneda en la Nueva España, lo que evitaba transferencias de fondos entre Castilla y México, siempre bajo la amenaza de los corsarios franceses. Por razones de economía absolutamente mezquinas, Mendoza decidió que el comercio con los indios se hiciera con la moneda de cobre (*tepoztli*). Había entonces oro y plata para los españoles y cobre para los indios. Éstos no lo aceptaron y arrojaron aquellas monedas sin valor al fondo de los lagos y de los ríos. Mendoza, ante ese rechazo general, se vio obligado a reemplazar las piezas de cobre, los *tepuzque*, por minúsculas piezas de plata, tan pequeñas que era difícil cogerlas entre dos dedos. Los indios tampoco las aceptaron y decretaron que volverían a su antiguo sistema de contabilidad; en lo sucesivo harían las transacciones a la antigua, es decir, con granos de cacao.

Esta segregación económica, esta separación monetaria de las comunidades enfureció a Cortés. ¿Había entonces que acuñar monedas mitad oro mitad cobre para que las utilizaran los mestizos? Después del periodo de euforia, Mendoza mostraba su verdadero rostro. Su actitud era tan inapropiada que el papa Paulo III se vio obligado a firmar una bula que rompió definitivamente el problema de saber si los indios tenían un alma y eran aptos para la cristianización. La bula *Sublimis Deus* suprimía definitivamente la posibilidad de reducir a los indios de América a la esclavitud y, de una manera general, considerarlos como hombres de un estatus inferior.[6]

La segunda preocupación de Cortés se debía a la instalación de la Inquisición en México. Si bien Zumárraga, obispo e inquisidor apostólico oficial, no instaló formalmente un tribunal del Santo Oficio en la Nueva España, tuvo que aceptar, bajo la presión de Mendoza, abrir procesos en contra de personalidades indígenas. Se comprende el absurdo de perseguir por idolatría a los autóctonos que, después de treinta siglos de religión mesoamericana, habían sido obligados a convertirse al catolicismo por razones totalmente ajenas a su voluntad. Con prudencia Cortés había luchado por evitar la instalación del Santo Oficio en México y, sobre todo, por impedir que los indios fueran ajusticiados en esos tribunales de excepción. Pero Mendoza le había ganado la partida.

Llevaron entonces ante los jueces del Santo Oficio a unos caciques reticentes a abandonar su decena de esposas, a unos sacerdotes de la antigua religión arruinados por la llegada del cristianismo y, naturalmente, a unos apacibles ciudadanos nahuas acusados por sus vecinos envidiosos de haber enterrado a sus ídolos en su jardín o haber hecho una oración a los antiguos dioses aztecas.

El virrey decidió en 1539 que la Inquisición contribuyera a sabotear la autoridad de los jefes indígenas nombrados por Cortés desde la conquista. Los archivos de México han conservado las minutas de un proceso ejemplar, el de don Carlos Ometochtzin, *chichimecatecutli*, cacique de Texcoco.[7] Además de la ignominia del proceso, inicua en sí, Cortés tuvo que fustigar la utilización política del Santo Oficio. En efecto, don Carlos no es un desconocido. Se cuenta entre los primeros indios bautizados en México en 1524. Hijo del señor de Texcoco, Netzahualpilli, fue uno de los primeros hijos de dignatarios indígenas que se educaron en los conventos franciscanos. El joven Carlos fue criado en la casa de Cortés, quien le dedicó la mayor atención, como lo había hecho por los hijos de Motecuzoma. Los habitantes de Texcoco se habían aliado con el conquistador desde las primeras horas de la conquista y Cortés siempre los había favorecido por eso. Ello explica que el señor Ixtlixóchitl, haya tomado como nombre de bautizo el de Hernando Cortés Ixtlixóchitl. Al morir en 1531, lo sucedió su hermano Carlos Ometochtzin.

En 1539, don Carlos fue detenido, acusado de poligamia e idolatría y llevado ante la Inquisición. El expediente de la acusación está vacío. Ciertamente el jefe de Texcoco reconoce tener una amante, pero niega todas las acusaciones de idolatría proferidas por los testigos parciales o comprados. Los inquisidores se obstinan y después de cinco meses de proceso redactan una sentencia de muerte. El domingo 30 de noviembre de 1539, don Carlos, *chichimecatecutli*, cacique de Texcoco, es quemado vivo en presencia del virrey Mendoza. Siendo una ofensa para el pueblo nahua, es también un insulto para Cortés quien, desde el inicio, protege a los indios hasta en sus prácticas ceremoniales tradicionales. Mendoza ahora hace pública su verdadera política: la de la represión. En adelante, los únicos indios buenos serán los indios hispanizados, aculturados, sometidos. La soberbia de un Carlos Ometochtzin, latinista, dialéctico, letrado sutil, es intolerable para el poder español. Mendoza percibe el riesgo político de una reivindicación de identidad indígena y desea darles un escarmiento. Justo en un domingo, practica un sacrificio humano cristiano para castigar a un supuesto defensor del sacrificio humano azteca.

El tercer tema de fricción giró en torno a la Nueva Galicia. El 23 de julio de 1536 había llegado a México un tal Alvar Núñez Cabeza de Vaca, quien acababa de vivir una aventura increíble. Había salido de Sanlúcar, en junio de 1527, como tesorero de la expedición de Narváez hacia Florida. En el transcurso de esa epopeya desastrosa casi todos los participantes hallaron muerte, salvo cuatro, entre los que se encontraba Cabeza de Vaca; éste, entre naufragios y aventuras, atravesó a pie desde Florida hasta el norte de México; de allí descendió a lo largo de la costa del Pacífico y terminó por caer con los hombres de Nuño de Guzmán, que no le creyeron ni una palabra de su historia y lo llevaron con Antonio de Mendoza. El virrey, al contrario, prestó la mayor atención al relato de sus ocho años de peregrinación terrestre, en una parte de América hasta entonces desconocida.[8] Para que lo valoraran, es probable que Cabeza de Vaca haya adornado su descripción y tuvo la suerte de agradar al virrey. Decidió organizar una expedición para conquistar el norte de México, recorrido en esa época por indios armados.

En los mitos nahuas, el norte era el lugar del origen; es allí donde se encontraban las siete cuevas de donde había salido la totalidad de los pueblos mesoamericanos. Esas siete cuevas míticas (Chicomoztoc) habían dado origen, entre los españoles, a otro mito, adornado con plata y piedras preciosas: el de las siete ciudades de Cíbola. El virrey era de los que soñaban con eso; la conquista del norte no tenía otro fin que buscar las famosas ciudades de plata. Mendoza se dedicó a ese asunto apoyándose en un fraile franciscano recién llegado de Perú: Marcos de Niza. Encargado de encontrar Cíbola, el intrépido viajero se marchó el 7 de marzo de 1539, de Culiacán, al noroeste de México, para regresar seis meses más tarde a México. Obviamente, era imposible que hubiera podido, en tan poco tiempo, realizar el periplo que describió.[9] Pero su relato romántico, lleno de ricas ciudades imaginarias, encantó al virrey Mendoza, quien le encargó entonces a Francisco Vázquez de Coronado, sucesor de Guzmán y de Pérez de la Torre a la cabeza de la Nueva Galicia, que montara una verdadera expedición hacia Cíbola. Fue así como Coronado partió a principios de 1540 a explorar los territorios desconocidos del norte.

Todo eso desagradó profundamente a Cortés. Mientras que Nueva Galicia perteneciera a la Nueva España y mientras él fuera oficialmente capitán general, tenía, por título, el monopolio de todas las operaciones de conquista. Hernán negó entonces a Mendoza la legitimidad de esas operaciones que emprendía por su propia iniciativa sin pedirle opinión. Es dudoso que a los 55 años Cortés tuviera deseos de participar físicamente en la conquista de las tierras chichimecas del norte. Pero, para él, era una cuestión de principio. Cíbola abría una brecha en su imperio y mermaba su poder. Todo estaba en la manera de hacer las cosas y había crueldad en la falta de consideración de Mendoza.

El cuarto tema de desaveniencia recibió una traducción más violenta todavía. Celoso del imperio marítimo que Cortés estaba construyendo, Mendoza decidió iniciar su propio monopolio sobre la navegación en el Mar del Sur. El 8 de julio de 1539, Cortés tuvo la satisfacción de lanzar su cuarta expedición hacia California. Los tres navíos que habían salido de Acapulco al mando de Francisco de Ulloa tenían por misión proseguir la exploración de California y buscar a Diego Hurtado de Mendoza, que había desaparecido desde 1532. Aunque uno de los navíos, maltratado por un huracán, tuvo que dar marcha atrás, los otros dos llegaron a Santa Cruz, donde encontraron el fuerte erigido por Cortés quemado y arrasado. Ulloa exploró minuciosamente todo el golfo de California, el actual Mar de Cortés, hasta la desembocadura del río Colorado. Luego, pasando el Cabo San Lucas, siguió costeando la parte occidental de Baja California hasta la isla de Cedros, donde llegó el 20 de enero de 1540. Ulloa tomó posesión de todas las tierras encontradas y su piloto trazó el primer mapa conocido de California. Después de haber alcanzado la latitud del actual San Diego, el capitán regresó para recibir instrucciones.

Mientras que Ulloa navegaba, Mendoza había ordenado dar un golpe a Cortés. A finales del mes de agosto de 1539, sin contar con ninguna autorización de Carlos V, el virrey decretó que de ahora en adelante se apropiaría del monopolio del tráfico marítimo por el Mar del Sur, y con ese fin dispondría como su propiedad privada de todos los puertos de la costa. Los astilleros de Tehuantepec estaban embargados.

Todos los hombres de Cortés que trabajaban en las instalaciones portuarias, desde los carpinteros hasta los marinos fueron hechos prisioneros. Los navíos fueron confiscados. Ya no era un acto de codicia dictado por la tentación de la ganancia, sino una verdadera declaración de guerra al marqués. Mendoza se salía del marco de la legalidad y mostraba la verdadera naturaleza de su poder: la fuerza. En un primer momento, Cortés creyó poder cambiar la situación enviando una embajada a la corte. En octubre puso en camino a tres personas de confianza para ir a defender su causa ante el rey y el Consejo de las Indias. Pero la crisis era más severa de lo que él creía y, en noviembre decidió regresar a

España: tenía que hablar de nuevo con el rey, que era el único que podía zanjar las dificultades.

En cuanto el navío que iba a la cabeza de la expedición de Ulloa regresó a Santiago de Colima, el primer marino que puso pie en tierra fue aprehendido. El navío intentó buscar refugio en Huatulco, pero, también allí, el virrey se había apoderado del puerto, y la tripulación fue capturada. La ofensa a Cortés era inmensa. Esta vez las heridas no cicatrizarían.

Hernán dejó a doña Juana en su casa de Cuernavaca, con sus hijas y se llevó con él a sus dos hijos, Luis y el joven Martín. El mayor se había quedado en la corte en 1530, al servicio del príncipe Felipe. Salió, como siempre, con Andrés de Tapia. Su comitiva, sin embargo, no tenía la grandeza de otros tiempos. Viajaba, es cierto, como un gran señor, pero el corazón ya no estaba allí. El tiempo actuaba en su contra; su corazón se balanceaba entre el furor y el agobio.

CAPÍTULO 4

LA ESPAÑA DE LA DESILUSIÓN
(1540-1547)

En el transcurso del mes de febrero de 1540, Cortés llega a una España en crisis. El emperador está de luto: su esposa, Isabel de Portugal, murió al dar a luz, en Toledo, el 1 de mayo de 1539. El emperador no se encuentra; aprovechó la tregua en sus querellas con Francisco I para ir a aniquilar la rebelión de Flandes, atravesando Francia. Gante, su ciudad natal, paga un pesado tributo a la represión. El emperador está en bancarrota: a pesar del oro y la plata de Perú, que tomó el relevo de México, las arcas de España están vacías. Carlos V se arruina con guerras incesantes. El emperador es atacado por todas partes: Hungría cede ante los ataques de Solimán y el pabellón turco amenaza la circulación marítima por el Mediterráneo.

EL COMBATE POR EL HONOR

El marqués llega a España "rico y acompañado, mas no tanto como la otra vez" —nos dice López de Gómara—.[1] Está lejos de ser mal recibido. Acude con frecuencia al Consejo de las Indias en varias ocasiones para dar explicaciones. Puede contar con la amistad de su presidente, García de Loaisa, cardenal de Sigüenza. En Madrid se alberga en las casas del comendador de Castilla. Francisco de los Cobos, secretario del rey y esposo de la bella María de Mendoza, se muestra atento y solícito. Cortés redacta una memoria sobre las vejaciones que sufrió a causa del virrey Mendoza. El embargo de los cinco navíos de Tehuantepec es condenable, porque es un robo; pero es, sobre todo, un golpe duro a las finanzas del marqués. Cortés invirtió todos sus ingresos en la exploración del Mar del Sur: arrebatarle sus barcos equivale a confiscar su fortuna. Eso, sumado al asunto de los 23,000 vasallos y a su marginación de las expediciones hacia Cíbola, rebasa los límites. Lo dice con calma pero con firmeza.

La hipocresía, sin embargo, no había dicho su última palabra. Los hombres de salón y los cortesanos le ofrecen su ayuda, pero le hacen saber que su juicio de residencia no está cerrado todavía. Todo el mundo sabe que su proceso de acusación es inconsistente. ¿Se puede razonablemente sospechar que Cortés no haya construido iglesias o haya alentado el canibalismo?, ¿se le puede reprochar que haya hecho la guerra, que se haya peleado con su primera mujer, Catalina Xuárez, o que haya resistido la invasión de Narváez? Ese proceso es un verdadero pretexto para mantener a Cortés a una distancia respetable y para obligarlo a abandonar la influencia que ejerce sobre la Nueva España.

De acuerdo con las previsiones del marqués, inmediatamente después de su salida, una insurrección indígena estalló en el noroeste de México, en aquellas tierras chichimecas maltratadas por Guzmán. La rebelión del Mixton obligó a Mendoza a hacer un llamado a un veterano de la conquista, un especialista en operaciones a sangre fría, Pedro de Alvarado. Pero los españoles sufrieron una humillante derrota en Nochistlán, al norte de Guadalajara, el 24 de junio de 1541. Después de la muerte del adelantado de Guatemala acaecida durante la batalla,[2] el virrey tuvo que acudir al lugar y tomar él mismo el mando de un ejército de cincuenta mil soldados nahuas enrolados para esa ocasión. Los combates duraron seis meses y dejaron el oeste exangüe y traumatizado.

Por su parte, Vázquez de Coronado, a la cabeza de su enorme expedición, exploró hasta 1542 todo el norte de México y el actual suroeste de Estados Unidos: reconoció las montañas rocosas, el río Colorado, el gran Cañón, Nuevo México y Arizona; entró en contacto con los indios zuñí y los indios que llamaron pueblos. No encontró más que inmensos desiertos habitados por bisontes. Cíbola o Quivira no era más que un mito.

Los berberiscos

Mientras se inicia en Valladolid la famosa reunión de los juristas y de los teólogos destinada a definir el estatus de los indios, Carlos V decide marcharse de Alemania donde preside la Dieta de Ratisbona, no para regresar a España, sino para arrebatarles Argel a los turcos. El emperador, cuya influencia se va derrumbando día tras día, atraviesa por grandes dificultades políticas. Tiene por meta, al parecer, repetir el golpe de la toma de Túnez de 1535, que le permitió figurar como el jefe de la cristiandad y regresar a Roma al año siguiente como triunfador. Puesto que la presión musulmana no se había debilitado, Carlos V se ve obligado a hacer una demostración de fuerza. Se siente todavía más presionado porque su adversario de siempre, Francisco I está jugando la partida contraria, buscando la alianza con Solimán el Magnífico. Entonces, a partir de septiembre de 1541, en las Baleares, Carlos V reúne un ejército gigantesco para partir al asalto de los berberiscos: 12,000 marinos y 24,000 soldados, alemanes, italianos y españoles; 65 galeras y 450 navíos de diversos tonelajes.

El almirante de Castilla, Enrique Enríquez, le pide entonces a Cortés que participe en la expedición. ¿Cómo podría el conquistador negarse a una solicitud de su protector, que además es pariente de su mujer? Es en efecto, gracias a su intercesión, que Cortés se ha convertido en marqués. Quizá Enríquez le hizo notar que su apoyo sería bien visto por el emperador y le permitiría recuperar la gracia que esperaba. De tal forma que encontramos a Cortés acompañado por sus dos pequeños hijos en la galera del almirante de Castilla, la cual llevaba un nombre muy apropiado: Esperanza.

Carlos V se embarca el 13 de octubre, en Mallorca, en la galera de mando. La situación meteorológica no es buena, pero el soberano no escucha consejo alguno. El día 21 la armada, que se encuentra a la altura de Argel, sufre una violenta tempestad que durante dos días impide el desembarque. El 24 de octubre, Carlos V puede al fin poner pie en tierra con los soldados alemanes e italianos y da inicio de inmediato al sitio de Argel. La tempestad sigue azotando, al tiempo que se abate una lluvia diluviana. El día 26, en medio de la borrasca, las tropas de Barbarroja contra-atacan.[3] Los soldados italianos se desbandan. Carlos debe su salvación al extremo valor de los mercenarios alemanes que forman una muralla alrededor de su persona; en la ensenada, la tempestad destruye ciento cincuenta navíos; los españoles no han podido desembarcar.

Ese primer asalto se resuelve en una completa derrota. El monarca español habla entonces de abandonar la partida. Cortés permanece mudo de estupor. Él, que tomó México con seiscientos soldados y que enfrentó situaciones mucho más peligrosas no puede creer que con 36,000 hombres y más de quinientos navíos sea imposible tomar Argel, incluso con mal tiempo. Le propone al emperador que se coloque a la cabeza del destacamento español, que aún no ha combatido, y dirija el asalto en persona. Cortés se siente capaz de dominar a Barbarroja.

Pero Carlos está mareado, tiene frío y, al sentirse rebasado por los acontecimientos, decide renunciar. Para dejar constancia de su decisión convoca a un seudoconsejo de guerra, al que, por supuesto, no invita a Cortés, sabiendo que es capaz de convencer a los militares para que se inclinen en favor de continuar las operaciones. Carlos V impone la retirada. La armada más grande del mundo se repliega en medio de un desorden general. Cobarde en medio de la tempestad, el emperador arruina su prestigio y su honor. Cortés se siente herido y para colmo de su mala suerte —nos informa Gómara, quien participa en la expedición— al volver a embarcarse en medio de la confusión, Hernán pierde sus famosas esmeraldas que valían más de cien mil ducados.[4] Esta anotación del capellán de Cortés tiene un gran valor: da a entender que se separó de Juana. El haber recuperado su regalo de bodas antes de partir a España parece indicar, en efecto, que cada quien vive ya por su lado. Permuta paradójica, Juana está en Cuernavaca con las seis hijas y Cortés en España con los tres hijos.

La expatriación de Carlos V

El fracaso de Carlos V a las puertas de Argel tiene una gran repercusión en el final de la vida de Cortés. Después de muchas dificultades la galera del emperador terminó por arribar a Cartagena en diciembre. El soberano llega a Valladolid en enero de 1542. Es verídico que, desde ese momento, decidió abandonar España; sus actos de 1542 se pueden interpretar como una puesta en orden de los asuntos hispánicos, antes de una salida que sabía definitiva.

El monarca comienza por saldar sus problemas de conciencia con los indios. Escucha la voz de los dominicos Bartolomé de las Casas y Francisco de Victoria, pero también la de los franciscanos de México. De la junta de Valladolid salen las Nuevas Leyes, firmadas por Carlos V en Barcelona el 20 de noviembre de 1542. Como un prolongamiento de la bula *Sublimis Deus* de Pablo III, las "nuevas leyes" prohíben totalmente la esclavitud de los amerindios; suprimen la posibilidad de hacer nuevas encomiendas y limitan los repartimientos existentes. Contienen también varias medidas humanistas, como la prohibición del transporte de carga a cuestas. El emperador limpia su conciencia, pero saca ventaja: las tierras arrancadas a los colonos pasan a ser propiedad de la Corona.

Con frecuencia se ha presentado a Cortés como una especie de teórico de la partida antiindiana. Se le ha mostrado como amigo e inspirador de Ginés de Sepúlveda, el autor controversial de las justas causas de la guerra contra los indios.[5] Pero es una visión totalmente errada. Cortés no es proespañol y antiindio. Al contrario, desde su llegada a España, en 1540; interviene con éxito, por ejemplo, ante el arzobispo de Sevilla para hacer retirar a los indios de la jurisdicción del Santo Oficio. El sacrifico de don Carlos Ometochtzin no fue inútil: la Inquisición cesó de perseguir a los indios mexicanos desde 1540; todo su combate al lado de los franciscanos atestigua su compromiso. En cambio, desde el origen, Cortés es enemigo del método de colonización empleado por la Corona. Por eso, defiende hasta el final los repartimientos perpetuos y, desde ese ángulo, parece que se oponía a las Nuevas Leyes.

Cortés milita en realidad en favor de lo criollo. Desea crear en México una cepa española, culturalmente mestiza y definitivamente implantada. Por eso, le pareció conveniente favorecer a los fundadores, es decir, a los primeros conquistadores. Siempre fue un enemigo feroz de la especulación territorial más allá de sus costas y se negó durante toda su vida a otorgar propiedades a los no residentes. Por otra parte, defiende la propiedad privada en su esencia ante las tentativas de estatización llevadas a cabo por la Corona. Ahora bien, las leyes de 1542 sobre las Indias proponen la transferencia de los repartimientos al dominio real, en el que se confunden propiedad de Estado y propiedad personal del monarca.

Si, en teoría, los indios insertos en esos dominios consiguen la libertad cuando se convierten en vasallos del rey de España, en realidad, como lo subraya Cortés, pasan de la autoridad de un encomendero a la de un corregidor, especie de funcionario encargado de la administración de las propiedades de la Corona.[6] Los indios cambian una relación personal con un propietario permanente por una relación impersonal con un funcionario nombrado temporalmente. Desde la óptica de Cortés, los autóctonos pierden con el cambio. La evolución hacia la nacionalización de la economía que, en ese año de 1542, toma cuerpo al abrigo de medidas aparentemente generosas, no deja de abatir al viejo conquistador que ve desvanecerse su sueño de independencia. El proyecto de Cortés tendrá que esperar 279 años antes de encontrar su transcripción institucional.

Al mismo tiempo que decreta la prohibición de la esclavitud de los indios, Carlos V otorga plenos poderes a sus virreyes de México y Perú.[7] Es un completo abandono de las prerrogativas reales: el emperador dispone que los virreyes nombren a los responsables de todos los cargos y ejerzan todas las competencias. Como no es virrey, Cortés ya no es nadie.

Después de haber delegado sus poderes en las Indias, Carlos V declina el poder en España. En un decreto del 11 de abril de 1543, confía la regencia del reino a su hijo Felipe, de dieciséis años. Puesto que la viudez lo hizo perder la alianza con Portugal debía reanudarla: el heredero al trono se casa entonces con su prima hermana, la joven María de Portugal, hija de Juan III de Portugal y de Catalina, hermana menor de Carlos V. El emperador, que había sido incapaz de presidir los funerales de su esposa Isabel, tampoco tendrá el valor de asistir a la boda de su hijo, prevista para el mes de noviembre. Carlos abandona España el 13 de mayo. Sólo regresará para morir, después de haber abdicado en 1556, aquejado de demencia senil. Cortés ya no tiene interlocutor.

Desde el desastre de Argel, Cortés comprendió que el monarca, incapaz de enfrentar al gigantismo de su imperio, se retiraría de España. Quizá el mismo rey se lo había dicho; por ejemplo, en Monzón, donde había organizado una gran recepción en honor del marqués del Valle, para agradecerle su participación en la expedición en contra de los berberiscos.[8] Antes de la salida del rey, en marzo de 1543, Cortés redactó varios documentos para su atención. Esas cartas y memorias persiguen tres objetivos: Hernán pretende obtener reparación por las ofensas de Mendoza; quiere recuperar sus derechos y, de ser posible, la destitución del virrey. Desea además terminar con su inicuo juicio de residencia y recuperar su honor. Finalmente, quiere tener la seguridad de que puede gozar con toda tranquilidad de los favores y de las donaciones que le fueron otorgadas en 1529.

In extremis, le arranca una semisatisfacción: el rey acepta enviar a la Nueva España un visitador, o sea, un inspector, encargado de investigar las acciones de Mendoza. El visitador designado, Francisco Tello de Sandoval, se pone en camino, provisto de un "interrogatorio" detallado y redactado por Cortés, relativo a 39 cargos de acusación. Tello permaneció en México de 1544 a 1547 y rindió un informe muy desfavorable sobre Mendoza. Pero el virrey no fue perseguido, incluso lo promueven a Perú en 1550, sin que Cortés haya sido vengado.

En cuanto a los otros dos temas de preocupación del marqués, el proceso y el folletín de cuenta y recuenta de los 23,000 vasallos, el rey se va sin haberlos arreglado. Cortés comprende entonces que todo ha terminado. Por supuesto, como por reflejo, sigue viviendo en la corte durante un año. Toca algunas puertas, tiene algunos encuentros, obtiene promesas evasivas; en Salamanca asiste a la boda del futuro Felipe II; en vano.

LA ÚLTIMA CARTA

El 3 de febrero de 1544, Cortés se apodera de su arma más temible: su pluma. Un sol de invierno inunda la vieja capital de los reyes de Castilla. Y el viejo conquistador escribe, por última vez, a un rey que desertó y que no leerá jamás su carta.

Sacra Católica Cesárea Majestad: pensé que el haber trabajado en la juventud, me aprovechara para que en la vejez tuviera descanso, y así ha cuarenta años que me he occupado en no dormir, mal comer y a las veces ni bien ni mal, traer las armas a cuestas, poner la persona en peligros, gastar mi hacienda y edad, todo en servicio de Dios, trayendo ovejas a su corral muy remotas de nuestro hemisferio, e inoctas y no escritas en nuestras Escrituras, y acrecentando y dilatando el nombre y patrimonio de mi rey, ganándole y trayéndole a su yugo y real cetro muchos y muy grandes reinos y señoríos de muchas bárbaras naciones y gentes, ganados por mi propia persona y expensas, sin ser ayudado de cosa alguna, antes muy estorbado por nuestros muchos émulos e invidiosos que como sanguijuelas han reventado de hartos de mi sangre.

De la parte que a Dios cupo de mis trabajos y vigilias asaz estoy pagado, porque seyendo la obra suya, quiso tomarme por medio [...] De la que a mi rey quedó, la remuneración, siempre estuve satisfecho, que, *caeteris paribus* no fuera menor, por ser en tiempo de Vuestra Majestad, que nunca estos reinos de España donde yo soy natural y a quien cupo este beneficio fueron poseídos de tan grande y católico príncipe, y magnánimo y poderoso rey; y así Vuestra Majestad, la primera vez que le besé las manos, y entregué los frutos de mis servicios, mostró reconocimiento dellos, y comenzó a mostrar voluntad de me hacer gratificación, honrando mi persona con palabras y obras, que pareciéndome a mí que no se equiparaban a mis méritos, Vuestra Majestad sabe que rehusé yo de recibir.

Vuestra Majestad me dijo y mandó que las aceptase porque pareciese que me comenzaba a hacer alguna merced, y que no las recibiese por pago de mis servicios, porque Vuestra Majestad se quería haber conmigo como se han los que se muestran a tirar la ballesta, que los primeros tiros dan fuera del terreno y enmendando dan en él y en el blanco y fiel; que la merced que Vuestra Majestad me hacía era dar fuera del terrero, y que iría enmendando hasta dar en el fiel de lo que yo merecía, y que pues no se me quitaba nada de lo que tenía ni se me había de quitar, que recibiese lo que me daba, y así besé las manos a Vuestra Majestad por ello.

En volviendo las espaldas, quitóseme lo que tenía, todo, y no se me cumplió la merced que Vuestra Majestad me hizo, y demás destas palabras que Vuestra Majestad me dijo y obras que me prometió, que, pues tiene tan buena memoria, no se le habrán olvidado, por cartas de Vuestra Majestad firmadas de su real nombre, tengo otras muy mayores; y pues mis servicios hechos hasta allí son beneméritos de las obras y promesas que Vuestra Majestad me hizo, y después acá no lo han desmerecido, antes nunca he cesado de servir y acrecentar el patrimonio destos reinos con mil estorbos, que si no hobiera tenido, no fuera menos lo acrecentado después de que la merced se me hizo, que lo hecho porque la merecí; no sé por qué no se me cumple la promesa de las mercedes ofrecidas, y se me quitan las hechas. Y si quisieren decir que no se me quitan, pues poseo algo, cierto es que nada e inútil son una mesma cosa, y lo que tengo es tan sin fruto, que me fuera harto mejor no tenerlo, porque hobiera entendido en mis granjerías, y no gastado el fruto dellas por defenderme del fiscal de Vuestra Majestad, que ha sido y es más dificultoso que ganar la tierra de los enemigos. Así que mi trabajo aprovechó para mi contentamiento de haber hecho el deber, y no para conseguir el efeto dél, pues no sólo no se me siguió reposo a la vejez[...]

Otra y otra vez torno a suplicar a Vuestra Majestad sea servido que con los jueces del Consejo de Indias se junten otros jueces destos otros Consejos; pues todos son criados de Vuestra Majestad, y les fía la gobernación de sus reinos y su real conciencia, ni es inconveniente fiarles que determinen sobre una escritura de merced que Vuestra Majestad hizo a un su vasallo de una partecica de un gran todo con que él sirvió a Vuestra Majestad sin costar trabajo ni peligro en su real persona, ni cuidado de espíritu de proveer como se hiciese, ni costa de dineros para pagar la gente que lo hizo, y que tan limpia y lealmente sirvió no sólo con la tierra que ganó, pero con mucha cantidad de oro y plata y piedras de los despojos que en ella hubo, y que Vuestra Majestad mande a los jueces que fuere servido que entiendan en ello, que en un cierto tiempo que Vuestra Majestad les señale, lo determinen y sentencien, sin que haya esta dilación; y esta será para mí muy gran merced, porque a dilatarse, dejarlo he perder, y volverme-he a mi casa, porque no tengo ya edad para andar por mesones, sino para recogerme a aclarar mi cuenta con Dios, pues la tengo larga, y poca vida para dar los descargos, y será mejor perder la hacienda quel ánima.

Su Majestad: Dios Nuestro Señor guarde la muy real persona de Vuestra Majestad con el acrecentamiento de reinos y estado que Vuestra Majestad desea. De Valladolid a 3 de febrero de 544 años. De Vuestra Católica Majestad muy humilde siervo y vasallo que sus reales pies y manos besa. El marqués del Valle.

Juan de Sámano, el secretario del regente, colocó la carta en su escritorio, respiró profundamente, antes de levantarse para mirar por la ventana. No se preguntaba por qué sentía esa opresión, esos latidos acelerados del corazón, ese extraño sentimiento de ahogo. Sabía que era la razón de Estado la que contrariaba su conciencia. Con un suspiro, regresó a su asiento y en la esquina izquierda de la carta escribió al sesgo: "No hay que responder".[9]

LA MUERTE

En el transcurso del verano de 1547, Cortés siente llegar la muerte. Enrique VIII de Inglaterra expiró en enero, Francisco I, el 31 de marzo. El escenario europeo se vacía. Francisco de los Cobos, el inamovible ministro de Carlos V, uno de los últimos hombres influyentes de la corte y con quien Cortés podía contar, después de una dolorosa agonía entregó el alma en el mes de mayo. El conquistador reprime su desilusión con grandeza de alma. Pero cansado de ser sacudido por las olas de la amargura, anhela morir en México y decide volver. Deja Madrid en agosto para ir a Sevilla. El embargo de sus bienes en la Nueva España lo obliga a contraer deudas; para enviar dinero a su hijo Luis, que acompaña al emperador a Alemania como paje, y para pagar su pasaje a Veracruz, aunque viaja con una comitiva reducida, Cortés debe empeñar objetos de valor. La Corona obtuvo lo que quería: asfixiar al marqués arruinándolo. La soberbia de los pobres no afecta a los poderosos.

Hernán se instala en una casa cercana a la iglesia de San Marcos, con una servidumbre reducida a una decena de personas. Pero su salud se deteriora. Sólo sobrevive por el deseo de ver nuevamente México y a sus hijas que había dejado allá. Empieza a lamentar no haber casado todavía a sus tres hijas mayores y se promete remediarlo en cuanto regrese. El 10 de octubre las fiebres lo acometen y es sacudido por una violenta crisis de disentería. Solicita dictar su testamento. Los dos días siguientes, Cortés, "temiendo la muerte", se dedica a esa tarea ante un notario de Sevilla. A imagen del hombre, las últimas voluntades de Hernán, están lejos de ser ordinarias. Ellas son la memoria de una vida.[10]

Cortés pide primero, con la voz del corazón, ser sepultado en la Nueva España, en su propiedad de Coyoacán, allí donde conoció la felicidad con Marina. Quiere entregar su cuerpo a esa tierra mexicana que es suya para toda la eternidad. Indica también su deseo de tener a su lado los restos de su madre y de su hijo Luis, sepultados en Texcoco, así como los de su hija Catalina, inhumada en el monasterio franciscano de Quauhnauac. Honra la memoria de su padre, sepultado en Medellín, por medio de misas perpetuas. Hasta en la muerte, Cortés conserva el espíritu de familia.

Dedica la mayor atención a que se concluya el Hospital del Niño Jesús, llamado también Hospital de Nuestra Señora de la Concepción. En su propiedad de Coyoacán, ordena la construcción de un monasterio de clarisas —que nunca sería edificado— y, sobre todo, pide que sea erigida una universidad donde se estudie "teología, e derecho canónico y cevil, para que haya personas doctas en la dicha Nueva España".[11] Ese proyecto, combatido por los virreyes, se malogrará, pero impulsará a la Corona a crear algunos años más tarde las universidades de Lima y de México.[12]

Cortés inscribe con generosidad a sus nueve hijos vivos, sin diferenciarlos por su nacimiento. Designa como heredero de su mayorazgo al segundo Martín, con importantes obligaciones financieras respecto a sus dos hermanos y sus seis hermanas, que deben tener una dote para su matrimonio. Se percibe una ternura particular por Catalina, su hija mayor cubana, pero prevalece la ecuanimidad en el tono en general. Su mujer doña Juana, en cambio, no ocupa más que algunas líneas, muy frías: él le restituye secamente sus diez mil ducados de dote.

No olvida ninguna de sus deudas, y con una vivacidad de memoria asombrosa, elabora la lista de las obligaciones de sus herederos. Concede un trato particular a Francisco Núñez, su primo de Salamanca, fiel e incansable abogado de su causa quien falleció algunos meses antes que Cortés, sin que éste le hubiera pagado todos sus honorarios; además de sus gratificaciones, el moribundo reconoce la deuda moral que tiene con Núñez y le pide a sus herederos que entreguen a su mujer y a su familia los pagos atrasados y bien merecidos.

Como gran señor tiene un gesto para toda su casa, la cohorte de sus apoderados, contadores, gerentes, ayas, pajes y sirvientes.

Consigna al fin sus escrúpulos respecto a los esclavos que posee, observa que la época ya no está segura de que sea moral la esclavitud y que convendrá, por tanto, que su heredero se adapte a la evolución de los espíritus y considere su liberación. No excluye tampoco que haya que restituir algunas tierras a sus legítimos propietarios indígenas y rembolsar ciertos tributos que retrospectivamente pudieran parecer exagerados. Cortés es un conquistador, pero no es un desalmado. Es sensible al espíritu religioso de la época, que inventa un humanismo como expiación por el pecado de la conquista.

Agotado, después de pasar la prueba del testamento, que reaviva las heridas de su vida y lo aspira hacia la muerte, Cortés expresa el deseo de abandonar la ciudad: ya no quiere recibir visitas y desea morir en silencio. Uno de sus amigos y pariente lejano, Juan Alonso Rodríguez de Medina, le presta una pequeña casa, en Castilleja de la Cuesta, en los alrededores de Sevilla, del otro lado del Guadalquivir.[13] El final está cercano. Cortés sólo conserva a dos sirvientes, un médico y una curandera, que hizo venir de Valladolid. Mantiene a su lado al joven Martín, su hijo heredero, que ahora tiene quince años. Dos sacerdotes están en su cabecera: el franciscano Diego Altamirano, su primo y compañero de conquista, y el prior de un monasterio cercano.

Su vida desfila dentro de su cabeza: la sonrisa de Marina, las nieves eternas de los volcanes, las olas del Mar del Sur, el calor de la selva virgen y la penumbra del palacio de Coyoacán borran el ruido de las armas, el polvo de los combates, la sangre derramada, el grito de los vencidos. Cortés tuvo la vida que deseó tener. ¿Qué otra cosa se puede pedir en este mundo?

En la noche del viernes 2 de diciembre de 1547, sin que se sepa si tuvo tiempo de arreglar sus cuentas con Dios, Cortés muere de agotamiento, sin estertor alguno, extenuado por una vida de 62 años, consumida por el agua y el fuego, a caballo entre dos mundos. Vivió en total 28 años en España y pasó 34 años en las tierras de América: quince en las islas y 19 en México. Cortés ya no tuvo tiempo de volver a atravesar el océano. Su vida se acaba donde había empezado su vida india: en Sevilla. El círculo se cerró en España, en el año indígena 3 caña.

La conjura de los tres hermanos
(1547-1571)

Hasta en la muerte Cortés continuó siendo un proscrito. Pero un proscrito paradójico como lo fue toda su vida. La persecución de la Corona no logró alterar su popularidad ni su notoriedad. Toda la nobleza de Castilla, todo el alto clero, todos sus amigos letrados, escritores y filósofos acudieron apresuradamente a sus exequias el 15 de diciembre de 1547, en el monasterio de San Francisco de Sevilla. Cortés tuvo unos funerales de príncipe, pero la venganza real lo perseguía.

Su capellán de los últimos años, el padre Francisco López de Gómara, empezó a escribir una *Historia de la conquista de México* que no era más que una biografía del conquistador. Editado en Zaragoza en 1552, el libro obtuvo de inmediato un éxito considerable. Pero mientras un año había bastado solamente para que se agotaran tres ediciones españolas, la prohibición real cayó como una cuchilla: el 17 de noviembre de 1553, el príncipe Felipe, regente del reino, firmó la cédula de prohibición afectando su publicación.[1] De ahora en adelante había que ser francés, italiano o inglés para poder apreciar la vida de Cortés a través de la obra de Gómara que, fuera de España, tuvo cuatro traducciones y dieciséis ediciones en cincuenta años. En Castilla, Cortés estaba en el índex. ¡Y seguiría estando hasta 1808!

El mito de Quetzalcóatl

Esta obstinación de la Corona española en perseguir a un muerto puede parecer hoy una saña pasional. ¡No hay que equivocarse! Se trataba de un combate capital para la monarquía, porque la desaparición del marqués del Valle no había arreglado en absoluto el problema de la gestión de las posesiones americanas. Los partidarios del conquistador constituían legiones, tanto en México como en España; los franciscanos habían conquistado el terreno, y los indios, traumatizados, habían acabado por idealizar la era de Cortés, como una reacción al despliegue de una administración colonial burocrática y extranjera. Para mayor dificultad, las Nuevas Leyes, que tenían como finalidad despojar a los conquistadores, eran —evidentemente— muy mal recibidas en la comunidad pionera española. En Perú, Gonzalo Pizarro había llegado al extremo de decapitar al virrey Blasco Núñez Vela, después de haberlo derrotado militarmente en 1546. Para el emperador la partida estaba muy lejos de haber sido ganada del otro lado del Atlántico.

Carlos V abdicó a la soberanía sobre España el 16 de enero de 1556, antes de retirarse al monasterio jerónimo de Yuste. Su hijo, entronizado el 28 de marzo del mismo año con el nombre de Felipe II, se mostrará siempre extremista en su política antiindia. Felipe II es un teórico de la hispanización. Para él, los españoles deben "ennoblecer" las Indias, es decir, poblarlas y ocuparlas sin mezclar su sangre con la de los indígenas. Esta concepción, basada en la separación de las razas, está, por supuesto, en la antípoda de todas las convicciones cortesianas.

Parece que es a principios de la década de 1560, cuando los hijos de Hernán empezaron a implicarse en la oposición a la política llevada por Felipe II en la Nueva España. No sabemos quién concibió ese proyecto de restauración del poder de Cortés a través de sus tres hijos varones. Los hijos del conquistador pudieron haber sido convocados por los franciscanos, o por la primera generación de criollos mexicanos. Ningún indicio permite atribuirles la iniciativa del procedimiento. Pero fueron, de facto, el alma de la "conjura". He aquí los hechos.

Hacia 1560, el virrey Luis de Velasco, que sucedió a Mendoza, tiene dificultades en México. Como apóstol tempestuoso de las Nuevas Leyes se disgustó con los descendientes de los conquistadores y, por haber tomado el partido de los dominicos y de su dirigente, el sectario Montúfar, nuevo obispo de México, se enemistó con todos los franciscanos. En cuanto a los indios, a quienes el funcionario intenta proteger, no le manifiestan ninguna gratitud: están perturbados por la política de hispanización que impulsa Felipe II. Sin apoyo popular, aturdido por la acentuación del descontento, Velasco es atacado por los miembros de la Audiencia que, perversamente, comentan sus inquietudes al Consejo de Indias. El rey decide entonces que los asuntos de la Nueva España serán en lo sucesivo compartidos por el virrey y la Audiencia. De un día para otro, las rivalidades se exacerban y la parálisis domina al ejecutivo.

En ese contexto los opositores mexicanos a la política colonial de la Corona imaginan un escenario alternativo. Puesto que son los herederos espirituales de Hernán Cortés, ¿por qué no hacer un llamado a sus descendientes para recuperar el poder? Los contestatarios se reparten las tareas. A los franciscanos les toca el control de las masas indígenas. Los jóvenes criollos se encargan de convencer a Luis y a los dos Martín de regresar a México. Otros se dedican a manejar las alianzas en el Consejo de Indias. Finalmente, organizan con gran pompa el regreso de los restos mortales de Cortés a la Nueva España.

A los franciscanos les toca la parte más original en esta conspiración, cuidadosamente preparada. ¡Le proveen una dimensión mítica! Algunos frailes, como se sabe, forzados por las circunstancias se tornaron, expertos en idolatría. Por boca de los indios habían recibido amplias informaciones sobre las creencias, los ritos y las ceremonias de la época prehispánica. Entre los principales etnógrafos de la civilización nahua que había encontrado Cortés se destacan los nombres de Olmos, de Motolinia y de Sahagún. Es quizá este último quien "inventó" el famoso mito del retorno de Quetzalcóatl, que tanta tinta hizo correr.

Los aztecas tenían en su panteón una curiosa figura divina llamada Quetzalcóatl "la Serpiente de plumas verdes". Ese Quetzalcóatl se asociaba con el planeta Venus, que tiene un ciclo extraño: es visible por la noche, luego desaparece en el horizonte antes de reaparecer como un astro de la mañana, luego desaparece de nuevo antes de recobrar su forma de astro nocturno. Ese proceso de muerte y de resurrección, esa alternancia de caracteres matutinos y vespertinos le habían conferido a Quetzalcóatl una personalidad cíclica, hecha de apariciones y desapariciones. Esos rasgos míticos incitaron a algún exegeta a sobreponer la imagen de Quetzalcóatl en la de Cortés. Se trata de una técnica franciscana comprobada: para facilitar la conversión, los frailes menores practicaban un sincretismo apenas velado. Es así como la Virgen María había sustituido en 1531 a la antigua diosa Tonatzin "Nuestra Madre", en el santuario de Nuestra Señora de Guadalupe, en el Tepeyac.

Como estaba en la esencia de la serpiente emplumada ir y regresar; como el mito nahua indicaba que Quetzalcóatl había antaño desaparecido al este, del lado de "el agua celestial", no era difícil presentar a Cortés, proveniente del mar y del lado de la luz, como una reencarnación del antiguo dios indígena. Evidentemente, esta reconstrucción mítica se efectuaba más de cuarenta años después de la conquista, ¡cuando casi todos los testigos de esa época habían muerto! La deificación de Cortés había sido posible porque los tiempos heroicos de su llegada pertenecían ahora para los indígenas a un ciclo cumplido.[2] Pero, en realidad, el anónimo trabajo franciscano sobre el mito de Quetzalcóatl estaba dedicado menos a los indios que a los criollos, que tenían necesidad de un mito de origen. Presentar a Cortés como un dios azteca que regresaba a tomar posesión de sus tierras, legitimaba la presencia de los primeros españoles. Cortés ya no era un invasor extranjero que exterminaba a la civilización autóctona, sino un indio entre los indios, que volvía con los suyos después de una larga migración, que lo llevaba a su punto de partida. La versión reescrita del mito, que fusionaba la figura de Quetzalcóatl con la de Cortés, tuvo tanto éxito que constituye en la actualidad la versión más difundida de los relatos de la conquista.

El golpe de Estado de los criollos

Los tres hijos de Hernán vivían entonces en España. No sabemos nada de las circunstancias que les permitieron reunirse. Pero los tres medios hermanos —cada uno de ellos tenía una madre diferente— hicieron causa común a partir del verano de 1562. Se embarcaron juntos, a mediados de agosto, en dirección de la tierra que los había visto nacer. Montaron su operación, al parecer, con mucho cuidado. Tienen un aliado en el Consejo de Indias, Jerónimo de Valderrama. Ese hombre de mundo logrará que lo nombren visitador de la Nueva España, a fin de reunir los cargos que pesan sobre el virrey Velasco. Antes de hacerse a la mar, Martín, segundo marqués del Valle, toma discretamente todas las precauciones necesarias en Sevilla, para que el féretro de su padre sea repatriado a México. Cortés, en efecto, había sido sepultado provisionalmente en la cripta personal del duque de Medina Sidonia, en la iglesia del monasterio San Isidro del Campo, de la pequeña ciudad de Santiponce, muy cerca de Sevilla; las condiciones políticas de la Nueva España hasta entonces no habían permitido a su hijo respetar la última voluntad de su padre. Ahora podía cumplirse.

Los tres hijos del conquistador habían sido formados en la corte, donde recibieron una educación principesca. Martín, el mayor, el hijo de Marina, vivía en España desde hacía 34 años, se había casado allí, tenía un hijo al que le puso el nombre de Hernando. Luis y el segundo Martín no habían vuelto a ver México desde 1540. El marqués se había casado con una de sus primas hermanas, Ana Ramírez de Arellano, con la que había tenido un hijo, llamado también Hernando.

El barco de los Cortés arriba a Campeche a principios del mes de octubre. Son recibidos y festejados por Francisco de Montejo, hijo del compañero de conquista de Cortés. El adelantado de Yucatán evoca con ellos el recuerdo del capitán general a quien había acompañado a Las Hibueras. Hablan de la situación de la Nueva España. La marquesa da a luz a su segundo hijo, Jerónimo.

El segundo marqués del Valle hace su entrada a México el 17 de enero de 1563. Ha seguido los pasos de su padre pasando por Tlaxcala y Cholula. La idea de una restauración cortesiana seduce a los habitantes de México que se apresuran a unirse a los tres hermanos. Velasco, después de un breve titubeo, inicia las hostilidades. El vértigo de la envidia, de nuevo se apodera de un virrey. Se alarma por muy poca cosa, incluso llega a solicitar a Felipe II que se prohíba el sello de Martín Cortés, donde éste se conformaba con hacer figurar su título de marqués. Pero Velasco está en peligro: el visitador Valderrama llega a México en julio de 1563.

Los tres hermanos se niegan a formar parte del cortejo del virrey. Desligado abiertamente de la política real, Martín se le adelanta a Velasco para ir a recibir a Valderrama sobre la calzada de Iztapalapa, a su propio título y bajo el estandarte de su padre. Velasco, furioso, insulta a Martín delante del visitador. Hará valer que nada puede suplantar al escudo del rey y que él es el único depositario legítimo de la autoridad. En respuesta, Valderrama decide radicar en el palacio de Martín Cortés. Unas rebeliones indígenas dirigidas contra la política real estallan por aquí y por allá, como la del viejo señor de Tehuantepec, Cosijopii, que había elegido por nombre en su bautizo el de Juan Cortés.

Mientras se somete al procedimiento de destitución emprendido por Valderrama, Luis de Velasco muere el 31 de julio de 1564 y la Audiencia asume interinamente el gobierno. Después de un plazo de luto decente, el ayuntamiento de México-Tenochtitlan le propone al monarca español, en una carta fechada el 31 de agosto, la supresión de la función de virrey y su reemplazo por una estructura dual formada por un gobernador y un capitán general. Es un rechazo al principio de gobierno absolutista tal como había sido instituido en 1542 por Carlos V, y es, al mismo tiempo, una toma de postura afirmada en favor del marqués. Para las funciones de gobernador y de justicia mayor, los miembros del consejo de México proponen la nominación de Valderrama; para el cargo de capitán general piensan en Martín Cortés. ¿Hernán obtendrá su revancha póstuma? Sus ideas están a punto de triunfar. México se subleva contra España, listo para asumir su propia historia. Durante todo el año de 1565 se enfrentan y se espían dos poderes rivales: el de la Audiencia, legitimista y antiindio, y el que cristalizan los hijos de Cortés donde se encuentran los franciscanos, los indios y los jefes de la nueva generación criolla dirigida por los hijos de Gil González de Ávila. Alrededor de ese bando cortesiano gravitan también oportunistas y aficionados a la sedición. Todos apuran a Martín para que tome el poder. Pero el hijo no es el padre. Duda, tergiversa, hace acuerdos. Todo está listo para el golpe de Estado. Pero no ocurre nada. Los conjurados se cansan. Algunos, por decepción, traicionan la causa del marqués. Valderrama, que ha hecho todo lo posible por abrir la puerta del poder a los hijos de Cortés, es revocado y abandona la Nueva España en enero de 1566. Los restos del conquistador, cuyo regreso marcaría el inicio del nuevo régimen, no han dejado Sevilla aún. El plan minuciosamente preparado se dilata en el tiempo, exponiendo a los participantes a los peligros de las represalias.

El hijo de Velasco denuncia por escrito la conjuración el 5 de abril. Pero la Audiencia titubea tanto como Martín; ha sido nombrado un nuevo virrey y los jueces no saben qué partido tomar. La esposa de Martín acaba de dar a luz a unos gemelos. Con cierta inconsciencia, el joven marqués decide bautizarlos con fastuosidad: el 30 de junio la catedral de México es teatro de una gran solemnidad, con ostentación principesca. Los partidarios de Cortés triunfan, o al menos, creen triunfar.

El 16 de julio de 1566, convocan a Martín, segundo marqués del Valle, a la sede del gobierno de la Nueva España y es aprehendido por Ceynos, el presidente de la Audiencia. Es el principio de una vasta operación policiaca que conduce a la detención de todos los oponentes. Tanto Luis como Martín, el hijo de Marina, son arrojados a la cárcel ese mismo día. Todos los conjurados notorios, unos sesenta, van a reunirse con ellos en el calabozo. Una justicia expedita se pone en marcha; pronto llueven las sentencias: muerte para los dos hijos mestizos de Cortés, muerte para los dos hermanos Ávila. El 3 de agosto, Gil y Alonso de Ávila son decapitados en la Plaza Mayor de México; sus casas son demolidas y los terrenos regados con sal. La memoria de Cortés ya no alimenta sino una causa perdida.

En ese último enfrentamiento entre la Corona y los partidarios de un México mestizo e independiente, los franciscanos pagan un pesado tributo. En 1565, el arzobispo Montúfar revoca los privilegios eclesiásticos concedidos en 1522 a los frailes menores. El rey condena toda su acción indigenista. El Consejo de las Indias les prohíbe imprimir libros relacionados con los indios. Les arrebatan toda su razón de ser.

Pero la historia ofrece su última sorpresa. Como en una tragedia bien escrita, se produce un golpe teatral: el nuevo virrey, Gastón de Peralta, acaba de desembarcar en Veracruz. Estamos a 17 de septiembre de 1566. Ni siquiera ha puesto pie en tierra cuando el representante del monarca español suspende todos los procesos en curso. Se toma su tiempo para llegar a México; se informa, husmea en el aire, atento al sentido del viento. Cuando llega a la capital de la Nueva España, un mes más tarde, cesa a las tropas constituidas por la Audiencia, hace retirar la artillería y suprime las medidas de seguridad paranoicas imaginadas por los oidores. Ante la sorpresa general, ¡Peralta toma partido por Cortés! Se opone a la confiscación de los bienes del marqués que reclama Felipe II, digno hijo de su padre. Anula la pena de muerte pronunciada contra los dos hijos mayores, luego recusa a los jueces, uno tras otro. Si el virrey sostiene hasta ese grado a los hijos del conquistador, es porque percibe el aura que rodea todavía a Cortés, veinte años después de su muerte. Entre los planes de los burócratas y los sueños fiscales de los tesoreros del reino se interpone una realidad: el México inventado por Cortés no es ni un doble ni una parte desprendida de España. Es un país aparte, con su personalidad, su territorio, sus habitantes y su historia arraigada en treinta siglos de civilización.

EL FIN DE LA UTOPÍA

Felipe II se asusta. Esta vez envía a unos asesinos. El virrey Peralta juzga más prudente extraditar al joven marqués y a su hermano Luis a España: les salva la vida. Los dos hermanos abandonan México en el mes de abril de 1567 y son obligados a comparecer ante el Consejo de Indias. De los tres nuevos visitadores nombrados, solamente dos llegan vivos a Veracruz: Alonso Muñoz y Luis Carrillo. Desde su entrada a México, el 11 de noviembre, destituyen al virrey, acusado de inclinarse del lado de Cortés y de los franciscanos. Muñoz se comporta como un tirano, apoyado por los dominicos, por la maquinaria inquisitorial y por los oficiales del tesoro real. Hace aprehender de nuevo a todos los miembros de la conjura cortesiana y activa una justicia de opereta; a principios del mes de enero de 1568, las sentencias de muerte caen; sólo son moduladas por la naturaleza del suplicio: ahorcamiento, decapitación, descuartizamiento, tormento. El 8 de enero, el hijo de Marina es indignamente torturado, pero gracias a su constitución robusta sobrevive a su suplicio. Muñoz no tiene nada que reprocharle, salvo que es hijo de Cortés y, como agravante, es el hijo mestizo de Cortés. Muñoz encontró la solución: los que no fueron ejecutados terminaron desterrados de la Nueva España. Antes de su expulsión hacia Castilla, se les exige una multa en dinero contante y sonante, luego les confiscan todos sus bienes, como se hacía también con los condenados a muerte. La tierra queda vacía de mestizos y criollos, las propiedades cambian de manos, el sueño de Cortés se esfuma.

Los restos mortales de Cortés terminan por llegar a la Nueva España, pero a destiempo. A finales del mes de julio de 1566, cuando el féretro del conquistador desembarca en Veracruz, sus tres hijos están en la cárcel. El acontecimiento esperado para ese retorno ya no es oportuno. Como en 1530, cuando Cortés había recibido la prohibición de entrar a México y se había refugiado en Texcoco, los restos del conquistador permanecerán en el exilio, en las lindes de México. Cortés será inhumado en el convento franciscano de Texcoco con discreción, junto a su madre y su hijo muerto prematuramente. La historia balbucea. Cortés sigue siendo un proscrito, al margen de la gloria.

El Consejo de Indias comparte el mismo punto de vista de Muñoz: hay que erradicar la memoria de Cortés. Martín y Luis son condenados a ir a luchar contra los berberiscos. Se confisca el mayorazgo de Cortés y el marqués debe pagar una "multa" de 150 000 ducados. La Corona arruina a los herederos del marqués del Valle para asegurarse de que nadie, en la Nueva España, pueda rivalizar jamás con el poder real. Los franciscanos retocaron en vano el mito de Quetzalcóatl: ni Cortés ni la serpiente emplumada llegarán a tomar posesión de México. La prohibición oficial contrasta con la leyenda que toma cuerpo. La memoria del conquistador se celebra con dos nuevas crónicas, la de Francisco Cervantes de Salazar, escrita en México y terminada en 1566, y la de Bernal Díaz del Castillo, escrita en Santiago de Guatemala y terminada en 1568. Ambas se guardarán en secreto sin publicarse. Como lo serán todas las crónicas franciscanas que se refieran a los indios. Ni la obra de Olmos ni la de Motolinia ni la de Sahagún serán publicadas. Restablecidos en sus privilegios apostólicos en 1567 por el papa Pío V, los frailes menores perderán su independencia eclesiástica en 1572. Son castigados por su devoción a la causa india, por su defensa de las lenguas autóctonas y por su amor a la historia prehispánica.

El 4 de noviembre de 1571, una gran misa solemne reúne en la catedral de México al virrey Enríquez, sucesor de Peralta, a los oidores, a los oficiales reales, a la fracción eclesiástica, a las autoridades del ayuntamiento y a toda la multitud de los días de fiesta. Un joven sacerdote lee en el púlpito las provisiones reales que nombran a Pedro Moya de Contreras gran inquisidor de la Nueva España. Se proclama el edicto que ordena a la asistencia jurar que se compromete a denunciar ante el Santo Oficio a todas las personas sospechosas de herejía. Todos se levantan, extienden la mano derecha y gritan "lo juro". Cincuenta años después de la conquista, sobre las ruinas del Templo Mayor de los mexicas, la Inquisición logró instalarse. Se dedicará a buscar la limpieza de sangre en tierra india, allí donde no hay justamente más que nuevos convertidos. El rey desplegó el arma del terror. El sueño indigenista de los franciscanos y la utopía mestiza de Cortés son expulsados por la fuerza. En el México de Motecuzoma y de Marina, el cielo se apaga. En la noche se elevan estrellas de hielo. Cortés no es más que una leyenda.

Conclusión

Un día en México, el padre Bartolomé de las Casas interpela a Cortés. Le reprocha haber atacado a Motecuzoma y apropiarse de su reino. Cortés lo miró fijamente a los ojos y le respondió: "Qui non intrat per ostium fur est et latro (El que no entra por la puerta es ladrón y salteador)".[1]

Cortés se manifiesta por completo en esta frase, que atestigua su célebre sentido de réplica. Pero no es un efecto de estilo gratuito. En primer lugar, Cortés se expresa en latín; eso rompe evidentemente con la imagen del conquistador inculto y brutal. Luego, al dirigirse a un eclesiástico se permite citar las Sagradas Escrituras, utilizando en esa ocasión una frase de San Juan. He aquí una de las grandes armas de Cortés: ponerse siempre a tono con su interlocutor y demostrar que sabe maniobrar en cualquier terreno, por muy adverso que sea. Juega enseguida con dos registros, como lo hace con frecuencia. Desprendida de su contexto, la frase traduce una mezcla de soberbia y de franqueza desarmante que corresponde por completo a la imagen del gobernador de la Nueva España. Pero lleva también en sí un sobreentendido, porque presupone que se conoce la continuación de la cita. Cortés explora aquí lo no dicho: acaba de citar el primer versículo de la parábola del Buen Pastor. La que prosigue con estas palabras: "Aquel que entra por la puerta es el pastor de las ovejas [...] Yo soy el buen pastor, conozco a mis ovejas y mis ovejas me conocen". Así hablaba Jesús. Así habla Cortés, insistiendo en el afecto que siente por los indios y la complicidad recíproca que mantiene con el pueblo mexicano.

Este apego es fastidioso, desconcertante y, quinientos años más tarde, continúa sorprendiendo. Sería más sencillo tener dos campos bien delimitados: los buenos y los malos; los vencidos y los vencedores, los humillados y los verdugos. Sería más sencillo oponer el refinamiento sereno a la fiebre de oro, la libertad a la esclavitud, los indios a los conquistadores. Pero Cortés escapa a esos estereotipos. De psicología compleja, desprendido del espíritu del tiempo, visionario, Hernán no es un conquistador ordinario. Molesta porque pertenece a los dos campos a la vez. Ajeno a todo oportunismo, es un mestizo de fe y de convicción.

Sabe que deberá afrontar toda su vida y después de su muerte las represalias de quienes le reprochan, tanto de un lado como de otro, no adherirse por completo a los valores del grupo. Pero Cortés es un creador de civilización. Su confianza soberana frente a Las Casas atestigua su certeza de tener razón ante la historia. Sin embargo, el camino del reconocimiento sería largo de recorrer.

El purgatorio de Cortés parece endulzarse en 1629. El 30 de enero, don Pedro Cortés, tataranieto de Hernán, cuarto marqués del Valle, se extingue en México sin descendencia. En esa ocasión el virrey de la época,[2] de acuerdo con el arzobispo de México, decide sepultar los restos de Cortés con los de su último descendiente en línea directa, en la iglesia del convento de San Francisco de México. El lustre que rodea a esta ceremonia es ciertamente un gesto de respeto por la memoria del antiguo capitán general, pero representa también el profundo alivio de las autoridades españolas que piensan haber terminado para siempre con la sombra del conquistador. Cortés parece haber encontrado la paz de su última morada en un cierto anonimato.

No obstante, la chapa de plomo se resquebraja en 1749, cuando un editor madrileño se estusiama con reeditar las *Cartas de relación* prohibidas en 1527.[3] Cierto, esas obras son discretamente incluidas en una obra colectiva y por vez primera se ignora la prohibición oficial. Hay que esperar enseguida que los rumores de la Revolución francesa lleguen a la Nueva España para ver cambiar el estado de ánimo de las autoridades. Sensible a los soplos de las luces, consciente del arcaísmo del sistema colonial que representa, quizá también porque nació en La Habana, el virrey Juan Vicente de Güemes decide devolver a Cortés a la memoria de los mexicanos. Desde finales de 1789 trabaja en su proyecto: erigir un suntuoso mausoleo para abrigar los huesos del extremeño que se había convertido en mexicano. Encarga un monumento a un arquitecto en boga, el célebre escultor Manuel Tolsá, director de la Academia de San Carlos, quien se encarga de realizar un busto del conquistador. El virrey ordena especialmente la fabricación de una urna de cristal para depositar las preciosas reliquias. Güemes ha decidido construir ese mausoleo en la iglesia contigua al Hospital de Jesús, edificado en el lugar preciso del primer encuentro entre Cortés y Motecuzoma. A falta de Coyoacán, ese lugar corresponde al espíritu de la última voluntad de Hernán.

El 8 de noviembre de 1794 todo México asiste a la reinhumación solemne de Cortés. Así como los aztecas debían volver sobre sus pasos, después de la muerte, por el camino recorrido por los ancestros en el comienzo de los tiempos, Cortés prosigue su migración fúnebre, réplica subterránea de las peregrinaciones de su vida. Las criptas de Sevilla, de Texcoco y de San Francisco son las últimas estaciones de una vida nómada, acompasada por las salidas de Medellín, de Santo Domingo, de Santiago de Cuba, de Veracruz, de México, de Las Hibueras, de Cuernavaca, de California.

El virrey Güemes comprendió la vida de Cortés; festeja el aniversario de un encuentro entre dos mundos. Pone fin a la celebración del Pendón de San Hipólito, que cada 13 de agosto conmemoraba hasta entonces la caída de Tenochtitlan y la victoria de los españoles. El mausoleo del Hospital de Jesús se inaugura con un sermón de Fray Servando Teresa de Mier, como el primer discurso oficial en favor de un símbolo de la independencia.[4]

En 1808, las tropas napoleónicas sitian la península ibérica y José Bonaparte es proclamado rey de España. Su primer acto es poner fin a la Inquisición. El 16 de septiembre de 1810, en Dolores, el cura Hidalgo lanza el grito, el grito de la insurrección contra la presencia española. La independencia de México está en marcha. Será formalmente obtenida en 1821, provocando la emancipación de casi toda América. Se podría creer que ha llegado la hora de gloria de Cortés, pero por un capricho del destino, por un imprevisible giro de la situación, he aquí que toda la joven república elige basar su independencia en la hostilidad hacia España. Y Cortés, conquistador inicial, regresa a una brutal satanización. Se le designa como el símbolo de la tutela deshonrosa, como el agente de la colonización aborrecida. El equívoco llega al colmo. En esos instantes confusos, toda la complejidad del conquistador se disuelve en pasiones. Cortés se reduce a una figura de acusado. Algunos diputados solicitan el desmantelamiento del mausoleo. El 16 de septiembre de 1823, para celebrar la fiesta nacional se anuncia el saqueo de su sepultura y la quema de sus restos en la plaza pública, en San Lázaro. Después de los libros, los huesos. Último sobresalto de una inquisición en agonía.

Pero Cortés, como siempre, gozaba de protecciones muy bien dispuestas. Lucas Alamán, primero de los ministros del gobierno tripartita de la época, se encerró secretamente en la noche del 15 de septiembre en la iglesia del Hospital de Jesús. Deprisa, construyó una tumba improvisada en el altar mayor y la urna que contenía los restos de Cortés se depositó allí. Un estrado de madera disimuló la inhumación. El ministro Alamán retiró el busto de bronce dorado donde Cortés presentaba su imaginario perfil de emperador romano; hizo desmontar el escudo del conquistador. El mausoleo fue destruido y el busto enviado a Palermo donde residía el duque de Terranova, último y lejano descendiente de Hernán. Corrió el rumor de que la urna funeraria había tomado también el camino del exilio, hacia Italia.

Pero Cortés dormía en la clandestinidad. En 1836, México instauró sus primeras relaciones diplomáticas con España. Alamán, único depositario del secreto de la inhumación, mandó realizar trabajos con la mayor discreción. La sepultura construida con apresuramiento en el suelo húmedo de la iglesia se sustituyó por un nicho abierto en el muro del coro, a la altura de un hombre, a la izquierda del altar mayor. Hizo sellar el escondite de manera que permaneciera invisible y los cuatro testigos de la operación juraron guardar el secreto.

Alamán, no obstante, tuvo la prudencia de consignar el lugar exacto del sepulcro en un acta notariada.[5] Parece que le confió un ejemplar a la nueva embajada de España en México. Ese documento de 1836 apareció hasta ciento diez años más tarde, en circunstancias oscuras. Las autoridades científicas verificaron las revelaciones contenidas en el proceso verbal redactado por Alamán. Los restos de Cortés seguían estando en su escondite. Después de un análisis se reinhumaron en el mismo lugar, el 9 de julio de 1947. A la altura del nicho se colocaría una simple placa de bronce,[6] con el escudo de armas semiespañolas seminahuas de Cortés, y abajo su nombre y la mención: "1485-1547".

En la época de su esplendor, los mexicas habían depositado en el suelo del Templo Mayor centenares de ofrendas preciosas que sellaban su pacto con la tierra y manifestaban su poder sobre esos lugares. De la misma manera, la historia sepultó al conquistador de México junto a los señores de Anáhuac, al final de su travesía entre dos mundos, en el silencio de una iglesia edificada con las piedras de una antigua pirámide.

Agradecimientos

En primer lugar deseo expresar mi agradecimiento a Marisol Schulz, directora editorial de Taurus, por haberme brindado con su confianza y entusiasmo la más agradable acogida en sus colecciones.

A mi editora Marcela González Durán, deseo manifestar mis reconocimientos. La calidad de este libro debe mucho a su permanente disponibilidad, su dedicación y su sonriente sabiduría.

También deseo agradecer al doctor Julián Gascón Mercado, atento presidente del Patronato del Hospital de Jesús, por haberme autorizado la publicación de la valiosa iconografía que constituye el álbum del presente libro. Esta parte icónica no hubiera sido posible sin el talento de Michel Zabé quien, como artista, supo captar el alma prehispánica que habita en los muros del Hospital de Jesús.

En este proyecto, muchos amigos expertos en literatura me han proporcionado su oportuno apoyo. Entre ellos destacan Gerardo Estrada, Alberto Ruy Sánchez y Margarita de Orellana, que encuentren aquí la expresión de mi amistosa gratitud.

Por último, no puedo disimular el placer que me dio José Luis Martínez al aceptar escribir un prólogo para esta biografía. Al hombre erudito, al escritor y al gran conocedor de la obra cortesiana, mis más sinceros agradecimientos y mi gran estima.

México-Tenochtitlan, enero de 2005

Notas

Introducción

1 Por razones prácticas, utilizo las palabras España y México con su contenido moderno. La palabra España ya existe a principios del siglo XVI y se usa para nombrar a la nueva entidad, nacida de la reunión de las coronas de Castilla y de Aragón, pero la denominación no se impuso sino a partir del reinado de Felipe II, durante el último tercio del siglo XVI. La palabra México es más reciente cuando se refiere al país mismo. Hay que recordar que, en los idiomas prehispánicos de Mesoamérica, no existen gentilicios y tampoco nombres de países, solamente existen nombres de ciudades o pueblos y, por supuesto, ciudadanos o habitantes de pueblos. Al inicio, México es únicamente el nombre de una ciudad cuyos habitantes nombraban *mexica*. Las crónicas del siglo XVI llamaron mexicanos a los moradores de México-Tenochtitlan y poco a poco, de manera un poco abusiva, se extendió la apelación a los indígenas de la Nueva España en general. México se impuso en el siglo XIX como nuevo nombre de la Nueva España ya independizada.

Primera parte
De Medellín a Cuba
(1485-1518)

1. Infancia

1 Francisco López de Gómara, *Historia de la conquista de México*, México, Porrúa, 1997, p. 7 (cap. 1).
2 *Relación de la salida que don Hernando Cortés hizo de España para las Indias la primera vez*, manuscrito núm. 3020 de la Biblioteca Nacional de Madrid. La atribución de este texto a López de Gómara es azarosa. Publicado en *Documentos cortesianos*, México, UNAM/FCE, 1992, t. IV, p. 433 y ss.
3 "Nació año de mlcccv en fin del mes de julio".

4   Gerónimo de Mendieta, *Historia eclesiástica indiana,* libro III, cap. 1; Juan de Torquemada, *Monarquía indiana,* prólogo del libro IV.
5   Cf. Arturo Sotomayor, *Cortés según Cortés,* México, Extemporáneos, 1986, pl. XII. El monumento erigido es en realidad la lápida que Cortés mandó elaborar en Medellín, en 1530, para la tumba de su padre, Martín, enterrado en el recinto del convento franciscano de la ciudad. Tiene esculpido el escudo personal de Cortés; la inscripción de la cara posterior es por supuesto más reciente (*ca.* 1920). A esta lápida se asocia un dintel de piedra con una inscripción erosionada, que parece ser el único vestigio arquitectónico de la casa natal de Cortés.
6   Bernal Díaz del Castillo, *Historia verdadera de la conquista de la Nueva España,* México, Porrúa, 1980, p. 515 (cap. 193): "El mismo se preciaba de que lo llamasen solamente Cortés".
7   Se escribía también en esa época *hijodalgo.*
8   *De rebus gestis Ferdinandi Cortesii,* en *Colección de documentos para la historia de México, publicada por Joaquín García Icazbalceta,* México, Porrúa, 1971, t. I, p. 310.
9   *Relación de la salida, op. cit.,* p. 433.
10 Concretamente es el caso de Cervantes de Salazar, en una epístola dedicatoria de 1546 (reproducida en *Documentos cortesianos,* t. IV, pp. 347-351) y más tarde de Bartolomé Leonardo de Argensola, *La conquista de México* (1663), edición de Joaquín Ramírez Cabañas, México, Pedro Robredo, 1940, pp. 79-80.
11 Bartolomé de las Casas, *Historia de las Indias,* México, Fondo de Cultura Económica, 1965, t. II, p. 528 (libro III, cap. 27).
12 López de Gómara, *op. cit.,* p. 7.
13 Cf. Celestino Vega, "La hacienda de Hernán Cortés en Medellín", *Revista de estudios extremeños,* Badajoz, 1948. El autor era médico oftalmólogo en Don Benito, ciudad vecina de Medellín.
14 Declaraciones hechas en Trujillo el 2 de junio de 1525 por tres habitantes de Medellín: el padre Diego López, Juan de Montoya y Juan Núñez de Prado, en el marco de una indagación con vistas a la admisión de Cortés en la orden militar de Santiago. Cf. *Documentos cortesianos,* t. I, pp. 336-343.
15 Véase, por ejemplo, un documento de 1473, reproducido en Francisco García Sánchez, *La condesa de Medellín, Doña Beatriz de Pacheco,* Medellín, 1997, p. 49.
16 El castillo de la familia Altamirano en su feudo es todavía visible en el pueblo de Orellana, a unos cuarenta kilómetros al este de Medellín.
17 Hay quienes llegan a considerar incluso que, en el siglo XV, 90 por ciento de las tierras de Castilla estaba controlado por las órdenes militares. Cf. Francisco Gutiérrez Contreras, *Hernán Cortés,* Barcelona, Salvat, 1986, p. 21.
18 *De rebus gestis, op. cit.,* p. 310: "*Catharina namque probitate pudicitia et in conjugem amore, nulli aetatis suae feminae cessit*".
19 *Documentos cortesianos,* t. I, p. 104.
20 Cf. *De rebus gestis,* pp. 310-311. El título de *clavero,* guardián de las llaves, es decir, guardián del tesoro, era llevado por el adjunto del gran comendador de la orden militar de Alcántara. Alonso de Monroy ocupó esta función durante varios años antes de convertirse en gran maestro de la orden. Pasará a la posteridad con el sobrenombre de el Clavero.
21 Se trata, nos dice Gómara, de María de Esteban, originaria de Oliva. Si bien Hernán es hijo único de la pareja, eso no excluye que tuviera medios hermanos o medias hermanas. Martín Cortés, su padre, bien pudo haber tenido hijos fuera del matrimonio, como era frecuente en esa época; por ejemplo, el rey Fernando tenía ya

dos hijos naturales antes de su boda con Isabel la Católica. Encontramos un indicio en un acta de denuncia torpe de un oscuro notario instalado en México, Diego de Ocaña: en septiembre de 1526, él se refiere a dos tenientes del alguacil mayor (encargado de la seguridad de la ciudad de México), que respondían a los nombres de Blasco Hernández y Diego Valadés, e indica que son "cuñados del dicho Hernando Cortés". Si creemos en este documento, Hernán habría tenido entonces dos medias hermanas. Es por lo tanto muy creíble porque Cortés ha tenido siempre cuidado de atribuir las funciones de policía en México a familiares, como Gonzalo de Sandoval, nativo de Medellín, y Rodrigo de Paz, su primo. Véase la carta de Ocaña, en *Documentos cortesianos*, t. i, p. 400.

22 Véase Francisco García Sánchez, *El castillo de Medellín*, Medellín, Badajoz, 2000, p. 25. Con frecuencia, los romanos se conformaron con volver a ocupar algunos sitios celtíberos. Esto, por ejemplo, es claramente visible en Trujillo (la Turgalium de los romanos), donde existe todavía un dolmen al pie de las murallas del castillo.

23 Cabe mencionar que se respetó el trazo urbano existente, incluyendo la sinagoga y la mezquita principal. Es significativo que las dos iglesias construidas en Medellín en el siglo XIII, después de la reconquista, hayan sido edificadas al exterior del burgo propiamente dicho: la iglesia de Santiago Matamoros sobre el foro del antiguo teatro romano, en el flanco de la colina, y la iglesia de San Martín a la entrada de la ciudad, en el lugar del antiguo templo de Plutón. La iglesia de Santa Cecilia, en el centro de la ciudad, no existía cuando nació Cortés; se construirá al inicio del siglo XVI en el lugar de la sinagoga. Es en la iglesia de San Martín donde Cortés será bautizado en 1485; todavía puede verse la pila bautismal original.

24 *Cf.* Hugh Thomas, *La conquista de México*, Barcelona, Planeta, 2000, p. 154.

2. La España medieval de Isabel la Católica

1 El lugar escogido por Juan Pacheco, marqués de Villena, no es anodino. Los toros de Guisando, al sur de Ávila, son en realidad unos jabalís esculpidos en granito, vestigios de un antiguo sitio celtíbero. Se puede ver en ese lugar, donde se designó a Isabel heredera del reino, una voluntad de referencia a una Castilla milenariamente arraigada en su territorio.

2 El marqués de Villena, para confirmar su posición de favorito al lado del rey Enrique IV, había logrado que Isabel, que aún era muy joven, fuera entregada en matrimonio a su hermano Pedro Girón, gran maestro de la orden de Calatrava. Isabel, que tenía entonces catorce años, no se quiso casar con ese hombre brutal, unos treinta años mayor que ella. Con ayuda de su amiga Beatriz de Bobadilla hizo envenenar a su pretendiente durante el camino de Almagro hacia Madrid (1465).

3 *Cf.* Francisco García Sánchez, *La condesa de Medellín, op. cit.*, pp. 72-77 y 98-105. Beatriz Pacheco, condesa de Medellín, forma parte de esas mujeres de autoridad de la época, que sorprenden todavía por la dureza de su carácter. Además de su enfrentamiento con Isabel de Castilla, Beatriz Pacheco pasó a la historia por haber encerrado a su hijo mayor durante cinco años en un calabozo del castillo. A la muerte de su marido Rodrigo Portocarrero, conde de Medellín, ella decidió, en efecto, apoderarse de su título y de sus bienes, eliminando a su hijo Juan que reivindicaba con justo derecho la sucesión de su padre. Los habitantes de Medellín, sublevados por los abusos de la condesa, se encargaron de liberar al recluso, abriendo en el espeso muro del calabozo una brecha que existe todavía. Este episodio inspiró a Calderón de la Barca el tema de su célebre drama, *La vida es sueño*.

4 Juan II de Aragón, llamado Juan sin fe, subió al trono de Aragón en 1458. Se casó dos veces. Primero con Blanca, reina de Navarra, con quien tuvo un hijo, Carlos de Viana; luego con Juana Enríquez, que pertenecía a la casa real de Castilla, con quien tuvo a Fernando, que nació en 1452. Fue bajo la influencia de su segunda mujer que hizo apresar a su hijo mayor, el príncipe de Viana, para abrir la sucesión a Fernando, el hijo de su segundo matrimonio.

5 Todas esas evaluaciones son discutibles y sujetas a revisión periódica. Tomo, en este caso, las últimas cifras de Pierre Chaunu, *Charles Quint*, París, Fayard, 2000, pp. 63-64 y 88. José Luis Martínez, quien toma más bien las cifras de Antonio Domínguez Ortiz (1980), propone evaluaciones más altas: quince a veinte millones para Francia, ocho millones para España, cuatro millones para Inglaterra. Cf. José Luis Martínez, *Hernán Cortés*, México, UNAM-FCE, 1990, pp. 52-56.

3. EL DESCUBRIMIENTO DE AMÉRICA

1 El archipiélago de las Canarias estaba habitado por un pueblo de origen berberisco, que opuso cierta resistencia a las tentativas de poblamiento llevadas a cabo por España y Portugal en el siglo XIV. Es finalmente una expedición francesa, montada por Jean de Béthencourt la que toma posesión de las "Islas afortunadas" en 1402 (Lanzarote, Fuerteventura, Gomera, luego Hierro): pero Béthencourt, financiado por el rey de Castilla, se reconoció como su vasallo y donó el fruto de sus conquistas a la Corona de Castilla.

2 Véase el texto del tratado de Alcaçovas relativo al dominio marítimo en Antonio Gutiérrez Escudero, *América: descubrimiento de un nuevo mundo,* Madrid, Istmo, 1990, pp. 135-139.

3 El tratado de Alcaçovas fue firmado el 4 de septiembre de 1479. Fue ratificado por Isabel y Fernando con capítulos adicionales concernientes a Guinea y a las Islas Canarias el 6 de marzo de 1480, en Toledo, y por el rey Alfonso V y su hijo, el príncipe Juan, en Evora el 8 de septiembre de 1480.

4 Casi todos los cronistas del siglo XVI admiten la existencia de un descubrimiento de América anterior a Colón. Es el caso de Bartolomé de las Casas, de Francisco López de Gómara, de Gonzalo Fernández de Oviedo. El genovés habría tenido la suerte de recoger las confidencias del único hombre de la expedición que había escapado, y que moriría poco tiempo después, no sin haberle revelado las astucias de la navegación necesarias para regresar de las Antillas. El cronista de Perú, Garcilazo de la Vega, hijo mestizo de una princesa inca y de un hidalgo de Extremadura, es el único que proporciona el nombre del informante de Cristóbal Colón: Alonso Sánchez de Huelva. Es probable que se tratara de un piloto portugués.

5 Texto reproducido en Antonio Gutiérrez Escudero, *op. cit.*, pp. 91-93.

6 *Idem.*

7 *Idem.*

8 *Idem.*

9 Colón, al quedar viudo de su primera mujer portuguesa, con la que tuvo a Diego, en 1492 está soltero aunque tenga una compañera originaria de Córdoba con quien tiene un hijo natural, Fernando. No volverá a casarse. Se ha sugerido que su no matrimonio podría ser una cláusula secreta solicitada por Isabel, para estar segura de seguir siendo la primera dama de América.

10 *La Santa María* naufragó el 25 de diciembre de 1492 y se rompió bajo los altos fondos coralígenos. Colón dejará en el lugar a 39 hombres de la tripulación,

después de haber construido un fuerte sumario llamado Navidad. Estos hombres serán asesinados por los taínos.

11 Gerónimo de Mendieta, *Historia eclesiástica indiana* (1596), México, Porrúa, 1980, p. 20.

12 *Cf.* A. Gutiérrez Escudero, *op. cit.* p. 121.

4. La adolescencia (1499-1504)

1 Citado por José Luis Martínez, *op.cit.*, p.63

2 *De rebus gestis, op. cit.*, p. 311.

3 Díaz del Castillo, *op. cit.*, p. 557 (cap. 204).

4 William Prescott, quien en 1843 escribió un libro de referencia como *Historia de la conquista de México*, emite la hipótesis de que la Universidad de Salamanca le otorgó *a posteriori* su grado universitario, es decir, después de la conquista "para tener el orgullo de contar a Cortés entre sus hijos". Eso no coincide con los usos universitarios. William Prescott, *Historia de la conquista de México*, México, Porrúa, 1976, p. 111.

5 Las Casas, *op. cit.*, t. II, p. 528 (libro III, cap. 27); Díaz del Castillo, *op. cit.*, p. 557 (cap. 204).

6 Cf. *De rebus gestis, op. cit.*, p. 312.

7 Véase principalmente Ursula Lamb, *Fray Nicolás de Ovando, gobernador de las Indias*, Madrid, 1956, y Carlos Dobal, *Santiago en los albores del siglo XVI*, Santo Domingo, UCMM, 1985, pp. 233-237.

8 *De rebus gestis, op. cit.*, p. 312.

9 El voto de castidad se aplicaba en el origen a todos los miembros de órdenes militares, ya fueran sacerdotes o militares. Pero en el siglo XV, el celibato no era exigido a los caballeros. Recordemos que la *hidalguía* en Castilla se trasmitía por el padre a todos sus hijos masculinos, legítimos o naturales.

10 Juan Suárez de Peralta, *Tratado del descubrimiento de las Indias*, cap. 7; reproducido en *Documentos cortesianos*, t. IV, p. 499.

5. La Española (1504-1511)

1 Todos los detalles del viaje de 1504 se encuentran narrados con detalle en López de Gómara, *op. cit.*, pp. 8-9 y *De rebus gestis*, pp. 312-317.

2 Sobre los taínos véase, por ejemplo, Christian Duverger, *Art taïno*, París, Connaissance des Arts, H. S., núm. 50, 1994, y Daniel Lévine, "Les Américains de la première rencontre", *Amérique, continent imprévu*, París, Bordas, 1992, pp. 28-54.

3 Esas medidas se aplicaron a partir de mayo de 1495.

4 Por regla general, el oro de las joyas taínas no era puro sino una alianza de oro y cobre llamada *tumbaga* en chibcha y *guani* en taíno.

5 Es el mismo Colón quien lo confiesa en la famosa "Carta a la nodriza" fechada en 1500. Cf. Jacques Heers, *Christophe Colomb*, París, Hachette, 1981, p. 540.

6 *De rebus gestis*, p. 318.

7 *Relación de la salida, op. cit.*, p. 434.

8 Situada en la esquina de la calle El Conde y de la calle de Las Damas, esta casa fue restaurada en la década de 1980 por iniciativa del presidente Joaquín Balaguer en el marco de un proyecto de rehabilitación de la ciudad colonial de Santo Domingo. Fue entregada en arrendamiento a Francia, que primero hizo un centro cultural

inaugurado en 1989, luego fue la sede de su embajada desde 2001. Es por esta razón que la antigua casa de Cortés es conocida hoy bajo el nombre de Casa de Francia.

9 Díaz del Castillo, *op. cit.*, pp. 556-557 (cap. 204).

10 Cf. Francisco García Sánchez, *El Medellín extremeño en América*, Medellín, Gráficas Sánchez Trejo, 1992, pp. 105-114.

11 Diego Colón pudo haber nacido en Funchal, en la isla de Madera en 1479, de doña Felippa Perestrello e Moniz, la esposa portuguesa de Colón, quien murió en 1485, cuando el matrimonio vivía en Lisboa.

12 Es el propio hijo de Colón, Fernando, quien escribe: "El almirante, habiendo hallado siempre al rey algo seco y contrario a sus negocios". Fernando Colón, *Vida del Almirante*, México, Fondo de Cultura Económica, 1947, p. 331.

13 Nicolás de Ovando murió dos años más tarde, en mayo de 1511, en Sevilla. Fue sepultado en Alcántara. Después de haber estado largo tiempo inhumado en la iglesia parroquial, sus restos fueron transferidos en 1998 a la iglesia —inconclusa— del magnífico convento de San Benito, erigido a finales del siglo xv y a principios del siglo xvi, en la época del esplendor de la orden.

14 *De rebus gestis*, p. 318.

15 Cervantes de Salazar, *op. cit.*, p. 98 (libro ii, cap. 16).

6. CUBA (1511-1518)

1 Las Casas, *op. cit.*, t. ii, pp. 505-506 (libro iii, cap. 21).

2 Esta cruz, de madera de olivo, existe todavía. Se ha conservado hasta nuestros días en la iglesia parroquial de Baracoa.

3 Las Casas da a entender que el conflicto entre Diego Velázquez y el capitán Francisco de Morales tenía que ver con el grado de dependencia o de independencia que convenía observar respecto a Diego Colón. *Op. cit.* (libro iii, cap. 27).

4 Las Casas, *op. cit.* t. iii, p. 221 (libro iii, cap. 114).

5 Cf. *Documentos cortesianos*, t. iv, p. 500.

6 Cf. Díaz del Castillo, *op. cit.*, p. 556 (cap. 204): "Y hubo otras tres hijas, la una hubo en una india de Cuba que se decía doña fulana Pizarro".

7 Las Casas, *op. cit.*, t. ii, p. 530 (libro iii, cap. 27).

8 Véase la bula de Clemente VII del 16 de abril de 1529, en *Documentos cortesianos*, t. iii, p. 40.

9 Las siete ciudades fundadas por Diego Velázquez en 1514 son Baracoa, puerto de la costa este; Santiago, puerto de la costa sureste; Bayamo, al interior de las tierras, a 120 kilómetros al oeste de Santiago; Puerto del Príncipe, bautizado así en honor del futuro Carlos V, en donde se encuentra la actual Nuevitas, en la costa noreste; Trinidad, puerto del centro de la costa sur; Sancti Spiritus, ciudad satélite de Trinidad, a 70 kilómetros al interior de las tierras; San Cristóbal de La Habana, puerto de la costa suroeste. Esta última ciudad será transferida en 1519 a su ubicación actual, sobre la costa norte, en una bahía conocida antes con el nombre de Puerto de Carenas.

10 Oficialmente, la ciudad de Nuestra Señora de la Asunción de Baracoa fue simplemente transferida a otro sitio, al de Santiago. Eso explica que, por razones jurídicas, la nueva ciudad se llamó entre 1514 y 1519 Santiago de Baracoa. Se dio nuevo estatus a la ciudad de Baracoa en 1519; Santiago se convirtió entonces en una verdadera entidad y ya no tuvo necesidad de la doble apelación. Está claro que Cortés, a partir de 1514, fue alcalde de Santiago y no de Baracoa.

11 Los tres "priores" jerónimos fueron Alonso de Santo Domingo, Luis de Figueroa y Bernardino de Manzanedo. Se unió a ellos Juan de Salvatierra, también jerónimo. Las Casas, que supuestamente sería el responsable de su designación, se disgustó rápidamente con ellos.

12 Durante todo el siglo XVI, América se seguirá llamando "las Indias", prorrogando más allá de lo razonable la fantasía de Colón. Fue el navegante florentino Amerigo Vespucci, quien utilizó por primera vez en 1503 la expresión Nuevo Mundo (*Mundus novus*). En el relato que hace de su navegación con Alonso de Ojeda y Juan de la Cosa a lo largo de las costas del golfo de Paria (delta del Orinoco), Vespucio hace trampa sobre la fecha de ese viaje a fin de apropiarse la gloria de haber descubierto la Tierra Firme. Su viaje no tuvo lugar en 1497, como lo pretende, sino en 1499, un año después del tercer viaje de Colón. Sin embargo, es esa mentira la que impulsó al cosmógrafo de Saint-Dié (Lorraine) Martín Hylacomylus Waldseemüller a bautizar en 1507 el continente desconocido como *América*, en homenaje a Américo Vespucio, su supuesto descubridor. Pero la apelación América tomó mucho tiempo para imponerse.

13 Herrera, *Historia general*, "Primera década", libro VI, cap. 17.

14 Díaz del Castillo, *op. cit.*, p. 5 (cap. 2).

15 *Idem.*

16 Las Casas, *op. cit.*, t. III, p. 157 (libro III, cap. 96).

17 Francisco Cervantes de Salazar, *Crónica de la Nueva España*, México, Porrúa, 1985, p. 61.

18 Francisco Hernández de Córdoba posiblemente estaba emparentado con Gonzalo Hernández de Córdoba, el famoso "Gran Capitán" de las guerras de Italia, que había sido el negociador de la rendición de Granada en 1491.

19 Velázquez envió a España para este efecto a dos emisarios diferentes, a su amigo Gonzalo de Guzmán y a su capellán, el hermano Benito Martín.

20 El testimonio más preciso es el del capellán de Grijalva, el padre Juan Díaz, quien dejó un *Itinerario de la armada del rey católico a la isla de Yucatán, en la India, en el año 1518, en la que fue por comandante y capitán general Juan de Grijalva*. Este texto, que nos ha llegado a través de una traducción italiana de 1520, fue publicado, en la *Colección de documentos* de García Icazbalceta, México, Porrúa, 1971, t. I, pp. 281-308.

21 Díaz del Castillo, *op. cit.*, p. 17 (cap. 8).

22 Gonzalo Fernández de Oviedo, *Historia general y natural de Indias*, Madrid, Atlas, 1959, t, II, p. 122.

23 Díaz del Castillo, *op. cit.*, p. 19 (cap. 10).

24 Cf. Cervantes de Salazar, *op. cit.*, pp. 80-81 (libro II, cap. 9).

25 Díaz del Castillo, *op. cit.*, p. 32 (cap. 19): "El secretario Andrés de Duero hizo las provisiones, como suele decir el refrán, de muy buena tinta, y como Cortés las quiso, muy bastantes".

26 *Ibid.*, p. 28. (cap. 16).

27 Juan Díaz, *op. cit.*, p. 306.

28 *De rebus gestis, op. cit.*, p. 548.

Segunda parte
La conquista de México
(1518-1522)

1. Trinidad, enero de 1519. Gran salida

1 *"Amici, sequamur crucem et si nos fidem habemus, vere in hoc signo vincemus"*. Andrés de Tapia, *Relación, op. cit.*, p. 67. Véase también Cervantes de Salazar, *op. cit.*, p. 106 (libro ii, cap. 21).
2 Los notarios, escribanos del rey, son Diego de Godoy, Fernán Sánchez de Aguilar y Jerónimo de Alanís. Los dos eclesiásticos son el padre Juan Díaz, secular, veterano de la expedición de Grijalva, y el hermano mercedario Bartolomé de Olmedo.
3 López de Gómara, *op. cit.*, p. 17 (cap. 8).
4 Díaz del Castillo, *op. cit.*, p. 39 (cap. 23).
5 Esos cañones, bastante rústicos, son bocas de fuego primitivas, elaboradas en el siglo xiv en Lombardía y por eso llamadas lombardas. Esas armas serán conocidas en castellano con el nombre deformado de "bombarda" que originará más tarde el verbo bombardear.
6 Díaz del Castillo, *op. cit.*, p. 42 (cap. 26).

2. Barcelona, 15 de febrero de 1519. Carlos I

1 Cf. Las Casas, *op. cit.*, t. iii, pp. 173-174 (libro iii, cap. 101).

3. Cozumel, febrero de 1519. Náufrago

1 Díaz del Castillo, *op. cit.*, p. 41 (cap. 25).

4. Tabasco, marzo de 1519. La Malinche

1 Los mayas, de acuerdo con una tradición de origen amazónico, tenían la costumbre de marcar el centro de sus ciudades con una yaxché (ceiba pentandra), árbol gigantesco de la familia de las bombáceas que puede vivir quinientos años y alcanzar sesenta metros de altura.
2 Díaz del Castillo, *op. cit.*, pp. 58-62 (caps. 36 y 37).
3 Diego Muñoz Camargo, *Historia de Tlaxcala*, México, Innovación, 1978, p. 173.

5. San Juan de Ulúa, 22 de abril de 1519. Desembarque

1 López de Gómara, *op. cit.*, p. 43 (cap. 26).
2 Véase por ejemplo, Sahagún, *Historia general de las cosas de Nueva España*, México, Porrúa, 1975, pp. 723-724 (libro xii, cap. i).
3 La prueba de que *teules* es la transcripción española del *tecutli* azteca se encuentra, por ejemplo, en la carta de Carlos V a Cortés del 26 de junio de 1523, donde el soberano español, de acuerdo con la costumbre de la época, llama a los señores indígenas *teules y señores principales*. Cf. *Documentos cortesianos*, t. i, p. 267.

6. Villa Rica de la Vera Cruz, mayo de 1519. Fundación

1   Sobre la fundación de Veracruz, *cf.* Díaz del Castillo, *op. cit.*, pp. 71-74 (caps. 42 y 43); López de Gómara, *op. cit.*, pp. 47-50 (caps. 30 y 31); Cervantes de Salazar, *op. cit.*, pp. 153-159 (libro III, caps. 8 al 11); Las Casas, *op. cit.*, t. III, pp. 252-255 (libro III, cap. 123).

8. Francfort, 28 de junio de 1519. Carlos V

1   Véase principalmente Joseph Pérez, *La Révolution des "comunidades" de Castille (1520-1521)*, Burdeos, Férer et Fils, 1970, pp. 139 y ss., y Pierre Chaunu, *Charles Quint*, París, Fayard, 2000, pp. 124 y 145.

9. Villa Rica de la Vera Cruz, julio de 1519. Hundimiento

1   Las Casas reproduce el contenido de las capitulaciones de Velázquez en su *Historia de las Indias*, libro III, cap. 124, *op. cit.*, t. III pp. 256-259.
2   *Ibid.*, p. 257.
3   El manuscrito de esta carta fue encontrado en 1777 por William Robertson en la Biblioteca Imperial de Viena. Fue publicada en todas las ediciones modernas de las *Cartas de relación* de Cortés.
4   Cortés, *Cartas de relación*, México, Porrúa, 1976, p. 19.
5   *Ibid*, p. 23.
6   Cincuenta años más tarde, Díaz del Castillo no se ha recuperado por haber concedido ese privilegio real a su querido Cortés. *Op. cit.*, p. 72 (cap. 42). "Y lo peor de todo fue que le otorgamos que le diésemos el quinto del oro de lo que hubiese, después de sacado el real quinto".

10. Tlaxcala, septiembre de 1519. Enfrentamientos y alianzas

1   Cortés, *op. cit.*, p. 38.
2   Díaz del Castillo, *op. cit.*, p. 131 (cap. 76).
3   Diego Muñoz Camargo, *op. cit.*, p. 191.

11. Cholula, octubre de 1519. Masacre

1   Cortés, *Segunda relación*, *op. cit.*, p. 41.

12. México-Tenochtitlan, 8 de noviembre de 1519. Cortés y Motecuzoma

1   Díaz del Castillo, *op. cit.*, p. 159 (cap. 87).
2   Cortés, *op. cit.*, p. 52.
3   *Ibid.*, p. 62.

13. Veracruz, mayo de 1520. Subversión

1   El episodio del desembarque de Narváez está muy bien documentado. Véase principalmente Cervantes de Salazar, *op. cit.*, pp. 383-443 (libro IV, cap. 51 a 86); Cortés, *op. cit.*, pp. 69-77; López de Gómara, *op. cit.*, pp. 137-145 (cap. 96 a 101): Tapia,

op. cit., pp. 113-119; Díaz del Castillo, *op. cit.*, pp. 211-247 (cap. 109 a 125); Francisco de Aguilar, *Relación breve de la conquista de la Nueva España*, México, UNAM, 1967, pp. 83-85.

15. MÉXICO-TENOCHTITLAN, 30 DE JUNIO DE 1520. NOCHE TRISTE

1   Existen otras versiones más favorables a Cortés. Díaz del Castillo, testigo ocular, afirma que los jefes, detenidos como rehenes, fueron llevados durante la huida y que murieron por las calzadas en la batalla de la Noche Triste (cap. 128).
2   López de Gómara, *op. cit.*, p. 157 (cap. 110).

16. TLAXCALA, JULIO DE 1520. REPLIEGUE

1   "Nos mataron un caballo, que aunque Dios sabe cuánta falta nos hizo y cuánta pena recibimos por habérnosle muerto, porque no teníamos después de Dios otra seguridad sino la de los caballos, nos consoló su carne, porque la comimos sin dejar cuero ni otra cosa de él, según la necesidad que traíamos". Cortés, *op. cit.*, p. 85.
2   Hay quizá una explicación para ese "milagro". No se excluye que "la eminencia" donde se había puesto el ciuacoatl haya sido la pirámide principal de Teotihuacan, que aunque arruinada, poseía todavía un valor sagrado para los aztecas. Al tomar por asalto la pirámide y atrapar a la persona del vice emperador mexica, Cortés se apoderaba de hecho de la ciudad mítica donde, según las creencias, se creó el mundo azteca por el sacrificio inicial de los dioses. La victoria de Cortés se deberá más a los aspectos psicológicos y religiosos que a una acción estrictamente militar. Este entender el funcionamiento mental de la sociedad indígena, hace de Cortés un conquistador excepcional. La "batalla de Otumba", que es de hecho la batalla de Teotihuacan, es ampliamente descrita por los cronistas. Véase, en particular, Díaz del Castillo, *op. cit.*, pp. 259-260 (cap. 128); Cortés, *op. cit.*, p. 85; López de Gómara, *op. cit.*, pp. 157-158 (cap. 111); Muñoz Camargo, *op. cit.*, pp. 225-229, etcétera. Se encuentra indistintamente escrito Otumba u Otompan.

17. TORDESILLAS, SEPTIEMBRE DE 1520. REBELIÓN

1   Cf. Joseph Pérez, *op. cit.*, y Pierre Chaunu, *op. cit.*, p. 646.

18. TEPEACA, OCTUBRE DE 1520. NUEVA ESPAÑA

1   "Probanza sobre las diligencias que hizo Hernán Cortés por salvar el oro de Sus Majestades", documento fechado el 3 de septiembre de 1520, reproducido en *Documentos cortesianos*, *op. cit.*, t. I, pp. 114-128.
2   "Solicitud de los oficiales reales contra Diego Velázquez y Pánfilo de Narváez y probanza contra ellos", documento fechado el 28 de septiembre de 1520, reproducido en *ibid.*, pp. 129-147.
3   "Probanza sobre quien hizo los gastos de la expedición a México", documento fechado el 4 de octubre de 1520, reproducido en *ibid.*, pp. 148-155.
4   *Carta del ejército de Cortés al emperador,* octubre de 1520, documento reproducido en *ibid.*, pp. 156-163.
5   La *Segunda Relación* saldrá de la prensa de Jacob Cromberger en Sevilla el 8 de noviembre de 1522. Será reeditada en Zaragoza al año siguiente. Traducida al latín, se imprime en Nuremberg en 1524 por Frederic Peypus, con el famoso plano de Te-

nochtitlan que Cortés había pedido a un *tlacuilo* mexicano y enviado al emperador en 1521.

6 Cortés, *op. cit.,* p. 96.

19. Aix-la-Chapelle, octubre de 1520. Coronación

1 Traducción de José Luis Martínez, *Hernán Cortés, op. cit.,* p. 187.

20. México-Tenochtitlan, noviembre de 1520. Epidemia

1 Cervantes de Salazar, *op. cit.,* p. 445 (libro IV, cap. 87).
2 Cf. Oviedo, *op. cit.,* (libro XXXIII, cap. 46). Testimonio de Juan Cano informado por Oviedo y citado por Prescott, *Historia de la conquista de México,* México, Porrúa, 1976, p. 634. Véase también Tezozomoc, *Crónica mexicayotl,* México, UNAM, 1975, pp. 163-164.

21. Texcoco, abril de 1521. Preparativos

1 En octubre de 1520 llegaron a Veracruz en lamentable estado los sesenta sobrevivientes de la expedición enviada al Golfo de México por Garay y dirigida por Diego Camargo. A principios de noviembre llegó un barco confiado a Miguel Díaz de Aux, enviado por Garay en busca de Álvarez Pineda y Diego Camargo. A principios de diciembre se presentó otro barco dirigido por Ramírez el Viejo, quien estaba buscando a Díaz de Aux. Según Díaz del Castillo, los primeros eran "panciverdetes, porque traían las colores de muertos", mientras que los segundos "venían muy recios y gordos ". *Op. cit.,* pp. 274-275 (cap. 133).

22. Villalar, 23 de abril de 1521. Represión

1 Martin Luther, *Oeuvres,* Labor et Fides, 1966, t. II, p. 316.

23. México-Tenochtitlan, junio de 1521. Sitio

1 Cortés no deja de enfatizar la relación de la toma de Tenochtitlan con frases de compasión: "Era lástima cierto de ver [...] Me ponía en mucha lástima y dolor el daño que en ellos se hacía [...] Hallamos las calles por donde íbamos llenas de mujeres y niños y otra gente miserable, que se morían de hambre, y salían traspasados y flacos, que era la mayor lástima del mundo de los ver". Cf. Cortés, *Tercera Relación, op. cit.,* pp. 155-157.

24. Santiago de Cuba, junio de 1521. Intrigas

1 Esta "información de Diego Velázquez contra Hernán Cortés" fue publicada en *Documentos cortesianos, op. cit.,* t. I, pp. 170-209. "Non se copian más testigos por decir lo mismo e ser demasiado largo el interrogatorio".

25. MÉXICO, TENOCHTITLAN, 13 DE AGOSTO DE 1521. DERROTA

1 Díaz del Castillo, *op. cit.*, p. 374 (cap. 157).
2 López de Gómara, *op. cit.*, p. 208 (cap. 146).
3 Díaz del Castillo, *op. cit.*, p. 375 (cap. 157).

26. VALLADOLID, 15 DE OCTUBRE DE 1522. RATIFICACIÓN

1 Véase Díaz del Castillo, *op. cit.*, pp. 379-380 (cap. 158); López de Gómara, *op. cit.*, pp. 213-214 (cap. 152); la *provisión* de Cristóbal de Tapia es reproducida en *Documentos cortesianos, op. cit.*, t. I, pp. 210-218.
2 Los detalles sobre la comisión Gattinara se encuentran en López de Gómara, *op. cit.*, pp. 230-231 (cap. 166) y Díaz del Castillo, *op. cit.*, pp. 432-440 (cap. 168). No obstante, este último se equivoca en las fechas.
3 El inventario de este envío confiado a Antonio de Quiñónez y a Alonso de Ávila en julio de 1522 nos fue dado a conocer por dos textos notariados firmados en Coyoacán el 19 de mayo de 1522. Cf. *Documentos cortesianos, op. cit.*, t. I, pp. 232-238 y 242-249. Poseemos también el inventario elaborado en Sevilla al recibir el envío de la carga de la nao Santa María de la Rábida, único navío que escapó de los corsarios franceses y que llegó a España. *Ibid.*, pp. 239-241.
4 *Documentos cortesianos, op. cit.*, t. I, p. 250.

TERCERA PARTE
NACIMIENTO DE LA NUEVA ESPAÑA
(1522-1528)

1. EL PROYECTO CORTESIANO (1522-1524)

1 Sahagún, *op. cit.*, pp. 719-720 (prólogo del libro XII).
2 Cf. Díaz del Castillo, *op. cit.*, p. 185 (cap. 95).
3 Cédula expedida en Madrid el 7 de marzo de 1525. Texto reproducido en Francisco García Sánchez, *El Medellín extremeño en América*, Medellín, 1992, pp. 310-313.
4 Es igualmente posible que los colores de los cuarteles tengan un significado pertinente en el simbolismo prehispánico.
5 Veáse, por ejemplo, J. L. Martínez, *op. cit.*, p. 805.
6 Díaz del Castillo, *op. cit.*, p. 371 (cap. 156).
7 Existen innumerables anotaciones en Bernal Díaz del Castillo y, en particular, un buen retrato en el capítulo 204, *op. cit.*, pp. 554-560. Véase también López de Gómara, *op. cit.*, p. 336 (cap. 252).
8 Díaz del Castillo, *op. cit.*, p. 394 (cap. 160).
9 El historiador mexicano Guillermo Porras Muñoz, en su libro *El gobierno de la ciudad de México en el siglo XVI*, (México, UNAM, 1982, pp. 207-208), cita una declaración de Luis Cortés hecha en 1565 donde el interesado afirma tener treinta y ocho años. Podría haber nacido en 1527.
10 Díaz del Castillo, *op. cit.*, p. 556 (cap. 204). Todos los autores han repetido, siguiendo ciegamente a López de Gómara (*op. cit.*, p. 336), que esa dama Hermosilla era española. Es muy poco creíble en el contexto de esa época y no pude encontrar pruebas determinantes que sustentaran esa afirmación. Como Cortés casó a todas sus concubinas indígenas con españoles, es posible que no conozcamos a la madre

de Luis más que por el apellido de mujer casada. Pero llevar un apellido español no implicaba ser español. Por otra parte, Díaz del Castillo no designa de ninguna manera a la madre de Luis como una mujer de Castilla.

11 Sobre la fundación del convento de Belvís y, de manera general, sobre la historia de los franciscanos reformados de la provincia de San Gabriel, se puede consultar a Hipólito Amez Prieto, OFM, *La Provincia de San Gabriel de la Descalcez franciscana extremeña*, Guadalupe, Ediciones Guadalupe, 1999.

12 La historia de la rebelión de Enriquillo es ampliamente informada por Las Casas, *op. cit.*, t. I, pp. 259-270.

13 Motolinía escribirá su *Historia de los indios de la Nueva España* entre 1536 y 1540.

14 Véase Christian Duverger, *La conversión de los indios de Nueva España*, México, Fondo de Cultura Económica, 1993.

15 Véase las *Ordenanzas de buen gobierno dadas por Hernán Cortés para los vecinos y moradores de la Nueva España*, de marzo de 1524, en Hernán Cortés, *Cartas y documentos*, México, Porrúa, 1963, pp. 347-353.

16 A manera de símbolo, Cortés se niega incluso a importar la pólvora de España; la hizo fabricar localmente buscando el azufre necesario en el cráter del volcán Popocatépetl ¡a más de 5 400 metros de altura!

17 *Ordenanzas dadas por Hernán Cortés para el buen tratamiento y régimen de los indios*, reproducido en *ibid.*, pp. 353-356.

18 "Que el tiempo que los dichos indios estobiesen sirviendo, el español a quien sirviesen, no lo saque a la labranza fuera que sea salido el sol, que los tenga en ella más tiempo de fasta una hora antes que se ponga, e que al medio dia los dexe reposar e comer una hora...". *Ibid.*, p. 355.

19 El salario anual obligatorio de un medio peso de oro es puramente simbólico.

20 Cortés, *Cartas de relación, op. cit.*, p. 210.

21 *Ibid.*, p. 203.

22 De los 238 miembros de la expedición de Magallanes, sólo hubo 18 sobrevivientes que llegaron a Sanlúcar de Barrameda, en lamentable estado, a bordo del único navío que escapó, La Victoria.

23 Cf. Cortés, *op. cit.*, p. 163.

24 El texto de estas "instrucciones", firmadas por Francisco de los Cobos en Valladolid en junio de 1523, se encuentra en *Documentos cortesianos, op. cit.*, t. I, pp. 265-271.

25 *Ibid.*, p. 267.

26 Cédula de Carlos V a Hernán Cortés del 10 de diciembre de 1523. *Ibid.*, p. 276.

2. EL VIAJE A LAS HIBUERAS (1524-1526)

1 Véase el texto de esta cédula en *Documentos cortesianos*, t. I, pp. 262-264. Ese documento fue oficialmente comunicado a Cortés en presencia del alcalde mayor de México, Diego de Ocampo, por un emisario del rey, el 3 de septiembre de 1523.

2 "Y el dicho adelantado sintió tanto esta nueva, que así por le parecer que había sido causa de ello, como porque tenía en la dicha provincia un hijo suyo, con todo lo que había traído, que del grande pesar que hubo adoleció, y de esta enfermedad falleció de esta presente vida en espacio y término de tres días". Cortés., *op. cit.*, pp.190-191.

3 "Garay sintió luego dolor de costado con el aire que le dio saliendo de la iglesia; hizo testamento, dejó por albacea a Cortés, y murió quince días después; otros dicen

que cuatro. No faltó quien dijese que le habían ayudado a morir, porque posaba con Alonso de Villanueva; pero fue falso, ca murió de mal de costado, y ansí lo juraron el doctor Ojeda y el licenciado Pero López, médicos que lo curaron". López de Gómara, *op. cit.*, p. 219 (cap. 155).

4 Cf. Cortés, *op. cit.*, p. 195.

5 Cortés, *Cartas y documentos, op. cit.*, p. 443.

6 *Ibid.*, p. 450.

7 *Ibid.*, p. 448.

8 *Ibid.*, p. 449.

9 Cortés, *Cartas de relación, op. cit.*, p. 221.

10 Cf. Díaz del Castillo, *op. cit.*, p. 457 (cap. 173).

11 *Ibid.*, p. 470 (cap. 177).

12 Cortés, *op. cit.*, p. 230.

13 Cf. Díaz del Castillo, *op. cit.*, p. 559 (cap. 204).

14 Esta historia auténtica, recogida por el cronista franciscano Bernardo de Lizana en su *Historia de Yucatán* (1633) luego embellecida por Juan de Villagutierre en 1701 en su *Historia de la conquista de la provincia de Itzá* (libro II, cap. 4) se hizo célebre en la novela corta de Bruno Traven.

15 Ese tráfico, denunciado por Cortés en su Quinta relación, tenía a la cabeza a un tal Pedro Moreno, un hombre fraudulento que, no obstante, tenía apoyos en la Audiencia de Santo Domingo.

16 Esas ordenanzas aparecen reproducidas en *Documentos cortesianos*, t. I, pp. 347-356.

17 "Los frailes, como secretarios de las voluntades del pueblo", carta de Cortés a la Audiencia de Santo Domingo del 13 de mayo de 1526, en *Documentos cortesianos*, t. I, p. 365.

3. RETORNO EN EL TUMULTO (1526-1528)

1 Carta de Carlos V a Hernán Cortés del 4 de noviembre de 1525, en *Documentos cortesianos*, t. I, pp. 344-345.

2 El retrato elaborado por Díaz del Castillo es particularmente mordaz: "Era muy viejo y caducaba y estaba tullido de bubas, y era de poca autoridad, y así lo mostraba en su persona, y no sabía las cosas de la tierra, ni tenía noticias de ellas[...] Estaba tan doliente y hético que le daba de mamar una mujer de Castilla, y tenía unas cabras que también bebía la leche de ellas..." O*p. cit.*, p. 511 (cap. 193).

3 "Los que se mostraban servidores del rey estaban esperando ser sacrificados, según la costumbre de los indios, si el licenciado dejase la vara". Así se expresa el 31 de agosto de 1526 un cierto Ocaña, portavoz de los anticortesianos. Cf. *Documentos cortesianos*, t. I, p. 396.

4 Cortés, *op. cit.*, p. 277.

5 "...Queda la gobernación de la justicia civil y criminal por Vuestra Majestad en el dicho licenciado Aguilar, hasta que otra cosa mande proveer, y los cargos de capitán general y administración de los indios quedan en mí hasta que Vuestra Majestad sea servido..." Primera carta de Cortés a Carlos V fechada el 11 de septiembre de 1526, en *Documentos cortesianos*, t. I, p. 404.

6 Segunda carta de Cortés a Carlos V fechada el 11 de septiembre de 1526, en *Documentos cortesianos*, t. I, p. 411.

7 Cf. *Mandamiento de Marcos de Aguilar*, 5 de septiembre de 1526, en *Documentos cortesianos*, t. I, pp. 387-390.

8 Carta de Hernán Cortés a su padre Martín Cortés, 26 de septiembre de 1526, en *Documentos cortesianos*. t. I, p. 417.

9 Cf. Díaz del Castillo, *op. cit.*, p. 556 (cap. 204).

10 Cf. Carta de Hernán Cortés a su padre, del 23 de septiembre de 1527, en *Documentos cortesianos*, t. I, p. 480.

11 Todos esos documentos relativos a la expedición de las Molucas, fechados el 27 y 28 de mayo de 1527, se encuentran reproducidos en *Documentos cortesianos*, t. I, pp. 439-464.

12 Díaz del Castillo, *op. cit.*, p. 518 (cap. 194).

13 Se quemaron todas las ediciones llamadas "góticas" de las *Relaciones* de Cortés. La *Segunda relación* contaba con dos ediciones: la de noviembre de 1522 por Cromberger, en Sevilla, y la de enero de 1523, por Coci Alemán, en Zaragoza; la *Tercera relación* había sido impresa en marzo de 1523 por Cromberger, en Sevilla igualmente; la *Cuarta relación* había sido publicada dos veces: por Gaspar de Ávila, en Toledo, en 1525, luego por Jorge Costilla, en Valencia, en 1526. Esta prohibición explica la extrema escasez de dichas obras. Cortés protestó contra esta medida por medio de su abogado Francisco Núñez. La Corona tuvo una reacción sorprendente: no suprimió la prohibición ¡sino que decidió hacer desaparecer los originales de la cédula de prohibición!

CUARTA PARTE
LA CORONA CONTRA CORTÉS
(1528-1547)

1. LA PRIMERA AUDIENCIA: EL EXILIO EN CASTILLA (1528-1530)

1 Cf. Bernal Díaz del Castillo, *op. cit.*, pp. 522-523 (cap. 195).

2 Véase una de esas instrucciones secretas en *Documentos cortesianos*, t. III, pp. 13-15.

3 En una carta dirigida al emperador en enero de 1531, Guzmán se justifica por su negocio esclavista diciendo: "Si licencia ha dado de sacar esclavos de la provincia de Pánuco [...] púdelo hacer porque no tengo mandamiento de V. M. para que no se hiciese, ni por instrucción ni cédula [...]". Cf. Joaquín García Icazbalceta, *Don Fray Juan de Zumárraga, primer obispo y arzobispo de México*, México, Porrúa, 1947, t. I, p. 46.

4 Por ejemplo, en una de sus últimas cartas a su padre, fechada el 26 de septiembre de 1526, le decía: "En lo de la venida de doña Juana no tengo que hablar porque yo querría tomar este trabajo que no que ella lo tomase", en *Documentos cortesianos*, t. I, p. 417.

5 Cf. Hugh Thomas, *op. cit.*, p. 655.

6 Cf. Díaz del Castillo, *op. cit.*, p. 524 (cap. 195): "Y si Cortés no fuera desposado con la señora, sobrina del duque de Béjar, ciertamente tuviera grandísimos favores del comendador mayor de León y de la señora doña María de Mendoza, su mujer, y Su Majestad le diera la gobernación de la Nueva España".

7 Véase la cédula de Carlos V, fechada el 1 de abril de 1529 y expedida en Zaragoza en *Documentos cortesianos*, t. III, p. 38.

8 Cf. López de Gómara, *op. cit.*, p. 273 (cap. 194).

9 Cédula del 6 de julio de 1529, reproducida en *Documentos cortesianos*, t. III, p. 53. El conjunto de las cinco cédulas de donación y de favores figuran en *ibid.*, pp. 49-61.

10 *Ibid.*, p. 55.
11 Vicente de Cadenas y Vicent, *Carlos I de Castilla, señor de las Indias*, Madrid, Hidalguía, 1988, p. 72.
12 Carta al marqués del Valle de su mayordomo Francisco de Terrazas, Tenustitan, 30 de julio de 1529, en *Documentos cortesianos*, t. III, p. 63-75.
13 Carta a su majestad del electo obispo de México D. Fray Juan de Zumárraga, Tenuxtitan México, 27 de agosto de 1529, en Joaquín García Icazbalceta, *Don Fray Juan de Zumárraga, op. cit.*, t. II, pp. 169-245.

2. LA SEGUNDA AUDIENCIA: LA LLAMADA DEL MAR DEL SUR (1530-1535)

1 Esas dos cédulas emitidas en Torrelaguna, al norte de Madrid, fueron reproducidas en *Documentos cortesianos*, t. III, p. 113-115. Éstas fueron impropiamente atribuidas a la reina Juana la Loca quien, encerrada en su residencia prisión de Tordesillas, perdió todo papel político después del abatimiento de los comuneros.
2 Cédula de Carlos V en que se hace merced a Hernán Cortés de las tierras y solares que tenía en la Ciudad de México, Barcelona, 27 de julio de 1529, en *Documentos cortesianos*, t. III, pp. 59-61.
3 Véase el texto de esos descargos de García de Llerena en *Documentos cortesianos*, t. II, pp. 145-197.
4 En esta cédula que forma parte de las piezas firmadas en Torrelaguna el 22 de marzo de 1530, la hipocresía llega al máximo. La suspensión del juicio de residencia de Cortés se presenta como un favor, mientras que congela el expediente de la acusación en su forma sin posibilidad de añadir algo, lo que le quita de hecho a Cortés toda posible de defensa. Texto reproducido en *Documentos cortesianos*, t. II, p. 198.
5 Véase el relato de esta expedición por Hernando de Grijalva y Martín de Acosta en *Documentos cortesianos*, t. IV, pp. 51-59.
6 Se trata de *Las sergas de Esplandián* de Garci Ordóñez de Montalvo, publicado en 1510 y concebido como una continuación libre del *Amadís de Gaula*. La palabra *California* de uso popular, se impondrá muy pronto. Se encuentra ya bajo la pluma de Gómara, quien escribe en 1552.
7 Sobre la exploración de California por Cortés, véase López de Gómara, *op. cit.*, pp. 276-280 (cap. 197 y 198), y Díaz del Castillo, *op. cit.*, pp. 539-544 (cap. 200).
8 Cédula de Carlos V a Hernán Cortés, Madrid 1 de marzo de 1535, reproducida en *Documentos cortesianos*, t. IV, p. 142.

3. LA ENVIDIA DEL VIRREY DE MENDOZA (1536-1539)

1 Cédula de Carlos V expedida en Barcelona el 17 de abril de 1535. Cf., *Documentos cortesianos*, t. IV, p. 145.
2 Cf. Juan Suárez de Peralta, *Tratado del descubrimiento de las Indias* (1589), México, SEP, 1949, pp. 81-82 (cap. 20).
3 Díaz del Castillo, *op. cit.*, pp. 544-550 (cap. 201).
4 Véase Christian Duverger, "Le théâtre des indiens de Nouvelle Espagne", *Cahiers de la Comédie Française*, París, POL, núm. 3, 1992, pp. 7-21.
5 López de Gómara, *op. cit.*, p. 280 (cap. 198).
6 Véase el texto de la bula *Sublimis Deus* del 2 de junio de 1537, en Christian Duverger, *La conversión de los indios de Nueva España, op. cit.*, pp. 219-220, o en latín, en

Mariano Cuevas, *Documentos inéditos del siglo* XVI *para la historia de México*, México, Porrúa, 1975, pp.499-500.

7 *Proceso inquisitorial del cacique de Tetzcoco*, México, Publicaciones de la Comisión reorganizadora del Archivo General y Público de la Nación, vol. I, 1910.

8 De esta epopeya, de Florida a Nayarit, Cabeza de Vaca dejó una crónica, conocida bajo el título de *Naufragios* que se publicó en Zamora en 1542.

9 La relación de Marcos de Niza fue publicada por vez primera en Venecia, en una traducción italiana en 1556, en el tomo III de *Navigationi e Viaggi* de Giovanni Battista Ramusio.

4. LA ESPAÑA DE LA DESILUSIÓN (1540-1547)

1 López de Gómara, *op. cit.*, p. 335 (cap. 251).

2 Alvarado tenía cincuenta años cuando murió aplastado por su caballo. A Luis de Castilla, quien se acercó para preguntarle dónde le dolía, le respondió: "en el alma".

3 Hay dos hermanos Barbarroja, hijos de un renegado griego, es decir, de un cristiano convertido al islam, esos piratas aliados a los otomanos acabaron por tener en el Mediterráneo una flota de cuarenta galeotes; se apropiaron de Argel en 1516, luego de Bizerte y de Túnez. El adversario de Carlos V es aquí el segundo hermano Barbarroja, Kahïr ed-Dîn, que murió en Constantinopla en 1546.

4 López de Gómara, *op. cit.*, p. 337 (cap. 251).

5 Después de la reunión de Valladolid, Juan Ginés de Sepúlveda escribió en latín en 1544, a la manera de un diálogo socrático, un tratado sobre la legitimidad de las conquistas españolas en América. Su *Democrates alter* fue traducido al español con el título: *Tratado sobre las justas causas de la guerra contra los indios*, publicado por el Fondo de Cultura Económica, México, en 1979.

6 Véase el *Parecer razonado a favor de los repartimientos perpetuos en Nueva España*, que data probablemente de 1543, y el *Memorial de Hernán Cortés a Carlos V sobre el repartimiento de Indios*, que es anterior a éste. Cf. *Documentos cortesianos*, t. IV pp. 176-180 y 271-273.

7 Primera ley: "Establecemos y mandamos, que los Reynos del Perú y Nueva España sean regidos y governados por Virreyes, que representen nuestra Real persona, y tengan el govierno superior, hagan y administren justicia igualmente á todos nuestros subditos y vassalls, y entiendan en todo lo que conviene al sossiego, quietud, ennoblecimiento y pacificación de aquellas Provincias, como por leyes deste título y Recopilación se dispone y ordena". Barcelona, 20 de noviembre de 1542.

Quinta Ley: "Es nuestra voluntad, y ordenamos, que los Virreyes de el Perú y Nueva España sean Governadores de las Provincias de su cargo, y en nuestro nombre las rijan y goviernen, hagan las gratificaciones, gracias y mercedes, que les pareciere conveniente, y provean los cargos de govierno y justicia, que estuviere en costumbre, y no prohibido por leyes y ordenes nuestras, y las Audiencias subordinadas, Juezes y Justicias todos nuestros subditos y vassalls los tengan y obedezcan por Governadores, y los dexen libremente usar y exercer este cargo, y dén, y hagan dar todo el favor y ayuda, que les pidieren, y huvieren menester". Barcelona, 20 de noviembre de 1542, en Vicente de Cadenas y Vicent, *Carlos I de Castilla, señor de las Indias*, Madrid, Hidalguía, 1988, p. 421.

8 Bartolomé de las Casas evoca esta recepción en su *Historia de las Indias*, *op. cit.*, t. III, p. 226 (cap. 116).

9 Esta carta se conserva en el Archivo General de Indias, en Sevilla. Lleva la mención manuscrita "No hay que responder", que parece ser de la mano de Sámano. Cf. *Documentos cortesianos*, t. IV, pp. 267-270.
10 Este testamento ha sido objeto de varias publicaciones. Se encuentra reproducido en *Documentos cortesianos*, t. IV, pp. 313-341. Al testamento del 11 y 12 de octubre se agregó un codicilo fechado el 2 de diciembre, de poca importancia, que traduce principalmente una irritación de Cortés con respecto a su hijo Luis.
11 *Ibid.* p. 319.
12 Las universidades de Lima y de México fueron creadas por una cédula real emitida en Valladolid el 21 de septiembre de 1551. La universidad de México vio el día dos años más tarde: fue fundada oficialmente bajo el virrey Velasco, el 25 de enero de 1553.
13 Esta casa existe todavía en la calle principal de Castilleja de la Cuesta, la antigua calle Real. Los infantes de la casa real la compraron en 1854 y colocaron una placa en conmemoración de la muerte del conquistador.

EPÍLOGO: LA CONJURA DE LOS TRES HERMANOS (1547-1571)

1 Véase el texto de la cédula de prohibición en Cervantes de Salazar, *op. cit.*, prólogo de Juan Miralles Ostos, p. XXI.
2 Los nahuas contaban el tiempo por ciclos de 52 años. El paso de un ciclo a otro estaba marcado por una ceremonia particular llamada del fuego nuevo. La última celebración prehispánica de esta fiesta había tenido lugar en 1507. Así que había empezado un nuevo ciclo en 1559.

CONCLUSIÓN

1 Cf. Las Casas, *op. cit.*, t. III, p. 227 (cap. 116).
2 Se trata de Rodrigo Pacheco de Osorio, marqués de Carralvo.
3 La Segunda, Tercera y Cuarta Relación figuran en el tomo II de *Historiadores primitivos de las Indias occidentales*, publicado por Andrés González de Barcia, Madrid, 1749.
4 El hermano Teresa de Mier reincidiría un mes más tarde al pronunciar otro famoso sermón, el 12 de diciembre de 1794, durante la fiesta de Nuestra Señora de Guadalupe, otro símbolo mexicano que adoptaron los independentistas. Será condenado al destierro y hecho prisionero en España; sin embargo, escapará y participará en la guerra de independencia.
5 Ese documento de 1836 fue publicado por Alberto María Carreño, "Hernán Cortés y el descubrimiento de sus restos", en *Memorias de la Academia Mexicana de la Historia*, México, oct-dic. 1947, t. VI, núm 4, pp. 301-403.
6 No poseemos ningún retrato comprobado de Cortés, quien siempre se negó a posar. Todos los cuadros que lo representan se realizaron después de su muerte, a partir de criterios aleatorios. En la antípoda del narcisismo, Cortés le daba prioridad a las ideas y sólo quería ser juzgado por sus acciones.

Bibliografía

Acosta, José de, *Historia natural y moral de las Indias* (1590), México, Fondo de Cultura Económica, 1962.

Aguilar, Francisco de, *Relación breve de la conquista de la Nueva España* (1565), México, Universidad Nacional Autónoma de México, 1977.

Ámez prieto, Hipólito, *La provincia de San Gabriel de la Descalcez franciscana extremeña*, Guadalupe, Ediciones Guadalupe, 1999.

Anales de Tlatelolco, México, Antigua Librería Robredo, 1948.

Anglería, Pedro Mártir de, *Décadas del nuevo mundo* (1508-1526), Santo Domingo, Sociedad Dominicana de Bibliófilos, 1989, 2 tomos.

Argensola, Bartolomé Leonardo de, *La conquista de México* (1663), edición de Joaquín Ramírez Cabañas, México, Pedro Robredo, 1940.

Arregui, Domingo Lázaro de, *Descripción de la Nueva Galicia*, Guadalajara, Gobierno del Estado de Jalisco, 1980.

Ayala Martínez, Carlos de, *Las órdenes militares en la Edad Media*, Madrid, Arco Libros, 1998.

Baudot, Georges, *Utopía e historia en México. Los primeros cronistas de la civilización mexicana (1520-1569)*, Madrid, Espasa-Calpe, 1983.

Benítez, Fernando, *Los indios de México*, México, Era, 1967-1980, 5 tomos.

——, *La ruta de Hernán Cortés*, México, Fondo de Cultura Económica, 1950.

BERNAND, Carmen y Serge Gruzinski, *Histoire du Nouveau Monde*, París, Fayard, 1991-1993, 2 tomos.

BLÁZQUEZ, Adrián y Thomas Calvo, *Guadalajara y el Nuevo Mundo. Nuño Beltrán de Guzmán: semblanza de un conquistador*, Guadalajara (España), Institución Provincial de Cultura "Marqués de Santillana", 1992.

BORAH, Woodrow y Sherburne F. Cook, *The Aboriginal Population of Central Mexico on the Eve of the Spanish Conquest*, Berkeley, University of California Press, 1963.

BORGIA STECK, Francisco, *El primer colegio de América. Santa Cruz de Tlatelolco*, México, Centro de Estudios Históricos Franciscanos, 1944.

CADENAS Y VICENT, Vicente de, *Carlos I de Castilla, señor de las Indias*, Madrid, Hidalguía, 1988.

CANTÓN NAVARRO, José, *Historia de Cuba*, La Habana, SI-MAR, 1996.

CASAS, Fray Bartolomé de las, *Tratados* (1552-1553), México, Fondo de Cultura Económica, 1965-1966, 2 tomos.

——, *Apologética Historia Sumaria*, México, Instituto de Investigaciones Históricas, Universidad Nacional Autónoma de México, 1967, 2 tomos.

——, *Historia de las Indias* (1561), México, Fondo de Cultura Económica, 1951, 3 tomos.

CERVANTES DE SALAZAR, Francisco, *Crónica de la Nueva España* (1559-1566), México, Porrúa, 1985.

CHAUNU, Pierre, *Conquête et exploitation des nouveaux mondes*, París, PUF, 1969.

CHAUNU, Pierre y Michèle Escamilla, *Charles Quint*, París, Fayard, 2000.

CHEVALIER, François, *La formación de los latifundios en México. Tierra y sociedad en los siglos XVI y XVII*, México, Fondo de Cultura Económica, 1976.

CHIMALPAHIN CUAUHTLEHUANITZIN, Don Francisco de San Antón Muñón, *Relaciones originales de Chalco Amaquemecan*, México, Fondo de Cultura Económica, 1965.

CLAVIJERO, Francisco Javier, *Historia antigua de México*, México, Porrúa, 1979.

Códice Chimalpopoca. Contiene los *Anales de Cuauhtitlán* y la *Leyenda de los Soles,* traducción del náhuatl al español, introducción y notas por Primo Feliciano Velázquez, México, Universidad Nacional Autónoma de México, 1975.

COLÓN, Hernando, *Vida del Almirante don Cristóbal Colón,* edición, prólogo y notas de Ramón Iglesia, México, Fondo de Cultura Económica, 1947.

COOK, Sherburne F. y Woodrow Borah, *The Indian Population of Central Mexico, 1531-1610,* Berkeley y Los Ángeles, University of California Press, 1960.

CORTÉS, Hernán, *Cartas y documentos,* México, Porrúa, 1963.

——, *Cartas de relación,* introducción de Manuel Alcalá, México, Porrúa, 1976.

CUEVAS, Mariano, *Documentos inéditos del siglo XVI para la historia de México,* México, Porrúa, 1975.

De rebus gestis Ferdinandi Cortesii, texto en latín y traducido al español en Joaquín García Icazbalceta, *Colección de documentos para la historia de México,* México, Porrúa, 1971, t. I, pp. 309-357.

DÍAZ, Juan, *Itinerario de Grijalva (1518),* traducido del italiano en Joaquín García Icazbalceta, *Colección de documentos para la historia de México,* México, Porrúa, 1971, t. I, pp. 281-308.

DÍAZ del Castillo, Bernal, *Historia verdadera de la conquista de la Nueva España* (1568), introducción y notas de Joaquín Ramírez Cabañas, México, Porrúa, 1980.

DOBAL, Carlos, *Santiago en los albores del siglo XVI,* Santo Domingo, UCMM, 1985.

Documentos cortesianos, edición de José Luis Martínez, México, Universidad Nacional Autónoma de México/Fondo de Cultura Económica, 1990-1992, 4 tomos.

DURÁN, Fray Diego, *Historia de las Indias de Nueva España e Islas de la Tierra Firme* (1581), edición preparada por Ángel María Garibay K., México, Porrúa, 1967, 2 tomos.

DUVERGER, Christian, *La flor letal. Economía del sacrificio azteca,* México, Fondo de Cultura Económica, 1983.

——, *El origen de los aztecas,* México, Grijalbo, 1987.

——, *La conversión de los indios de Nueva España,* México, Fondo de Cultura Económica, 1993.

El Conquistador anónimo, en Joaquín García Icazbalceta, *Colección de documentos para la historia de México,* México, Porrúa, 1971, t. I, pp. 368-398.

FEEST, Christian F., *Vienna's Mexican Treasures,* Viena, Museum für Volkerkunde, 1990.

FLORESCANO, Enrique, *Memoria mexicana,* México, Joaquín Mortiz, 1987.

Florentine Codex. General History of the Things of the New Spain, de Fray Bernardino de Sahagún, texto náhuatl y traducción inglesa de Charles E. Dibble y Arthur J. O. Anderson, Santa Fe, Nuevo México, University of Utah and School of American Research, 1950-1974, 13 volúmenes.

FUENTES MARES, José, *Cortés, el hombre,* México, Grijalvo, 1981.

GARCÍA ICAZBALCETA, Joaquín, *Bibliografía mexicana del siglo XVI. Catálogo razonado de libros impresos en México de 1539 a 1600,* México, Fondo de Cultura Económica, 1954.

——, *Don Fray Juan de Zumárraga, primer obispo y arzobispo de México* (1881), México, Porrúa, 1947, 4 volúmenes.

——, *Colección de documentos para la historia de México* (1858-1866), México, Porrúa, 1971, 2 volúmenes.

——, *Nueva colección de documentos para la historia de México* (1886-1892), México, Chávez Hayhoe, 1941-1944, 5 volúmenes.

GARCÍA SÁNCHEZ, Francisco, *El Medellín extremeño en América,* Medellín, Gráficas Sánchez Trejo, 1992.

——, *La condesa de Medellín, Doña Beatriz de Pacheco,* Medellín, Gráficas Sánchez Trejo, 1997.

——, *El castillo de Medellín,* Medellín, Gráficas Sánchez Trejo, 2000.

GARCILASO DE LA VEGA, Inca, *Comentarios reales de los incas* (1609-1617), Buenos Aires, Emecé, 1945, 2 volúmenes.

GASCÓN MERCADO, Julián, *Mi esfuerzo para el Hospital de Jesús,* México, Xola, 2004.

GÓMARA, Francisco López de, *Historia de la conquista de México* (1552), México, Porrúa, 1997.

GONZÁLEZ APARICIO, Luis, *Plano reconstructivo de la región de Tenochtitlan,* México, Instituto Nacional de Antropología e Historia, 1980.

GRAULICH, Michel, *Montezuma*, París, Fayard, 1994.

GINÉS SEPÚLVEDA, Juan de, *Tratado sobre las justas causas de la guerra contra los indios*, México, Fondo de Cultura Económica, 1979.

GUTIÉRREZ CONTRERAS, Francisco, *Hernán Cortés*, Barcelona, Salvat, 1986.

GUTIÉRREZ ESCUDERO, Antonio, *América: descubrimiento de un mundo nuevo*, Madrid, Ediciones Istmo, 1990.

HEERS, Jacques, *Christophe Colomb*, París, Hachette, 1981.

HERRERA, Antonio de, *Historia general de los hechos de los castellanos en las islas y tierra firme del mar Océano* (1601-1615). *Décadas II a V*, Madrid, Academia Real de la Historia, 1935.

HOSOTTE, Paul, *La Noche Triste* (1520), París, Economica, 1993.

——, *Le Siège de México* (1521), París, Economica, 1993.

ISTLIXOCHITL, Fernando de Alva, *Obras históricas*, México, Universidad Nacional Autónoma de México, 1975, 2 volúmenes.

LAMB, Ursula, *Fray Nicolás de Ovando, gobernador de las Indias*, Madrid, 1956,

LANDA, Fray Diego de, *Relación de las cosas de Yucatán* (1566), introducción de A. M. Garibay, México, Porrúa, 1966.

LÉVINE, Daniel, *Le Grand Temple de Mexico, du mythe à la réalité: l'histoire des Aztèques entre 1325 et 1521*, París, Artcom', 1997.

——, *Lienzo de Tlaxcala*, edición de Alfredo Chavero (1892); reedición, México, Cosmos, 1979.

LÉVINE, Daniel (ed.), *Amérique, continent imprévu*, París, Bordas, 1992.

MADARIAGA, Salvador de, *Hernán Cortés*, Buenos Aires, Editorial Sudamericana, 1941.

MARINERO SÍCULO, Lucio, "De don Fernando Cortés marqués del Valle" (1530), editado con una introducción por Miguel León Portilla en *Historia 16*, Madrid, abril de 1985, año 10, núm. 19, pp. 95-104.

MARTÍNEZ, José Luis, *Hernán Cortés*, México, Universidad Nacional Autónoma de México/Fondo de Cultura Económica, 1990.

MÁRTIR, Pedro: véase ANGLERÍA.

MATOS MOCTEZUMA, Eduardo, *Vida y muerte en el Templo Mayor*, México, Océano, 1986.

Matrícula de tributos, Cod. 35-52 del Museo Nacional de Antropología e Historia de México, Graz, Akademische Druck-u. Verlagsanstalt, 1980.

MENDIETA, fray Jerónimo de, *Historia eclesiástica indiana*, facsimilar de la edición de Joaquín García Icazbalceta (1870), México, Porrúa, 1980.

MIRALLES OSTOS, Juan, *Hernán Cortés, inventor de México*, México, Tusquets, 2001.

MOTOLINÍA, fray Toribio de Benavente, *Historia de los Indios de la Nueva España*, edición preparada por Edmundo O'Gorman, México, Porrúa, 1979.

MUÑOZ CAMARGO, Diego, *Historia de Tlaxcala* (1576), edición de Alfredo Chavero, México, Editorial Innovación, 1978.

NÚÑEZ CABEZA DE VACA, Alvar, *Naufragios y relación de la jornada que hizo a la Florida* (1552), Madrid, Ediciones Atlas, Biblioteca de autores españoles, t. XXII, 1946.

OROZCO Y BERRA, Manuel, *Historia antigua y de la conquista de México*, México, Porrúa, 1960, 4 volúmenes.

OVIEDO Y VALDÉS, Gonzalo Fernández de, *Historia general y natural de las Indias y tierra firme del mar Océano* (1535-1556), Madrid, Ediciones Atlas, 1959, 5 volúmenes.

PEREYRA, Carlos, *Hernán Cortés*, México, Porrúa, 1971, [1ª ed. 1931].

PÉREZ, Joseph, *La Révolution des "comunidades" de Castille (1520-1521)*, Burdeos, Férer et Fils, 1970.

POMAR, Juan Bautista, *Relación de Tezcoco*, México, Salvador Chávez Hayhoe, 1941.

PORRAS MUÑOZ, Guillermo, *El gobierno de la ciudad de México en el siglo XVI*, México, Universidad Nacional Autónoma de México, 1982.

PRESCOTT, William H., *Historia de la conquista de México* (1843), México, Porrúa, 1976.

Proceso inquisitorial del cacique de Tetzcoco, México, Publicaciones del Archivo General y Público de la Nación, vol. I, 1910.

PUGA, Vasco de, *Cedulario. Provisiones, cédulas, instrucciones de Su Magestad, ordenanzas de difuntos y audiencia para la buena expedición de los negocios y administración de justicia y governación de esta Nueva España, y para el buen tratamiento y conservación de los indios desde el año de 1525 hasta este presente de 63,* México, El sistema postal, 1879.

QUIROGA, Vasco de, *La utopía en América* (Escritos 1531-1565), Madrid, Historia 16, 1992.

Relación de la salida que don Hernando Cortés hizo de España para las Indias la primera vez, en *Documentos cortesianos,* México, Universidad Nacional Autónoma de México/Fondo de Cultura Económica, t. IV, pp. 433-438.

Relación de Michoacán, edición de Leoncio Cabrero, Madrid, Historia 16, 1989.

RICARD, Robert, *La conquista espiritual de México* (1933), México, Fondo de Cultura Económica, 1986.

Ríos, Manuel, *Isabel I de Castilla. La reina católica,* Madrid, Alderabán, 1996.

RIVA PALACIO, Vicente, *México a través de los siglos,* tomo II: *El Virreinato (1521-1808),* México, Compañía General de Ediciones, 1952.

RIVAGINÉS SEPÚLVEDA, Juan de, *Tratado sobre las justas causas de la guerra contra los indios,* México, Fondo de Cultura Económica, 1979.

SAHAGÚN, fray Bernardino de, *Historia general de las cosas de Nueva España,* México, Porrúa, 1975.

SOLÍS, Antonio de, *Historia de la conquista de México* (1684), México, Cosmos, 1977.

SOTOMAYOR, Arturo, *Cortés según Cortés,* México, Extemporáneos, 1986.

SOUSTELLE, Jacques, *La vida cotidiana de los aztecas en vísperas de la conquista,* México, Fondo de Cultura Económica, 1970.

SUÁREZ DE PERALTA, Juan, *Tratado del descubrimiento de las Indias* (1589), edición de Justo Zaragoza, México, Secretaría de Educación Pública, 1949.

TAPIA, Andrés de, "Relación de algunas cosas de las que acaecieron al muy ilustre señor don Hernando Cortés", en *La conquista de Tenochtitlan,* edición de Germán Vázquez, Madrid, Historia 16, Crónicas de América, vol. 40, 1988, pp. 59-123.

TELLO, fray Antonio, *Crónica miscelánea de la Sancta Provincia de Xalisco. Libro segundo,* Guadalajara, Instituto Jalisciense de Antropología e Historia, 1968-1984, 3 volúmenes.

TERNAUX-COMPANS, Henri, *Voyages, relations et mémoires originaux pour servir à l'histoire de la découverte de l'Amérique*, París, Arthus Bertrand, 1837-1841, 20 volúmenes.

TEZOZOMOC, Fernando Alvarado, *Crónica mexicayotl*, México, Instituto de Investigaciones Históricas, Universidad Nacional Autónoma de México, 1975.

TEZOZOMOC, Hernando Alvarado, *Crónica mexicana*, México, Porrúa, 1975.

THOMAS, Hugh, *La conquista de México*, Barcelona, Planeta, 2000.

TORQUEMADA, Fray Juan de, *Monarquía indiana*, México, Porrúa, 1975, 3 volúmenes.

VILLAGUTIERRE, Juan de, *Historia de la conquista de Itzá* (1701), Madrid, Historia 16, 1985.

ZAVALA, Silvio, *La filosofía política en la conquista de América*, México, Fondo de Cultura Económica, 1977.

ZORITA, Alonso de, *Los señores de la Nueva España (Breve y sumaria relación de)*, México, Universidad Nacional Autónoma de México, 1963.

REFERENCIAS CRONOLÓGICAS

1453 Toma de Constantinopla por los otomanos. Fin del Imperio bizantino.
Fin de la guerra de cien años en Francia.
1454 Enrique IV el Impotente sube al trono de Castilla.
1469 Matrimonio de Fernando de Aragón e Isabel de Castilla en Valladolid (18 de octubre).
1472 Introducción de la imprenta en Castilla.
1474 Muerte de Enrique IV el Impotente (11 de diciembre). Isabel es proclamada reina de Castilla en Segovia (13 de diciembre). Inicio del conflicto de sucesión: lucha entre partidarios de la alianza con Aragón (partido de Isabel) y partidarios de la alianza con Portugal (partido de la Beltraneja).
1479 Derrota de Alfonso V de Portugal y triunfo de Isabel de Castilla. Tratado de Alcaçovas (4 de septiembre): Castilla reconoce los derechos de Portugal sobre el Atlántico. Fernando se convierte en rey de Aragón.
1480 Instalación de la Inquisición en Castilla.
1482 Inicio de la guerra de Isabel de Castilla contra los moros de Granada. Leonardo de Vinci pinta *La Cena*.
1485 Nacimiento de Hernán Cortés en Medellín, Extremadura.
1487 El portugués Bartolomeu Dias dobla el cabo de las Tempestades (cabo de Buena Esperanza).

1492   Caída del reino moro de Granada (2 de enero). Fin de la reconquista. Elección del papa Alejandro VI (Rodrigo Borja). Expulsión de los judíos de España (31 de marzo). Capitulaciones de Santa Fe entre Isabel la Católica y Cristóbal Colón (19 y 30 de abril). Salido del puerto de Palos con tres carabelas el 3 de agosto, Cristóbal Colón descubre América el 12 de octubre. Llega a las Lucayas [hoy Bahamas], luego a Cuba (28 de octubre) y más tarde a La Española [hoy Haití] (6 de diciembre).

1493   Regreso de Cristóbal Colón a España (15 de marzo). Por medio de la bula *Inter caetera*, el papa Alejandro VI dona América a España (4 de mayo).
Cristóbal Colón sale de Cádiz para su segundo viaje a la cabeza de diecisiete navíos (25 de septiembre).

1494   En la Isla de Haití, fundación de La Isabela, primera ciudad española del Nuevo Mundo. Tratado de Tordesillas entre Portugal y Castilla (7 de junio): Portugal obtiene que sea desplazada hacia el oeste la línea de división del Atlántico trazada por Alejandro VI. Esa división del mundo otorga a Portugal todas las tierras por descubrir al este de la línea y a España, todas las tierras por descubrir al oeste.

1496   Regreso de Cristóbal Colón a Cádiz (11 de junio).

1498   En el transcurso de su tercer viaje, Cristóbal Colón descubre el continente americano, a la altura de la desembocadura del Orinoco (agosto). El portugués Vasco de Gama llega a las Indias por la ruta marítima del este.

1499   Cortés va a Salamanca, donde se inscribe en la universidad. Realiza estudios de humanidades y de derecho.
Viaje de Américo Vespucio y de Juan de la Cosa hacia la Tierra Firme.

1500   Nacimiento de Carlos de Gante, el futuro Carlos V. Portugal ocupa oficialmente Brasil (viaje de Pedro Álvarez Cabral, abril-mayo). Cristóbal Colón, virrey de las Indias, es destituido; lo reemplaza Bobadilla.

1501   Cortés termina el bachillerato en derecho y abandona Salamanca.

1502 Nicolás de Ovando, nombrado gobernador de las Indias, sale para Santo Domingo. Después de haber planeado partir con él, Cortés renuncia a acompañarlo.
Motecuzoma se convierte en el tlatoani del imperio azteca.

1503 Creación de la Casa de contratación de Sevilla.

1504 A principios del año, Cortés acude a Sevilla; se embarca en Sanlúcar y llega a Santo Domingo el 6 de abril. Muerte de Isabel la Católica (26 de noviembre).

1505 Cortés toma parte en las guerras de pacificación de la isla de Santo Domingo. Se convierte en "escribano" en Azua.

1506 Cristóbal Colón muere en Valladolid (20 de mayo). Felipe el Hermoso, regente de Castilla, muere en Burgos (septiembre). Juana la Loca es encerrada en Tordesillas.

1507 Cortés vive en Santo Domingo.

1509 Ovando es revocado y Diego Colón, el hijo de Cristóbal, es nombrado virrey de las Indias y gobernador de Santo Domingo. Cortés se convierte en colaborador de Miguel de Pasamonte, oficial del rey encargado de las finanzas.

1511 Diego Colón nombra a Diego Velázquez gobernador de Cuba. Cortés acompaña a Velázquez a Cuba como secretario. Inicio de la conquista de Cuba.
Erasmo publica: *El elogio de la locura*.

1512 Cortés vive en Baracoa, al este de Cuba.

1513 El 29 de septiembre, después de haber atravesado el istmo de Panamá, Vasco Núñez de Balboa toma posesión del mar del Sur (el Pacífico).

1514 Cortés riñe con el gobernador Diego Velázquez. Vive maritalmente con una joven india taína, Leonor Pizarro, con quien tiene una hija, Catalina Pizarro.
Maquiavelo publica *El príncipe*.

1515 Cortés se reconcilia con Velázquez. Se convierte en alcalde de Santiago de Cuba. Se casa con la española Catalina Xuárez Marcaida. Velázquez se convierte en padrino de la hija mestiza de Cortés, Catalina.
Diego Colón es llamado a España.
Francisco I sube al trono de Francia (1 de enero).

1516 Muerte del rey Fernando el Católico (23 de enero).
Carlos de Gante es proclamado rey de Castilla en Bruselas (13 de marzo).
Tomás Moro publica *La utopía*.
Cisneros, regente de Castilla, confía la administración de Santo Domingo a tres monjes jerónimos.

1517 La expedición de Francisco Hernández de Córdoba sale de Santiago de Cuba y descubre Yucatán. Llega a Campeche en el Golfo de México y regresa a Cuba por La Florida (febrero-mayo).
Llegada de Carlos I de Castilla a España (17 de septiembre).
Lutero anuncia las "95 tesis" en Wittenberg (31 de octubre).

1518 Segunda expedición hacia México: Juan de Grijalva explora el Golfo de México y entra en contacto con los mexicanos en Tabasco, en San Juan de Ulúa y Tuxpan (abril-noviembre). El gobernador de Cuba, Velázquez, designa a Hernán Cortés como capitán de la tercera expedición hacia México (23 de octubre). Cortés abandona Santiago el 18 de noviembre. Se instala en la ciudad de Trinidad para preparar su expedición.

1519 Cortés abandona Cuba el 10 de febrero a la cabeza de una expedición de diez navíos. Toma posesión de México en Centla, Tabasco (marzo). Recibe a Marina (la Malinche). Prosigue la expedición hasta San Juan de Ulúa. Desembarca el 22 de abril. Los embajadores de Motecuzoma asisten a la misa de Pascua (24 de abril). Fundación de Veracruz (mayo). Alianza con los totonacas de Cempoala (junio). Primera carta de relación (10 de julio). Cortés hunde sus navíos en la ensenada de Veracruz, luego marcha hacia México. Alianza con Tlaxcala (septiembre). Masacre de Cholula (18 de octubre). Entrada de Cortés a México-Tenochtitlan (8 de noviembre). Motecuzoma es retenido como prisionero (14 de noviembre).
Carlos I de Castilla se convierte en emperador de Alemania con el nombre de Carlos V (28 de junio). Magallanes emprende su viaje y sale de Sevilla (10 de agosto).

1520 Llegada de la expedición de Narváez a Veracruz (principios de mayo). Masacre del Templo Mayor en México (mediados de mayo). Muerte de Motecuzoma lapidado por los suyos (28 de junio). Derrota española de la Noche Triste: Cortés abandona México, vencido (30 de junio). Los españoles se repliegan en Tlaxcala (julio). Cortés escribe su Segunda carta de relación en Tepeaca (30 de octubre). Epidemia mortal de viruela (octubre-diciembre). Muerte de Cuitláhuac, sucesor de Motecuzoma (noviembre).
Carlos V abandona España por Alemania (20 de mayo). Rebelión de los comuneros de Castilla (junio). Solimán el Magnífico a la cabeza del Imperio otomano (septiembre).

1521 Toma de posesión de Cuauhtémoc, nuevo tlatoani (enero). Cortés se instala en Texcoco y comienza el sitio naval de México (30 de mayo). La capital azteca México-Tenochtitlan cae el 13 de agosto. Captura de Cuauhtémoc, último soberano mexica. Cortés, nuevo amo de México, se instala en Coyoacán.
Los comuneros caen derrocados en Villalar (21 de abril). Lutero es excomulgado. Magallanes descubre Filipinas y muere allí (27 de abril).

1522 Tercera carta de relación, escrita en Coyoacán (15 de mayo).
De regreso a España (16 de julio), Carlos V nombra a Hernán Cortés gobernador, capitán general y justicia mayor de la Nueva España (15 de octubre). Poco después de su llegada de Cuba, Catalina Xuárez, esposa de cortés, muere en Coyoacán (1 de noviembre). Publicación en Sevilla de la segunda Carta de relación (8 de noviembre). El ex preceptor de Carlos V, Adriano de Utrecht es elegido papa con el nombre de Adriano VI.

1523 Cortés acude a Pánuco para pacificar la Huasteca (enero). Francisco de Garay, gobernador de Jamaica, desembarca en Pánuco a finales de julio, luego se dirige a México donde muere el 29 de diciembre. Pedro de Alvarado parte a la conquista de Guatemala (diciembre).

Publicación en Sevilla de la Tercera carta de relación (30 de marzo).

1524 Cortés envía a Cristóbal de Olid a Honduras por la ruta marítima (enero). Llegada de los doce primeros franciscanos a México (junio).

Rebelión de Cristóbal de Olid en Honduras (junio). El 15 de octubre, Cortés firma en Tenochtitlan su Cuarta carta de relación y su "carta reservada" a Carlos V. Ese mismo día, inicia su viaje hacia Las Hibueras.

1525 En el corazón de la provincia de Acalan, en los linderos de las tierras mayas, Cortés hace ahorcar a Cuauhtémoc (28 de febrero). Él prosigue su travesía por Yucatán pasando por Tayasal (lago Petén Itzá), luego llega en junio al Golfo de Honduras.

En ausencia de Cortés, hay disturbios y desórdenes en México. Nuño Beltrán de Guzmán es nombrado gobernador de Pánuco (4 de noviembre). Publicación de la Cuarta carta de relación en Toledo.

1526 Cortés deja a Trujillo en Honduras y regresa por mar a Veracruz (24 de mayo). El 25 de junio, Cortés reasume el gobierno de la Nueva España. El enviado de Carlos V, Luis Ponce de León, despoja a Cortés de su cargo de gobernador e inicia su juicio de residencia (2 de julio). Ponce de León muere el 20 de julio. Quinta y última carta de relación (3 de septiembre).

1527 Estrada, oficial del fisco de Carlos V acapara el poder (22 de agosto) y destierra a Cortés de la ciudad de México. El conquistador envía tres navíos a las Molucas (31 de octubre).

Muere Martín Cortés, padre de Hernán.

Carlos V ordena que se quemen los libros escritos por Cortés (marzo).

Saqueo de Roma por las tropas del emperador (a partir del 6 de mayo).

1528 A mediados de abril, Cortés abandona Veracruz y se dirige a España. Desembarca en el puerto de Palos a finales de mayo. Cortés va a Medellín y al monasterio de Guadalupe antes de volver a la corte a Toledo. Primera entrevista de Cortés con Carlos V (septiembre) en Toledo, seguida de una visita a domicilio del emperador a Cortés (diciembre). Llegada a México de fray Juan de Zumárraga, primer obispo de México (6 de diciembre).

1529   Cortés se casa en Béjar con doña Juana de Zúñiga, hija del conde de Aguilar (abril). Cortés recibe el título de marqués del Valle; es confirmado como capitán general, pero pierde el gobierno de la Nueva España (6 de julio). Nuño de Guzmán, una vez nombrado presidente de la primera Audiencia, hace reinar el terror en México.

Tratado entre Portugal y España que atribuye las Molucas a Portugal y Filipinas a España (22 de abril). Carlos V abandona España (27 de julio).

1530   Cortés regresa a México; después de una larga escala en Santo Domingo, desembarca en Veracruz el 15 de julio. Como le prohíben vivir en México, permanece en Texcoco en el exilio con las cuatrocientas personas de su séquito. Muerte de su madre, Catalina Pizarro, en Texcoco.

1531   Llegada de la segunda Audiencia (9 de enero). Cortés se instala en Cuernavaca con su mujer, Juana.

1532   El 30 de junio, Cortés lanza desde Acapulco la primera expedición de exploración de las costas mexicanas hacia California. A partir de noviembre se consagra a la vigilancia de sus astilleros navales en Tehuantepec.

En Perú, Francisco Pizarro entra en Cajamarca (15 de noviembre).

1533   Una segunda expedición marítima en el Mar del Sur sale de Santiago de Colima (30 de octubre).

En Perú, los españoles toman Cuzco (15 de noviembre): Pizarro es el nuevo amo del imperio inca.

1535   Tercera expedición marítima en el Mar del Sur, dirigida por Cortés, quien toma posesión de Baja California en la bahía de Santa Cruz el 3 de mayo. Llegada del virrey Mendoza a México (14 de noviembre).

Carlos V toma Túnez (14 de julio).

1536 Cortés regresa de su expedición por California (abril). Le envía refuerzos a Pizarro quien se encuentra en Perú. Instalación de una línea comercial marítima entre México y Perú. Inauguración del Colegio Santa Cruz de Tlatelolco destinado a la educación de los niños indios (6 de enero).

1537 Nuño de Guzmán es arrojado a la cárcel en México (19 de enero). *Bula Sublimis Deus* del papa Paulo III sobre la libertad de los indios (2 de junio).

1539 La cuarta expedición lanzada por Cortés hacia California parte de Acapulco (8 de julio). El virrey Mendoza se apropia del monopolio del tráfico marítimo en el Mar del Sur (24 de agosto). Viaje de Marcos de Niza hacia Cíbola. Zumárraga hace publicar el primer libro impreso en el continente americano; es un catecismo en náhuatl. El cacique de Texcoco, don Carlos, muere quemado por la Inquisición el 30 de noviembre, en la Plaza Mayor de México. Rebelión de Flandes.

1540 Cortés se embarca hacia España con sus dos hijos, dejando a Juana y a sus hijas en Cuernavaca (enero). Vázquez de Coronado explora el norte de México.

1541 Cortés toma parte en la expedición naval de Carlos V contra Barbarroja. Desastre de Argel (25 de octubre). Miguel Ángel termina *El juicio final* en la Capilla Sixtina.

1542 Carlos V ofrece una recepción en honor de Cortés en Monzón. El emperador promulga las Nuevas Leyes de Valladolid (20 de noviembre).

1543 El 13 de mayo, Carlos V abandona definitivamente España después de haber confiado la regencia a su hijo Felipe, de dieciséis años.

1544 Cortés en Valladolid. El 3 de febrero, firma su última carta al emperador. En Sevilla, las Casas es consagrado obispo de Chiapas.

1547 Cortés dicta su testamento en Sevilla los días 10 y 11 de octubre. Luego se hace transportar a Castilleja de la Cuesta, en los alrededores de Sevilla. Hernán Cortés perece el 2 de diciembre. El 4 es sepultado en la capilla de los duques de Medina Sidonia en el monasterio de San Isidro del Campo en Santiponce, cerca de Sevilla. El 17 de diciembre se organizan los funerales solemnes en el monasterio de San Francisco de Sevilla.

1548 Muerte de Zumárraga, arzobispo de México.

1553 Se prohíbe la publicación de la biografía de Cortés escrita por López de Gómara.

1558 Muerte de Carlos V (21 de septiembre). Su hijo, Felipe II, lo sucede.

1562 Los tres hijos de Cortés que vivían en España se embarcan a México. Tocan Campeche en octubre y permanecen tres meses en Yucatán.

1563 Martín Cortés, segundo marqués del Valle, hace su entrada a México (17 de enero).

1564 Muere Luis de Velasco, virrey de la Nueva España, el 31 de julio. Con ayuda de Jerónimo de Valderrama, visitador, los criollos organizan una tentativa de toma del poder centrada en torno de los tres hermanos Cortés.

1565 Solicitado en varias ocasiones, Martín Cortés duda en tomar el poder.

1566 Acusados de conjuración, los tres hijos de Cortés son apresados y llevados a la cárcel.

1567 El segundo marqués del Valle y su hermano Luis son expulsados de México y citados ante el Consejo de las Indias, en España. Los restos de Cortés son exhumados de Sevilla, llegan a México en julio y son discretamente sepultados en el convento mexicano de Texcoco.
      La tentativa de restauración cortesiana ha fracasado.

1571 Instalación de la Inquisición en la Nueva España.

1629 Traslado de los restos de Cortés al monasterio de San Francisco en México (febrero).

1794 Se erige un mausoleo funerario para Cortés en la iglesia del Hospital de Jesús, en México. Reinhumación solemne de Cortés el 8 de noviembre.

1823: Destrucción del mausoleo de Cortés.

1836: Reinhumación secreta de sus restos en la iglesia del Hospital de Jesús, en el interior de un escondite disimulado en un muro del ábside izquierdo. Ahí descansa Cortés hasta nuestros días.

Glosario

El origen de las palabras indígenas está indicado por una letra entre paréntesis: (N) para el náhuatl, (T) para el taíno.

Adelantado: representante del poder real en una provincia lejana. En el siglo XVI constituía un título honorífico más que una función precisa.

Alguacil: miembro de un cabildo, encargado de las funciones de seguridad.

Atarazana: arsenal, almacén fortificado donde se guardaban armas.

Atl tlachinolli (N): literalmente "el agua, el fuego". Díada simbólica de los nahuas. El agua simboliza la sangre del sacrificio y el fuego la conquista guerrera; la metáfora se refiere al uso prehispánico de incendiar el templo principal de toda ciudad conquistada.

Audiencia: especie de tribunal dotado de funciones ejecutivas, que en varias ocasiones hizo las veces de un gobierno colegiado, tanto en Santo Domingo como en la Nueva España.

Aztecas (N): habitantes de México en el momento de la llegada de Cortés (1519). Con esta denominación, recordaban que eran "los habitantes de Aztlán", mítico lugar de origen de la tribu; con esta apelación se evocaba discretamente su pasado migratorio nórdico. Los aztecas también se llamaban mexicas, es decir "habitantes de México" o incluso tenochcas, "habitantes de Tenochtitlan". Hablaban la lengua náhuatl. De manera general, la expresión "civilización azteca" engloba en su campo a todos los pueblos nahuas del México central de los siglos XIV y XV de nuestra era.

Berberiscos: así se llamaban en el siglo XVI los estados de la costa norte de África y sus habitantes.

Bohío (T): choza indígena de los taínos, generalmente construida con material vegetal.

Cabildo: ayuntamiento dotado de personalidad jurídica y de una cierta esfera de autonomía. Designa también al conjunto de los miembros del concejo municipal.

Cacique (T): palabra tomada por los españoles de la lengua taíno de La Española para designar a todos los jefes indígenas.

Carta de relación: especie de prefiguración de la epístola pública. Cortés escribió cinco, que son otras tantas relaciones de su conquista.

Castellano de oro: moneda de oro cuyo valor (quinientos maravedíes) la situaba entre el ducado (375 maravedíes) y el doblón (setecientos maravedíes).

Cazabi (T): tortilla elaborada con harina de yuca.

Ceiba (T): árbol gigantesco de los bosques tropicales.

Chichimecas (N): pueblos de cazadores nómadas del norte de México.

Citlaltépetl (N): "Cerro de la estrella", llamado ahora "Pico de Orizaba" (5 747 m).

Clavero: literalmente, "guardián de las llaves". Título del adjunto del gran maestro de la orden de Alcántara.

Comuneros: nombre de los insurgentes que, en Castilla, defendieron las libertades municipales en contra del absolutismo real (1520-1522).

Conuco (T): entre los taínos, huerto indígena cultivado sobre camellones.

Corregidor: oficial real encargado de la administración de las propiedades de la Corona.

Cuauhtémoc (N): "Águila que cae". Nombre del último soberano azteca.

Encomendero: español titular de una encomienda.

Encomienda: propiedad territorial donada junto con sus habitantes a un propietario que era oficialmente encargado de su protección y su cristianización. El dueño (el encomendero) era autorizado para cobrar una parte de los ingresos del dominio. Tal institución, surgida de las órdenes militares peninsulares, abría la puerta a una servidumbre cuyo rigor dependía de la buena voluntad del amo.

Encomendado: indio colocado bajo la tutela de un encomendero.

Escribano: notario.

Factor: especie de agente del tesoro real castellano.

Fueros: constituciones municipales consuetudinarias de Castilla establecidas en el siglo XIII.

Huitzilopochtli (N): "El colibrí de izquierda". Dios azteca de la guerra.

Iztacíhuatl (N): "La mujer blanca". Nombre de uno de los volcanes que domina México (5 280 m).

Juicio de residencia: investigación judicial relativa a la gestión de los representantes del rey en las provincias ultramarinas. Versión civil de los procesos de la Inquisición; el objetivo de los juicios de residencia era la confiscación de los bienes de los responsables políticos. Arma del absolutismo real.

Justicia mayor: cargo de magistrado supremo.

Letrado: jurista.

Limpieza de sangre: expresión utilizada por la Inquisición. Designa el hecho de carecer de ascendencia judía o mora.

Mayorazgo: capacidad jurídica del hijo primogénito para heredar los bienes de la familia.

Mexicas (N): habitantes de México-Tenochtitlan. Véase: aztecas.

México-Tenochtitlan (N): nombre doble de la capital azteca. El primer término es la traducción náhuatl del antiguo nombre otomí de la ciudad, "en el centro de la luna"; el segundo corresponde a su nombre específicamente nahua, "lugar del nopal sobre la piedra". Los habitantes de la capital se llaman mexicas o tenochcas.

Moriscos: musulmanes convertidos al catolicismo.

Motecuzoma (N): "El que se enoja como un señor". Soberano azteca en el momento de la llegada de Cortés.

Naboria (T): nombre taíno de los esclavos.

Náhuatl: lengua hablada por los aztecas y difundida en todo el México prehispánico.

Nopal (N): cacto del género Opuntia. Símbolo del sacrificio humano a causa de sus frutos rojos que evocan el corazón de los sacrificados.

Nueva España: nombre con el que Cortés designó al antiguo territorio de la Mesoamérica prehispánica.

Nuevas leyes: leyes promulgadas en 1542, teóricamente favorables a los indios, pero en el fondo tenían por objetivo la estatización de las tierras en las Indias occidentales y la instauración de un sistema absolutista a través de virreyes todopoderosos.

Oidor: juez miembro de una Audiencia.

Patronato: especie de concordato firmado entre los Reyes Católicos y el papa, que confiaba a los reyes de España la administración de la Iglesia en Castilla y Aragón.

Pendón: estandarte. La fiesta del pendón de San Hipólito se había instituido en 1528, durante la ausencia de Cortés, para conmemorar entre los españoles la toma de México el 13 de agosto de 1521.

Pochotl (N): nombre nahua de la ceiba.

Popocatépetl (N): "La montaña que humea". Volcán que domina México (5,452 m).

Quechquémitl (N): atuendo de las mujeres nahuas. Especie de blusa amplia.

Quetzalcóatl (N): "La serpiente emplumada". Nombre de un dios azteca ligado al viento, al planeta Venus y al Este.

Quinto real: quinta parte de todo botín, que debía entregarse al rey. Impuesto percibido por el rey sobre todos los ingresos sacados de las posesiones americanas, a la tasa de 20 por ciento.

Regidor: miembro de un cabildo.

Repartimiento: los primeros gobernadores de las Indias decidieron "repartir" a los indios, es decir, confiarlos a un encomendero. El repartimiento era, de hecho, una atribución de mano de obra servil.

Rescate: en principio, trueque. De hecho, se designa con el nombre de rescate, en las Indias en el siglo XVI, a todas las operaciones con carácter comercial, incluyendo las razzias y las operaciones realizadas por la fuerza.

Taínos (T): habitantes de Cuba, Haití, Puerto Rico y Jamaica en el momento de la llegada de Colón (1492).

Tecutli (N): señor.

Templo Mayor: recinto del gran templo de México-Tenochtitlan.

Tepoztli (N): nombre que se daba al cobre. En el origen, la palabra náhuatl significa "hacha"; por extensión se aplicó a las hachas prehispánicas de cobre importadas del Perú y luego al metal mismo; después de la llegada de los españoles se utilizó la palabra tepuzque para las monedas corrientes de cobre.

Tlatoani (N): "El que tiene la palabra". Nombre del soberano entre los aztecas.

Traza: límites del barrio reservado a los españoles en las ciudades indígenas.

Vecino: residente de una villa.

Veedor: oficial del rey encargado del control de la hacienda pública.

Villa: en el continente americano, ciudad creada para ser habitada por los españoles y dotada de estatus castellano.

Visitador: especie de inspector o de enviado especial del rey, de un virrey o de un obispo.

GENEALOGÍA DE CARLOS V

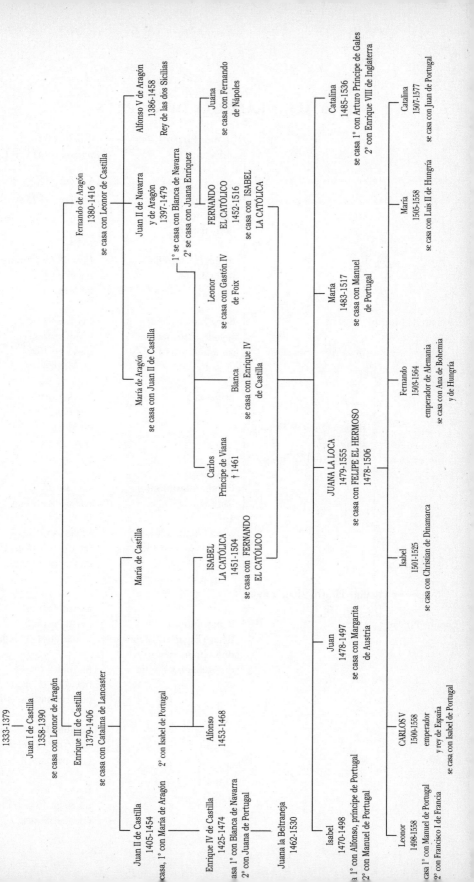

GENEALOGÍA DE CORTÉS

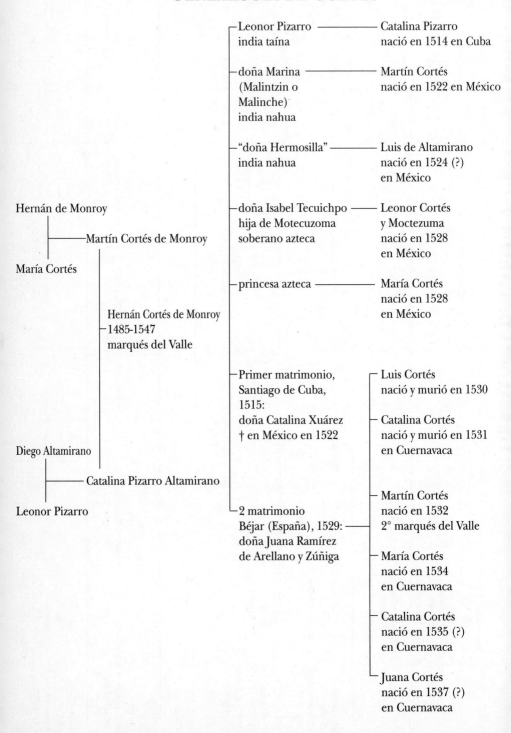

Leonor Pizarro —————— Catalina Pizarro
india taína   nació en 1514 en Cuba

doña Marina —————— Martín Cortés
(Malintzin o   nació en 1522 en México
Malinche)
india nahua

"doña Hermosilla" —————— Luis de Altamirano
india nahua   nació en 1524 (?)
                                               en México

Hernán de Monroy

Martín Cortés de Monroy

María Cortés

doña Isabel Tecuichpo —— Leonor Cortés
hija de Motecuzoma   y Moctezuma
soberano azteca   nació en 1528
                                          en México

princesa azteca —————— María Cortés
                                            nació en 1528
                                            en México

Hernán Cortés de Monroy
1485-1547
marqués del Valle

Primer matrimonio,   Luis Cortés
Santiago de Cuba,   nació y murió en 1530
1515:
doña Catalina Xuárez   Catalina Cortés
† en México en 1522   nació y murió en 1531
                                           en Cuernavaca

Diego Altamirano

Catalina Pizarro Altamirano

Leonor Pizarro

Martín Cortés
nació en 1532
2 matrimonio   2° marqués del Valle
Béjar (España), 1529: ——
doña Juana Ramírez
de Arellano y Zúñiga   María Cortés
                                           nació en 1534
                                           en Cuernavaca

Catalina Cortés
nació en 1535 (?)
en Cuernavaca

Juana Cortés
nació en 1537 (?)
en Cuernavaca

Índice onomástico

A

Abul Asan Alí: 51.

Adriano VI, papa: véase Utrecht, Adriano de.

Aguilar, conde de: 296, 298, 300.

Aguilar, Francisco de: 21.

Aguilar, Gerónimo de: 107, 132, 133, 135, 137, 138, 147, 148, 172.

Aguilar, Marcos de: 283-286, 289.

Aïcha: 52.

Alamán, Lucas: 366.

Alaminos, Antón de: 109, 113, 137.

Albornoz, Rodrigo de: 253, 267, 273, 279, 282, 284.

Alderete, Julián de: 207, 219, 220, 275.

Alejandro VI, papa: véase Borgia, Rodrigo.

Alfonso XI de Castilla: 297.

Alfonso, Infante de Castilla: 41.

Alfonso V de Portugal: 40, 42, 44, 45, 58.

Altamirano (familia): 30, 31, 32.

Altamirano, Diego Alonso (abuelo de Cortés): 32.

Altamirano, fray Diego (primo de Cortés): 279.

Altamirano, Juan Gutiérrez: 89.

Altamirano, Luis de (hijo de Cortés): 239.

Alvarado, Pedro de: 111, 114, 115, 120, 131, 163, 174, 175, 177-180, 185, 186, 220, 221, 258, 259, 266, 340.

M

V

W

X

Z

ÍNDICE TOPOGRÁFICO

Tepeaca: 197, 199, 258.

Tepeyacac: 184, 197, 211, 217, 298, 356.

Tepotzotlán: 190.

Texcoco: 159, 184, 205, 206, 207, 208, 218, 235, 266, 290, 305, 314, 333, 334, 349, 361, 365.

Tidore: 288, 289.

Tlacopan: 159, 184-186, 206, 207, 211, 212, 218, 220, 236, 266, 271, 286, 305.

Tlapacoya: 318.

Tlatelolco: 184, 208, 212, 217, 266, 331.

Tlaxcala: 158, 159, 161-163, 165, 166, 168, 174, 189, 190, 191, 197, 205, 208, 235, 258, 279, 290, 313, 314, 358.

Tlaxpana: 308.

Toledo: 47, 194, 281, 290, 299, 301, 302, 306, 307, 339.

Toluca: 305, 318.

Tordesillas: 64, 90, 106, 127, 193-195, 210, 287.

Toro: 44, 194.

Tres Marías (islas): 319.

Trinidad (isla de): 71.

Trinidad (villa de): 110, 120, 123, 124, 125.

Trujillo (Extremadura): 31-33.

Trujillo (Honduras): 276, 278.

Tulum: 113.

Tumbez: 306.

Túnez: 341.

Tututepec: 258.

Tuxpan: 115.

Tuxtla: 305, 318.

Tzompanco: 190.

Uexotzinco: 159, 165.

Valencia: 45, 47, 62, 75.

Valladolid: 42, 64, 76, 90, 128, 194, 195, 221, 222, 254, 260, 289, 328, 341, 343, 348, 351.

Venezuela: 85, 90, 253.

Venecia: 55.

Índice de mapas

ÁLBUM DE FOTOS

EL HOSPITAL
DE JESÚS

Fotos: Michel Zabé

Cortesía del Patronato
del Hospital de Jesús

CORTÉS FUNDÓ EL HOSPITAL DE JESÚS EN 1524 EN EL SITIO MISMO EN QUE ENCONTRÓ AL SOBERANO AZTECA MOTE-CUZOMA, el día 8 de noviembre de 1519. Este encuentro tuvo lugar en la desembocadura de la calzada de Tlalpan, a la entrada del corazón de la capital México-Tenochtitlan. A unas cuadras del zócalo, el Hospital de Jesús está edificado en la manzana comprendida entre las calles de Pino Suárez, Mesones, 20 de Noviembre y República de El Salvador.

Cortés concibió esta fundación como un símbolo: institución basada en un modelo europeo pero aquí dedicada a los indios, el Hospital de Jesús cristaliza el encuentro de dos mundos que no estaban preparados para encontrarse. Es un ejemplo del mestizaje que solía practicar Cortés. El edificio, construido en el transcurso del siglo XVI, lleva en su arquitectura y decoración las huellas de la antigua tradición indígena combinadas con modelos españoles bastante reinterpretados. El hospital, fundado bajo la invocación de Nuestra Señora de la Purísima Concepción, tomó su nombre actual en el siglo XVII. Desde sus orígenes ha sido siempre una fundación privada. Cortés logró del papa Clemente VII el patronato del hospital con el derecho de recaudar los diezmos para la edificacíon y administración de la institución. Pidió por testamento a su hijo heredero que prosiguiera su obra y, hasta hoy, la fundación cortesiana sigue viva. A través de un patronato de médicos, el Hospital de Jesús perpetúa su doble vocación: curar enfermos y guardar la memoria de su fundador.

1

445

I. El edificio

Engarzado en una construcción moderna, edificada entre 1944 y 1963, el Hospital de Jesús es un edificio del siglo xvi muy bien preservado a pesar de las ampliaciones recientes dictadas por las necesidades funcionales. Su concepto es totalmente original: corresponde al espíritu de un claustro franciscano, pero evoca a través de su plano duplicado la arquitectura de un templo prehispánico. Los dos patios yuxtapuestos podrían ocupar el lugar de un antiguo templo doble, a semejanza del Templo Mayor donde el santuario del dios Tlaloc estaba al lado del de Huilzilopochtli. La construcción del hospital, iniciada desde 1524 concluyó probablemente hacia 1555. Sin embargo, la iglesia contigua fue erigida más tarde, en el siglo xvii.

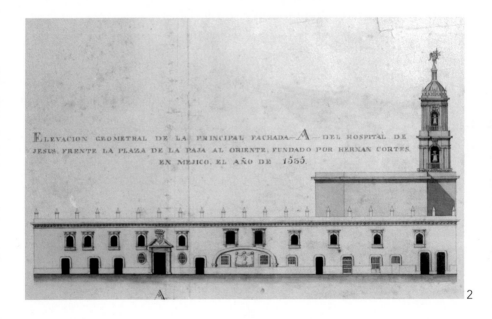

2

446

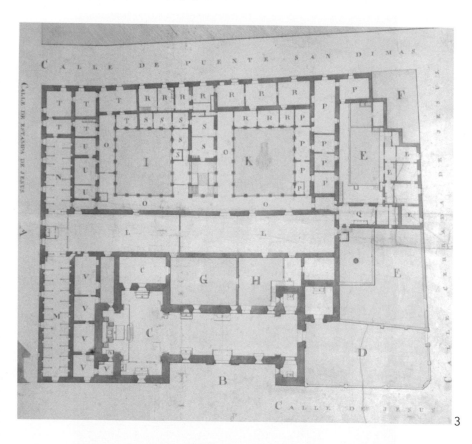

3

2. Elevación realizada en octubre de 1823. Fachada principal y entrada del hospital (destruida en los años sesenta para ampliar la calle de Pino Suárez).

3. Plano del hospital de Jesús levantado en 1823. Se puede observar el extraño dibujo de la planta alta que forma una especie de glifo con tres dientes conocido en la escritura prehispánica por su relación con el fuego. También el plano de la iglesia (parte inferior del plano) podría tener antecedentes prehispánicos: parece seguir el trazo de un antiguo juego de pelota.

447

4

5

448

En Tenochitlan, las construcciones inmediatamente posteriores a la conquista fueron edificadas con materiales prehispánicos y en sus cimientos abundan los vestigios de la antigua capital mexica.

6

Izquierda: Fragmento superior de una estela prehispánica encontrada en 1962 en la esquina de las calles Mesones y Pino Suárez, durante la remodelación del hospital.
4. Canto superior de la estela donde se ve un glifo compuesto con dos círculos, símbolos del jade.
5. Bajo relieve a la efigie de Quetzalcóatl con sus características orejeras de concha en forma de corchete.

6. Cabeza colosal de serpiente empotrada en un edificio de la calle Pino Suárez, frente al Hospital de Jesús.

7

7. Vista general de la planta alta del Hospital de Jesús en medio de los dos patios.

8. Pasillo de la planta alta. La arquitectura evoca la de un claustro.

8

9

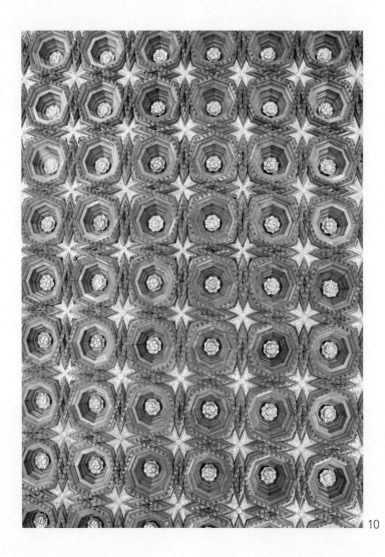

10

9. Vista general de la oficina del patronato del Hospital de Jesús. Al fondo, el actual presidente del patronato, Dr. Julián Gascón Mercado, en su mesa de trabajo.

10. La sala del patronato ha conservado un hermoso artesonado del siglo XVI en madera fina, integrado por 153 octaedros labrados que encierran una roseta dorada. Esos motivos en relieve alternan con cruces de Malta doradas sobre fondo gris-azul.

El artesonado del Hospital de Jesús es un magnífico ejemplo de mestizaje entre la tradición importada de España (estilo morisco) y una persistencia de referencias icónicas prehispánicas: las rosetas y las "cruces de Malta" disimulan en realidad glifos aztecas. Este tipo de arte sincrético se desarrolló en México entre 1535 y 1572.

13

11 y 14: Todas las rosetas del artesonado contienen el glifo *iluitl*, signo del día y, por extensión, de la fiesta. Así, en la tradición indígena, el conjunto del techo tenía un significado cósmico.

12 y 13: Ese motivo en cruz de San Andrés corresponde al glifo prehispánico *ollin*, signo del movimiento. En su origen estaba constituido por una pequeña esfera de caucho en el centro de los ejes cósmicos entrecruzados.

14

II. Las pinturas murales

Originalmente, es muy probable que todos los muros del hospital hayan estado pintados a la manera de los pasillos de un monasterio. De esas pinturas del siglo XVI quedan solamente fragmentos en el corredor sur de la planta alta.

Se pueden distinguir dos conjuntos. Uno es un largo friso que maneja el blanco y negro con adiciones de colores. Está inspirado en el arte franciscano que se impuso entre 1535 y 1572 para la decoración de los conventos. El estilo tiene su origen en la escuela de bellas artes, fundada por Pedro de Gante en el convento de San Francisco de

15

México. Los artistas —todos indígenas— mezclan temas cristianos en torno al sacrificio de Cristo con elementos prehispánicos.

El segundo conjunto es más raro; consiste en pequeños cuadritos pintados sobre estuco entre las vigas del techo. Ahí alternan verdaderos retratos de tradición europea y glifos prehispánicos. El trazo es indígena. El estilo corresponde a la segunda mitad del siglo XVI. Tanto por su ubicación —un poco escondida— como por la identidad de los personajes representados, esta serie de pinturas es única en su género.

16

17

16 y 17. Detalles del friso. Los elementos prehispánicos son visibles en este *tlameme* que lleva carga a cuestas y en esta cabeza fantástica que tiene orejas de jaguar, plumas en el cráneo y la vírgula azteca de la palabra que sale de su boca. La vírgula de la palabra era un símbolo de poder político o religioso.

18

19

18 y 19. Detalles del friso. El águila que come las semillas de la granada es una metáfora prehispánica del sacrificio humano. Entre los aztecas, el águila está relacionada con el sol y la granada sustituye la tuna, evocación del corazón humano. El ángel bailador tiene un cascabel atado a su tobillo a la manera de los danzantes indígenas.

20

El friso que corre a lo largo del pasillo sur está organizado a partir de escudos que representan símbolos de la Pasión de Cristo: aquí vemos la corona de espinas con la lanza y el látigo (**20**) y el Gólgota (**22**). Esta última representación combina el tradicional glifo azteca del cerro (en ocre, en el centro) con la perspectiva europea.

21

22

Detalles del friso. Los dos hombres de carga (**21** y **23**) son figuras en posición dinámica como si fueran saltando un montículo. La convención icónica es de origen prehispánico e indica un personaje que camina. El montículo es un pequeño glifo que representa el cerro o la ciudad. También está presente la metáfora de la granada incisa.

23

24

25

Estas cuatro figuras son representaciones del glifo prehispánico *ollin*, "caucho", signo del movimiento cósmico que estaba vinculado con la idea de que la vida está amenazada por el desperdicio energético. Era el nombre del quinto sol de los aztecas.

26

27

El estilo de estas figuras mezcla componentes antiguos (la estructura en forma de cruz de San Andrés, la pequeña esfera central, el uso de la combinación bayo-ocre-negro) e influencias castellanas en el trazo. Corresponde a la segunda parte del siglo XVI.

28

29

Esas cuatro figuras en forma de flor de cuatro pétalos corresponden al glifo prehispánico *tonalli*, asociado con el calor y el alma (energía individual).

30

31

El *tonalli* era un día del calendario sagrado de 260 signos. Los mesoamericanos utilizaban este cómputo sin vinculación astronómica para dar nombre a los recién nacidos.

32

33

Estas "flores" de cinco pétalos (**33** y **35**) no tienen antecedentes en la iconografía prehispánica. Pero, entre los aztecas, la cifra cinco tenía un sentido simbólico: la inestabilidad, el exceso, el desbordamiento.

34

35

Más difíciles de interpretar son estos dibujos redondos a manera de capullos de rosas (**32** y **34**): no se identifica claramente su sentido y tampoco el origen de su estilo.

467

III. Galería de retratos

La presencia de retratos entre las vigas del techo de la planta alta del hospital es sorprendente. No existen datos sobre el contexto de esta realización y no se sabe por qué los retratos vienen intercalados con signos en su mayoría derivados de glifos prehispánicos.

Muy probablemente, este conjunto es posterior a la muerte de Cortés. Una hipótesis es que se hizo alrededor de 1565, cuando ocurrió la tentativa de toma de poder de su hijo Martín. Esto explicaría el hecho de que, según la tradición, los retratos representan a la familia de Cortés y a los actores prominentes de la conquista.

Encontramos frailes franciscanos, eclesiásticos (vestidos de negro con gorro),soldados, dignatarios civiles y mujeres. Es dificilísimo identificar a los personajes que llegaron anónimos a nosotros.

36. Retrato de un fraile franciscano. La presencia de un libro en segundo plano nos hace pensar en un cronista, tal como Motolinía, Olmos o Sahagún.

37

38

39

40

41

42

43

44

474

45

46

IV. En busca del retrato de Cortés

No existe ningún retrato confiable de Cortés. A lo largo de su vida, siempre rechazó la idea de contratar a un pintor para que hiciera su retrato. Hay dos explicaciones posibles: una es de tipo europeo; quería demostrar su desdén a la gloria y al narcisismo. La otra es más mestiza: en el mundo prehispánico, el hecho de ver su propia cara es considerado peligroso, pues da la posibilidad al alma de salir del cuerpo; por eso, los espejos son instrumentos de brujería. El ámbito indígena ignoraba la esencia misma del retrato. Cortés pudo haber decidido adaptarse a esa costumbre mexicana.

Excepto los dos posibles retratos sobre estuco, que forman parte de la galería del hospital, toda la iconografía de Cortés deriva de dos fuentes: el dibujo de Weiditz y el presunto retrato que poseyó Paulo Giovio, obispo de Nocera.

Christopher Weiditz era un dibujante y medallista alemán que trabajaba en Augsburgo. Invitado a España, acompañó en 1529-1530 a la corte de Carlos V. Aprovechó este viaje para realizar dibujos de personajes populares y de la corte. Hizo un dibujo de Cortés en 1529; sacó también una medalla a partir de su dibujo. Es la fuente de referencia.

Según el coleccionista italiano Paulo Giovio, él tenía un retrato que provenía de Cortés, mismo que se supone fue realizado en 1547, unos meses antes de la muerte del conquistador. Esta afirmación es dudosa. Se trata más bien de una adaptación del dibujo de Weiditz, donde Cortés aparece envejecido y con la cabeza vuelta hacia un lado a 180 grados del dibujo original, mirando hacia la izquierda. A esta serie pertenecen el grabado de T. Stimmer publicado en los *Elogios* de Giovio (1575) y los óleos (tardíos) de Yale (New Haven), Florencia, Viena y Madrid.

47

En el pasillo sur de la planta alta del Hospital de Jesús se han conservado dos posibles retratos de Cortés, uno con vista de perfil (**47**) y el otro de frente (**1** y **50**). En los dos, el capitán general lleva la barba y un gorro al estilo de la primera mitad del siglo XVI.

49

48. *Don Fernando Cortés en 1529.* Dibujo de Christopher Weiditz.
Cortés, de pie, lleva un escudo combinando las armas de su familia (Cortés, Monroy,
Altamirano, Pizarro), las de su esposa (Zúñiga, Arellano) y las suyas.

49. Medalla de Cortés hecha en 1529 por Christopher Weiditz.
En las dos obras, Weiditz puso al marqués del Valle una gorra alemana que corresponde
a una idealización germánica del modelo.

50

Posible retrato de Cortés de frente.

Parte del friso de la planta alta ubicado bajo los retratos de Cortés.

52

El patronato del Hospital de Jesús posee tres pinturas antiguas relacionadas con Cortés (**52**, **53**, **54**). Las tres son posteriores a la muerte del conquistador. Son anónimas y compuestas con fuerte tono académico.

En este óleo de 1.90 x 90 aparece Cortés empuñando espada y vara de mando, con armadura en el torso. La parte inferior de la pintura no corresponde a la parte superior y muestra ruptura en el tamaño de las piernas y el estilo pictórico. Probablemente del siglo XVII.

481

5

Cortés, orante. Actualmente rodeado por un marco ovalado, la pintura tenía originalmente formato rectangular. Cortés, vestido con armadura, aparece en actitud orante, sus manos juntas, con cierta dulzura en la cara. Está hincado sobre un cojín. La cortina roja con el escudo de armas lleva un toque precioso muy lejos del espíritu de la conquista. El estilo apunta al siglo XVII.

54

Según la tradición, este retrato es el de Martín Cortés, hijo del conquistador; entonces, ¿por qué tiene Martín un bastón de mando en la mano? Martín nunca desempeñó función alguna como para justificar la presencia de la vara. Por lo tanto, se podría considerar que esta pintura puede ser otro retrato de Cortés, con un sombrero de estilo tardío (segunda mitad del siglo XVIII).

55

56

Detalles de los rostros.

57

58

En 1529, Weiditz dibujó un retrato de medio perfil donde Cortés aparece ligeramente vuelto a la derecha, con pelo largo, bigotes y barbas cortos (**55**). En los tres retratos del patronato, que se hicieron después de la muerte del marqués del Valle, se ha conservado la misma disposición de medio perfil y la misma estructura de la cara (**56**, **57**, **58**). Eso podría corresponder a una herencia del dibujo de Weiditz.

V. La memoria de Cortés

En 1790, el virrey Juan Vicente de Güemes, conde de Revillagigedo, decidió trasladar los restos de Cortés del convento de San Francisco de México a la iglesia del Hospital de Jesús. En esa ocasión, el virrey quiso dar una sepultura oficial al conquistador de México. Se edificó entonces un mausoleo al interior del templo con un obelisco y un busto; la reinhumación se realizó con ceremonias solemnes en noviembre de 1794.

El monumento funerario fue destruido en septiembre de 1823 pero los restos de Cortés quedaron escondidos en la iglesia de Jesús. La información se conservó en secreto hasta 1946. Hoy, una simple placa de bronce cerca del altar señala el sitio de su última morada. De manera discreta, los muros del Hospital de Jesús y su iglesia resguardan la memoria de Cortés velada por la pátina del tiempo.

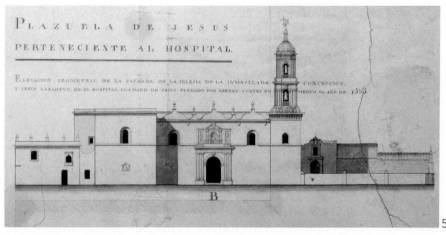

59

Fachada lateral de la iglesia de Jesús (hoy calle de República de El Salvador).

486

60

El cuadro lleva la inscripción: "El Excelentísimo Señor Don Fernando Cortés Marqués del Valle y Justicia Mayor, Governador y Capitán General que fue de esta Nueva España y su Primer Conquistador, Patrono Fundador de este Hospital".

Vista general del interior del hospital que conserva el ambiente del siglo XVI.

61

62

La iglesia ostenta una sola torre de dos cuerpos, rematada por una estatua de bronce del arcángel San Miguel (**63**). Tiene dos fachadas, una que mira al norte (**62**) y la otra al poniente. Esta última hace esquina con la pequeña iglesia de la Santa Escuela, capilla primitiva del hospital.

La iglesia que pertenece al Hospital de Jesús no fue erigida sino hasta 1601, cuando Pedro Cortés Ramírez de Arellano, bisnieto de Hernán, empezó la construcción. El templo quedó inconcluso al momento de su muerte en 1629. Las obras se reiniciaron en 1662 y se concluyeron en 1688.

63

491

Tumba de Cortés en la iglesia de Jesús.

Obra del arquitecto José del Mazo, el mausoleo fue erigido en 1794. El obelisco de mármol tenía siete metros. El busto del conquistador, esculpido por Tolsá, reposaba sobre la urna funeraria. El monumento fue derrumbado en septiembre de 1823.

64

65

65. El escudo de armas de doble lectura (*cf. supra* p. 230-231).
Ahí donde los españoles veían un águila y un león, tres coronas y una ciudad lacustre, los indígenas podían leer los signos de la guerra sagrada (águila y jaguar, agua y fuego). Las siete cabezas que circundan el escudo evocaban las siete tribus nahuas que salieron de Chicomoztoc.

66

67

68

Para cincelar el busto de Cortés, el patronato del Hospital de Jesús contrató en 1792 a Manuel Tolsá, escultor y arquitecto de gran fama, destacado representante de la escuela neoclásica, entonces director de escultura de la Academia de San Carlos. El artista realizó una obra fuerte, en bronce dorado, en la que el conquistador, de rostro imaginario, luce como un emperador romano (**66**, **67**, **68**). Mandado secretamente a Italia en 1823, el busto se ha preservado. Del original se realizó la copia actualmente presentada en el patio del hospital.

69

Muy escasos son los testimonios mexicanos conmemorativos de las acciones cortesianas; por eso, esta placa exterior fechada en 1919 es una rareza.

El recuerdo de Cortés está asociado con la figura de Malinche, personaje clave de la conquista. La hermosa Marina ayudó mucho a Hernán al realizar su iniciación al pensamiento autóctono; también Malinche le sirvió de guía para entender y apreciar la vida indígena. Su papel es muy controversial.

A unas cuadras del Templo Mayor, Malinche recibió un solar después de su casamiento con Juan Jaramillo. Ahí mandó edificar una casa donde residió de 1528 hasta su muerte. La casa tenía un plano parecido al del Hospital de Jesús, con doble patio cuadrangular. Una discreta placa ubicada en el número 95 de la calle de Cuba señala el lugar (**70**). La fachada actual, a pesar de su remodelación, conserva sus proporciones antiguas (**71**).

70

71

72

Placa de bronce puesta en 1947 para señalar la sepultura de Cortés, a la izquierda del altar de la iglesia de Jesús.